冷血

IN COLD BLOOD

〔美〕杜鲁门·卡波特 著

夏杪 译

TRUMAN CAPOTE

南海出版公司

新经典文化股份有限公司
www.readinglife.com
出 品

献给杰克·邓菲和哈珀·李

并致上我的爱意和谢意

继往开来的兄弟们，
请别对我们太残忍；
因为
如果你们怜悯我们，
上帝也将赐予你们更多的怜悯。

——弗朗索瓦·维庸《绞刑犯之歌》

致　谢

　　本书所有资料，除去我的观察所得，均是来自官方记录，以及本人对与案件直接相关人士的访谈结果。这些为数众多的采访是在相当长的一段时间内完成的。由于这些与我"合作"的人在本书中均可以明确认出，在此一一致谢似乎多余；然而，我还是想借此郑重呈上我的谢意，如果没有他们耐心的配合，本书根本不可能完成。同样，我也不准备将所有芬尼县居民列名于此，尽管本书中并没有出现他们的名字，但他们给予的热情与友谊，我始终感恩在心，无以回报。

　　虽然如此，我仍要向对完成本书有特殊贡献的几位先生致以诚挚的感谢：堪萨斯州立大学校长詹姆斯·麦凯恩博士；堪萨斯州调查局的洛根·桑福德先生，以及该局同仁；堪萨斯刑事研究所的查尔斯·麦卡蒂先生；小克利福德·R.霍普先生在法律问题方面给予我的帮助功不可没。最后，我应当提出特别致谢的是《纽约客》的威廉·肖恩先生，他对写作本书的鼓励、指导与始终不渝的支持，是本人由衷难忘的。

目　录

第一章｜死神来临前夕

霍尔科姆村坐落于堪萨斯州西部高耸的麦田高地上，是一个偏僻的地方，被其他堪萨斯人称为"那边"。这里距科罗拉多州东部边界约七十英里，天空湛蓝，空气清澈而干燥，具有比美国其他中西部地区更加鲜明的西部氛围。当地人操着北美大草原的土语，带有牧场牛仔特有的浓重鼻音；男人大都身着紧腿牛仔裤、戴斯泰森牛仔帽，穿尖头长筒牛仔靴。这里土地非常平坦，视野极其开阔；旅行者远远地就可以看见马匹、牛群以及像希腊神庙一样优雅耸立着的白色谷仓。

霍尔科姆村也可以从很远的地方望见。不过这里没有什么景致，只是一堆参差不齐的建筑。圣达菲铁路的主干线从中间经过，将小村一分为二。这个毫无规划的小村庄，南部流淌着黄浊的阿肯色河，北面是五十号公路，东西两侧是牧场和麦田。这里的街道没有名字、没有树荫，也没有铺柏油，因而每当雨雪消融，厚厚的尘土就会变成恼人的泥泞。村子一头有一幢荒凉陈旧的水泥楼房，屋顶上立着一块霓虹招牌，上面写着"舞厅"二字，只是舞会早已停办，霓虹灯也有好几年没亮过了。附近还有一幢楼房，也有一块失去意义的招牌，安在一块脏兮兮的玻璃窗上，写着"霍尔科姆银行"几个大字，上面的金粉已经剥落。早在一九三三年，霍尔科姆银行就已倒闭，以前的会计室改成了公寓。这里是村里仅有的两座"公寓"之一，另一处房子也是摇摇欲坠，因为当地学校很多教师住在那里，所以被称为"教师公寓"。此外，霍尔科姆大部分住宅都是前门带有门廊的木质平房。

靠近火车站的南边，有一所破败不堪的邮局。女邮政局长面庞瘦削，穿着牛皮夹克、牛仔裤，脚踏一双牛仔皮靴，掌管着这里冷清的业务。火车站本身也显得有些寒碜，黄绿色油漆正在剥落。"酋长号""大酋长号""卡皮坦巨岩号"等著名快车天天从这里经过，但从不停留。事实上，除了偶尔有一辆货车停靠外，所有客车都不会停。公路上有两处加油站，其中一处兼做食品杂货店，但货源奇缺，另一处附设咖啡馆——哈特曼咖啡馆，老板娘哈特曼太太卖三明治、咖啡、冷饮以及三点二度的啤酒。像堪萨斯州其他地方一样，霍尔科姆也是"禁售烈酒"的。

除非你把霍尔科姆学校包括进去，否则这些实际就是霍尔科姆村的全部了。这所十分漂亮的学校揭示了小村破败表象下真实的经济状况：总的来说，家长们还是富裕的。他们把子女送进这所现代化、师资力量雄厚、学制也相当完备的学校——从幼儿园一直到高中，学生通常约有三百六十名——他们开着一辆辆的汽车，把子女从附近各地送来上学，有的甚至远在十六英里外。农场和牧场上的人家大部分都在室外劳作，他们早先是来自各国的移民，有德国人、爱尔兰人、挪威人、墨西哥人和日本人。他们饲养牛羊，种植小麦、高粱、草籽和甜菜。农民总要靠天吃饭，但是在西堪萨斯地区，农民们却认为自己是"天生的赌徒",因为他们必须和极少的降雨量(年均降雨量为十八英寸)以及令人苦恼的灌溉问题做斗争。不过,过去的七年,老天很仁慈,一直风调雨顺。芬尼县霍尔科姆村的农家日子过得很不错。他们不单靠农业挣钱,也靠开采当地丰富的天然气捞点外快。崭新的学校,农舍里舒适的布置,以及高高鼓鼓的谷仓,无一不是证明。

直至一九五九年十一月中旬的一个早晨,很少有美国人——实际上,就连堪萨斯人在内——听说过霍尔科姆这个地方。就像河里的水、公路上的摩托车、圣达菲铁路上疾驰而过的黄色列车毫不在意这块地方一样,此处从未发生过任何戏剧性事件。二百七十名村民满足现状,安于平静的生活:工作、打猎、看电视、参加学校的社交活动、在教堂里练习唱诗、出席 4-H 俱乐部^①的会议。但到了十一月那个星期天的凌晨,几声外来的异响,扰乱了霍尔科姆原有的声息——野狼歇斯底里的嚎叫,风吹枯草刮过大地的干裂声,以及火车头渐去渐远的汽笛鸣响。当时,霍尔科姆正沉浸在睡乡之中,竟然没有一个人听见。四声枪响,共夺去了六条人命。打这以后,向来不加防范、夜不闭户的村民们发现:疑神疑鬼的念头改变了他们,那阴森的枪声在多年老邻居之间点燃了猜忌的火花,他们像陌生人一样怪异地互相打量。

四十八岁的河谷农场主赫伯特·威廉·克拉特,最近因为要买人寿保险,刚刚做了一次身体检查,得知自己的健康正处于最佳状态。他戴着无框眼镜,不到五英尺十英寸的中等身材,但却很有男人气概。

①4-H代表Head(头)、Heart(心)、Hand(手)、Health(健康)。该组织旨在帮助乡村生活的人们尤其是儿童,发展实际生活能力,培养道德人格。

宽阔的肩膀，乌黑的头发，下巴方方正正的，一张自信的面孔充满了健康的朝气。他的牙齿完好无缺，结实得可以咬碎核桃；体重和当年从堪萨斯州立大学农学专业毕业时一样，还是一百五十四磅。与住在附近的泰勒·琼斯先生相比，克拉特先生不算是霍尔科姆最富有的人。但是，他的名气却是最大的，在附近的加登城也同样受人爱戴。他是县筹建委员会的负责人，最近主持修建了第一卫理公会教堂，那是个耗资八十万元的大手笔。他最近还当上了堪萨斯州农业组织联合会的主席。此外，在艾森豪威尔执政期间，他一直是联邦农业信贷委员会的一名成员。所以在美国中西部的农家中，他也是有口皆碑的人物。

克拉特先生确信，他的人生期望至今多半如愿以偿。他左手曾被农业机械弄伤过，残存的那只手指上戴着一枚普通的金戒指，那是他婚姻美满的象征：二十五年前，他与自己心爱之人缔结良缘。她是他一位大学同窗的妹妹，羞涩、虔诚、优雅，名叫邦妮·福克斯，比他小三岁。邦妮为他生了四个孩子，三女一男。大女儿伊芙安娜已经出嫁，生了一个儿子，现在有十个月大了。她住在伊利诺伊州北部，但是经常会回霍尔科姆的娘家。实际上，两个星期之后她和家人就要回来，参加家中举办的克拉特家族感恩节大聚会。（克拉特家族起源于德国，那时名字或许拼作克洛特，首批克拉特家的移民于一八八〇年抵达这里。）他们邀请了五十多个亲属，甚至远在佛罗里达州帕拉塔卡的几位也要赶来。二女儿贝弗莉现在不住在河谷农场，她已去堪萨斯城学习护理专业，和一位学生物的年轻人订了婚。克拉特先生很欣赏这个小伙子，婚礼定于圣诞节时举办，请柬都已经印好了。家中留下的是十五岁的儿子凯尼恩——他现在长得比父亲还高，以及比凯尼恩大一岁的三女儿南希，她可是全镇人的宠儿。

说到克拉特先生的家庭，有件事令他很不安，那就是妻子的健康。她有点"紧张""容易眩晕"，这是和她亲近的人委婉的说法。"可怜的邦妮正在受折磨"，这已经不是什么秘密了；人们都知道近五六年她经常去看精神科大夫。然而，阳光最近也照在了这个阴暗之处，邦妮的病有了治愈的希望。上个星期三，她从威奇托的韦斯利医疗中心疗养两周回来，给家人带来了难以置信的好消息。她高兴地告诉克拉特，医生最终确诊了，她的病根不在脑子里，而在脊柱上——她的病是生理上的，是一块脊椎骨错位造成的。当然，她必须动一次手术，术后她就会再次成为以前的自己。难道长久以来的紧张、离群索居、锁上门躲在枕头里哭泣，这一切都是一块脊椎骨引起的？果真如此，那么克拉特先生在感恩节餐桌上致辞时，真的应该做一番祷告了。

通常，克拉特先生早晨六点半就起床了，牛奶桶的咣当声和男孩们的窃窃私语总在这时把他吵醒。两个男孩是雇工维克·伊尔斯克的儿子，每天牛奶都是由他们俩送来。但是，今天克拉特先生却一直躺在床上，任凭伊尔斯克的儿子来来去去。这是因为昨天晚上，也就是十三日星期五，他太累了，虽然部分是兴奋所致。昔日的邦妮复活了，又恢复了"原来的样子"。仿佛为了预告她即将恢复常态、重获活力，她涂上了口红，不怕麻烦地做了头发，还换上一身新衣服，陪他去了霍尔科姆学校。学生们正在演《汤姆·索亚历险记》，南希在剧中扮演贝基·撒切尔。观众对演出报以掌声。看到邦妮出现在公众场合，略带紧张地微笑着与人交谈，克拉特先生非常高兴。他们夫妻俩也都为南希感到骄傲。她演得太好了，台词背得滚瓜烂熟，正如他在后台向她表示祝贺时说的那样，南希看起来"美极了"，"宝贝，你是一个真正的南方闺秀"。南希的举止的确端庄，她穿着带花边的裙子，一边向父亲表示感谢，一边问他可不可以开车去加登城，那里的剧院当晚十一点半的特别场要放一场"恐怖电影"，她所有的朋友都去。要是在别的情况下，克拉特先生早就拒绝了。他定的家规是一定要遵行的，其中一条是：南希，包括凯尼恩，必须在晚上十点之前回家，周六可以延长到十二点。但是受那天晚上亲切氛围的影响，他同意了南希的请求。当夜，南希将近凌晨两点才回到家。他听见南希进来便把她叫了过去，他并不是那种轻易动气的人，只不过确实有些事必须跟南希说说。回家晚点倒没什么，要紧的是那位开车送她回来的年轻人，博比·鲁普，学校篮球健将。

克拉特先生是喜欢博比的。博比虽然只有十七岁，倒却相当可靠且彬彬有礼。只是三年来，尽管南希获准可以"约会"，但像她这样一个俊俏而惹人喜爱的姑娘竟从未和别人出去过。克拉特先生明白，对现在的少男少女，"山盟海誓"甚至"互换订婚戒指"，已是潮流风尚；但不久前有一次偶然撞见女儿正在和博比接吻，他很不赞成他们小小年纪就这么难分难舍。打那以后他就暗示南希，"别和博比见面太频繁了"，劝告她从现在开始就慢慢冷下来，总比日后突然分手要少伤点感情。他提醒南希，分手是必然的。鲁普家信奉的是天主教，而克拉特一家人都是卫理公会教徒，这个现实本身就足以使她和这个男孩有朝一日成婚的梦想化为泡影。南希是理智的，不管怎么说，她从不争辩。此刻，在道晚安前，她向克拉特先生保证会逐渐和博比脱离关系。

这件事打破了克拉特先生通常在十一点休息的习惯。结果，到了第二天，一九五九年十一月十四日星期六，当他醒过来时已是七点多了。他的妻子一般睡到很晚。克拉特先生刮了胡子，洗漱完毕，穿上裤子、牛仔皮夹克以及柔软的马靴，他做这些时并不担心会吵醒妻子——他们不在一个卧室睡觉。这是一幢十四个房间的砖木双层住宅，几年来他一直单独睡在一楼的主卧。克拉特太太的衣柜还在这里，为数不多的化妆品和一大堆内服药也放在隔壁用蓝色瓷砖和玻璃砌成的浴室，但她却住在伊芙安娜以前的卧室，和南希与凯尼恩的一样，都在二楼。

这幢住宅建成于一九四八年，当时花了四万美元，很大程度上都是克拉特先生自己一手设计的。即使装饰方面并不是那么讲究，却也显示出设计者是个沉着而有眼光的建筑师，现在这幢房子可以值六万美元。成排的中国榆树掩映着一条长巷似的私家车道，这座漂亮的白色住宅就位于私家车道的尽头，坐落在一片开阔整齐的百慕大草坪上。这是一处霍尔科姆居民艳羡的名宅。室内地板上铺着一方红褐色地毯，松软而富有弹性，减弱了地板的反光，还可以消除地板的噪音；起居室内，设有一张特大的新式长沙发，罩着缀有银色碎点的椅套；客厅一角为早餐区，摆着一张蓝白相间的塑胶制可转动餐桌。这种家具风格正是克拉特夫妇喜爱的，他们认识的绝大部分熟人也都喜欢，那些人家里的布置大体与之类似。

除了周一到周五有一名女管家来帮忙做家务外，克拉特夫妇没有请别的帮手。因此，自从妻子生病、大女儿出嫁后，克拉特先生不得不自己学会做饭；他或者南希——主要是南希——要做全家的饭菜。克拉特先生愿意做家务，而且擅长此道，在堪萨斯州没有哪个女人烤的咸面包能比他的好，他做的椰蓉点心在慈善糕点的义卖中也是最畅销的。不过，他自己的胃口倒不大。他和其他庄稼人不同，颇喜欢简单的早餐。每天早晨，一个苹果、一杯牛奶对他而言已足够了。他既不喝咖啡，也不饮茶，总是习惯于半空着肚子开始一天的工作。实际上，他不碰任何刺激性的东西，哪怕温和些的也不行。

他不吸烟，当然也不喝酒。事实上，他从没尝过烈酒，还有意地回避那些嗜酒的人。但这并未缩小他的社交圈子，因为他交往的核心人物都是加登城第一卫理公会的成员，这是一个人数达一千七百多人的组织，其中大部分人都像克拉特先生一样饮食有度。而且，克拉特先生待人谨慎，他很小心避免自己的观点让别人难堪，在他的圈子之外，他从不对别人品头论足；但是在家庭内部和河谷农场的雇员中，他却坚守自己的看法。"你喝酒吗？"这是他对来此谋生计的人提出的第一个问题。即使申请者说自己不喝酒，他还是会拿出一份合同，声明一旦发现雇员"暗中藏酒"，整个合同就立刻作废。一位经营牧场的朋友林恩·拉塞尔，有一次对他说："你毫无怜悯之心。赫伯，我敢发誓，要是你发现了某个雇员在饮酒，他肯定会滚蛋。哪怕他一家老小正在挨饿！"这可能是克拉特先生作为雇主受到的唯一批评。除此之外，他以公正和宽厚闻名。实际上，他给雇员的薪水十分优厚，而且还经常发奖金。为他工作的人，有时多达十八个，实在是没有什么好抱怨的。

克拉特先生喝罢牛奶，戴上一顶羊毛衬里的帽子，拿了一个苹果便出门去查看早上的活计了。这是一个吃苹果的好天气。强烈的阳光白晃晃地从一碧如洗的天空倾泻而下，东风吹拂着中国榆树的残叶，发出沙沙的声音。秋天弥补了其他季节给堪萨斯州带来的苦头：冬天，从科罗拉多刮来的寒风肆意暴虐，及腰的大雪冻死了大批羊群；春天，满地泥浆，怪雾弥漫；夏天，乌鸦都找不到很小的一块阴凉，成片的褐色麦秆直直挺立着，像着火了一样。过了九月，好天气终于到来了，秋冬的暖和日子风和日丽，宜人的气候有时会持续到圣诞节。克拉特先生一边盘算着该如何利用现在这个好时节，一边信步往粮仓旁的畜栏踱了过去。他的混种牧羊犬就跟在身后。

他的农场共有三个谷仓，其中一个庞大的活动棚屋内，堆满了快要溢出来的西部地区出产的高粱；另一间谷仓则堆着小山似的黑色耐旱高粱，价值十万美元，这可是一笔巨款。单单这个数字，就几乎相当于克拉特先生一九三四年全部收入的四十倍，甚至还要多一些。那一年，他和邦妮·福克斯结婚，夫妻俩从故乡堪萨斯州的罗泽尔搬到了加登城。在那里，他当上了芬尼县农业社的一名助手。仅仅过了七个月，他就获得了晋升，成了该机构的头头。

他一九三五年至一九三九年任职期间，是该地区自从白人定居以来条件最艰苦、最穷困潦倒的岁月。年轻的赫伯·克拉特富有头脑，拥有现代化、高效率的耕种技术，他正是政府与当地农民之间最适当的中间人，这些陷入沮丧情绪的农民正需要这么一个乐观且受过专业训练的年轻人来指导。他看起来精明能干。不过，他并没有就此止步。作为一个农家子弟，他从一开始就想经营一个属于自己的农场。抱着这个想法，四年后他辞掉了农业社的工作，用借来的钱，租了一块土地，建立了河谷农场。

芬尼县的几个保守主义者抱着看笑话的心态仔细观望，这些守旧的老家伙喜欢以这个年轻的县农业社员在大学里的那套观点来奚落他。"赫伯，很不错呀。你总是知道在别人的土地上种什么是最好的。你告诉别人，在这块地上种这个，在那块地上修那个。但是，如果那块地是你自己的，你说的恐怕就不大一样了吧。"他们错了。这个"自命不凡者"的试验成功了！主要原因是，开始的几年里，他每天工作十八个小时。当然也有过一些挫折：小麦歉收了两次；某年冬天的一场暴风雪带来了好几百只羊的损失。但十年之后，完全属于克拉特先生的土地已经超过了八百英亩，还有三千多英亩的土地是租来的，他的那些庄稼朋友们也不得不承认，那是"一片相当肥沃的土地"。小麦、高粱和合格的牧草种子，这些都是农场繁荣的基础。牲畜——羊，特别是牛——也同样重要。虽然畜栏简陋，但是人们不会因此怀疑河谷农场的实力，因为仅赫里福种牛，克拉特先生就有几百头。畜栏有专门的用途，用来饲养病牛、奶牛、南希的猫，以及一匹被全家人视为最爱的马。这匹又老又肥的马名叫"宝贝"，它性情温和，宽阔的后背常常能驮三四个小孩子。

此时，克拉特先生正在用苹果核喂宝贝，向在畜栏内耙碎草的男人道了声早安，他名叫阿尔弗雷德·斯托克莱因，是唯一住在河谷农场内的雇员。斯托克莱因夫妇和他们的三个孩子住在离主屋不到一百码的一处房子内；除了他们，克拉特一家在方圆半英里就没有别的邻居。斯托克莱因长着一张长脸，满口黄牙，他问克拉特先生："今天您有什么特别的吩咐吗？我女儿病了，我老婆和我昨晚忙了大半夜。我想带她去看医生。"克拉特先生关切地询问了孩子的病情，嘱咐他早上的活就不用干了，如果需要他或太太帮忙，尽管告诉他们。之后，狗跑到克拉特先生前面，他紧随其后，向南边那片麦田走去。收割后的麦茬呈现出闪闪发光的金黄色。

河流在他前进的方向延伸，河岸附近是一片果树林，种着桃子、梨、樱桃和苹果。在当地人的记忆里，放在五十年前，一个伐木工人不到十分钟就能把堪萨斯州西部的树砍个精光。即使在今天，也只有像仙人掌一样耐旱的棉白杨和中国榆树能被广泛种植。然而，正如克拉特先生经常说的那样："只要多下一些雨，这片土地就能变成天堂，变成人间的伊甸园。"沿河种上一小片果树林是他奋斗的目标，不管下不下雨，一定要使这里成为一小片乐土，一座绿色的、飘着苹果香味的伊甸园。他幻想着出现这样的美景。他妻子曾说："我丈夫对那些树比对孩子还关心。"在霍尔科姆，每个人都记得一架失事的小飞机在果园中坠毁的事。"赫伯十分恼火！天呀，飞机的螺旋桨还没停止旋转，他就把飞行员告上了法庭。"

克拉特先生穿过果园，沿河继续向前行走，河流在这里变窄了，点缀着片片汀洲。在河流中间有一片柔软的沙地，以往的那些星期天或炎炎夏日，邦妮"身体还吃得消"的时候，就用车把野餐篮子运到这儿来，一家人在此垂钓，消磨一个下午。克拉特先生很少碰见有人擅闯他的领地；这里离公路有一英里半，只有几条偏僻的小路与之相连，因而不是陌生人偶然出现的地方。但此时，却有一群人迎面而来。特迪（他的狗）狂叫着向前冲过去，向这伙人发出挑战。但特迪的表现真是奇怪。虽然它是一个出色的岗哨，警惕性高，随时准备着扑上前去，但它的英勇却有一个缺陷：只要一看到枪——就像现在一样，这群入侵者手里拿着枪——它的脑袋就立刻耷拉下来，尾巴也夹了起来。谁也不知道为什么会这样，因为没有人了解它的过去，只知道它是凯尼恩几年前收养的一条流浪狗。

拜访者原来是五个从俄克拉何马州来打野鸡的猎人。捕猎野鸡是堪萨斯州十一月里的大事，吸引了邻近几个州的大群猎户。上个星期，这些头戴花格呢帽子的人就成群结队地向这秋季的旷野涌来。那些饱餐了麦壳的野禽，在鸟枪的枪林弹雨中，有的被惊飞，有的饮弹而亡。按规矩，猎人们如果不是应邀而来，应该向土地的主人交一笔费用，以获许在人家的土地上追逐猎物。但是当这几个俄克拉何马州的猎人主动提出这一点时，克拉特先生乐了。他说："我还没穷到那个地步。去吧，不管打多少都带走吧。"然后，他碰了碰自己的帽檐，向家中走去，开始了一天的工作。他并不知道这是他的最后一天了。

这个年轻人正在小宝石咖啡馆吃早餐。他和克拉特先生一样，也从不喝咖啡。他宁愿喝沙士①。三片阿司匹林、冰沙士、几根摩尔牌香烟，这就是他的早餐。他一边喝着饮料、吸着烟，一边研究摊在他面前柜台上的一张从菲利浦六六加油站拿的墨西哥地图。因为正在等一个朋友，他很难集中注意力，那朋友偏偏又迟到了。他向窗外看去，小镇街道寂静无声，昨天是他第一次来到这里。仍旧没有迪克的影子，不过他肯定会来的。毕竟，会面是迪克的主意，是他制订的计划。完事后，下一站是墨西哥。

地图因为翻动太多，已被揉得破破烂烂，软得像一张羚羊皮。在他暂住的旅馆房间角落里，像这样的地图还有几百张：美国各州、加拿大各省以及南美洲各国。这个年轻人经常幻想旅行。不过，他实际去过的地方还真不少：阿拉斯加、夏威夷、日本和香港等地。现在，由于收到一封信，一个请他去实现一项计划的邀请，他带着自己的全部家当来到了这里。一只硬纸板做成的手提箱，一把吉他，两只重得要命的大箱子，里面装满了书、地图、歌词本、诗集和旧信。第一次看到这些箱子时，迪克的脸色都变了。"上帝啊，佩里，你带着这些破烂到处走？"佩里说道："破烂？其中有本书还花了我三十块钱呢。"

此时，他正在堪萨斯州的小奥拉西镇上暗自想着。有件事，实在很可笑：仅仅四个月前他获得假释出狱时，还对州假释委员会和自己发誓说，有生之年绝不会再踏进堪萨斯州半步！没想到如今又回来了。不错，没隔多久。

地图上布满了用墨水圈起来的名称。科苏梅尔是墨西哥尤卡坦

---

①一种碳酸饮料，用植物Sarsaparilla（墨西哥菝葜）制成。

半岛海岸线以外的一座岛屿，他曾在一本男性杂志上读到过，在那座岛上，你可以"脱掉衣服，轻松自在地过着像王侯一样的生活，每个月只花五十美元就可以得到你想要的任何女人！"他还在同一篇文章里读到了另外一些令人想入非非的句子，"科苏梅尔是一个没有社会、经济和政治压力的世外桃源，政府在岛上没有一兵一卒"，而且"每年都有成群的鹦鹉从大陆飞过来在岛上产卵"。阿卡普尔科的深海捕鱼，肆意的赌博以及饥渴的阔女人。妈妈山①有挖不尽的金矿，《浴血金沙》这部电影他看过八遍。这是亨弗莱·鲍嘉主演的最好的电影，这个老家伙扮演的那个淘金者令佩里想起了他的父亲，两个人都一样了不起。没错，他告诉迪克的话都是真的：他的确知道淘金的诀窍，是父亲一手传授的——他是个职业的淘金者。那为什么他们俩不买两匹驮马，到妈妈山去碰碰运气呢？但讲究实际的迪克却说："还是算了吧，亲爱的。我看过那部电影。到最后，个个都玩完了，又是疟疾，又是吸血虫，人人染上一身瘴气。还记得吗？最后一阵大风吹过来，人和金子全刮跑了。"

佩里合上了地图。他付过饮料钱后，站了起来。坐着时，他看起来好像比常人魁梧，强壮有力的肩膀、手臂，就像一个正蹲着运气的举重大力士。事实上，举重正是他的业余爱好。但是他身上的某些部位和其他部分并不协调。那双包裹在带钢扣的黑色短筒靴里的小脚，如果穿上女士们精致的跳舞鞋可能更合适些。站起来的时候，他不会比一个十二岁大的孩子高多少，两条摇摇晃晃的短腿似乎不足以支撑成年人的身躯，看上去奇形怪状的，不像一个身材出众的卡车司机，倒像个退休的赛马骑师——已过盛年，肌肉松弛。

---

① 即马雷德山，位于墨西哥境内的山脉。

佩里站在杂货店的外面，全身笼罩在阳光中。还有一刻钟就到九点了，迪克晚了半个小时。不过，如果不是因为他在家的时候反复强调接下来的二十四小时每一分钟都很重要，佩里是不会注意到时间的。对他而言，时间几乎无足轻重，他有许多打发时间的法子，照镜子就是其中之一。迪克曾说："每次你一看镜子就仿佛丢了魂一样，好像看见了什么天仙般的小骚妇。天啊，你就不觉得腻吗？"佩里不但不感到厌烦，反而被自己的脸深深地迷住了。每一个角度都会产生不同的印象。这是一张变化莫测的脸，照镜子的实验已经教会他唤起各种变化，怎样一会儿看起来凶神恶煞，一会儿看起来天真顽皮、充满热情；头这么一歪，嘴唇这么一抿，一个堕落的流浪汉就变得温文尔雅、风流倜傥。他的母亲是纯种的切诺基①人，他的外貌完全是从母亲那儿继承来的：碘酒般的肤色、黑而湿润的眼睛，黑色的头发保养得油光锃亮，浓密得好像和连鬓胡子连成一片，额前还留了一绺滑溜溜的刘海儿。而他父亲，一个长着雀斑的红头发爱尔兰人，留给他的就没那么多了，仿佛印第安人的血统已经完全掩盖了凯尔特人的特征。只有粉红色的嘴唇和看起来得意扬扬的鼻子证实着它的存在。而在他弹起吉他、唱起歌来的时候，他的活泼淘气以及爱尔兰人盛气凌人的自我吹嘘个性，就会占据主导地位。唱歌，尤其是幻想当众表演，是他另外一种消磨时间的方式。他总是在脑子里设想同样一个场景：一间拉斯维加斯的夜总会——巧的是拉斯维加斯正是他的家乡——优雅的房间里挤满了来捧场的知名人士，他们都把注意力集中在这位轰动一时的新星身上，听他演唱《后会有期》。最后，再献上一首最近自己创作的歌曲：

---

① 北美的一个印第安部落。

每年四月，鹦鹉一群又一群，

红色的、绿色的，

还有橘红色的，

飞呀飞，飞过头顶，

我看见它们飞呀飞，我听见它们高高在天上歌唱，

唱着歌儿唤来四月的春光……

（迪克第一次听到这首歌时说："鹦鹉不唱歌。它们说话，也许还大声嚷嚷。但是鹦鹉绝对不唱歌。"迪克太现实了，他不懂音乐和诗歌。你认真思考这一点就不难发现，迪克的讲究实际，他对每个问题的实用主义的态度，正是吸引佩里的主要原因，这使得迪克看起来如此坚强，如此不可战胜，有"地地道道的男子汉气概"。）

对拉斯维加斯的幻想尽管令人陶醉，然而和他想象中另外一个场面比起来，还是逊色很多。自童年开始，三十一年来他有一半时间在订购各种印刷品（"潜水发财好机会！业余时间在家中训练。潜水快速赚大钱。免费小册子！"）和回复广告（"沉没的财宝！五十张正版地图！千载难逢的良机！"）。这些东西唤起了他对冒险的渴望，使他的想象活跃起来，他一次又一次地梦想穿过那陌生的海域，潜入那绿色幽暗的海洋，从眼露凶光的守护鱼群旁边游过去，奔向前方隐约显现的庞然大物——一条西班牙大帆船！船上装满了钻石、珍珠和一箱箱的黄金。

汽车的喇叭响了。迪克终于出现了。

像往常一样，总是凯尼恩在大喊大叫。他的叫声不断地传到楼上：

"南希，下来接电话！"

"哎呀，凯尼恩！我听见了。"南希穿着睡衣，光着脚就跑下了楼梯。家里有两部电话，一部在她父亲的办公室里，另外一部在厨房。她拿起了厨房的分机。"喂？哦，是的，早上好，卡茨太太。"

克拉伦斯·卡茨太太是一位农场主的妻子，住在公路附近，她说："我跟你爸说过不要吵醒你。我说，南希昨晚演得太精彩了，肯定累坏了。你真可爱，亲爱的。你头发上扎的白色发带太美了！演到人们以为汤姆·索亚死了的那段，你眼里真的饱含热泪呢，比电视上演得还好。不过，你爸说你一般这个时候起床。噢，快九点了。亲爱的，我想说的是，我的小女儿，小乔利妮，想做樱桃馅饼都想疯了，她知道你是这方面的能手，总得奖，我今天上午能带她去你家，你来教她吗？"

要是在往常，南希甚至会心甘情愿地教乔利妮做整套火鸡大餐，在小姑娘们向她请教烹饪、缝纫、音乐，或者向她倾吐衷肠（这是经常的事）的时候，她都义不容辞，那是她的责任。只要有空，她仍然设法"操持一大堆家务"，她是一名全优学生，同时还是班长、4-H俱乐部和卫理公会青年团的领导者、熟练的骑手、优秀的音乐家、县里每年义卖大会的获胜者（酥皮糕点、蜜饯、刺绣和插花），一个年仅十七岁的女孩怎么做到这一切？而且她毫不炫耀，仅仅是露出一副灿烂的微笑，为什么会这样？这是令社区所有人都沉思的一个谜。能解释的只有一句话："她有一种品格。一种从她父亲那里继承来的品格。"毫无疑问，她最鲜明的特征——优秀的组织能力——是从她父亲那儿得来的，这个特征是其他一切品质的基础。每个时间段她都会作出安排；在任何时候，她都知道应该做什么，会需要多久。今天碰到的麻烦是她的时间早已预约好了。她答应帮助邻居家一个叫洛克希·李·史密斯的小男孩练习小号独奏，洛克希准备在学校音乐会上演奏；她还答应替妈妈做三件复杂的差使，还准备和父亲一起去加登城参加 4-H 聚会。聚会结束后，还有午餐要做，吃完午餐还要缝制在贝弗莉婚礼上当伴娘时穿的礼服，样式她已经设计好了。照目前的状况，除非取消某项安排，否则根本没有时间教乔利妮做樱桃馅饼。

"卡茨太太，请等一会儿，不要挂断电话，好吗？"

她穿过屋子，走到父亲的办公室。这间办公室对外有一个供普通来访者进出的入口，一扇推拉门把办公室和客厅隔了开来。有一位名叫杰拉尔德·冯·弗里特的年轻助手帮克拉特先生管理农场，虽然他偶尔也会用这间办公室，但基本上这里是克拉特先生个人的偷闲所在。里面很整洁，房间墙壁上镶嵌着胡桃木薄板，上面挂着气压计、雨表和一副双筒望远镜。坐在写字台后面的克拉特先生就像一位船长，领导河谷农场穿过岁月中的危险航线。

"没关系，"对于南希的问题，他回答说，"不用去聚会了。我带凯尼恩去。"

于是，南希拿起办公室里的电话，告诉卡茨太太说可以把乔利妮带来。但她挂电话时皱着眉头。"真奇怪。"她一边说一边环视办公室，只见父亲正在教凯尼恩算账，冯·弗里特先生坐在靠近窗户的桌子旁。他是那种沉默寡言的人，英俊的面容略显刚毅，这使得南希总在背后称他是希斯克厉夫 ① 。"我老是闻到一股烟味。"

"是你呼出来的？"凯尼恩问道。

"不，是你呼出来的。"

---

① 《呼啸山庄》里的男主人公。

南希的话令凯尼恩安静下来，因为他明白南希知道他曾偷偷抽过一阵子烟。不过，那以后，南希也抽过。

克拉特先生拍了拍手，说道："好了，别说了，这里是办公室。"

南希跑上楼，换上一条褪色的李维斯牛仔裤和一件绿色的套头衫，在手腕上戴上了一块金表，这块表在她最有价值的财产中排名第三。第二名是她最亲密的朋友，一只名叫艾温鲁德的猫。而居第一位的是博比送她的图章戒指，这是一个沉甸甸的表明两人"情侣关系"的证物。她把它戴在大拇指上，因为戒指是按男人的尺寸做的，即使在上面缠了胶带，也没有哪根手指能恰好戴上。南希是个漂亮的姑娘，身材苗条，像男孩子一样充满活力，她长得最美的部分是那一头闪着栗色光芒的齐肩短发（每天早晚各刷一百下）和像香皂一样光洁的皮肤，虽然脸上有淡淡的雀斑，去年夏天被太阳晒过的红棕色也仍未消退。她那双睁得大大的眼睛湿润而透明，像阳光映射下的淡色啤酒。就是这双眼睛令她立刻赢得别人的好感，也同时说明了她的纯洁、细心和善良。

"南希，"凯尼恩喊道，"苏珊来电话了！"

苏珊·基德维尔是南希的闺中密友。她又一次去厨房接电话。

"老实交代，"苏珊用这种命令的口气在电话里发出了连珠炮式的责问，"你为什么挑逗杰里·鲁斯？"和博比一样，杰里·鲁斯也是学校的篮球明星。

"昨天晚上？哎呀，我没有和谁调情呀。你这么说，是不是因为我们拉手来着？演出的时候，他刚好来到后台。我当时正紧张着呢。所以他握着我的手，给我鼓劲。"

"很甜蜜呀，然后呢？"

"博比带我去看恐怖片。我们手挽着手。"

"吓人吗？我说的不是博比，是电影。"

"他觉得不吓人，还笑呢。但是你了解我，砰！我吓得从座位上掉了下来。"

"你在吃什么呢？"

"什么也没吃。"

"我知道你在啃指甲。"苏珊说。她猜对了。尽管南希努力过，但还是改不掉啃指甲的习惯，只要一遇到麻烦，她就会啃指甲，一直啃到指甲肉。"说呀，出了什么事？"

"没有。"

"南希。C'est moi①……"苏珊正在学法语。

"唉，是我爸爸。三个星期以来，他的情绪一直很可怕。至少，在我身边的时候是这样。昨天晚上我回家时，他又开始说那件事了。"

"那件事"无须暗示，这个问题两个朋友已经彻底讨论过了，并且意见一致。有一次，苏珊从南希的角度总结这个问题说："你现在爱博比，你需要他。但博比心里也清楚发展下去是没前途的。以后，等我们离开这儿去曼哈顿时，一切会变得不一样。"堪萨斯州立大学就在堪萨斯州的曼哈顿，两个女孩计划到那里去学艺术，并且住在一起。"不管你愿不愿意，一切都将改变。但是现在你没法子。住在霍尔科姆，每天看见博比，每天能坐在同一间教室里，也没有理由改变什么。你和博比现在是非常幸福的一对儿。即使将来分了手，这也会成为令人愉快的回忆。你难道就跟你爸爸说不通？"是的，南希没办法。"因为，"正如她向苏珊解释的那样，"无论我什么时候谈起这件事，他就瞪着我，好像我不应该爱博比，或者不该那么爱他。

---

①法语，意为"是我"。

我一下子就瞠目结舌，一句话也说不出来了；我只想做他的女儿，做他希望我做的事。"对此，苏珊没有回答，这涉及父女情感，这种关系超越了她的经验。她和母亲住在一起，母亲在霍尔科姆学校教音乐。苏珊早已记不清自己父亲的样子了，因为多年前，他们还在加利福尼亚老家时，父亲有一天离开后就再也没回来过。

"不管怎么样，"此时南希接着说道，"我敢肯定，不是我使他发脾气。肯定是别的事，他真正忧虑的事。"

"你妈妈？"

南希其他的朋友可不敢作出这样的暗示。然而，苏珊早已得到了特许。她刚来霍尔科姆的时候，是一个忧郁、爱幻想、身体瘦弱、脸色苍白的敏感女孩，当时她八岁，比南希小一岁。克拉特夫妇热情地接纳了她，这个从加利福尼亚来的没有父亲的小姑娘很快便成为克拉特家的一员。七年来，南希和苏珊这对朋友从未分开过，她们两个罕见地相似，同样地敏感，彼此都认为对方是难以替代的。但去年九月份，苏珊从当地的学校转到加登城一所规模较大、据说水准也较高的学校去了。对于霍尔科姆那些想上大学的学生而言，这是正常的程序。可是，克拉特先生是一个热爱社区的死硬派，认为这种背叛行为是对社区精神的冒犯。霍尔科姆学校对他的子女来说已经足够好了，所以他们将继续待在那儿。这样一来，两个女孩便不能在一起。白天里，南希深深地感到了朋友不在身边的空虚，和苏珊在一起，不用拘谨，可以无话不谈。

"但是我们都为妈妈感到高兴，那些好消息你都知道。你留心听着，"她犹豫了一下，仿佛正在鼓起勇气，要说出一番出人意料的话，"不知怎么搞的，我老是闻到一股烟味。老实说，我怕自己要得神经病了。不论是在车里，还是在房间里，到处都好像有人在那儿抽过烟似的。肯定不是我妈妈，也不可能是凯尼恩。凯尼恩不敢……"

克拉特家里故意不设烟灰缸，来访者多半也不敢在他家里抽烟。苏珊慢慢明白了南希话中的含意，但这样的想法是有悖常理的。不管克拉特先生面临着怎样的焦虑，她都无法相信他会在香烟中寻求安慰。苏珊还没来得及问这是否是南希真正的意思，南希就急急忙忙地说道："对不起，苏珊。我得挂了，卡茨太太来了。"

迪克开着一辆一九四九年的黑色雪佛兰。佩里钻到车里以后，检查了一下后座，看看他的吉他是否安然无恙。昨天晚上，给迪克的一群朋友演奏完，他忘了把吉他拿走，结果落在了车里。这是一把很旧的吉普森牌吉他，经过砂纸打磨，上过蜡，外表呈淡黄色。在吉他旁边还有另外一些东西：一把崭新的十二号泵动式猎枪，枪管镀着一层烤蓝，枪托上刻着猎人瞄射野鸡的图案；此外还有一个手电筒，一把钓鱼时用的小刀，一副皮手套，以及一件装满了子弹的打猎马甲。一切都给此刻增添了诡异的死静气氛。

"你就穿这玩意？"佩里指着马甲问道。

迪克用指节笃笃地敲着挡风玻璃说："打扰你了，先生。我们是出来打猎的，迷了路。能用一下电话吗……"

"是的，先生。我明白。"

"小菜一碟。"迪克说道，"我向你保证，亲爱的，他们墙上会满是鲜血。"

"应该是'那些墙上'。"佩里说。佩里是字典迷，十分喜爱那些晦涩生僻的字眼，自从在堪萨斯州立监狱和迪克同处一室以来，他就一直尝试提高迪克的语法水平，扩展他的词汇量。迪克并没有辜负佩里的指教，他这个学生有次试图取悦老师。他写了一些诗，虽然内容非常淫秽，佩里觉得倒也妙趣横生。他托人在一家监狱工厂把手稿用皮革装订成册，封面上还烫上了"荤笑话"几个金字。

迪克身穿一件蓝色的工作服，衣背上写着"鲍勃·桑兹汽车修理厂"字样。他和佩里驱车沿奥拉西的主街一直开到鲍勃·桑兹汽车修理厂。八月中旬出狱后，迪克便受雇于此，他是个能干的机械师，每周能挣六十美元。今天的上午工作迪克不该拿工钱。桑兹先生每周六都让迪克值班，他万万没想到竟然付钱让雇员修理自己的车。在佩里的协助下，迪克开始工作了。他们更换了机油，调整了离合器，检查了电池，更换了一根坏掉的轴承，还安了新轮胎，所有这一切都是必要的工作，因为今明两天要指望这辆老雪佛兰立下汗马功劳呢。

佩里想知道约好了在小宝石咖啡馆见面，迪克为什么来晚了。"因为老头子总是在我身边，"迪克回答说，"我不想让他看见我拿着枪走出屋子。上帝，那样他就知道我扯谎了。"

"明白了。但你是怎么说的呢？最后又怎么样了？"

"正像我们说好的。我说我们要出去一个晚上，去斯科特堡看你姐姐。因为你姐姐为你存了一笔钱——一千五百块。"佩里有一个姐姐，实际有过两个，但活着的那个并不住在斯科特堡，而是在离奥拉西八十五英里的一个小镇。事实上，佩里也不清楚姐姐眼下的地址。

"那么他很恼火？"

"他为什么要恼火？"

"因为他讨厌我。"佩里说道，他的声音既柔和又一本正经，虽然音量不大，但每一个字都很清晰，仿佛是从牧师嘴里吐出的烟圈。"你妈也讨厌我。我看得出来，他们看我的方式简直难以形容。"

迪克耸了耸肩。"这和你无关，真的。不过是因为他们不喜欢我和任何从监狱里出来的人见面。"二十八岁的迪克结过两次婚都离了，现在是三个男孩的父亲，他这次获得假释的条件之一就是保证和父母住在一起。他的家人，包括一个弟弟，都住在奥拉西附近的一个小农场里。"凡是我的伙伴，他们都看不顺眼。"他补充道，一边摸着左眼下一个蓝色的刺青小点。这是一个标记，凭借这个，以前的某些狱友便可以认出他来。

"我懂了，"佩里说，"我不怪他们。他们都是老实人。你妈真是一个老好人。"

迪克点了点头，他也是这么想的。

中午时分，他们放下工具。迪克启动了发动机，听着马达空转时发出持续不断的咆哮声，知道已经大功告成，他很满意。

南希和她的崇拜者乔利妮对她们早上的工作也很满意。实际上，乔利妮，这个瘦瘦的十三岁女孩既骄傲又兴奋。她久久地凝视着这位曾获得蓝绶带的获胜者，当看到烤箱中取出的散发着热气和香味的樱桃馅饼时，她情不自禁地拥抱南希，问道："说实话，这真的是我自己亲手做的吗？"南希笑了，也拥抱着乔利妮，向她保证这的确是她亲手做的，自己只是助了一臂之力而已。

乔利妮一个劲地劝她立即品尝——放凉了就没味了。"求你了，我们俩各吃一块吧。还有您，您也来吃吧。"她对走进厨房的克拉特太太说。克拉特太太因为头疼，只能勉强露出一丝苦笑，说道："谢谢你，但是我没胃口。"至于南希，她根本没有时间，洛克希·李·史密斯的小号独奏正等着她呢，然后还要给妈妈办几件事，其中一件是参加贝弗莉婚前的最后一次闺中密友聚会，另一件事是为即将到来的感恩节做准备。

"你去吧，亲爱的，我会陪乔利妮等她妈妈来接她的。"克拉特太太说，然后以一种让人无法婉拒的羞怯对女儿补充道，"如果乔利妮不介意的话。"虽说她在少女时代曾荣获演讲比赛的奖项，但人到中年以后，说起话来似乎变成了一样的道歉式口吻，行为举止也都仿佛担心会冒犯别人。"我希望你理解，"在女儿走后，她继续说道，"我希望你不会认为南希粗鲁吧？"

"哎呀，怎么会呢！我都爱死她了。是的，每个人都爱她。没有人能与南希相比。您知道斯特林太太怎么说吗？"乔利妮指的是她的家政教师。"有一天她对全班同学说：'南希·克拉特总是很忙，但她永远都会抽出时间。而这就是一个淑女的定义。'"

"是的。"克拉特太太回答说，"我所有的孩子都很能干，他们不需要我操心。"

乔利妮以前从未和南希"古怪的"妈妈单独待过，但是不管之前听过怎样的议论，她现在感到很自在，因为尽管克拉特太太自己不太放松，但却具有一种令人放松的品质，正如自身没有防备的人对别人也不构成威胁一样。克拉特太太那张传教士一般的心形脸、那无助的表情，以及朴素淡雅的气质，甚至令乔利妮这样一个稚气未脱的孩子，也激起了一股要保护她的情感。但想想看，她竟是南希的母亲！她看起来更像姑妈，一个来探亲的老处女姑妈，虽然有点古怪，但人是很好的。

"是的，他们不需要我。"她一边重复，一边给自己冲了杯咖啡。虽然家里的其他人都遵守她丈夫对这种饮料的禁令，但她每天早晨都要喝两杯，而且经常在这之后，一整天都不吃别的东西。她体重只有九十八磅，瘦骨嶙峋的手上松垮地戴着两枚戒指，一枚结婚戒指，另一枚镶有钻石，发出含蓄柔和的光。

乔利妮切下一块樱桃馅饼。"哇！"她说着便狼吞虎咽起来，"我打算一周七天每天都做这个。"

"唔，你家有弟弟，男孩子吃得才多哩。克拉特先生和凯尼恩，我知道他们对于馅饼从不感到厌烦。但是厨师就不——南希现在对馅饼就看不上眼了。你也一定会这样的。不，不，我为什么要这么说？"克拉特太太把无框眼镜摘了下来，揉了揉自己的眼睛。"原谅我，亲爱的。我肯定你永远也不会知道什么是厌倦的。我肯定你会永远快乐……"

乔利妮沉默不语。克拉特太太声音中的慌乱使她的感觉起了变化。乔利妮有些惶恐，她希望妈妈快点来带她回家，妈妈答应十一点钟会过来。

半晌，克拉特太太平静了一些。她问道："你喜欢小玩意吗？喜欢迷你的东西吗？"她邀请乔利妮到餐厅去参观古董架，那上面分门别类地摆放着小人国的东西：小剪子、小顶针、水晶花篮、玩具小人像、刀叉等等。"其中有些东西是我小时候的。爸爸妈妈，我们全家大部分时间都住在加利福尼亚，就在海边上，那儿有间商店专门卖这些可爱的小玩意。你瞧，这些杯子，"一套放在一个小盘子里的玩具茶杯，在她的手里微微颤抖，"这是我父亲送给我的，我有一个幸福的童年。"

她是靠种植小麦致富的福克斯先生唯一的女儿，上面有三个哥哥，全家人都把她当作掌上明珠。虽然没有被惯坏，但一帆风顺的成长却令她认为生活就是一系列惬意之事的组合：堪萨斯州的秋天，加利福尼亚的夏天，以及一堆茶具礼品。她十八岁的时候，受《南丁格尔传》的激发，进入设在堪萨斯州大本德的圣玫瑰医院学习护理专业。她其实并不想当护士，两年以后，她承认，医院的现实，那里的情景和气味，令她感到恶心。然而直到今天，她仍然为没有完成学业获得学位而后悔——"只是想证明，"正如她对一位朋友所说的那样，"我也曾经有所追求。"后来，她遇见了赫伯，并且和他结了婚。赫伯是她大哥格伦的大学同学。实际上，两家住的地方相距不过二十英里，她早就见过赫伯，不过那时克拉特家是普通的农民，跟富裕而有教养的福克斯一家并无来往。但是赫伯英俊，为人很有责任感，性格坚毅，他希望和邦妮在一起，而她也坠入了情网。

"克拉特先生经常去旅行。"她对乔利妮说，"哦，他总是东奔西跑的。华盛顿、芝加哥、俄克拉何马，还有堪萨斯城。有时候，他好像从不在家一样。但不管走到哪儿，他总是记着我是多么喜爱这些小东西。"说着她打开一把小纸扇，"这是他在旧金山给我买的，只花了一便士。但它很漂亮，不是吗？"

婚后第二年，伊芙安娜出生了，三年后，她生下了贝弗莉。每次分娩之后，这位年轻的母亲都会经历一次难以形容的情绪低谷：悲伤攫住了她，她在一种歇斯底里的状态下不停地从一个房间走到另一个房间，来回徘徊。南希和贝弗莉差三岁，这三年里，每到周末全家便去野餐，夏天还到科罗拉多州去度假，这三年是她真正掌管全家的三年，她是全家快乐的中心。但是，随着南希和凯尼恩的出生，产后抑郁症再度发作。尤其是在凯尼恩出生之后，那种悲伤就再也无法摆脱了，如同一块密聚不散的乌云，晴雨难测。此间也曾有过"好日子"，这些日子偶尔延长数周、数月，在这些日子里她又恢复了"原样"，变成了被朋友们视为珍宝的热情而迷人的邦妮。但即使在最好的日子里，处于最好的状态时，她依然无法达到丈夫日益频繁的社交生活需要的那种活跃。"他是爱参加各种组织的人"，是一个"天生的领导者"。她什么也不是，也不想是。因此，虽然彼此相敬如宾、绝对忠贞，但其实两人已经开始走上了不同的人生道路：他选择了一条事业的公众大道，步步高升、尽如人意，而她走了偏僻的小路，最后被引到医院的病房里。但她并没有万念俱灰，对上帝的信仰一直支撑着她，来自世俗的援手也增强了她的信念，使她相信上帝的仁慈即将到来。她到处寻求特效药，打听最新疗法，或者就像最近那样，她开始相信是"错位的神经"在折磨她。

"这些小东西才是真正属于你的，"她一边说着，一边合上扇子，"不必把它们留在家里。你可以把它们装进一个鞋盒里随身带走。"

"带它们去哪儿呢？"

"哦，去哪儿都行。你也许会出去很长一段时间。"

几年前克拉特太太打算去威奇托疗养两个星期，结果竟在那儿住了两个月。有位医生认为经历一些事情有助于她重新获得"充实和有用的感觉"。按照这位医生的建议，她租了一间公寓，找了一份工作——在基督教女青年会当档案管理员。她丈夫非常理解也鼓励她大胆地去做。然而后来她又过于热衷，以致认为自己这么做有违本身的宗教信仰，结果负罪感愈积愈深，最终超过了这次实验性疗法的价值。她只有选择放弃。

"也许你永远不再回家了。所以随身带一点自己的东西很重要，它们是真正属于你的。"

门铃响了，乔利妮的妈妈来了。

克拉特太太说道："再见，亲爱的。"她把纸扇塞进乔利妮的手里，"虽说只花了一便士，但它很漂亮。"

后来，屋里只剩下克拉特太太一人了。凯尼恩和克拉特先生去了加登城，杰拉尔德·冯·弗里特一早便离开了，女管家——也是她可以无话不谈的人——赫尔姆太太周六不工作。她也许应该回到床上去——她太少下床了，以至于可怜的赫尔姆太太必须每星期抢空给她换两次亚麻床单。

二楼有四间卧室，她的那间位于宽敞的走廊尽头，在最里边。走廊上，只有一个摇篮，是她给来访的外孙女买的，除此之外别无他物，显得空荡荡的。如果摆上帆布床，这里还可以当一间大卧室用。克拉特太太估计，在感恩节期间，整个屋子可以容纳二十位客人，其他客人可以住汽车旅店或邻居家。在克拉特家族，感恩节聚会是一年一度的盛事，大家轮流做东，今年轮到了赫伯，所以必须得做准备。但是正巧贝弗莉的婚礼又已迫近，克拉特太太对能否经受得住一点信心也没有，无论哪一件都必须花费心思。这正是她不喜欢的，一听就感到恐惧。无论丈夫哪一次出差在外，希望她对农场的事务作出随机应变的判断，都是她不堪忍受的，是一个折磨。如果她犯了错怎么办？如果赫伯不满意怎么办？最好还是锁上卧室的门，假装什么都没听见，或者，就像她有时说的那样："我不行。我不知道。对不起。"

她深居简出的那个房间很是简朴，如果不是有一张床的话，来访者也许会认为这间房子一直没人住。一张橡木床，一个胡桃木柜子，一个床头桌——上面光秃秃的只有一盏小灯，一扇挂着窗帘的窗户，以及一幅耶稣涉水的画像，此外就没有别的东西了。她并没有把随身物品搬进这里，还是和丈夫的东西混放在一起，好像通过保持屋子的冷清，可以减轻她和丈夫分房睡的歉疚。柜子上唯一正在使用的抽屉里放着一罐抹在胸口治感冒的维克斯药膏、一盒纸巾、一条电热毯、几件白色的女式睡衣，以及一些白色棉袜。她总是穿着袜子睡觉，因为她总是觉得冷。出于同样的原因，她习惯关着窗户。

前年夏天，八月里一个炎热的星期天，当她独自待在这儿的时候，经历了一次难言的痛苦。那天来了一些客人，他们是应邀来农场摘桑葚的，苏珊的妈妈威尔玛·基德维尔太太也在其中。像大多数经常受到克拉特夫妇款待的人一样，基德维尔太太也接受了女主人不出现的现实，她以为，像往常一样，邦妮不是"不舒服"，就是"去了威奇托"。等大家出发去果园时，基德维尔太太却打了退堂鼓：作为一个在城市中出生的女人，她比较容易疲倦，于是表示希望待在屋里。后来，当正无聊地等待朋友们摘完果实回来时，她听到了恸哭声，悲伤得令人心碎。"邦妮？"她一边叫着，一边跑上楼去，穿过走廊跑进邦妮的房间。当她打开屋门，屋里聚集的热气像一只突如其来的可怕的手，捂住了她的嘴，她急忙过去想打开窗户。"别动！"邦妮大叫一声，"我不热，我冷。我快冻僵了。天哪，天哪，天哪！"她猛烈地挥动着胳膊，"求你了，天哪，别让别人看见我这样。"基德维尔太太坐到床上，她想用胳膊搂住邦妮，最终邦妮也让她搂住了。"威尔玛，"她说道，"我听见了，威尔玛，你们所有的人都是欢声笑语，过得幸福愉快。而我样样都得不到乐趣。包括一生中最好的时期，包括在孩子们身上——所有的事情都不如意。不久以后，就连凯尼恩也要长大成人，变成一个男子汉。在他的记忆里，我会是什么样呢？像幽灵一样，威尔玛。"

此时，在她生命中的最后一天，她将惯常穿的印花便服挂在衣橱里，穿上拖地的睡衣和一双崭新的白色袜子。临睡前，她把日常戴的眼镜换成一副阅读时用的眼镜。虽然她订了好几份期刊（《妇女之家月刊》《麦考尔》《读者文摘》，以及卫理公会教徒家庭的半月刊《同在》），但这些杂志都不在床头桌上面，那上面只放了一本《圣经》。书页中间夹着一张绢制书签，上面绣着书中的箴言："你们要谨慎，警醒祈祷，因为你们不晓得那日期几时来到。"

这两个年轻男子之间没有多少共同之处，但他们并未意识到这
一点，因为表面看来两人还倒有几分相似。比如，两人都爱吹毛求疵，
有洁癖，对于指甲的清洁很在意。上午检修完汽车后，两人在汽车
修理厂的盥洗室里花了大半个钟头梳洗打扮。身上脱得只剩一条三
角裤的迪克和他穿好衣服时判若两人。穿着衣服时，他看起来像一
个中等身材、头发灰黄的年轻人，身体瘦型，胸部还有些凹陷；但脱
下衣服后则绝非如此，相反倒显现出一个重量级拳击手的体型。一
个咧嘴狞笑的蓝色猫脸文身覆盖在他的右手上，一侧肩膀上还刺着
一朵盛开的蓝玫瑰。更多自己设计、自己制作的标记装饰着他的胳
臂和身体：一个龙头，张开的大嘴里吐出一个人头；乳房丰满的裸女
以及一个挥舞着干草叉的小鬼，在潦草的十字架旁是"和平"两个字，
还发出神圣的光芒；两件表达感情的图案，一束献给父母的鲜花，另
一个是纪念自己和卡罗尔之间爱情的心形印记。他十九岁时和卡罗
尔结婚，六年后，他为了和另一个年轻的女士"去做正确的事"，和
卡罗尔分手了。那位女士成了他小儿子的母亲。"我有三个孩子，我
绝对会好好照顾他们。"在申请假释时他曾这样写道，"我妻子再婚了。
我已经结了两次婚，我不想与我的第二任妻子再有任何联系。"
　　比起体格和遍身的文身，迪克的脸给人的印象更为深刻。那
是一张各个部分搭配错位的脸。他的脑袋就像一个苹果切成两半再
组合起来，但果核去掉了。事实上，他曾出过事，不对称的五官是
一九五〇年一次车祸的结果。那次车祸把他的长下巴和窄脸撞歪了，
左半边脸比右半边低，因而嘴也有点斜，鼻子也歪，而他的两只眼
睛不但不在一条水平线上，连大小也不一样了。左眼狭长上翘，透
着毒蛇般阴险的蓝光，当他瞟人一眼时，虽出于无意，却清楚地反
映了他恶毒的本性。但是，佩里曾对他说："眼睛并不重要。因为你

有一个迷人的微笑,这一笑真起作用啊。"的确,微笑的动作使他的五官回到了正确的位置,让人觉得他没有那么阴险,再加上他的平头,使他看起来倒像个典型的美国"好小伙":健全但并不聪明。(实际上,他智商很高。在监狱中他接受了智商测验,分数高达一百三十;平常人的智商,犯人或非犯人,得分在九十到一百一十之间。)

佩里也一样有残疾,他在一次摩托车车祸中受的伤,比迪克还要严重。他在华盛顿州立医院住了半年,出院后又拄了六个月的拐杖。虽然这起车祸发生在一九五二年,但那条五处受伤、伤痕累累的短小肥腿令他疼得成了阿司匹林成瘾者。他的文身比迪克少,但却更为精致,不是那种业余爱好者自我陶醉的作品,而是经过檀香山和横滨文身大师的精心设计。"小甜饼"是他住院时一个对他很好的护士的名字,他把它刺在了右臂二头肌;在左臂二头肌上刺着一只蓝毛、黄眼、红牙、正在咆哮的老虎;胳膊上刺着一条盘在匕首上、正在吐信子的蛇;身上其他地方有着隐约可见的骷髅、墓碑以及盛开的菊花。

"好啦,美人,放下梳子吧。"迪克说着穿好了衣服,准备出发。他脱掉工作服,穿上一条灰色的卡其裤和一件同色的上衣,与佩里一样,他脚上也穿着过踝黑短筒靴。佩里一直没找到适合他的裤子,就穿了条裤脚挽起的蓝色牛仔裤,上身套了件皮外套。他俩又是擦洗,又是梳头,打扮得像一对要去约会的花花公子似的。两人走出屋门,向汽车走去。

奥拉西是堪萨斯城的郊区,而霍尔科姆也许可以称为加登城的郊区,奥拉西和霍尔科姆之间的距离大约是四百英里。

人口一万一千人的加登城是在南北战争结束后不久,由聚集而来的开拓者们建设成的。在一位 C. J. 琼斯先生(外号"野牛",依靠游牧捕猎野牛为生）的苦心经营下，加登城从几顶帐篷和一些拴马桩演变成一个富饶的牧场中心。这里有让人嬉戏欢闹的酒吧，有一座歌剧院，还有堪萨斯城和丹佛地区最奢华的旅馆。总而言之，只有五十英里以外的道奇城——该城以旅馆设施完善著称——可以和它媲美。"野牛"琼斯先生破产以后发了疯，在生命的最后几年，他一直在向居民大声疾呼，禁止对动物实行不道德的灭绝性捕杀，竟忘记自己是如何起家的。今天，昔日的荣耀已经随着琼斯先生一道被埋葬了，只留有一些陈迹：一排褪了色的被称为"野牛街区"的商业建筑；曾经辉煌壮丽的温莎旅馆，连同它那至今仍显华丽的高天花板酒吧、痰盂以及盆栽棕榈树等摆设，被主街上标志性的百货商店和超市所包围，已经很少有旅客光临了。温莎旅馆阴暗巨大的房间以及走廊上此起彼伏的回声，虽然可以使人发思古之幽情，但却无法和装备了空调的华伦旅馆相比，就连麦田汽车旅馆也竞争不过——那家旅馆以室内配有电视机和户外"温水游泳池"为特色，因而生意兴隆。

在美国大陆旅行的人，无论是坐火车还是汽车，都可能经过加登城，但能记住这段旅程的却没有几个，这种看法也是合情合理的。加登城看起来不过是美国大陆中部——几乎是正中间——一座司空见惯、不大不小的城镇。尽管当地的居民未必会同意这样的看法，即使它是正确的。尽管他们过高地估计了当地的条件。（"找遍全世界，哪里还能找到比这儿更友好的居民、更清新的空气、更甘甜的水？""如果我去丹佛，也许会拿到比这儿高三倍的薪水，但是我有五个孩子，我觉得没有什么地方比这儿更适合抚养子女了。学校里有各种各样的体育运动。我们甚至还有一所两年制专科学院。""我来这儿当律师，这是一件偶然的事，我从未想过要留在这里。但是当有机会可以离开时，我却想，为什么要走呢？到底为什么要走呢？也许这儿不是纽约——但谁稀罕纽约？很好的邻居，人们互相关心，这才是最重要的。一个体面人需要的一切我们这儿都有，漂亮的教堂，还有高尔夫。”）但新来到加登城的人一旦适应了晚上八点以后主要街道的寂静，就会发现许多支持居民们这样自我夸耀的理由：一所管理出色的公共图书馆；一家有竞争力的日报；到处是绿草茵茵、树荫怡人的广场；孩子和动物可以在平静的住宅区街道上安全而自由地奔跑。此外，还有一座含有小型动物园的大公园（“看啊，北极熊！”“瞧，大象彭尼！”），以及一座占地数英亩的游泳池（“世界上最大的免费游泳池！”）。诸如此类的设施加上灰尘、风沙，连同长鸣的火车汽笛声，组合在一起，构成了“家乡小镇”的风味，令那些已经离开的人在想起家乡时顿生愁思，也给那些依然留在此地的人一种落地生根的满足。

　　毫无例外，加登城的居民也不承认他们之间存在着阶级的区别。（“不，先生。这儿没那种事。不考虑财富、肤色或宗教信仰，所有人一律平等。所有事情都应按照民主的方式办理。我们就是如此。”）但是事实上，如同其他人类聚居处一样，这里等级的区分还是鲜明可辨的。从这儿往西一百英里，就会越出“圣经区域”，那里是福音最难生根的地域，人们很少把宗教挂在嘴边或放在心上。而芬尼县仍处于圣经区域之内，因此，一个人的宗教选择是影响其社会地位的最重要的因素。浸礼会教徒、卫理公会教徒和天主教徒占全县人口的百分之八十，不过在精英阶层中——商人、银行家、律师、医生，以及占据金字塔顶部的地位显赫的农场主——长老派教徒和圣公会成员占了绝大多数。偶尔，卫理公会教徒也受到欢迎，曾经有一位民主党人士也渗透进来，但总的说来，统治阶层是由信仰长老会和圣公会的右翼共和党人组成的。

克拉特先生受过高等教育，事业有成，又是一个杰出的共和党员和教会领袖——虽然是卫理公会——他有资格跻身于当地的名流之列，但是就如同他从不参加加登城乡村俱乐部一样，他也从未试图与当地的统治阶层有什么联系。那些人的爱好他全不喜欢，他从不玩纸牌、打高尔夫、喝鸡尾酒，或者晚上十点才开始吃自助餐。任何他觉得"没有益处"的娱乐他都不喜欢。这就是为什么在阳光明媚的星期六，他没有参加高尔夫球四人对抗赛，而是去 4-H 俱乐部担任当日会议主席的原因。（南希和凯尼恩从六岁起就是 4-H 的忠实会员。）会议快要结束的时候，克拉特先生说："现在我要说一件有关我们的一位成年会员的事情。"他的眼睛向一位圆胖的日本女人望去，她身边围绕着四个胖乎乎的日本小孩。"你们都认识芦田英夫的太太，知道他们一家是两年前从科罗拉多州搬到这儿来的，在霍尔科姆开始经营农场。他们是一个善良的家庭，拥有他们这样的人是霍尔科姆的幸运。任何人都会告诉你，无论谁生病，芦田太太都会过去探望，没有人能知道芦田太太把亲手烹调的味道鲜美的汤送给他们前走了多少路。还有那些鲜花，谁见过长得那么好的花？你们都还记得吧，她去年为 4-H 俱乐部义卖的成功作出了多大贡献。因此，我建议，在下星期二的庆功宴上给芦田太太颁发奖品。"

她的孩子用力拖她，用肘推她，她的大儿子叫道："啊，妈妈，说的是你呀！"但是芦田太太很害羞，她用那双圆圆胖胖的手擦了擦眼睛，笑了。她是一位佃农的妻子。她的农场风沙很大，十分偏僻，位于加登城和霍尔科姆之间。平常 4-H 俱乐部会议结束后，克拉特先生都会开车送她们母子回家，今天也同样如此。

"哎，真是令人大吃一惊。"当他们坐在克拉特先生的轻便货车里沿五十号公路回家时，芦田太太说道，"赫伯，我好像总是谢个没完。不过，还是得谢谢你。"她来到芬尼县的第二天就遇到了克拉特先生，那天正是万圣节前夜，克拉特先生和凯尼恩带着一大堆南瓜和西葫芦登门拜访。在艰苦的第一年里，这些农产品——一筐筐的芦笋、莴苣，都被作为礼物送给了芦田，当时她没有种这些作物。还有，南希经常带着宝贝来，让孩子们骑。"你知道，不管从哪方面看，这儿都是我们住过的最好的地方。英夫也这么说。我们的确不愿意离开这里，连想到这个念头都感到讨厌。离开这儿，意味着要全部重新开始。"

"离开？"克拉特先生感到诧异，放慢了车速。

"嗯，赫伯。在这儿的农场，我们是给人家干活，英夫认为我们可以做得更好。也许要去内布拉斯加。但是一切都还没定下来。到目前为止，还只是这么一说。"她说话的声音是热忱的，总像是要笑出来，令人伤感的消息一经她的嘴，不知道为什么，听起来带着喜气洋洋的味道。但是看到克拉特先生有些难过，芦田太太转换了话题。"赫伯，我想听听你们男人的意见。"她说，"我和孩子们一直在努力攒钱，我们想在圣诞节的时候给英夫一个像样的礼物。他最需要补几颗牙。现在，假设你的妻子要给你三颗金牙，你觉得这样会不会有些不像话？我的意思是，让一个男人在牙医的椅子上度过圣诞节，合适吗？"

"你在难为大家。别想着法儿离开这里。哪怕我们把你捆起来，也不让你们走。"克拉特先生说，"好，不错，金牙，当然可以。要是我，我高兴还来不及。"

他的回答令芦田太太感到高兴，因为她知道除非他真这么想，否则不会这样说的。他是一位绅士。她从未看过他对人摆架子、占便宜或者不遵守诺言。因此，她趁机大胆向他要求一件事。"我说，赫伯，别叫我在宴会上发言了，好吗？那不适合我。你不一样。你可以站着向几百人、几千人讲话，你一点都不慌，不论什么你都能把人说得服服帖帖的。什么事都吓不倒你。"她评论着克拉特先生被人公认的品质：无所畏惧的自信。这使他脱颖而出，不过这为他赢得尊敬的同时，也多少限制了别人对他的爱意。"我想不出有什么事能让你害怕。无论发生什么，你总有办法对付。"

中午时分，那辆黑色的雪佛兰到了堪萨斯州的恩波里亚，一个很大的市镇，差不多算是一座城市。这儿是一个安全的地方，因此车里的人决定下来买点东西。他们把车停在路边，然后四处漫步，直到一家挤满顾客的百货商店出现在眼前。

他们买的第一件物品是一副橡胶手套，这是给佩里买的，他忘记了带自己的那副旧手套，而迪克带了。

他们向一个陈列着女用纺织品的柜台走去。在经过一番争论后，佩里说："我要买长筒袜。"

迪克不同意。"我的眼睛怎么办？这些袜子颜色都太浅，什么也遮不住。"

"小姐，"佩里的叫喊引起了一位女售货员的注意，"你们有黑色的长筒袜吗？"当售货员告诉他没有时，佩里建议他们另找一家商店，"黑色十分安全。"

但是迪克已经拿定了主意：任何颜色的长筒袜都不必要，都是累赘，这笔钱是白白浪费的（"我为这次行动花的钱已经够多的了"），而且毕竟他们遇到的任何人都不会活着成为证人。"绝不会有证人。"他提醒佩里，佩里的耳朵都快听出茧子了。这句话令佩里感到愤怒，迪克说出这句话的口气仿佛他们俩已经解决了所有的问题；也许就有他们没发现的证人，不承认这一可能性是愚蠢的。"一旦发生不应发生的事情，可就全砸了。"他说道。但是，迪克却露出了扬扬自得、略显幼稚的微笑，他不同意佩里的说法。"不要瞎想了。绝对不会出错。"没错。因为这是迪克制订的计划，从第一步到最后悄悄收场，每一步都完美无缺。

接着，他们去买绳子。佩里仔细察看绳子的质地，还试了试。他曾在船上工作过，精通此道，擅长用绳子打结。他选了一条白色尼龙绳，这种绳子像钢筋一样结实，又比较轻。他们商量需要多长的绳子。这个问题使迪克急躁起来，虽然认为自己的通盘考虑都是完美的，但他却无法确定究竟需要多长，这使他感到很尴尬。最后，他说："上帝啊，我怎么知道？"

"你他妈的最好有点准头！"

迪克只好算了一下。"他跟她，那小鬼，那小妞，也许还有另外两个。但这是星期六，他们也许有客人。就算八个吧，或者十二个。唯一可以确定的是，他们一个个都得去见上帝。"

"听你这口气，倒真不少。"

"我不是早就给你打过包票吗？亲爱的，他们——那些墙上会满是鲜血。"

佩里耸了耸肩。"既然这样，我们最好买一整捆。"

绳子长达一百码——足够绑十二个人。

凯尼恩自己动手做了一只箱子，一只雪松镶边的樱桃木嫁妆箱。他想把它作为结婚礼物送给贝弗莉。此刻，他正在所谓的地下"密室"给箱子上最后一遍清漆。水泥地面的密室和屋子一样宽，里面的家具差不多全是凯尼恩的木工作品（架子、桌子、凳子、一张乒乓球台）和南希的女红（令旧沙发焕然一新的印花棉布沙发罩、窗帘、绣着字的枕头——"快乐吗？在此不必疯狂，疯狂却也无妨"）。凯尼恩和南希试图用油漆来驱散地下室里难以消除的阴郁气氛，但两人都没有意识到他们失败了。实际上，他们都认为拥有密室是一种胜利和幸福。对南希而言，她可以在这里招待"同伴"而不用担心会打扰到妈妈；凯尼恩则可以独自待在这里，随便钉呀锯呀，摆弄他的"发明"，他最新作品是一口深底电煎锅。紧邻着密室的是暖气间，里面有一张放工具的桌子，上面还堆着一些其他正在做的东西：一台扩音器，一台老式的、需要上发条的手摇留声机，凯尼恩正打算让它恢复运转。

凯尼恩的外表和他双亲都不像，大麻色的平头，六英尺的瘦长个子，虽然很结实——据说有一次他为了救两只成年羊，在暴风雪里走了两英里——但却有着瘦高男孩的一项缺点：肌肉不太协调，看起来终究不够魁梧。这个缺点，再加上没有眼镜便手足无措，使他无法参加很多运动（篮球、棒球），哪怕只是其中微不足道的成员也不行。而这些运动正是大部分男孩子喜爱的，他因此少了不少友伴。他只有一个亲密的朋友，鲍勃·琼斯，泰勒·琼斯先生的儿子，他家的农场在克拉特家西边一英里。在堪萨斯农村，男孩子很小就开始开车了。凯尼恩十一岁的时候，经父亲允许，用养羊赚的钱买了一辆装有 A 型发动机的旧卡车，他和鲍勃称它为"追狼车"。在离河谷农场不远的地方有一片被称为"沙丘"的神秘土地，它像一片没有海水的沙滩，夜里郊狼在沙丘中潜行，成群结队地嚎叫。在月圆之夜，两个男孩会驱车袭击郊狼，追得它们四散奔逃；他们俩试图超过狼群，不过很少能追上，因为即便是骨瘦如柴的郊狼也能跑出每小时五十英里的速度，而他们的卡车最高时速不过三十五英里。但是开车追狼有一种狂野而美妙的乐趣：沙地上滑行的卡车，月色映照下逃命的郊狼，正如鲍勃所说，这令人觉得心都快跳出来了！

同样令人陶醉而收获更大的是围猎兔子。凯尼恩是个好射手，鲍勃的枪法更好，有时候两人可以把五十只兔子送到"兔子工厂"去。那是加登城的一座加工厂，每只兔子他们出价十美分，在快速冷冻后，卖给毛皮商人。但是对凯尼恩而言——也包括鲍勃——最重要的是周末。每到这时，他们俩整夜沿着河边打猎，四处游逛，日出时裹在毯子里倾听翅膀的拍动声，然后踮着脚尖向发出声响的地方摸去，然后，最甜蜜的时刻到来了，两人腰间挂满了成打野鸭大摇大摆地回家与家人分享美味。但是，最近凯尼恩和他朋友之间的关系发生了点变化。他们没有吵架，也没有刻意疏远，其实什么也没发生，只是十六岁的鲍勃开始"交女朋友"了，这意味着比鲍勃小一岁、还是个不解风情的孩子的凯尼恩不能再指望他的陪伴了。鲍勃对他说："等你到了我这么大，你的感觉就会不一样。我过去想的和你一样，觉得女孩子算什么，但是当你开始和她们谈话时，感觉非常美妙。你会明白的。"凯尼恩疑惑不解，他无法想象在一个女孩子身上浪费哪怕一小时，与其那样还不如打枪、骑马、摆弄工具、修理机械甚至看书。如果鲍勃不来，那么他宁愿独处。在性格上，他一点也不像克拉特先生的儿子，而更像邦妮，敏感而沉默寡言。他的同龄人都认为他"冷淡"，不过又都谅解他，"哦，凯尼恩，他是那种生活在自己世界里的人"。

在等着油漆晾干的同时，凯尼恩要去料理另一项杂活，一件需要他走到户外的工作。他想清扫一下妈妈的花园，那块树叶乱堆的宝地正好位于邦妮卧室的窗户下面。当凯尼恩来到花园时，他看见一位雇工——女管家的丈夫保罗·赫尔姆，正在用铁锹松土。

"看见那辆车了吗？"赫尔姆先生问道。

是的，凯尼恩看见了停在车道上的那辆车，一辆灰色的别克，就停在父亲办公室的门外。

"你知道是谁吗？"

"不是约翰逊先生吗？爸爸说过正等他来呢。"

赫尔姆先生（他如今已去世，事发第二年三月死于中风）是位五十多岁、有些阴郁的人，畏缩的神情下掩盖了一种极为好奇和警惕的个性。他喜欢问东问西。"哪个约翰逊？"

"推销保险的那个。"

赫尔姆先生小声嘟哝说："你爸爸肯定有一大堆文件要签。我估计这辆车停在那儿有三个小时了。"

黄昏即将到来，冷风袭人，天空依然湛蓝，但花园里菊花的高梗已伸出长长的影子。南希的猫正在菊花丛中嬉闹，用爪子挠抓着凯尼恩和老赫尔姆绑植物的麻绳。蓦地，南希出现了。她坐在胖胖的宝贝背上，慢慢地自田间踱来，她刚去河里给它洗完澡，这是宝贝周六的乐事。特迪，那条狗，陪着他们，三个都是水淋淋的，闪闪发光。

"你会着凉的！"赫尔姆先生说道。

南希笑了。她从未生过病，一次也没有。从宝贝身上滑下来后，她躺到花园边的草地上，一把捉住猫，举在头顶上摇着，还亲了亲猫的鼻子和胡子。

凯尼恩有些看不下去。"竟然亲动物的嘴。"

"你以前还亲过斯基德呢。"她提醒凯尼恩。

"斯基德是匹马。"那是他从小马驹养大的一匹漂亮的暗红色公马。它跃过栅栏时才棒呢!"你别把它累坏了,"他父亲曾警告他,"总有一天你会要了它的命。"果不其然,有一天斯基德驮着主人沿一条下坡路疾驰时,它的心脏受不了,一跤跌倒,死了。现在,一年以后的今天,尽管父亲看他很难过,许诺明年春天再给他买一匹小马驹,但凯尼恩还是为它哀痛不已。

"凯尼恩,你觉得特雷西到感恩节的时候会说话了吗?"南希问道。特雷西还不到一岁,是她的外甥,伊芙安娜的儿子。南希和伊芙安娜这个姐姐关系特别亲。相比之下,凯尼恩最喜欢贝弗莉。"要是听到他叫'南希阿姨'或者'凯尼恩舅舅',我会高兴死的。你难道不喜欢听到这样的称呼吗?我说,难道你不想当舅舅吗?哎呀,你怎么不回答我?"

"因为你是个傻瓜。"他一边说,一边把一朵枯了的大丽花向南希扔去,她顺手把花插到了头发里。

赫尔姆先生拿起铁锹。乌鸦哇哇地叫了几声,太阳快西沉了,但是他的家不在这里。被中国榆树掩映的小道已经变成了一条暗绿色的隧道,而他就住在隧道的尽头,离这儿大约半英里。"晚安。"他说道,开始踏上回家的路程。但他回头看了一眼,第二天他证实,"这是我最后一次看到他们。南希牵着宝贝向谷仓走去。正如我所说的,没有任何异常之处"。

黑色的雪佛兰又一次停了下来,这次是停在恩波里亚郊外一所天主教医院的前面。在佩里持续不断的刺激下("那是你的毛病,你以为只有自己的主意是对的——迪克的主意。"),迪克投降了。他让佩里留在车里等候,而他走进医院设法向修女买一双黑色长筒袜。这个鬼主意是佩里的灵感,他争论说修女一定有黑色长筒袜。当然,不可否认，这种想法有一个弊端：修女以及任何与之相关的人或事都是不吉利的，而佩里非常迷信（他的一些禁忌包括数字十五、红头发、白花、横穿马路的牧师或梦里出现蛇），但这是不可避免的。极端迷信者通常也是极端的宿命论者，佩里就是一个例子。他出现在这里，干着目前的差事，并非因为他希望如此，而是命运的安排。他可以证明这一点——虽然他无意去证明，以免被迪克知道——他违反假释规定返回堪萨斯州的真实而隐秘的动机与迪克的"计划"或那个邀请完全无关。真正的原因在于数周前他得知，十一月十二日星期四这天，他的另一位前狱友将从兰辛的堪萨斯州立监狱获释，"世上没有比这更紧要的"，他急于和这个人重聚，他"真正的、唯一的朋友"——"出类拔萃的"威利－杰伊。

在三年牢狱生涯的第一个年头，佩里一直饶有趣味地远远观察着威利－杰伊的一举一动，同时他又有点担忧：如果一个人希望被别人看作是硬汉，那么和威利－杰伊接近就是不明智的。他在狱中担任牧师的书记，一个瘦弱的爱尔兰人，头发过早地出现了灰白色，一双忧郁的眼睛也是灰色的。他的男高音是监狱唱诗班的光荣。虽然佩里蔑视任何虔诚的表现，但是在听到威利－杰伊唱起《主祷文》时，却禁不住感到"心酸"。这首赞美诗使人的心灵得到净化，那庄重的歌词令他感动，使他对一向自认为没错的轻蔑多少有点怀疑。最终，被一种微妙的宗教好奇心所驱使，他开始接近威利－杰伊，而这位牧师的书记立即给了他友善的回应。威利－杰伊立刻意识到这个眼神蒙眬、声音低沉、略显一本正经的跛脚壮汉是位"诗人"，"一个罕见而可以挽救的灵魂"，一种"要把这个孩子带到上帝那里"的激情吞没了他。有一天，当佩里呈给他一幅用彩色蜡笔画的耶稣像时，他感到成功的希望大增。那是一幅很大的笔法娴熟的画像。兰辛地区受人尊敬的新教牧师詹姆斯·波斯特非常看重这幅画，把它挂在办公室里，至今还在那里挂着：画上是一个圣洁的救世主，带有威利－杰伊的丰满嘴唇和忧郁的眼睛。这幅画是佩里追求宗教寄托的最高境界，但具有讽刺意味的是，这幅画也是终点，他认为耶稣有点"伪善"，试图"愚弄和背叛"威利－杰伊，因为从过去到现在上帝从未令他信服。然而，他是否应该冒着失去一位"真正理解他"的朋友的风险承认这一点呢？（霍特、乔、杰希，这些在世上撞来撞去、彼此却从不透露真实姓名的家伙，都只是他的"哥们"，但在佩里看来，从来没有一个人像威利－杰伊这样"才华出众"，"如同一位受过良好训练的心理学家那样观察入微、感觉敏锐"。这样一个天才怎么会被关进兰辛呢？这正是令佩里感到诧异的地方。答案是：这位三十八岁的牧师书记是一个贼，一个惯偷，二十年里曾在五个州服过刑。这个答案无须复杂的头脑都可理解，虽然佩里也知道，但他以"更深刻的、人性的问题"为借口而拒绝承认。）佩里决定说出来：他很抱歉，但是天堂、地狱、圣徒和仁慈……这些东西不对他的口味。如果威利－杰伊的爱是建立在设想佩里有一天会和他一起跪倒在上帝的脚下，那么他是被骗了，他们的友谊是虚假的，就像那幅画一样，是假的。

像往常一样，威利－杰伊表示理解。虽然他很沮丧，但却仍旧抱着幻想，坚持呼求佩里的灵魂，直到有一天佩里获得假释、离开了监狱。在佩里走之前的那个晚上，他给佩里写了一封告别信，最后一段这样写道："你是一个极富激情的人，一个饥饿却不是很清楚想要吃什么的人，一个饱经挫折却拼命在牢不可破的世俗中寻求自己生存空间的人。你悬挂于两种精神状态之间，一种是自我表现，另一种是自我毁灭。你很强壮，但你的强壮有一个缺陷，除非你学会控制自己的力量，否则这个比你的力量还强大的缺陷将打败你。什么缺陷？不分场合随时会爆发的感情用事。为什么？为什么看到别人幸福或满足的时候，你会毫无道理地发怒？为什么你对人类的蔑视以及伤害他们的欲望越来越强？好吧，你认为他们都是傻子，你厌恶他们，因为他们的道德、他们的幸福正是你挫败和愤慨的来源。但是这些正是你内心可怕的敌人，总有一天会像子弹一样具有毁灭性。幸运的是，子弹只是夺去受害者的生命，而细菌却不管你活多久都在折磨你、撕碎你，只留下一具躯壳。你的生命之所以还有火焰在燃烧，是因为你向火里投入了轻蔑和憎恨的干柴。你可以成功地谋事，却不可能谋得成功，因为你就是自己的敌人，你使自己无法享受自己的成就。"

佩里很满意自己成了这篇说教的主角，还让迪克读了这封信，而迪克对威利－杰伊抱有怀疑，说这封信"不过是一派胡言乱语"，还说："轻蔑的干柴？我看他就是干柴！"当然，佩里早料到他会有这种反应，心里还暗暗地对此表示欢迎，因为直到在兰辛的最后几个月里，他才认识迪克，两人之间的友谊正是他对那位牧师书记极为崇拜的一种平衡，是自然而然的。也许迪克是"浅薄"，或者就像威利－杰伊指称的那样，是"一个堕落的吹牛者"，反正都不要紧。迪克风趣、精明、讲究实际，办事"干净利落"，他脑子里既没有阴郁的影子，也不是个土包子。而且，和威利－杰伊不同的是，他对佩里古怪的想法从不吹毛求疵；他愿意倾听，迎合人意，喜欢和佩里一起分享美梦——埋藏在墨西哥海底和巴西热带雨林里的"肯定有的宝藏"。

在获得假释后的四个月里，佩里开着一辆倒了五次手、花一百美元买来的福特汽车，从里诺开到拉斯维加斯，从华盛顿州的贝灵汉开到爱达荷州的比尔。他在比尔找了一份临时工作，当卡车司机，正是在这里他收到了迪克的信："佩里老友，我八月份出来了，你离开后，我遇见了一个人，你不认识他，但是他令我们可以干一桩漂亮事。一个易如反掌、异常完美的计划……"在这之前，佩里从未想过会再次见到迪克或者威利－杰伊。但是他们两个经常出现在他的脑子里，特别是后者，在佩里的记忆中，已经变成了一个萦绕在他记忆通道里的贤哲。"你追求的是被人否定的东西，"威利－杰伊在一次说教时曾对他说，"你什么也不在乎，没有责任感、没有信仰、没有朋友，也感觉不到温暖。"

在近来孤独而困窘的颠沛流离中，佩里一次又一次地想起威利－杰伊的话，他认定这是不公正的。他的确在乎这些，但是谁又在乎他呢？父亲？是的，从某一点来说是这样。还有一两个姑娘，但是"说来话长了"。除了威利－杰伊，没有人在乎过他。只有威利－杰伊承认过他的价值和潜力，承认他不只是一个矮小的、肌肉发达的杂种，看出他在一切德行上，与他本人看到的一样"特殊""罕见""有艺术气质"。在威利－杰伊身上，他的虚荣心得到了满足，他的敏感得到了保护。四个月的流浪生活使这种高度的评价比梦中的财宝对他更有诱惑力。所以当他收到迪克的来信，并且意识到迪克建议他来堪萨斯州的日子正好和威利－杰伊出狱前后相差不多时，他知道了自己必须做什么。他开车来到拉斯维加斯，把车卖掉，收拾好地图、旧信、手稿和书籍，买了一张灰狗长途汽车票。这次旅行的结果就只能靠命运了；如果"和威利－杰伊一起解决不了问题"，那么他"将考虑迪克的建议"。然而，结果是，他要么选择迪克，要么选择一无所获。就在佩里的汽车在十一月十二日晚上抵达堪萨斯城时，威利－杰伊已经不能欢迎他的到来了，他走了，离开了堪萨斯城，事实上，仅仅五个小时之前，他从佩里抵达的那个火车站离开了。佩里通过电话向波斯特牧师打听来这个消息，但波斯特令他很失望，他拒绝透露威利－杰伊的准确去向。"他往东边去了，"牧师说，"去寻找好机会了。一份体面的工作，一个愿意帮助他的好人家。"佩里挂了电话，愤怒和失望令他感到眩晕。

但是，他想知道，当痛苦减弱以后他还会真的期望与威利－杰伊重聚吗？自由把他们截然分开；恢复自由身之后，他们没有共同之处，相反，他们永远也不可能在一起——像他和迪克那样一起去南部边境外的深海寻宝。但是，如果他没有错过威利－杰伊，哪怕他们能在一起待上一个小时，佩里确信，或者说完完全全地"知道"，他此刻就不可能待在一所医院的外面，等着迪克从里面找到一双黑色长筒袜。

迪克两手空空地回来了。"没有，走吧。"他说道，一副狡猾且漫不经心的表情，令佩里大起疑心。

"你肯定没有吗？你真的问过修女了？"

"我当然问过了。"

"我不相信。我想你只是走进去逛了几分钟，然后就出来了。"

"好了，甜心，随便你说什么。"迪克开始开车。沉默着走了一会儿，迪克拍了拍佩里的膝盖。"嗨，行了，"他说，"这就是个狗屁主意。天知道她们会怎么想？我闯了进去像逛百货公司似的……"

佩里说："也许这样也不错。修女不是什么好兆头。"

当看到克拉特先生旋开派克钢笔、打开支票簿时，纽约人寿保险公司在加登城的代理人不由得露出了微笑。他想起了当地的一句俏皮话。"知道他们怎么说你吗，赫伯？他们说：'自从理发涨到一美元五十美分，赫伯连理发也开支票了。'"

"没错。"克拉特回答说，他像贵族一样，以从不随身携带现金而闻名，"这就是我做生意的方式。当查税人员找上门来的时候，支票存根是你最好的朋友。"

支票已经填好，但尚未签字，他将身子靠回椅子内，似乎陷入了沉思。那位矮壮的、有点秃顶、不拘小节的代理人名叫鲍勃·约翰逊，他希望自己的客户不要在最后时刻变卦。赫伯是个头脑冷静、做事力求稳妥的人，约翰逊忙活了一年才最终敲定这笔生意。但是，此刻不同以往，他的顾客只是在经历一种约翰逊所谓的"庄严时刻"。这种现象，保险生意人都很熟悉。一个人在买人寿保险时的心情，跟写遗嘱没什么不同，死亡的念头难免涌上心头。

"是的，是的，"克拉特先生说道，仿佛在自言自语，"我该知足和感恩——这一辈子经历了太多美妙的事。"足以纪念他事业里程的各色镜框，挂在他办公室的胡桃木墙壁上，闪闪发光：大学文凭证书、河谷农场的地图、农业比赛的奖状，还有一张艾森豪威尔总统和他的国务卿约翰·福斯特·杜勒斯亲笔签名的华丽证书，以表彰他在联邦农业信用委员会的工作。"还有孩子们。我们在这方面一直很庆幸。也许我不该这么说，但我真的为他们感到骄傲。就拿凯尼恩来说吧，虽然目前他倾向于工程或科学，但是你不能说他不是个天生的农业好手。上帝保佑，总有一天他将经营这块地方。你以前见过伊芙安娜的丈夫唐·贾乔吗？他是位兽医。你不知我有多器重那孩子。还有维尔，维尔·英格里希，我女儿贝弗莉钟情于他。如果我出了什么事，我敢肯定，他们一定能承担起责任；但是邦妮，邦妮一个人挑不动这么一副重担……"

约翰逊，在这类意味深长的话题上是个老手，知道这时可以插话了。"哎，赫伯，"他说道，"你还是个年轻人呢，才四十八岁。无论从外表，还是从健康报告上看，你都很年轻，少说也有好些年我们要承蒙你的照顾呢。"

克拉特先生挺直身子，又一次拿起了钢笔。"说实话，我感觉相当好。非常乐观。我想在接下来的几年里，有人真的可以在这里赚点钱。"在简单阐述未来理财计划的同时，他在支票上签了名，然后把它推到桌子另一边。

此刻已是六点过十分，保险代理人急着回家，妻子正等他回去吃晚饭呢。"承蒙关照，赫伯。"

"哪里的话，老哥。"

他们握了握手。然后，约翰逊带着一种胜利的感觉拿起克拉特先生的支票，把它放进自己的皮夹里。这是一份价值四万美元保险的头期款，一旦出现保险人意外死亡的情况，保险公司将双倍赔偿。

> 他和我散步，他和我聊天，
>
> 他对我说我是属于他的，
>
> 我们在那里等待时分享的快乐，
>
> 没有人能明白……

佩里用吉他自弹自唱，自得其乐。他能唱大概两百多首圣诗和情歌，从《粗糙的老十字架》到科尔·波特 [①]，除了吉他以外，他还会口琴、手风琴、班卓琴和木琴。在他最喜欢的一个舞台生涯的幻想中，

[①]科尔·波特（Cole Albert Porter, 1891–1964），二十世纪美国最著名的爵士乐与音乐剧的天才作曲家。

他的艺名叫佩里·奥帕尔森，是一位表演"一人交响乐"的明星。

迪克说："来杯鸡尾酒怎么样？"

其实，佩里并不在乎喝什么，他不是一个很爱喝酒的人。但是迪克却很挑剔，在酒吧里，他通常选择橙花酒。佩里在汽车的工具箱里装着一品脱已经调好的橘子味的伏特加鸡尾酒。他们俩轮流喝了起来。虽然暮色已浓，但迪克仍把速度稳定在每小时六十英里，并且没有打开车头大灯。路很直，土地平坦得像一片湖泊，很少看见别的车驶过。这里便是"那边"，或者离"那边"很近了。

"天哪！"佩里说道，他盯着那开阔一望无际的土地，以及清冷的天空下连绵不绝的青色——除了远处农场里闪烁的灯光以外，一无所有，显得空旷而孤寂。他憎恨这里，就像他憎恨得克萨斯平原和内华达沙漠一样：空旷的地势和稀少的人口常令他情绪低沉，还伴有一种对陌生环境的恐惧。海港才是他最喜欢的地方，拥挤、嘈杂、塞满了船只，飘荡着下水道气味，比如横滨。朝鲜战争期间，他作为美国陆军的士兵曾在那里度过一个夏天。"天哪！他们对我说离堪萨斯州远点！永远别让我的脚再踏上堪萨斯州的土地，好像他们是在禁止我进入天堂似的。好好看看这儿，简直大饱眼福。"

迪克把酒瓶递给他，里面的酒只剩下一半了。"剩下的留着吧，"迪克说，"我们也许还用得着。"

"还记得吗，迪克？我们谈过关于那条船的事？我想，我们可以在墨西哥买条船，一条便宜但很结实的船。我们可以横渡太平洋，去日本。有人做过，好几千人曾经是这样过去的。我不骗你，迪克，你该去日本看看。日本人善良，性格温和，彬彬有礼。真的很周到——不仅仅是为了你的钱。说到女人，你从没见过那么温柔的……"

"我有过女人。"迪克说他仍爱着有一头蜜色金发的第一任妻子，虽然她已经和别人结婚了。

"日本那儿有许多浴池。有一间叫'寻梦池'，你可以舒舒服服地躺在里面，美丽迷人的姑娘会从头到脚给你擦洗。"

"你以前告诉过我。"迪克有些不耐烦。

"那又怎么样？我就不能再说了吗？"

"以后再说吧。以后再说。嗨，伙计，我脑子里想的已经够多了。"

迪克打开收音机，佩里又把它关上。他不管迪克的抗议，自顾自弹起了吉他。

我独自一人去花园，
露水还在玫瑰上。
我耳中传来声音，
原来是神子主耶稣……

一轮满月正在天边冉冉升起。

案发后的星期一，年轻的博比·鲁普在接受测谎检查之前作证时，描述了他最后一次拜访克拉特家的情形。"当时是一轮满月，我想，如果南希愿意的话，我们可以开车出去，去麦金纳湖或者去加登城看电影。但是当我给她打电话时——当时大概是七点十分左右——她说她得去问问父亲同意不同意。然后，她回来了，回答是不行，因为昨晚我们在外面待得太晚了。不过，她说我干脆过来看电视算了。我经常去克拉特家看电视。你知道，南希是我唯一约会过的女孩。我从小就认识她，从一年级开始我们就一起上学。从我记事起，她就那么漂亮、那么惹人喜爱，她是一个人物，甚至当还是小姑娘的时候就如此。我的意思是，她让每个人都觉得开心。我第一次和她约会是在八年级。当时班里大多数男孩子都想带她去参加八年级的毕业舞会，所以当她说愿意和我一起时，我很吃惊，也有点自豪。我们俩当时都是十二岁。我爸把车借给我，我开车和她一起参加舞会。对于南希，我是越看越喜欢；对于他们全家人，也是这样——没有哪家能和他们相比，至少这里没有，反正我不知道谁能和他们相提并论。克拉特先生也许在某些事情上过于严厉——比如说宗教信仰或者诸如此类的事——但他从未试图让人觉得他对你错。

"我们家住在克拉特家西边三英里。我通常是走着来回，但是夏天我一直在打工，去年我攒够了钱，买了一辆自己的车，一辆一九五五年的福特，所以那晚我开车过去，大约是七点刚过时到的。无论是在路上，还是在通往她家的林荫车道上，我一个人都没看见，屋子外面也没人。只有老特迪冲我汪汪叫。一楼的灯亮着，那是客厅和克拉特先生的办公室。二楼是黑的，我想克拉特太太一定睡着了，如果她在家的话。你永远都不会知道她究竟在不在家，我也从没问过。但是我发现我猜对了，因为后来凯尼恩想要练习乐器——他在学校乐队里吹次中音号——但南希对他说别练了，怕他把克拉特太太吵醒。不管怎么说，我到的时候，他们已经吃完了晚餐，南希收拾了碗盘，把它们都放在洗碗机里了。他们三个人——两个孩子和克拉特先生——都在客厅里。所以我们像以前那些晚上一样围坐在一起：南希和我坐在沙发上，克拉特先生坐在椅子上，就是那把带坐垫的摇椅。他没怎么看电视，他正在读一本书，书名是《流浪的男孩》，那是凯尼恩的。他去了一次厨房，回来时拿着两个苹果，他给了我一个，但我不想吃，所以他全吃了。他的牙齿很白，他说那是吃苹果的缘故。南希当时穿着短袜和软拖鞋，蓝色牛仔裤，我想她上身穿的是一件绿色毛衣；她戴着那块金表和去年一月她十六岁生日时我送她的礼物——一个表明我们关系的手镯，一面刻着她的名字，另一面是我的。她还戴了一枚小小的银戒指，这是她今年夏天和基德维尔一家去科罗拉多的时候买的，并不是我们的定情戒。你知道，两个星期前，她冲我发火了，说要把我们的戒指摘下来放一段时间。当你女朋友这么做时，那就意味着你要经受考验了。我是说，的确，我们有过争吵，但男女朋友谁没吵过架？这次是因为我去参加一个朋友的婚礼，在招待会上喝了一点啤酒，只有一瓶，却被她知道了。不知是谁嘴快，说我喝得大醉。唉，从那以后她仿佛成了石头人，一个星期连招呼都没和我打。但是最近我们又和好如初了，我相信她正打算重新戴上我们的戒指。

"好吧，那天晚上我们看的第一个节目是第二频道的《人与挑战》，讲的是几个人在北极的故事。然后我们看了一部西部片，这之后是一个间谍的冒险故事《五指》。九点半时演的是麦克·海默 ① 的侦探片。然后是新闻。但是这些节目凯尼恩全不喜欢，之所以如此，很大原因是我们没让他选节目。他对每一个节目都挑三拣四的，南希一直叫他闭嘴。他们俩总是这样拌嘴，不过实际上两人是很亲密的，比大多数兄弟姐妹都要亲。我猜大半是因为他们单独待在一起的时间很多，克拉特太太经常不在家，而克拉特先生也经常去华盛顿或别的什么地方。我知道南希很爱凯尼恩，但是我认为即使是她也没有真正了解凯尼恩。他似乎总是一个人魂不守舍。你永远也别想知道他在想什么，甚至也不会知道他是不是在看着你——他有一点轻微的斜视。有人说他是一个天才，这话也许是真的。他确实读了很

---

① 美国冷硬派侦探小说家米基·斯皮兰（Mickey Spillane）笔下的人物。

多书。但是，正如我所说，他当时有些不安。他不想看电视，想练乐器，当南希不让他练时，我记得克拉特先生对他说，为什么不去地下室的娱乐间里去练呢，在那儿没有人会听见。但是他又不想去地下室。

"电话响了一次，或者两次？哎，我记不清了。我只记得有一次电话响了，克拉特先生到办公室去接。门——客厅和办公室之间的滑动门——是开着的，我听见他说'冯'，所以我知道他正在和他的雇员冯·弗里特先生谈话。他说他有点头疼，不过正在好转。还说要在星期一早晨见见冯·弗里特先生。他回来时，麦克·海默刚播完，然后是五分钟新闻，接着是天气预报。每次一到播天气预报的时候，克拉特先生就会来精神。实际上，他一直等的就是天气预报。这就和唯一吸引我的是体育节目一样，接下来就是体育节目。体育节目结束时已是十点半了，我起身要走。南希送我出来。我们说了会儿话，约定在周日晚上一起去看电影，一部所有女孩都盼望看的电影——《情窦初开》。然后她跑回了屋里，我开车离开。那晚夜色很亮，像白天一样，月光皎洁，天有些凉，微风吹过，无数风滚草①随风飘动。这就是我看到的一切。只是现在我回想起来，我觉得一定有人一直躲在那里，也许就在那边的树丛里。有人就等着我离开。"

迪克和佩里在大本德的一家饭馆前停了下来。因为身上只剩十五块钱了，佩里打算点一份饮料和三明治，但迪克说不，他们需要的是一顿实实在在的"盛宴"，不必为费用发愁，他来付账。他们点了两份半生的牛排、烤土豆、法式土豆丝、炸洋葱圈、豆煮玉米，

---

①生于北美洲沙漠地区，秋季干枯，枝叶断落，随风滚动。

还点了意大利通心粉、玉米片粥、千岛沙拉、肉桂面包卷、苹果派、冰淇淋和咖啡。吃饱喝足后，他们俩去了一家杂货店挑选雪茄；在同一家杂货店里，他们还买了两卷厚厚的胶带。

黑色的雪佛兰重新上路，急匆匆地穿越乡村，悄悄地向更加寒冷、更加干燥的麦田高地驶去。佩里闭目打盹，进入了酒足饭饱后昏昏欲睡的状态，当听到播放十一点钟的新闻时，他醒了过来。他摇下车窗，让清冽的空气吹着自己的脸。迪克告诉他已经进入芬尼县境内。"我们进入县界十英里了。"他说。汽车跑得飞快。公路两旁指示牌上的广告词被汽车前灯照得闪亮，瞬间又一晃而过："瞧，北极熊""伯蒂斯汽车""世界上最大的免费游泳池""麦田汽车旅馆"。终于，一转眼的工夫，路灯亮了起来。"您好，异乡客！欢迎来到加登城，竭诚为您服务。"

他们沿着城市北面的边缘前进。将近午夜时分，路上空无一人，除了孤零零的加油站还亮着灯，其他商店都关门了。迪克拐进一间名为赫德家菲利浦六六的加油站。一个年轻人出现了，问道："要不要把油加满？"迪克点了点头。佩里从车里出来，走进加油站的盥洗间，然后把门反锁上。他的双腿像平时发作那样令他疼痛难忍，疼得好像以前那场事故就发生在五分钟前。他从一个瓶子里倒出三片阿司匹林，慢慢地嚼碎（他喜欢阿司匹林的味道），然后从洗脸盆的水龙头里接水喝。他坐在马桶上，伸开腿，揉了揉，按摩着那几乎无法弯曲的膝盖。迪克说过他们差不多快到了，"只要再走七英里就到了"。他拉开上衣一个衣兜的拉链，拿出一个纸盒，里面是刚买不久的橡胶手套。手套上粘着一层薄薄的胶水，黏糊糊的，他一只手指一只手指地伸进去。有一只破了，破得不是太厉害，只是在两个手指间裂开了，但对他而言不是什么好兆头。

门把手转动了，格格地响。迪克说道："想吃糖吗？他们这儿有一台糖果机。"

"不。"

"你还好吧？"

"我很好。"

"别在里边蹲一整夜。"

迪克往自动贩卖机里投了一枚硬币，拉了一下杠杆，拾起一包软糖豆，大嚼着回到车里，懒洋洋地靠在车座上，看着那个加油站的年轻人清扫挡风玻璃上的堪萨斯尘土和粘着的飞虫尸体。那年轻人名叫詹姆斯·斯波尔，他感到有点不安。迪克的眼神和阴沉的表情，佩里在盥洗室里长时间不出来，令他心烦意乱。第二天，他向加油站的老板汇报说："昨天晚上，我们这儿来了两个看起来很难缠的顾客。"甚至很长时间以后，他从未把这两个人和霍尔科姆的惨案联系起来。

迪克说："这里有点不景气呀。"

"可不是嘛，"詹姆斯·斯波尔说，"两个小时来，你们是唯一在这里停下来的。你们是从哪儿来啊？"

"堪萨斯城。"

"来这儿打猎？"

"只是路过。我们要去亚利桑那州，在那儿找到了工作，建筑工，正等着我们去呢。你知道从这里到新墨西哥州的图克姆卡里还有多远吗？"

"这我就不知道了。一共三元六角。"他接过迪克的钱，找了零钱，说道，"失陪了，先生。我还要工作，给一辆卡车装保险杠。"

迪克边吃软糖豆边等，不耐烦地启动油门，按了按喇叭。难道他判断错了佩里的性格？一向神勇过人的他，这会儿突然"怯场"了吗？一年前，他们初次相遇时，他认为佩里有点"顾影自怜""多愁善感""太爱幻想"，但仍不失为一个"好小伙"。他喜欢佩里，但并不认为他值得自己花力气去交往。直到有一天，佩里给他讲了一起谋杀案，告诉他仅仅是"为了好玩"，自己在拉斯维加斯怎样用自行车链条杀死一个黑人。这件奇闻改变了迪克对小个子佩里的看法，他开始对佩里另眼相看，像威利－杰伊一样——虽然两人考虑的动机不同——渐渐断定佩里具有不同寻常且很有价值的特质。在兰辛监狱，有好几个人吹嘘自己杀过人或对此类事根本不畏惧，但迪克确信佩里是其中罕见的一个，"一个天生的杀手"——头脑绝对冷静，但却毫无怜悯之心，不管有没有动机，都可以实施最冷酷的致命打击。迪克认为，这一能力在他的监督下可以得到最完美的施展。在得出这个结论后，他向佩里展开了追求攻势，大拍佩里的马屁：比如，假装相信所有埋藏宝藏的故事，说自己和佩里一样渴望流浪、喜欢海港，但实际上，这些事情没有一件是他喜欢的，他想过"正常的生活"——有一份自己的生意、一间房子、一匹马、一辆新车，当然还少不了"一大群金发女郎"。但是，在佩里凭借自己的才能帮助迪克实现野心之前，无论如何不能使他对这点产生怀疑，这是至关重要的。但也许迪克估计错了，被耍了；如果真是这样，如果事实证明佩里不过是个"草包"——那就没戏唱了，数月来的计划也就白费了，除了转身回去，别无他法。绝不能发生这种事。迪克又返回了加油站。

盥洗室的门仍然锁着。他砰砰砰地敲门。"搞什么，快点，佩里！"

"马上就好。"

"怎么了？你病了？"

佩里抓住洗手台的边沿，支撑着站了起来。他的腿在发抖，膝盖的疼痛令他汗如雨下。他用纸巾擦了擦脸，打开门，说道："好了，我们走吧。"

南希的卧室是家中最小、也最具个性的房间——充满少女的情调，像芭蕾舞女孩的短裙一样活泼可爱。除了柜子和写字台外，所有的墙壁、天花板都是粉色、蓝色或白色。粉白相间的床上堆放着蓝色的枕头，其余的空间都被一只白粉相间的特大号泰迪熊占去了，这是博比在县商品交易会的射击游乐场上赢来的奖品。在镶着白边的梳妆台上方挂着块漆成粉色的软木质小布告板，上面钉着一些干了的栀子花、几张旧情人节卡片、自报上剪下的食谱以及许多照片，都是小外甥、苏珊·基德维尔以及博比·鲁普的。其中博比的占了一大半：挥球拍的、打篮球的、开拖拉机的、穿着泳裤在麦金纳湖畔玩水的（这是他敢走的最远距离，因为他一直没有学会游泳），还有几张是两个人的合影。其中南希最喜欢的一张是他们俩在郊游时坐在树荫下，两个人彼此含情凝视，虽然未曾微笑，但却能看出满心愉悦。还有一些是马呀猫呀的照片，虽然它们已经死了，但却没有被遗忘——比如"可怜的小笨笨"，它在不久前离奇死亡（南希怀疑是被人毒死的）——这些照片堆满了她的书桌。

南希一直是全家最后一个睡下的。正如有次她对朋友和家政老师波莉·斯特林太太所说的那样，午夜是她"既得意又自在的时间"。这个时候，她会像例行公事一样做美容，先把自己洗得干干净净，然后擦上晚霜，如果是周六夜里还要洗头发。今晚，她把头发吹干、梳亮，又用一条薄薄的花色纱巾包起来，然后准备好明天早晨去教堂时穿的衣服：尼龙长裤，一双黑色的鞋子，一套红色天鹅绒礼服——这是她亲手缝制的最漂亮的一件衣服。下葬时，也是穿的这件。

在开始祈祷前，她总会写点日记，记些琐事（"夏天来了。我希望永远都是夏天。苏来过了，我们骑着宝贝去河边。苏吹起了长笛。有萤火虫"）以及偶尔迸发的情感（"我爱他，真的"）。这是一本五年日记，过去四年来，她从未漏记过一天，倒是好几件显著的大事（伊芙安娜的婚礼、小外甥的出生）和别的戏剧性事件（她"和博比第一次真正的吵架"——这一页上沾有泪痕）促使她多占了未来记日记的地方。不同色彩的墨水用来区分年份：一九五六年是绿色，一九五七年是红色，一九五八年是淡紫色，而现在一九五九年，她决定用高贵的蓝色。但是在每一页日记里，她都用自己的笔迹做了修饰，一会儿向右斜，一会儿向左倾，时而活泼，时而夸张，忽而松散，忽而紧凑，她仿佛在问：这是南希吗？是这一个，还是那一个？哪个才是我？有一次，她的英语老师里格斯太太在一篇作文里潦草地写下这样的评语："写得不错。但为什么要用三种不同的字体？"对此，南希的回答是："我尚未成人，无法确定今后该用何种字体。"不过近几个月来，她有所进步，用显露出成熟的笔迹写着："乔利妮来过了，我教她如何做樱桃馅饼。帮洛克希练习。博比过来了，我们一起看电视。十一点，他离开了。"

"就是这儿，就是这儿，肯定没错，那是学校，那是车库，现在我们往南拐。"迪克兴高采烈，口中念念有词，在佩里看来，迪克仿佛在嘀嘀咕咕地说着咒语。他们离开公路，加速转向一条荒凉的霍尔科姆小道，越过圣达菲铁路。"银行，肯定是那家银行。现在往西拐——看见那树了吗？就是这儿，没错。"车前的大灯照亮了一条榆树夹道的小路，一丛丛被风吹动的风滚草急速地在路边闪过。迪克关掉大灯，将车速放慢下来，直到他的眼睛适应了月夜的环境，才将车停住。半晌，车又开始向前蠕动。

　　霍尔科姆位于山地时区分界线东边的十二英里处，这个位置引得很多人抱怨，早晨七点（在冬天则是八点或更迟）天仍然是黑的，倘若有星星的话，也仍然在闪烁。这个星期天早上，维克·伊尔斯克的两个孩子来干活时就是如此。九点，两个男孩干完活——其间他们没有发现任何异常——太阳已经升了起来，依旧是打野鸡的一个好天气。他们离开干活的地方，沿着小路跑回家的时候，对着一辆迎面而来的汽车挥了挥手，车中一个女孩也向他们挥手。她是南希·克拉特的同班同学，名字也叫南希，南希·埃瓦尔特。她是正在驾车的克拉伦斯·埃瓦尔特先生的独生女。埃瓦尔特先生是一位已届中年的农场主，以种植甜菜为生。他本人是不去教堂的，他的妻子也不去，但是每到周日，他都会开车送女儿到河谷农场，好让她和克拉特一家一起去参加加登城卫理公会教徒的礼拜仪式。这样的安排使他"避免了来回去城里两趟"。他总是要等到女儿安全地进屋后才放心离去，这已经成了他的习惯。讲究衣着的南希，有着电影明星的身材，戴着眼镜，走起路来婀娜而娇羞。她穿过草坪，按了按前门的门铃。这座房子有四个门，她在前门不停地敲着，里面却没有反应，于是她走到下一处门——克拉特先生办公室的那扇。这儿的门半掩着，她又推开了一点，里面一片漆黑，空无一人，但她想到就那么"闯进去"，克拉特一家会见怪的，于是她又敲门，又按了按铃，也是没有任何动静。最后绕了一圈来到房子后面。这儿是车库，她看到两辆雪佛兰都在车库里，可见他们一定在家。她又试了试第三个通往"储物室"的门以及第四个——这扇门通往厨房，但全都没有反应。她只好回到父亲身边。她父亲说："也许他们在睡觉。"

"那是不可能的。你难道能想象克拉特先生会为了睡觉而错过去教堂?"

"要么我们走吧。我们去教师公寓。苏珊应该知道出了什么事。"

教师公寓坐落在新式学校的正对面,是座陈旧的大厦,阴暗而寒酸。二十套临时房间被分成半租半送的公寓住宅,提供给那些找不到或租不起房子的学校员工住。尽管如此,苏珊·基德维尔和她的母亲还是苦中作乐,把她们位于一楼的房间布置得温暖而舒适。令人难以相信的是,那间弹丸大小的起居室里除了几把椅子外,还放着一架风琴、一架钢琴、一些花盆(盆中的鲜花正在盛开),通常还有一只蹿上蹿下的小狗和一只昏昏欲睡的肥猫。这个星期天的早上,苏珊站在窗前望着街道。她是一位个子高挑、神情倦怠的年轻姑娘,鸭蛋脸上有一双美丽的灰蓝色眼睛;她的手很有特点,手指修长、灵巧,带有一丝神经质的优雅。她打扮整齐也准备去教堂,正盼着克拉特家的雪佛兰赶快到来,她和南希·埃瓦尔特一样,也经常和克拉特一家一起去参加教堂的礼拜仪式。结果,克拉特一家没来,来的是埃瓦尔特一家,而且还带来了一个令人纳闷的消息。

但苏珊无从解释,她母亲也一样,只是说:"如果计划有变,他们肯定会打电话来的。苏珊,你为什么不给他们家打个电话?他们也许真是睡过头了呢。"

"我也这样想。"苏珊在后来所做的陈述里这样说,"我给他们家打电话,电话铃响了,至少我有这样的印象,电话铃是响着的,噢,响了一分钟或更长,没人接。所以,埃瓦尔特先生建议我们去他们家,把他们'叫醒'。但是当我们到了那儿时,我却不想这么做了。一走进院里,我就感到害怕,我不知道为什么会这样,因为我从未料到……那样的事怎么可能发生呢。但是阳光如此明媚，一切看起来都那样明亮而安静。当时，我看见他们的小汽车都在家，连凯尼恩的那辆老式追狼车也在。埃瓦尔特先生当时穿着工作服，靴子上沾满了泥；他觉得穿成这样不适合去拜访克拉特一家，尤其是他以前从未拜访过，我是说，从未登门拜访过。最后，南希·埃瓦尔特说愿意和我一起去。我们绕到厨房门口，当然，那儿的门没锁，只有赫尔姆太太会锁上它，但克拉特家从来不锁。我们一走进去，我就知道克拉特家还没吃早餐，没有看见碟子，炉子上也空无一物。我注意到事情有点不对劲：南希的钱包掉在地上，口微微开着。我们穿过饭厅来到楼梯下方，南希的卧室就在上面。我一边叫着她的名字，一边走上楼梯，南希·埃瓦尔特跟在我的后面。我们的脚步声大得令人害怕，周围一片死寂。南希房间的门是开着的。窗帘没有拉上，满屋子阳光。我不记得自己是否惊声尖叫过。但南希·埃瓦尔特说我确实叫了起来——叫啊叫啊，拼命地叫。我只记得南希的泰迪熊的眼睛直勾勾地盯着我看。南希……我跑，我……"

在这期间，埃瓦尔特先生认为也许他不应该让两个女孩单独进入房子。当听到尖叫声时，他正从车里出来，准备随她们一起进屋。但是，还没等他冲进屋里，两个女孩已经向他跑了过来。他的女儿大叫道："她死了！"说着便一头栽进他的怀里。"真的，爸爸！南希死了！"

苏珊向她转过身来。"不，她没死。你别这样说，你怎么敢这么胡说！她只是流鼻血而已。她总是流鼻血，流得很厉害，就是这么回事。"

"太多太多的血。墙上也有。你没看清楚。"

"我是摸不着头脑，"埃瓦尔特后来作证说，"我想可能是那孩子受伤了什么的。在我看来，首先该做的是叫救护车。基德维尔小姐（苏珊）告诉我厨房里有一部电话。我在她说的位置找到电话，但是话筒并未挂上，当我把话筒捡起来时，才发现电话线被切断了。"

二十七岁的英语教师拉里·亨德里克斯住在教师公寓的顶楼。他喜欢写作，但他的公寓对于一个立志成为作家的人来说不是理想之地。他的房子比基德维尔家的还小，而且他要和妻子、三个活泼好动的孩子以及一台永远都在开着的电视机分享有限的空间（只有如此，才能让孩子们安静下来）。年轻的亨德里克斯生于俄克拉何马州，曾在海军服役，很有男性气概，他嘴角叼着烟斗，留着胡子，一头乱蓬蓬的黑色头发，虽然还没发表过作品，但至少看起来有点文人的样子。事实上，他的打扮颇有几分他最崇拜的作家海明威年轻时的样子。为了弥补当老师收入的不足，他还给学校开校车。

"有时我一天开六十英里，"他对一位熟人说，"这样留给写作的时间就不多了。星期天是例外。当时，正是那个星期天，十一月十五日，我端坐在公寓里，正仔细地看报纸。你知道吗，我大多数故事的灵感都来自报纸。唉，电视开着，孩子们在嘻嘻哈哈地玩。但即便如此，我还是听见了楼下的声音，是从基德维尔太太家传出来的。但我想这也许不关我的事，我是新来的，这学期开学时我才搬到霍尔科姆。可没过多久，我妻子雪莉——当时她正在外面晾衣服——急急忙忙跑进来说：'亲爱的，你最好到楼下去看看。他们全都吓疯了。'那两个女孩，当时的确是吓坏了。苏珊一直没有从惊吓中回过神来，我看以后也很难。还有可怜的基德维尔太太，她的身体一向不太好，她紧张得要命，一直说个不停。但是直到后来我才明白她说的是什么。'哦，邦妮，邦妮，出了什么事？你是那么高兴，你对我说一切都结束了，你再也不会生病了。'大意是这样。就连埃瓦尔特，连像他这样的人都惊吓成那样了！他打电话给加登城的警长办公室，长官亲自接的电话。埃瓦尔特先生告诉他'在克拉特家发生了极端可怕的事故'。警长答应马上过来，埃瓦尔特先生说好的，他会去公路上迎他。雪莉下楼，和女人们坐在一起，试图安慰她们，好像这样就管用似的。我和埃瓦尔特先生一起开车出去，到公路上等候警长鲁滨逊。在路上，他对我讲了发生的事。当他说到发现电话线被切断时，我立刻想到，嗯，从现在起我就应该留神了，该把每一个细节都记下来。说不定会叫我到法庭上去作证。

"警长到的时候是九点三十五分，我看过手表。埃瓦尔特先生向他挥手，示意他跟着我们的车走，我们直接开车去了克拉特家。我以前从未去过那儿，只是远远地望见过。当然，我认识克拉特一家人。凯尼恩在我所教的二年级英语班里，我在《汤姆·索亚历险记》一剧里给南希做过导演。这两个孩子真是很特别，非常谦虚，你根本不会想到他们出身富贵人家或住这么大的房子——树林，草坪，一切都在精心照管之下。我们到达那里时，警长已经听完了埃瓦尔特的讲述，他用无线电话通知办公室，要他们多派一些人外加一辆救护车前来增援，并告诉他们说'发生了一些意外'。然后我们三个走进住宅，穿过厨房，看见一只女式钱包摞在地上，电话线已被割断。警长的后腰上挂着一支手枪，从我们上楼到进入南希的房间时，我注意到他始终把手按在枪上，随时准备拔出来。

"唉，太惨了！那么优秀的女孩，可惜你们永远都没法认识她了。她被人用猎枪从距离后脑大概两英寸的地方开枪打死了。她侧身躺着，面对着墙壁，墙上溅满了鲜血，肩膀以下的身子用床单盖着。鲁滨逊警长将床单拉下，我们看见她穿着浴袍、睡衣、短袜和拖鞋。

看样子，虽不知是几点钟，她那会儿应该还没有上床睡觉。她的手被反绑在身后，脚踝被百叶窗的白绳子捆着。警长问道：'这是南希·克拉特吗？'以前他从未见过这个孩子。我说：'是的，这就是南希。'

"我们又返回走廊，往四处瞧。门都关着。我们推开一扇门，原来那里是浴室，似乎有点不对头。我认为之所以令人感到奇怪，是因为里面有一把椅子，一种餐厅里用的椅子，在浴室里看起来完全不合适。隔壁的一扇门，我们一致认为那里肯定是凯尼恩的房间，许多男孩子的东西散落在屋里。我认出了凯尼恩的眼镜，就在床边的书架上。但是床上没有人，虽然看起来像是有人睡过一样。我们走到走廊的尽头，最后一扇门，在那儿，在床上，我们发现了克拉特太太。她也被捆着。但不同的是，她的手是在前面绑着的，所以看起来她好像正在祈祷一样，一只手里还紧紧攥着一块手帕。也许是张舒洁纸巾？捆住她手腕的绳子一直连到脚踝，然后绳子又拖到床底下，再绑在床脚上。这么复杂且费尽心机。想想吧，这样做得花多长时间啊！她躺在那里任人摆布，怕是吓也吓死了。她手上还戴着两枚戒指，这就是我总不同意这命案是谋财的其中一条理由。克拉特太太穿着白色睡衣和白色袜子，外面罩着一件长睡袍。她的嘴被胶带紧紧粘住，但因为她是从头部的一侧被直接瞄准，子弹的冲击力把胶带都崩开了。她的眼睛是睁开的，睁得老大，仿佛仍在盯着杀人者，她当时一定正无法避免地看着凶手用枪瞄准自己。大家默默无言。我们都太过震惊。我记得警长四处搜寻，想看看能不能找到散落的子弹壳，但是杀人者非常狡猾和冷静，没有留下类似的线索。

"很自然，我们感到奇怪，克拉特先生在哪儿？还有凯尼恩？警长说：'我们到楼下去找找。'我们找的第一个地方是主卧，克拉特先生睡觉的地方。床单被拉开了，有只钱夹丢在床脚，周围是一叠弄得乱七八糟的卡片，好像被人抖过要找什么东西，一张便条，一张借据，谁知道是找什么呢。事实上，钱夹里一分钱也没有。但这并不能说明什么问题。这是克拉特先生的钱夹，他是从来不带现金的。这一点就连我这个搬到霍尔科姆仅仅两个多月的人也知道。我知道的另一件事是，无论是克拉特先生，还是凯尼恩，不戴眼镜就什么也看不见。而克拉特先生的眼镜就放在写字台上。所以我判断，不管他们去了什么地方，都不是自愿的。我们仔细察看，一切都很正常，没有搏斗的痕迹，也没有任何扰乱的迹象。只是办公室的听筒也没有挂在电话机上，电话线也被割断了，和厨房里一样。警长鲁滨逊在壁橱里发现了几支猎枪，用鼻子闻了闻，查看最近是否开过火。他说没有。我从未见过他那副困惑的表情，只听他说道：'真要命，赫伯到底在哪儿？'就在那时，我们听到了脚步声，从地下室逼近楼上。'是谁？'警长把手按在枪上问。一个声音说道：'是我，温德尔。'原来是温德尔·迈耶，副警长。大概是他进屋时没发现我们，就径直跑到地下室去搜查了。警长告诉他，声音有点悲悯：'温德尔，我实在想不通。楼上有两具尸体。''哦，'温德尔随即回答说，'下面也有一具。'于是我们跟随他走进了地下室——我想你们也许称之为游戏室。那里并不怎么暗，有窗户，可以让充足的阳光照射进来。凯尼恩就躺在角落里的一张沙发上。他的嘴被胶布封住了，手脚都像他母亲那样被捆在一起，绳子从手连到脚，最后绑在沙发扶手上，其过程同样复杂。不知怎么回事，凯尼恩的样子让我最难忘。我想是因为他最容易辨认吧，看起来最像本人生前的模样，虽然枪是正对着他的脸开的。他穿着一件 T 恤衫和一条蓝色牛仔裤，光着脚，像是匆忙之中抓起身边的衣服就穿上了。他的头用两个沙发枕头垫着，好像是为了便于瞄准才这么做。

　　"警长接着问道：'这个通向哪里？'他指的是地下室的另一扇门。警长走在前面，进去后伸手不见五指，好在埃瓦尔特先生找到了电灯开关。这是暖气间，里面非常暖和。这个地方的人都在家里装一个煤气炉，插根管子就能从地下抽出天然气，一分钱都不用花，所以这里的屋子都暖和得要命。先不谈这个。我瞧了一眼克拉特先生，就不忍再看了。我知道单单开枪是不会流那么多血的，这一点后来也被证实了。他也被枪射杀，和凯尼恩一样，正对着面部。但是也许在被子弹击中之前，他就已经死了。或者，不管怎么说吧，快要死了。因为他的喉咙被割断了。他穿着条纹睡衣，除此什么也没穿。他的嘴被胶布封住，缠了满满一头。脚踝也捆在一起，但手没有捆住，也许是他设法挣脱了，天晓得是怎么回事，不管出于愤怒还是疼痛，反正他把绑在手上的绳子给挣断了。他四肢伸开躺在炉子前，身下是一只很大的硬纸板箱，看来是特意放在那儿的。这是一只用来装床垫的箱子。警长说：'瞧这里，温德尔。'他指着箱子上一个带血迹的脚印，脚印中间有两个洞，像两只眼睛。我们中的一个人——也许是埃瓦尔特先生？我记不清了——指出了另一件奇怪的事情。这件事我绞尽脑汁也想不明白。在我们头顶上有一条暖气管道，上面垂下来一条绳子，是杀人者用的那种绳子。很显然，克拉特先生曾被绑着双手吊在这里，然后绳子又被切断了。但是为什么呢？折磨他？我猜我们大概永远不会知道原因了。不会知道是谁干的、为什么，那天晚上这幢住宅里到底发生了什么。

　　"过了一会儿，屋子里开始挤满了人。救护车来了，验尸官来了，卫理公会派来了牧师，警方摄影师、州警、电台和报纸的记者，噢，满满一屋子人。大部分人都是从教堂跑出来的，那神情仿佛还在做礼拜。屋里非常安静，只有低声耳语。仿佛谁都不相信一样。一位州警问我在这儿是否有公干，如果没有最好离开。在屋外的草坪上，我看见副警长正在和一个人讲话，那是阿尔弗雷德·斯托克莱因，农场的雇工。看起来斯托克莱因住的地方离克拉特家不到一百码，两座房子之间除了一座谷仓外就没有别的建筑了。但是他说他从未听见任何声音，他说：'我五分钟前才知道这件事，当时我的一个儿子跑回来对我说警长来了。我和妻子昨天夜里睡了不到两个小时，一直忙上忙下的，因为我们的一个孩子病了。我们听到的唯一声音是在大约十点半或者十点四十五分，我听见一辆小汽车开走了，我对妻子说，博比·鲁普走了。'我回家时，大约在半路，看见了凯尼恩的那条老牧羊犬。那条狗吓坏了，夹着尾巴坐在那里，既不叫也不动。看见那条狗，不知怎的，又使我触景生情。刚才那一会儿我太茫然、太麻木了，竟没有体会到整件事的邪恶、痛苦与恐怖。他们全死了，整整一家子。温和善良的人，我所认识的人，竟被谋杀了。你必须相信，因为这的确是真的。"

霍尔科姆每昼夜有八列直达列车匆匆开过，其中有两辆负责收发邮件。正如热心负责这一工作的人解释的那样，办理这样的事务自有其困难之处。"是的，先生，不得不保持警觉，这些火车打这里经过，有时时速达一百英里。光是那阵风，唉，就能把人刮倒。当这些邮包飞出来时，真吓死人！就像橄榄球赛时抢到球抱了跑一样：轰！轰轰！我并不是在抱怨，我得告诉您，这是个好工作，是公家的差事，它使我保持年轻。"霍尔科姆的邮递员萨蒂·特鲁伊特太太看起来确实比她的实际年龄要年轻许多，镇上的人称她为特鲁伊特大妈，她已经七十五岁了。她是一个身材矮壮、饱经风霜的寡妇，头上戴着三角大头巾，脚踏一双牛仔靴（穿在脚上非常舒服，像鸟儿的羽毛一样柔软），她也是霍尔科姆年纪最大的土著居民。"那个时候，这个地方的人没有一个不是我的亲戚，那会儿我们还管这个地儿叫舍洛克。后来来了个叫霍尔科姆的陌生人。他是个养猪的，发了财，认为应该用他的名字命名这个村子。改了没多久，您猜怎么了？哼！卖了房子，搬到加利福尼亚去了。我们可没有。我是在这儿出生的，我的孩子也是。这儿！我们永远在这儿！！"她的女儿默尔特·克莱尔太太，碰巧是当地的邮政局长。"只是您千万别认为我是凭着她才有这份公家差事的。默尔特甚至还不想让我来呢。这份工作要铆足劲才能得到。谁投标最低就归谁。而我总是喊得最低，连毛毛虫都不屑一顾。哈哈！这肯定激怒了小伙子们。不错，先生，许多小伙子喜欢当邮递员。但是，当大雪积得有普里莫·卡内拉 [①] 老先生那么高，风刮得呼呼直响，而一袋袋邮包还得送时，我真不知道他们还会不会喜欢邮递员这差事！轰——"

特鲁伊特大妈的这份工作，星期天也没得休息。十一月十五日那天，正当她等着十点三十二分的西向列车时，她吃惊地发现两辆救护车穿过铁道，向克拉特家驶去。这件不寻常的事使她有生以来第一次擅离职守。就让邮件随便掉哪儿吧。这件新闻是默尔特必须立刻知道的。

霍尔科姆人都称他们的邮局是"联邦大厦"，给这座四处透风、满是灰尘的小屋冠以这样的美称似乎名过其实。天花板裂开了缝，地板颤颤巍巍的，信箱门关不上，灯泡是坏的，钟也不走了。"是的，这很丢脸。"这位说话尖刻、不会作假、令人印象深刻的女负责人承

---

① 普里莫·卡内拉（Primo Carrera，1906 – 1967），意大利的巨人拳击手。

认，"但邮票还是真格的，不是吗？再说，关我什么事？我只干我自己的事，自得其乐。我有一把摇椅、一个不错的炉子、一把咖啡壶，还有许多书报杂志可以读。"

克莱尔太太在芬尼县是个著名人物。她之所以出名不是因为目前的工作，而是她以前的职业——舞厅女老板，这个身份单从外表也看不出来。她面容憔悴，脸色蜡黄，穿着长裤、羊毛衫、牛仔靴，看不出年龄的大小（"我自己是知道的，你得猜一猜"），为人快嘴多舌，大多数情况下说起话来嗓门又高又尖，活像公鸡打鸣。直到一九五五年前，她一直和丈夫经营霍尔科姆舞厅，这在当地也算是个新鲜独特的场所，方圆一百英里的酒鬼和喜欢跳踢踏舞的人都被吸引过来。他们的举止还经常会引起警长的注意。"我们这行也不容易，"克莱尔太太回忆说，"有些罗圈腿的乡巴佬，你给他们一点酒尝尝，他们就像印第安人一样，想把眼前看到的一切都一扫而光。当然，我们只出售调酒的饮料，从不卖烈性酒，即使是合法的，我们也不会卖。我丈夫霍莫尔·克莱尔不赞成，我也一样。有一天，霍莫尔·克莱尔——他是七个月零十二天前在俄勒冈州动了五个小时的手术后过世的——对我说：'默尔特，我们一辈子都生活在地狱里，现在我们要设法进天堂了。'第二天，我们就关了舞厅。对此我从不后悔。哦，起初我失去了夜生活，觉得怪寂寞的，也想念那些曲调、那些欢乐。但现在，霍莫尔已经先我而去，我很高兴能在联邦大厦里做自己的事。闲来没事就坐坐，喝点咖啡。"

事实上，那个星期天早晨，克莱尔太太刚从壶里给自己倒上一杯新煮的咖啡，突然特鲁伊特大妈回来了。

"默尔特！"她喊了一声就再也讲不出话，直到喘过气来才接着说，"默尔特，有两辆救护车往克拉特家去了。"

她女儿说："十点三十二分的邮包呢？"

"救护车，去克拉特家——"

"有什么大惊小怪的？肯定是邦妮。她又发病了。十点三十二分的邮包在哪儿？"

特鲁伊特大妈平静了下来。她知道默尔特一向嘴快，从不给人接话的机会。但立即她想起了一件事。"不过，默尔特，如果只是邦妮生病了，为什么会来两辆救护车呢？"

克莱尔太太凡事讲究逻辑、喜欢说理，但她也不得不承认这次母亲说得有些道理。她说她会给赫尔姆太太打个电话。"梅布尔会知道的。"她说。

和赫尔姆太太的谈话持续了几分钟。这会儿时间特鲁伊特大妈很心焦，除了女儿含含糊糊的几个"嗯，哦"的回答之外，她什么也没听到。更糟的是，当女儿挂断电话的时候，她并未试图打消这位老妇人好奇的念头；相反，她不动声色地喝了口咖啡，回到桌子前，开始给一堆信件盖邮戳。

"默尔特！"特鲁伊特大妈叫道，"看在上帝的分上，梅布尔到底说了些什么？"

"我早料到了，"克莱尔太太说，"你想想吧，赫伯·克拉特是怎么匆匆忙忙过这一辈子的。就连到这里取信都没有工夫说声'早上好'和'嘿，多谢了'，像只到处乱跑的无头小鸡，参加俱乐部，管这管那的，哪怕是别人靠着谋生的工作他也插一脚。可是看看现在——报应来了。唉，他倒是不用这么奔忙了。"

"为什么？默尔特？为什么他不用了？"

克莱尔太太提高嗓门："因为他死了。邦妮也死了，还有南希和那个男孩，有人开枪杀了他们。"

"默尔特，别那样说话。谁杀了他们？"

克莱尔太太一刻也没有停止盖邮戳，她回答说："飞机里的人呗。就是被赫伯控告开飞机撞了果园的那个。如果不是他，那也许就是你了。或者街对面的某个人。所有的邻居都是响尾蛇，都想找机会把门砰的一声摔在你的脸上。全世界都一样。这你是知道的。"

"我不知道。"特鲁伊特大妈说着用手捂住了耳朵，"这些事我从来都不知道。"

"一帮歹徒。"

"我害怕，默尔特。"

"怕什么？命中注定，眼泪也救不了你。"她发觉母亲开始洒下几滴泪。"霍莫尔死的时候，我身上所有的恐惧和悲伤都没了。如果有人想开枪、想割断我的喉咙，我祝他好运。这有什么不同呢？来世都一样。只要记住：要是一只鸟把地上的沙子一粒一粒地衔过大海到达对岸的时候，就是永生的开始。所以你就擤擤鼻子吧。"

这一惨绝人寰的消息通过教堂的牧师、电话以及加登城的 KIUL 广播电台传播开来（"一起难以置信、骇人听闻的惨案，在星期六夜间至今日凌晨时分夺去了赫伯·克拉特一家四口的性命。这是一起惨无人道的谋杀，至今动机不明……"），在当地民众中普遍引起的反应更接近特鲁伊特大妈而非克莱尔太太：先是吃惊，随后转为恐慌。个人的恐惧如同一股冷泉，由起初的浅浅水流骤然加深。

哈特曼咖啡馆内，有四张做工粗糙的桌子和一张午餐柜台，只能容纳一小撮心怀恐惧、闲言碎语的人们，其中绝大多数是男人。店主贝丝·哈特曼太太瘦瘦的，为人精明，一头灰黄相间的头发剪得很短，一双绿色的眼睛明亮而慑人；她是邮政局长克莱尔太太的表妹，其直率的脾气和克莱尔太太比起来有过之而无不及。"有人说我是个老江湖了，可克拉特家的这桩事还是把我吓坏了。"她后来对一个朋友说，"想想竟会有人干这样的事！当每个来店里的人都在谈这件可怕的事时，我第一个想到的便是邦妮。当然，这很傻，但我们谁不知道怎么回事，因此很多人都在猜想——也许她的病又发作了。现在，我们也不知道是为什么。这肯定是仇杀。是某个熟悉他们家里里外外的人干的。但是谁会恨克拉特一家呢？我从未听过有人说他们一句坏话，任哪里也找不到像他们这样招人喜欢的人家。如果这样的家庭也会遭受这样的事，那么请问，还有谁家是安全的呢？那个星期天，一个老头坐在这儿，倒是一针见血地指出了为什么现在大家都睡不好觉。他说：'住在这儿的彼此都是老朋友，根本没有一个陌生人。'从某种意义上讲，这才是最可怕的。邻居们打照面都不免疑神疑鬼的，这是多么心寒啊！是的，这很难接受，但如果他们找到了是谁干的，那么我敢保证那将比谋杀案本身更令人吃惊。"

　　纽约人寿保险公司代理人鲍勃·约翰逊的太太做得一手好菜，但她这次做好的星期天晚餐却没有人吃——至少在饭菜还热乎的时候——因为她丈夫刚把刀插进烤野鸡准备享用，就接到一个朋友打来的电话。"就是那时，"他事后回忆起来十分悲伤，"我刚听说霍尔科姆发生的事。我不相信，我承受不起这样的事。老天呀！我兜里还揣着克拉特先生的支票呢。一张价值八万美元的支票。如果我听到的一切是真的……但是我想，这不可能，肯定有人弄错了，这种事是不会发生的。你刚卖出一份大保险，一眨眼投保人就死了，被谋杀了！这意味着双倍赔偿！我不知道该怎么办，于是给威奇托的办公室主管打了电话。告诉他支票还在我身上，但是还没有存入户头，问问他有什么高见。嗯，这件事很微妙，很棘手。从法律上看，我们不必赔偿，但道义上是另一码事。当然，我们决定按照道义办。"

因保险推销员的慷慨义举而受益的两个人是伊芙安娜·贾乔和妹妹贝弗莉，她们是财产的继承人。在得知噩耗后几个小时内，她们就赶到了加登城。贝弗莉是从堪萨斯州的温菲尔德赶过来的，她去那儿看望未婚夫；伊芙安娜则是从伊利诺伊州芒特卡罗尔的家中赶来。在这一天，别的亲戚也陆续得到了通知，其中有克拉特先生的父亲、两个兄弟阿瑟和克拉伦斯、他的妹妹哈里·纳尔逊太太，他们都住在堪萨斯州的拉尼德；二妹伊莱恩·塞尔索住在佛罗里达州的帕拉特卡。邦妮·克拉特的双亲阿瑟·B. 福克斯夫妇住在加利福尼亚州的帕萨迪纳，她的三个哥哥——加利福尼亚州威塞利亚的哈罗德、伊利诺伊州俄勒冈的霍华德以及堪萨斯城的格伦，也都通知到了。实际上，他们大部分是克拉特一家感恩节聚会要邀请的人，本来是要在那天的感恩祈祷会相聚的，但现在却聚集在墓地旁，参加好几个亲人的葬礼。

在教师公寓，威尔玛·基德维尔不得不振作起来，为的是宽慰女儿。苏珊的眼睛肿得大大的，几度昏厥、呕吐，但她仍坚持要自己跑到三英里外的鲁普农场去。"难道你不明白吗，妈妈？"她说道，"要是鲁普恰好知道了这件事怎么办？他爱南希。我们俩都爱她。这件事必须由我来告诉他。"

但是博比已经知道了。埃瓦尔特先生回家途中在鲁普农场停了下来，和他的朋友约翰尼·鲁普交谈。约翰尼是八个孩子的父亲，博比是老三。两个人一起向一处小屋走去——这所房屋和农场的住宅是分隔开的，农场住宅太小了，住不下鲁普家所有的孩子，所以男孩子们住在简易屋里，女孩子们住在"家里"。他们发现博比正在整理床铺。博比听完埃瓦尔特先生的话，什么问题也没问，只是对埃瓦尔特先生的到来表示感谢。之后，他站在屋外的太阳底下。鲁普家位于一块突起的、毫无遮挡的高地上，从那儿可以看见河谷农场丰盈而生机勃勃的土地，他在那里站了大约有一个小时。别人想方设法转移他的注意力，但全失败了。吃晚餐的铃声响了，妈妈叫他进来，唤呀，叫呀，到最后丈夫说："算了，别打搅他了。"

博比的弟弟拉里也没去吃饭。他在博比身边转来转去，想要帮点什么忙，虽然博比一直叫他走开，但他不听。后来，博比移动了身子，开始穿过田野径直奔向霍尔科姆。拉里追上他，说道："哎，博比，听着，如果我们要去哪儿，干吗不开车去呢？"他的哥哥没有回答。他一心一意地走着，实际上是在跑，但拉里跟上博比的脚步一点都不费劲。虽然拉里只有十四岁，但个子比哥哥高，胸膛比哥哥厚实，腿也比哥哥长。博比尽管是学校的体育健将，但不过中等身材，结实却瘦小，一张英俊的面孔流露出直率而朴实的神情。"哎，博比，听着，他们不会让你看她的。你这样做没有任何好处。"博比转过身来，对着他说道："回去，回家去。"弟弟往后退了几步，但还是跟着，保持一定的距离。虽然已是收获南瓜的季节，但天气干燥而炎热，兄弟俩走近州警在河谷农场入口设置的路障时，已是汗水淋漓。克拉特家的许多朋友，以及从芬尼县各处赶来的陌生人，都聚集在这个地方，没人获允通过路障。当鲁普兄弟赶到时，路障被移开了，以便让四辆救护车出来，这是最后派来运走尸体的，还有一辆装满警长办公室人员的汽车也开了出去。甚至就在那时，那些人还都在提博比·鲁普的名字。到了傍晚，博比才得知自己是他们主要的怀疑对象。

苏珊·基德维尔从客厅的窗户望出去，只见一列白色救护车队悄然滑过，她一直出神地望着，直到它们拐过街角，那随之扬起的灰尘重又落在那条没有铺柏油的街道上。当她正对着眼前的景象陷入沉思时，博比突然出现了，他摇摇晃晃地向苏珊走来，身后跟着形影不离的大个子弟弟。她走到门廊前迎他，说道："我多么想告诉你……"博比开始哭泣。拉里在教师公寓院子的四周逛巡，最后倚在一棵树上。他从未见过博比流泪，也不想看见，因此他低下了头。

在遥远的另一个地方，奥拉西镇的一家旅馆的房间里，窗帘挡住了中午的阳光。佩里躺着，正在睡觉，一个灰色的便携式收音机还在他身边吱吱作响。除了靴子，他连衣服都懒得脱下，脸朝下趴在床上，睡眠仿佛一件武器从后面击中了他。那双带有银色扣环的黑色靴子浸泡在脸盆里，里面的温水染成了淡淡的粉红色。

朝北几英里，在一幢朴素的农家住宅的舒适厨房里，迪克正在享受一顿星期天大餐。其他坐在桌边的人，他的妈妈、爸爸、弟弟，没有注意到他的举止有何异常。中午时分到家后，他吻过母亲，流利地回答了父亲对他所谓一整夜去斯科特堡旅行的提问，然后坐下来吃饭，看起来与平常没什么两样。饭后，三个男人坐在客厅里看电视里的篮球比赛。节目刚开始，父亲就吃惊地听到迪克的鼾声；正像他对小儿子所说的那样，他做梦也从未想过这辈子会见到迪克宁可睡觉而不看篮球赛。当然，他怎么明白迪克是多么疲倦，也不知道他那沉沉睡去的儿子在刚刚过去的二十四小时内，不只做了点其他事情，还开了八百多英里的车。

第二章｜不明人士

一九五九年十一月十六日，星期一，又是西堪萨斯地区麦田高地上一个打野鸡的好天气——阳光明媚，天空像云母一样闪闪发光。在过去的几年里，每当这样的日子，安迪·艾哈德先生常常会到他的好友赫伯·克拉特家的河谷农场里打野鸡，而且一去就是一下午。通常，在这项打猎运动中，还有赫伯的三个最好的朋友：J.E.戴尔，一位兽医；卡尔·麦尔斯，一位饲养奶牛的农场主；艾弗利特·奥格本，一位商人。像艾哈德（堪萨斯州立大学农业实验所所长）一样，他们都是加登城有声望的公民。

今天，这四个常在一起打猎的老伙伴再次聚在一起，踏上了熟悉的旅程，但心情却大不相同了。随身所带的装备既古怪又与打猎无关：拖把、提桶、刷子以及装满抹布和强力清洁剂的大篮子。他们都穿上了自己最旧的衣服，自愿来打扫河谷农场十四间房屋中的某几间。正是在这里，克拉特一家四口惨遭杀害。至于凶手，目前所知仅限于死亡鉴定书上所说的，"一个或几个不明人士"。作为基督徒，他们感到自己有责任这样做。

艾哈德和他的伙伴们默默地开车前行。他们中的一位后来说："那时的情形使你无法说话。真的很奇怪。以前去那里，老远就有人来迎接。"这次迎接他们的是一个公路巡警，他负责把守警方在河谷农场入口设置的路障。他挥了挥手，放他们进去。他们又沿着榆树成荫的小径开了半英里，来到克拉特家的住宅。唯一住在农场里的雇员阿尔弗雷德·斯托克莱因正在门前等候。

他们首先来到地下室里的暖气间，克拉特先生就是在这儿被人发现穿着睡衣俯卧在一只装床垫的纸箱上的。清理完这里，他们又来到凯尼恩被杀的游戏室。沙发是凯尼恩维修过的遗物，罩着南希做的沙发套，上面还有绣着字的靠枕，也都溅满了血迹。和纸箱子一样，这些东西都得烧掉。清洗小组逐步从地下室清理到二楼的卧室，南希和她母亲就是在卧室被谋害的。他们需要更多的燃料来焚烧这些沾满血迹的床单、床垫、床边小地毯以及一只泰迪熊玩偶。

阿尔弗雷德·斯托克莱因通常话不多，但今天运送热水和协助清扫时，却有很多话要说。他希望"人们别再说废话，而应该试着动动脑子"，为什么他和妻子住在离克拉特家不到一百码的地方，但在暴行发生的时候，却连一声枪响也没听见。"警长和他的那些手下到这儿又是取指纹又是搜查的，他们很有识别能力，明白是怎么回事。为什么我们没听见，原因之一在于风，西风。西风会把声音吹到另一个方向。第二个原因是，这里和我们家的房子之间有一座大粮仓，这个老家伙就连震天响的火箭炮声都能挡得住。你们考虑过这点吗？凶手一定知道我们肯定听不到。否则，他会冒险在半夜里连开四枪吗！如果那样，他肯定疯了。当然，你也可以说不管怎么样他就是个疯子，下起手来，毫无顾忌。但依我看，他之所以这么干，都是事先策划好的，他了如指掌。有件事我已经想好了，这是我和我老婆在这儿睡的最后一夜。我们打算搬到一所紧邻着公路的房子里去。"

人们从中午干到黄昏。他们把收集到的东西装在一辆货车上,斯托克莱因负责把它开进农场北边麦田的深处。十一月的麦田只有麦茬的单一褐色,但那天在夕阳的映照下,却闪耀着缤纷的色泽。他们在这里卸车,把南希的枕头、床单、纸箱、游戏室里的沙发堆在一起;斯托克莱因浇上汽油,划着了一根火柴。

在场的人里,没有比安迪·艾哈德和克拉特家的关系更亲密的了。艾哈德温文尔雅,和蔼可亲,虽然是个学者,但他的手因为劳动而起了茧子,脖子也被晒伤了。他是赫伯在堪萨斯州立大学的同班同学。后来他曾说:"我们是三十年的老朋友了。"在过去的几十年里,艾哈德亲眼看到他的朋友从一个薪水微薄的农业经纪人逐渐成为本地区最有名望、最受尊敬的农场主之一。他说:"赫伯得到了一切,一切都是在上帝的帮助之下,自己努力赚来的。他既谦虚又骄傲,他有权利骄傲。他的家庭令人羡慕,他这辈子确实干成了一番事业。"艾哈德注视着熊熊燃烧的篝火,不禁感到奇怪,这样的人怎么会出这种事?那些付出、那些美德怎么可能一夜之间就化为乌有,变成一缕青烟,袅袅上升又渐渐变淡,最终被巨大的苍穹所吞没?

堪萨斯州调查局是一个遍及全州的组织,总部设在托皮卡,十九名经验丰富的警探分驻全州各处。当案子令地方当局束手无策时,他们随时都可以提供帮助。调查局在加登城的代表是一位瘦削而英俊的堪萨斯人,名叫艾尔文·亚当斯·杜威。他世居于此,现年四十七岁,其职权范围包括西堪萨斯地区很大一块地方。克拉特一案,芬尼县的警长厄尔·鲁滨逊不可避免地要请杜威负责,此事合情合理。因为杜威曾担任芬尼县的警长(一九四七年到一九五五年），而在此之前，他是联邦调查局的一名特工（一九四〇年到一九四五年，他先后在新奥尔良、圣安东尼奥、丹佛、迈阿密和旧金山等地工作），其专业能力足以应对像克拉特谋杀案这样没有明显动机和线索的复杂案子。而且，他对这桩案件的态度也决定了他必然是合适人选，正如他后来所说："这里也有个人的情感因素。"他说，他和妻子"真的非常喜欢赫伯和邦妮"，而且"每周日都会在教堂看见他们，彼此拜访过很多次"。他补充说："不过，就算我不认识他们，不那么喜欢他们，我也不会改变主意。我见识过邪恶的行为，我不怀疑邪恶的存在。但是像这次这样惨绝人寰，我还真没见过。不管花多长时间，哪怕耗尽余生，我也要知道那间屋子里究竟发生了什么事，我要把原因和凶手查个水落石出。"

专案组最终选定了十八个人，其中三位是堪萨斯州调查局最能干的侦查员——哈罗德·奈、罗伊·丘奇和克拉伦斯·邓茨。杜威对这三人组成的"劲旅"来到加登城调查此案感到很满意。他说："有人得小心了。"

芬尼县法院是一座普通的石头水泥建筑，坐落于一个绿树成荫、颇有吸引力的广场中心。警长的办公室就位于法院大楼的三层。加登城曾经是一座喧嚣热闹的拓荒小镇，如今已变得相当安静。总的来说，警长的工作不是太多，他的三间陈设简单的办公室，是县法院里那些无所事事者经常光临的僻静之处；他那好客的秘书艾德娜·理查森女士通常煮着一壶咖啡，有充裕的时间"闲聊"。然而现在，正如她所抱怨的，"这个克拉特事件"引来了"各地的人"，使"所有的报纸都在大肆宣扬"。这个案件以头条新闻出现在西起丹佛东至芝加哥的报纸上，把大批记者吸引到加登城。

周一正午，杜威在警长办公室里举办了一场新闻发布会。"我要谈的是事实而不是理论。"他对记者们说，"现在，这里有一个重要的事实，一个需要记住的事实：我们所要处理的不是一起谋杀案，而是四起。我们不知道四个人中谁是主要目标，或者说是首要受害者。可能是南希或凯尼恩，也可能是父亲或母亲。有人认为一定是克拉特先生，因为他的喉咙被切断了，他遭受的折磨最厉害。但那只是猜测而并非事实。如果我们能知道四个人死亡的先后顺序，那将对我们大有帮助，但是验尸官无法提供此类线索，他只知道死亡时间是在星期六晚间十一点到星期天凌晨两点之间。"接着，在回答记者提问时，杜威说两位女性都没有受到"性侵犯"，而且到目前为止，尚未发现屋中物品被盗；他认为克拉特先生在死前八个小时签署了一份四万美元的人寿保险合同是"一个奇怪的巧合"。但是，杜威确信这份财产和凶案没有任何联系，在经济上获益的是克拉特先生仅存的两个女儿，大女儿伊芙安娜·贾乔太太和二女儿贝弗莉·克拉特小姐，在这种情况下，二者之间怎么可能有联系呢？不过，他对记者们说，他的确在想凶手是一个人还是两个人，但目前不便透露。

实际上，此时对这个问题，杜威并无结论。他依然抱有两种看法，或者用他的话来说，在推理重演犯罪的过程时，形成了两个设想："单人作案"和"双人作案"。在前一种设想里，凶犯被设定成这家的朋友，或至少对这所住宅和居住者的情况相当了解。这个人知道克拉特家的门很少上锁，知道克拉特先生单独睡在一楼的主卧室里，知道克拉特太太和孩子们分别睡在二楼的卧室里。因此，杜威设想这个人很可能是在半夜前后步行接近了屋子。窗户是黑的，克拉特一家都睡了。至于农场的看门狗特迪，嗯，谁都知道它怕枪怕得要死，它一定是见到入侵者手里的武器，就瑟瑟发抖，呜咽着偷偷溜走了。在进入屋子后，这个杀手首先破坏了电话，一部在克拉特先生的办公室，一部在厨房。之后，他摸进克拉特先生的卧室，把他弄醒。克拉特先生在持枪者的威逼下，被迫服从命令，陪着他走上二楼，叫醒了其余的人。然后，克拉特先生用凶手提供的绳子和胶带绑住妻子并封住她的嘴，又绑住女儿（无法解释为什么他女儿的嘴没有被封住），然后把她们拴到了床上。接着，父亲和儿子被押到了地下室，在那里克拉特先生被迫封住凯尼恩的嘴，并把他捆在游戏室的沙发上。然后，克拉特先生被带到了暖气间，头部受到猛击，嘴被封住了，手脚也被捆住了。现在，凶手可以随心所欲地做自己想做的事了，他一个接一个地杀死了他们，每次都会把散落的子弹壳仔细地捡起来。当他完成这一切，就关掉所有的灯，离开了。

事情可能就是按这样的步骤发生的，这种可能性很大。但其中有一些疑点，"如果赫伯认为他的家人处于危险之中，面临致命的威胁，他一定会像老虎一样奋起搏斗。赫伯不是脓包，而是身体状态处于最佳的壮年男人。凯尼恩也是，像他父亲一样强壮，个子还更高些，肩膀宽厚。很难想象一个人，不管有没有武器，能同时对付他们两个"。另外，还有一个理由认为这四个被害者是由一个人捆起来的：四人身上的绳结都是同一种半结。

杜威以及他的大部分同事都倾向于第二种假设。第二种假设在很多要点上与第一种一样，但重要的区别在于凶手不是一个人，他还有一个同伙，这个同伙帮助他制服克拉特一家，用胶带封嘴，用绳子捆绑。但是，第二种假设仍然有漏洞。比如，杜威就发现很难理解"两个人怎么会同样地愤怒，怎么会在同样疯狂的暴怒状态下实施犯罪"。他继续解释："假设凶手为克拉特家所认识，是社区的一员；假设他是个普通人，一个有着怪癖但对克拉特一家或某位家人抱有邪恶忌妒之心的普通人，他从哪儿找到一个足够疯狂、愿意帮他的同伙呢？这讲不通，也不合理。不过，归根结底，这起案件本身就不合常理。"

　　新闻发布会后，杜威返回自己的办公室。这间屋子是警长临时借给他的，里面摆着一张桌子和两把笔直的靠背椅。桌子上散乱地放着杜威希望有朝一日能在法庭上展示的物证：胶带，从受害者身上解下的绳套（这些东西现在都封装在塑料袋里，作为线索都不能寄予太大希望，因为二者都是大路货，在美国随处可得），警方摄影师拍摄的犯罪现场的照片，总共二十张放大的照片——克拉特先生破碎的头盖骨，凯尼恩遭毁容的面孔，南希被绑着的手以及邦妮死后却仍然睁得大大的眼睛，等等。在接下来的日子里，杜威将花大量时间研究这些照片，希望能"突然从中发现什么"，也许某个有意义的细节会不言而喻。"这就像那些智力游戏。叫你猜猜'在这张画里能找到多少野兽？'从某方面来说，这正是我要做的，找出隐藏的野兽。我觉得他们肯定在那儿，如果我能看见他们的话。"实际上，一张克拉特先生躺在床垫纸箱上的照片已经令人惊奇地提供了有价值的线索：沾满泥土、有菱形花纹的脚印。虽然肉眼难以辨认，但是在闪光灯的照射下却逼真地显露出来。这些脚印，再加上在同一个纸箱上发现的另一个脚印，前脚掌留下的猫爪图案的醒目血脚印，是侦查员们目前所能宣称的唯一"重要线索"。但是他们不打算公之于众；杜威和他的小组决定保守秘密，不透露这些证据的存在。

　　杜威桌子上的另一件材料是南希·克拉特的日记本。他已经浏览了一遍，此时他打算仔细阅读每天的记录。这本日记南希从十三岁生日开始记起，离她十七岁生日不到两个月时结束。这是一个聪慧的女孩子感情的真实吐露，她极喜欢小动物，并且爱看书、烹饪、缝纫、跳舞和骑马，是个讨人喜爱的漂亮而纯洁的少女，她认为"谈情说爱很有意思",然而"实际上一心一意地爱着博比"。杜威首先读的是最后一天的记录。只有三行字,大概是她死前一到两个小时写的。"乔利妮来过了,我教她如何做樱桃馅饼。帮洛克希练习。博比过来了,我们一起看电视。十一点,他离开了。"

年轻的鲁普是目前所知最后见到克拉特一家的人,他已经接受了详细的讯问。虽然他一五一十地讲述了自己"只不过和克拉特一家度过了一个平常的夜晚",但是他仍然要接受第二次讯问,这一次将要对他使用测谎仪。事实很明显,警方不想轻易地把他从嫌疑犯中排除出去。杜威自己相信这个孩子"和案件没有任何联系",但毫无疑问,在调查的初期,博比是唯一可以认为有犯罪动机的人,尽管这很牵强。在日记里,南希时不时提到的情形令警方认为可以使博比产生作案动机:她父亲坚持要她和博比"一刀两断",停止"频繁的接触",反对的理由是克拉特全家都是卫理公会教徒,而鲁普家是天主教徒,在他看来,这足以使他们俩结婚的希望变成泡影。但是日记中最吸引杜威的不是克拉特家和鲁普家、卫理公会和天主教的区别,而是一只猫,一只神秘死亡的猫。这只名叫"小笨笨"的猫是南希最喜爱的宠物,据南希死前两个星期的日记,她发现小笨笨"躺在谷仓里,死了",她怀疑"是被人毒死的"。日记中写道:"可怜的小笨笨。我把它埋在了一个特别的地方。"读到这句话时,杜威觉得"这可能非常重要"。如果猫是被毒死的,那么这一行为会不会是谋杀者一次小小的、恶毒的预演呢?他决心找到南希埋葬宠物的这个"特别的地方",虽然这意味着要找遍面积广阔的河谷农场。

在杜威研读日记的时候,他的首要助手丘奇、邓茨和奈正穿街走巷,像邓茨所说,"和那些能向我们提供点什么的人谈话"。这些人包括霍尔科姆学校的教职员工,南希和凯尼恩都是载入该校荣誉名册的高才生；河谷农场的雇员，其人数在春夏之际有时可以达到十八名，但是在现在是休耕季节，只有杰拉尔德·冯·弗里特和其他三位雇员，外加赫尔姆太太；受害者的朋友、邻居，还有他们的亲戚。大约有二十名亲戚从各地赶来参加定于星期三早晨举行的葬礼。

三十四岁的哈罗德·奈是堪萨斯州调查局中最年轻的成员，他短小精悍，翘鼻子、尖下巴，有一双充满怀疑精神的眼睛。他头脑敏锐，负责的任务是克拉特家亲戚的访谈工作，他称之为"该死的敏感差事。""这对你是痛苦，对他们也是痛苦。一谈到谋杀案，你就不能尊重什么悲伤、隐私和个人感受了。你必须问那些问题。而有些问题会很伤人。"但是，他所询问的人、所问的问题（"我正在调查情感方面的背景。我认为，答案也许是另一个女人，一段三角关系。哎，想想看：克拉特先生正值壮年，身体健康，但他的妻子却半死不活的，两人还分房睡……"），没有一个可以提供有用的信息；就连克拉特先生活着的两个女儿也想不出凶杀的原因。总之，奈仅仅明白了一件事："在全世界所有的人里，克拉特一家是最不可能被谋杀的。"

一天的工作快结束时，三个警探聚集在杜威的办公室里。邓茨和丘奇比"奈老弟"（这是他们对奈的称呼）的运气好。（堪萨斯州调查局的人都爱起外号。邓茨的外号是"老头"，这真冤枉，他还不到五十岁，身材魁梧，走路轻快，一张宽脸长得像猫。而丘奇六十岁上下，皮肤白里透红，一副学者派头，但实际上同仁都知道他"很强硬"。据他的同事讲，他是堪萨斯州拔枪最快的人，他的头发已经半秃，被人们称为"卷毛"。）这两个人在调查过程中已经找到了"有希望的线索"。

邓茨的叙述牵涉到父子俩，这里称他们为老约翰和小约翰。几年前，老约翰和克拉特先生做了一笔小生意，这笔交易的结果触怒了老约翰，他觉得克拉特先生损害了他的利益。老约翰和小约翰后来都成了"酒鬼"；事实上，小约翰经常因饮酒过度而被监禁。有一天，很不走运，约翰父子俩又喝醉了，在酒精的刺激下，他俩鼓足勇气，来到克拉特家，想和克拉特先生"说个明白"。他们没有得到这样的机会，因为克拉特先生强烈反对饮酒和醉酒胡闹，他拿着一把枪，把父子俩赶出了自己的领地。这种"无礼"行为是约翰父子难以忍受的；就在一个月前，老约翰还对一个熟人说："每次我一想到那个浑蛋，我的手就痒痒，真恨不得掐死他。"

丘奇发现的线索和邓茨的在性质上有点类似。他也听说某人承认对克拉特先生有敌意，不妨称这个人为史密斯先生（这当然不是他的真名）。史密斯认为河谷农场的人开枪打死了他的猎犬。丘奇前往史密斯的农场住宅进行调查，看见在谷仓里的橡子上系着一根绳子，其打结的方式和捆绑克拉特家四口的方式一样。

杜威说："说不定其中一件正是我们要找的。一种失控了的个人仇怨。"

"很难说就一定不是抢劫。"奈说。抢劫作为动机已经讨论过了，但多少被排除了。反对理由很充分，其中最明显的是：克拉特先生从不带现金，这在县里是尽人皆知的；他没有保险箱，也从不随身携带大量现金。而且，如果把抢劫作为动机，那么为什么劫匪没有拿走克拉特太太的结婚金戒和钻戒？但是这些疑问没有说服奈。"整个过程都透露了抢劫的迹象。别忘了克拉特先生的钱包！有人打开把它抖落在克拉特先生的床上，我想不会是钱包的主人所为。还有南希的钱包，为什么会在厨房的地上？它是怎么到厨房的？是的，屋里确实连一毛钱的硬币都没有，但是却有两美元。我们在南希书桌的一个信封里找到两美元。我们知道出事前一天克拉特先生刚兑换了一张六十美元的支票。我们认为屋里至少还应剩下五十美元。当然有些人会说：'没有人会为了五十块钱杀人的。'还说：'确实，杀手也许把钱拿走了，但他这样做就是为了误导我们，使我们认为抢劫才是原因。'我对此表示怀疑。"

天黑了，杜威打断讨论，打电话给家中的妻子玛丽，告诉她自己不回家吃晚饭了。她说："好吧，艾尔文。"杜威注意到妻子的声音里有一种不常见的焦虑。杜威夫妇结婚十七年了，有两个儿子。玛丽出生在路易斯安那州，曾是联邦调查局的速记员，杜威在新奥尔良工作时认识了她。玛丽很能理解丈夫职业上的难处——生活没有规律，一个电话就会突然把他叫走，奔赴州里偏僻的地方。

他说："有什么事吗？"

"没事。"她要他放心，"只是，你今晚回家时只能按门铃了，我把所有的锁都换了。"

现在他明白了，说道："别担心，亲爱的。把门锁上，打开门廊上的灯就行了。"

杜威挂断了电话，一位同事问道："出了什么事？玛丽害怕了？"

"当然害怕！"杜威说，"不仅是她，所有的人都害怕。"

并非所有的人都害怕。霍尔科姆那位守寡的女邮政局长——勇敢的默尔特·克莱尔太太就不害怕，她讽刺镇上的人都是"胆小鬼，吓得瑟瑟发抖，睡觉时连眼睛都不敢闭上"。在说到自己时，她说："我这个老女人睡得和以前一样香。如果有谁想对我耍花招，让他来试试好了。"（她的话还真灵验，七个月后，一伙蒙面匪徒持枪闯进邮局，抢走了她九百五十美元。）照例，克莱尔太太的观点只得到很少一部分人支持。据加登城一家五金商店的老板说："近来，锁头和门闩是卖得最快的商品。人们不在乎买的是什么牌子的，只要管用就行。"当然，想象力可以打开任何一扇门，只要轻轻转动钥匙，恐怖就趁机而入。星期二拂晓，一卡车从科罗拉多州来打野鸡的陌生人，不知道当地发生了惨案，在越过草原、穿过霍尔科姆的时候，被眼前的景象惊呆了：几乎所有房屋的窗内都灯火通明，人们甚至是全家人都正襟危坐、彻夜不眠，全神贯注地凝神谛听着。他们害怕什么呢？"谋杀可能再次发生。"这就是大多数人的回答。一位学校的女教师评论说："如果这件事不是发生在克拉特一家身上，而是别人，那么人们的情绪可能不会如此激动。无论哪一家都不能和克拉特一家相比，他家那么令人敬佩、那么友善、那么安全。这个家庭代表了附近人们真正珍视和尊敬的一切。如果这样的事情能发生在他们的身上——唉，那就等于告诉人们上帝不存在一样。这使得生命看起来毫无意义。我认为，与其说他们吓坏了，倒不如说他们寒心透了。"

另外一个原因也是最简单、最丑陋的事实，那就是：迄今为止邻里之间的和睦相处不见了，骤然间老朋友们要承受彼此猜疑的痛苦，他们难免认为凶手就是左邻右舍。更不幸的是，他们没有一个人不赞成死者的兄弟阿瑟·克拉特的观点。十一月十七日他在加登城一家旅馆的大厅里对记者说："这件事水落石出之时，我可以打赌，无论是谁，此人不会超出我们现在站着的地方十英里的范围。"

离阿瑟·克拉特当时所站的地方以东大约四百英里，两个年轻人坐在堪萨斯城一个名叫老鹰餐馆的雅座内。其中一位是个窄脸，右手上刺着一个蓝色的猫，他已经吃掉了好几个鸡肉沙拉三明治，此时正在吃他同伴的饭——一个没有动过的汉堡和一杯加了三片阿司匹林的沙士。

"佩里，宝贝，"迪克说道，"你不想吃那个汉堡，我吃吧。"

佩里把盘子推到桌子的另一边。"上帝啊！你就不能让我集中精力吗？"

"你也不必看上五十遍呀。"

迪克指的是十一月十七日《堪萨斯城星报》的头条新闻。标题是："四尸命案线索极少"。这篇文章是对前一天谋杀案首次见报的后续报道，最后一段作出总结：

> 警方调查员目前正在寻找一个或数个虽然动机不明但异常狡猾的凶手。主要基于此一个帮凶手：（一）小心地切断了屋内的两根电话线。（二）熟练地捆绑受害人，并封住他们的嘴，且没有留下任何搏斗痕迹。（三）屋里没有留下任何线索，除了克拉特先生的钱包，没有任何迹象显示他们曾企图搜寻任何物件。（四）在屋中不同的地方分别射杀四名被害人，事后冷静地捡起猎枪子弹的弹壳。（五）携带杀人武器到达和离开时，没有让任何人看见。（六）其行为没有任何犯罪动机，唯一勉强可供参考的动机（企图抢劫）也被警方推翻。

"'主要基于此一个帮凶手'，"佩里大声地念出来，"这是不正确的。正确的语法应该是'此一或此帮凶手'。"他一边呷着加了阿司匹林的饮料，一边继续说："不管怎么样。我不相信这篇文章。坦率地讲，迪克，老实说，你会相信这篇没有线索的鬼话吗？"

昨天，他在钻研了一番报纸后，曾提出同样的问题，而迪克认为他不会再提起。（"听着，如果那些牛仔们哪怕找出一点蛛丝马迹，我们在一百英里之外早就听到风声了。") 此刻听到旧话重提，迪克厌烦得不想再理他。只听佩里说道："我总是有预感，所以我才能活到今天。你认识威利－杰伊吗？他说我是一个天生的'巫师'，他了解这种事，对此很感兴趣。他说我有高度的'超感应力'，类似于建在体内的雷达，使你在眼睛还没看见之前就可以预见到即将发生事情的大概。比如，我哥哥和他妻子的事。他们彼此疯狂地爱着对方，但吉米同时是个大醋坛子，他忌妒心特强，总认为老婆背着他红杏出墙，她受不了这种折磨结果自杀了。第二天，吉米也用一颗子弹打穿了自己的脑袋。这事发生在一九四九年，当时我和老爸正在阿拉斯加的瑟克尔城做事，我对老爸说：'吉米死了。'一个星期以后，我们得到了消息。千真万确。还有一次，在日本，我帮一艘船卸货，正坐在一边歇息。突然，我脑子里一个声音对我说：'快跳！'我猜那一跳大概有十英尺。就在我刚才坐着的地方，一吨重的货物从天而降，砸了下来。像这样的事我可以给你举出一百个例子。你相不相信，我不在乎。还有一个，就是在我发生车祸之前，我看见了整个事件，在我脑海中看见的：那雨，那车轮打滑的痕迹，我躺在地上流血，腿折了。这就是我为什么变成现在这个模样。这是一种预感。我觉得这是一个圈套。"他轻轻拍了拍报纸，说道："这篇文章里有许多支支吾吾的地方。"

迪克又点了一份汉堡。在过去的几天里，他似乎成了一个永远吃不饱的饿汉——一连吃了三天的牛排、几打好时巧克力和成磅的软糖。而相形之下佩里却没有胃口，他只喝沙士，吃阿司匹林和抽烟。"怪不得你变得这样。"迪克对他说道，"噢，算了，宝贝儿。别胡思乱想了，我们成功了。计划很完美。"

"听你这话真叫我吃惊，所有的事情都得考虑进去。"佩里说。

他平静的口气凸显出对迪克回答的厌恶。但是迪克并没放在心上，甚至还笑了笑——他的微笑是一种熟练的技巧。仿佛在说这个有着孩子般笑容的人，亲切和蔼，任何人都可以信任他。

"好吧。"迪克说道，"可能有些事我想错了。"

"哈利路亚。"

"但总体上计划是完美的。我们把球打出了场地。现在球没了，球失踪了。一点联系都没有了。"

"我能想起一个来。"

佩里有些过分了。他继续说道："弗洛伊德——是这个名字吗？"这样说有些卑鄙。但话说回来，这也是迪克自作自受，他的自信犹如风筝，需要绳子的牵引。然而，佩里也注意到迪克因狂怒而面部表情发生变化：下巴、嘴唇甚至整个脸都拉长了，嘴角泛着唾沫。如果要打一架的话，佩里还是能招架得住的。他比迪克矮了几英寸，一双短腿还受过伤，不大管用，不过他比迪克重，比迪克结实，他的胳膊可以勒死一头熊。然而，为了证明这一点就打一架，真的翻脸，是不值得的。不管喜不喜欢迪克（现在他并不讨厌迪克，只是不像以前那样喜欢和看得起他），很明显，此时分道扬镳是不安全的。就这一点而言，他们看法一致。迪克曾说："如果我们被抓住了，那就一起被抓吧。那样我们俩还能相互照应。他们开始那一套招供的把戏时，咱们俩得口供一致。"而且，和迪克拆伙就意味着计划功亏一篑了，但那个计划对佩里仍很有吸引力，虽然近来屡受挫折，但两人仍对其深具信心——找一个小岛或沿着南部海岸线一起过潜海寻宝的生活。

迪克说道："是威尔斯先生！"他拿起一把叉子。"如果他敢说出去，那他就得死。就如同我因开假支票被逮捕一样，就这样从后面——"

叉子落了下来，插进了桌子里，"穿透心脏，亲爱的。"

"我没说他会说出去。"佩里说。既然迪克的愤怒自他那里转移到别人身上，他愿意作出让步。"他会吓得不敢说。"

"肯定，"迪克说，"肯定，他会吓得要命。"奇怪，迪克的情绪轻易地转变了。顷刻间，所有卑劣的痕迹、愠怒的表情都消失得无影无踪。他说道："讲一讲你的那些所谓的预兆吧。我倒想知道：如果你早知道自己会出车祸，为什么不把车停下来？如果你停下摩托车，不就没这回事了吗，对不对？"

这正是佩里曾经认真思考过的问题。他认为自己已经找到了答案，但是他的答案很简单，而且多少有些含糊。"不。因为一旦某件事注定要发生，你所能做的就是希望它别发生。或者，听天由命。只要你还活着，就总会有事情发生，即使是坏事。你知道是坏事，但你能做什么呢？你不能不活吧。就像我的梦。从小时候起，我就一直在做同一个梦。在梦里，不知怎么我来到了非洲，在一片热带雨林里。我穿过树林朝一棵孤立的树走去。上帝啊，那棵树臭得要命！那种味道令我恶心。不过，它看起来很漂亮，树叶是蓝色的，上面挂满了钻石，橘子般大小的宝石。这就是我来到这儿的原因，我要给自己摘一箩筐的钻石。但是我知道，只要我一动手，只要我一碰到钻石，一条蛇就会落到我身上。那条蛇是守卫这棵树的。这个可恨的畜生就盘绕在树枝上。我早就知道了，明白不？妈的，倒霉的是，我不知道怎么对付蛇。但是，我想，我会利用机会的。最后权衡的结果是我对钻石的渴望超过了对蛇的恐惧。所以我要去摘钻石，要把钻石攥在手里。我的手刚一触到钻石，正要往下扯的时候，那条蛇就落到了我身上。我们滚作一团，但那个畜生滑溜得厉害，我抓不牢它，它却死死地缠住我，越缠越紧，我能听见自己腿被夹碎的声音。接着就更吓人，现在即使是一想到这里，我都会冒冷汗。那畜生开始吞噬我，从脚开始，像是掉进了流沙里一样。"佩里停了下来，他发觉迪克正用叉子尖抠指甲，显然对他的梦根本不感兴趣。

迪克说道："说呀！后来蛇吃了你没有？到底怎么了？"

"别介意，结果并不重要。"但事实上结果是重要的！结果至关重要，这是他自得其乐的源泉。他曾对朋友威利－杰伊说过，他向威利－杰伊描述了一只硕大无朋的鸟，一只黄色的鹦鹉之类的鸟。当然，威利－杰伊不同，他敏感细腻，是个"圣人"，他理解佩里。但是，迪克？迪克听到也许会发笑。佩里无法忍受任何人对那只鹦鹉的嘲笑。那只鹦鹉第一次飞进他的梦里，他才七岁。当时他是个惹人憎恶、同时也憎恨别人的小杂种，生活在加利福尼亚的一家孤儿院里。管理孤儿院的修女，那穿黑衣的舍监，常因他尿床而鞭打他。在一次令他终生难忘的鞭打（"她叫醒我，用手上的手电筒打我。打啊打啊，直到手电筒都坏了，她还在黑暗中继续打"）之后，鹦鹉出现在他的睡梦中，这只鸟"比耶稣还高，像向日葵般金黄"，是个守护天使，它用喙把修女的眼睛啄瞎，还吃掉了她们的眼珠子，撕碎她的肉体，任凭她们无助地"求饶"，然后温柔地托起他抱在怀里，挥动翅膀，飞向天堂。

随着时光的流逝，折磨的形式不断发生变化，虐待他的人变成比他年岁大的孩子、他的父亲、一个负心的女友以及他在军队里认识的一位军士，但这只鸟仍然存在，这个复仇者仍在盘旋。这样，那条守卫着钻石树的蛇虽然从未停止过要吞噬他，但它自己倒总被吞掉。得救之后，自己升上了天堂！在佩里的诸多说法中，一个版本是，"升上天堂"仅仅是"一种感觉"，一种拥有权力的感觉，一种牢不可破的优越感；但在另一种说法里，天堂又被说成是"一个真实的所在"，就像电影里放的那样。"也许我是在电影里看到或记下的。不然我从哪里看见过这样的花园、这样的白色大理石台阶、这样的喷泉？而且如果你走到花园的边缘向下探望，你就能看见大海。真是妙极了！就像是在加利福尼亚的卡梅尔附近。不过，最妙的是一张很长很长的桌子。桌上的食物多得你想象不到。有牡蛎、火鸡、热狗，水果多得可以拼成百万盘水果拼盘。而且，听着，这一切全是免费的。我的意思是说，我不必为拿了这些食物而担心。我想吃多少就可以吃多少，一分钱都不用花。我真是找对了地方！"

迪克说道："我可是个正常人。我只梦见金发女郎。说起这件事，你听说过母羊的噩梦吗？"这就是迪克，随时可以拿任何话题开下流玩笑。但他的笑话讲得好，虽然佩里多少有点假正经，但也总是忍不住笑起来。

谈起她和南希·克拉特的友谊，苏珊·基德维尔说："我们就像亲姐妹一样。至少，我对她的情感是这样，仿佛她是我姐姐。在开始的那些天里，我不能去上学。葬礼结束后才去学校。博比·鲁普也同样。有一段时间，博比和我总在一起。他是个好男孩，心地善良，但是以前从未经历过可怕的事情，比如失去自己所爱的人。而那时，最让人难受的是他不得不接受测谎检查。我的意思不是他为此而更加痛苦；他知道警察只是在做他们必须做的事情。我曾经历过两三件艰难的事，但他却没有，因此当他发现生活也许不是一场过瘾的篮球比赛时，会深感震惊。大部分时间里，我们只是开着他的老福特四处兜风，沿着公路或到机场开个来回。或者我们就去克瑞密露天餐馆，点上一杯可乐，坐在车里听收音机。

"收音机总是开着，因为我们并没有多少可说的。只有一次，博比说起他是多么爱南希，不可能再爱别的女孩了。唉，我确信南希不希望他这样，我也是这样对他说的。我记得有一天，是星期一吧，我们开车来到河边，停在一座桥上。从那儿可以看见克拉特家的房子，也可以看见克拉特先生的果园和远处的麦田。在其中的一块地里，一团火正在燃烧，有人正在焚化从房子里拿出的遗物。放眼望去，到处都能唤起伤感的回忆。男人们带着网和鱼竿在河边搜寻，他们不是在钓鱼，博比说他们在找凶器——刀和枪。

"南希爱这条河。在夏天的夜里，我们经常一起骑着南希的马，那匹又老又胖的灰马，宝贝。我们一直骑到河边下到水里去，然后宝贝会在浅水处踢水，而我们就会吹起笛子、唱歌。现在天气凉了，它怎么办？我是说宝贝。我一直在想。加登城的一位太太收养了凯尼恩的狗，带走了特迪，但它又跑了回来，它认得回霍尔科姆的路。那位太太回来又一次带走了它。我留下了南希的猫，艾温鲁德。但是宝贝，他们也许要把它卖掉。南希一定不肯，她会气死的。

"那天，也就是葬礼前一天，博比和我坐在铁路旁，看着火车飞驰而过。真傻，就像暴风雪里的绵羊。突然博比回过神来，对我说：'我们应该去看南希，我们应该在她身边。'所以我们开车去了加登城主街的菲利浦殡仪馆。我记得博比的弟弟也和我们在一起。是的，我肯定他也在，我记得我们是在他放学后接的他。我还记得他说第二天不用去上学了，因为霍尔科姆所有的孩子都要去参加葬礼。他一直在对我们说学生们的想法。他说学生们深信是'雇佣杀手'干的。我不想听见这种话，全是流言蜚语，都是南希所厌恶的。不管怎样，我不关心是谁干的。这毫无意义。我的朋友死了。知道是谁杀了她并不能让她起死回生。别的有什么要紧的？他们不让我们进去，我指的是停尸间。他们说除了亲属，谁也不许看这家人一眼。但是博比坚持要进去，最后那个殡仪员——他认识鲁普，我猜，他可能也为鲁普感到难过——他说好吧，叫我们别出声，悄悄进去。现在，我真的希望我们没有这么做。"

四具棺材把小小的、堆满鲜花的停尸间挤得满满的。棺盖在举行葬礼仪式时已经封上了，这是完全可以理解的，尽管对受害者的外貌做了精心的修饰，但呈现出的相貌仍然令人不安。南希穿着她那件樱桃红色的天鹅绒裙子，她弟弟穿了一件明亮的花格子衬衫；父母的打扮就黯淡肃穆多了——克拉特先生身着一件深蓝色的法兰绒外套，他妻子穿着一件深蓝色的绉纱裙。此外，下面的情形使周围的气氛变得可怕……每个人的头颅都完全包裹在棉布里，像是比普通气球大两倍的膨胀的茧，棉布上喷了一层有光泽的东西，像圣诞树上的雪花一样闪闪发光。

苏珊立刻退了出去。"我走到外面，坐在车里等。"她回忆说，"街对面有个男人正在扫落叶。我一直看着他。我不敢合上眼睛。我想，如果我闭上眼睛，一定就会晕倒。所以，我看着他扫落叶，烧落叶，却看不进去，因为浮现在我眼前的还是那件衣服。那对我来说太熟悉了。是我帮她挑选的衣料，她自己设计并亲手缝制的。我还记得她第一次穿上这件衣服时是多么激动，那是在一次聚会上，我所能看见的全是南希的红色天鹅绒裙子，南希穿着它，翩翩起舞。"

《堪萨斯城星报》详细报道了克拉特家的葬礼，但是载有那篇报道的报纸到达佩里的手中已是两天以后了。他躺在一家旅馆的床上，抽空读了读。即使这样，他也只是粗略地看看而已，其中几段写道："今天有一千人参加了四个受害者的葬礼，是第一卫理公会五年来规模最大的一次集会……几个南希在霍尔科姆中学的同班同学在伦纳德·考恩牧师祈祷时潸然泪下，他说：'即使我们走在死亡山谷的阴影里，上帝也会给我们勇气、爱和希望。我确信，在生命的最后时刻，上帝与他们同在。耶稣从未向我们许诺不让我们经受痛苦和悲伤，但是他常会告诉我们，他会分担我们的痛苦和悲伤。'……在这个热得异乎寻常的日子里，大约六百人来到本城北边的谷景公墓。在那里，在下葬仪式上，他们朗诵了《主祷文》。他们低沉的朗诵声汇合在一起，穿过墓地，久久不息。"

一千人！佩里对此印象深刻。他想知道葬礼花了多少钱。他这两天一直在想钱的事，特别是这天早上他真是窘迫得要命，甚至"连猫粮都买不起"了。好在后来形势好转，他的境遇得到了改善，这多亏了迪克。现在他和迪克拥有"一笔不小的数目"，足够他们去墨西哥的。

迪克！巧舌如簧，聪明机警。是的，你不得不把这事交给他。天呀，他"唬人"的那一套本事，简直难以置信。就拿堪萨斯城那个售货员来说吧，那是在密苏里服装店，迪克决定首先"下手"的地方。至于佩里，他从未"在支票上耍过花枪"。他很紧张，但是迪克告诉他："我需要你做的就是站在那儿，不要笑，对我说的任何话都不要吃惊。你只要听着就行了。"迪克对此似乎胸有成竹。他款款走进店里，花言巧语地把佩里介绍给店员，说："这是我的朋友，他就要结婚了。"又胡说道："我是他的伴郎，陪他到商店里转转，帮他买几件合适的衣服。哈哈，你也可以说是他的'嫁妆'。"售货员"上钩了"，很快佩里便脱下了他那条斜纹裤，试了一套蹩脚的西装，那售货员还说是"简单婚礼中最理想的装束"。他接着又对佩里奇特的比例失调的身材——一双小短腿支撑着庞大的身躯——作出了一番评论，然后补充道："要是用不着修改，我们这儿恐怕没有什么适合您的了。"哦，没关系，时间有的是，离婚礼举办还有一个星期呢。"迪克说。敲定了西装，他们又挑了一堆俗丽的夹克衫和裤子，迪克说，这些衣服适合去佛罗里达度蜜月。"你知道伊甸罗克吗？"迪克对售货员说，"在迈阿密的海滩上，他岳父母在那儿预定了一套房间，是给他们的礼物：每天四十美元，一共两周。怎么样？像他这样一个矮子，竟然和一个既有身材又有钱财的漂亮姑娘结婚。而像你我这样的帅小伙……"店员将账单递给他。迪克把手伸进裤兜里，皱起了眉头，手指啪地弹了声说："糟糕！我忘了带钱包。"在他的同伴看来，这个花招太弱智了，小孩子都不可能骗过去。但是店员显然不那么想。因为迪克拿出一张空白支票，在支票上开出八十元钱，超过了账单总数，多余的钱还用现金找了回来。

迪克走到外面说："你下个星期不是要结婚了吗？那么，你不能没有戒指呀。"一会儿，他们坐着迪克那辆老掉牙的雪佛兰轿车，来到一家名叫最佳珠宝的商店。在那儿，他们用支票买了一枚婚戒和一个钻石戒指，紧接着就开车到当铺当掉了这些东西。看着珠宝从手中离开，佩里有些怅然若失。他开始向往起那个假想的新娘了，尽管他设想的与迪克的说法恰恰相反。她既不富有，也不漂亮，但打扮得很精致，说话柔声细语，想象中"是个大学生"，从各方面来讲"都是一位十足的知识分子"——他总想结识这类姑娘，只是从未如愿以偿。

除非把"小甜饼"算上，那是他出车祸住院时认识的一位护士。小甜饼是个时髦的女孩，她喜欢佩里，同情他，宠爱他，鼓励他读"严肃文学"，比如《飘》和《吾爱如斯》。两人曾有过一段非同寻常但双方又都不愿提起的韵事，也曾论及爱情和婚姻，但是最终，在伤愈后，他却对她说再见，并且冒用了别人的一首诗向她解释自己的苦衷：

有一类人与俗世不容，

这类人不能在原地停留；

因此，他们使亲朋伤心；

他们自由自在漫游世界。

他们在田野徘徊，在激流中跋涉，

他们攀上悬崖峭壁；

他们的血管里流淌着吉卜赛人的血液，

他们不知道停歇。

如果他们笔直前行，将会有个远大前程；

因此他们坚强、勇敢而率真，

不过他们厌倦了平凡的过往，

他们渴望陌生而新奇的人生。

　　此后，他再也没有见过她，也没有收到她的来信或听过她的消息。然而，数年后，他却把她的名字刺在胳膊上。有一次，当迪克问起小甜饼是谁时，他说道："没什么，只是一个姑娘，我差点和她结婚。"（迪克结过两次婚，有三个儿子，这些都是佩里忌妒的。娶妻生子，这些都是"一个男人应该有的经历"，虽然对迪克而言，妻子儿女"并未使他幸福或对他有什么好处"。）

　　戒指当了一百五十块钱。他们又去了一家名叫高德曼的珠宝店，戴着一只男式金表悠闲地出来。下一站，在厄尔克相机店里，他们"买"下一架精致的照相机。"照相机最好捞钱，"迪克教导佩里说，"最容易典当或卖掉，还包括电视机。"这话没错，他们决定再去弄几台电视机。完成这一任务后，他们又对几家大型服装店下手，谢泼德和福斯特商店、罗斯柴尔德商店、顾客乐园商店等等都走了一遭。到夕阳西沉、商店关门时，他们的兜里已经装满了现金，车里也堆满了适于销售、易于典当的物品。衬衫啦，打火机啦，昂贵的电器啦，便宜的袖扣啦，真不少。佩里检查了一遍，不由得兴高采烈，因为下一站就是墨西哥，一个新的机会，"过一种真正的生活"。但迪克似乎情绪低落，他耸耸肩，对佩里的赞扬（"迪克，我想你真是令人吃惊，我都快被你唬住了"）并不领情。佩里感到迷惑，他不明白为什么平日里自负自得的迪克在完全有理由大吹大擂的时候，突然会变得消沉，看起来颓丧难过呢。佩里说："我带你去喝一杯。"

他们在一家酒吧停了下来。迪克喝了三杯橙花酒。第三杯酒下肚后，他突然问道："我父亲怎么办？想想看，哦，耶稣啊，他真是个好老头。还有我母亲，唉，你见过她。他们怎么办？我，我自己可以跑到墨西哥或别的什么地方。但是等银行拒付支票时，他们可跑不了。我了解父亲，他肯定会设法还清它们，他以前就这么做过。但是现在他哪有能力——他老了，又有病，什么都没有。"

"对此，我也非常过意不去。"佩里的话是真心的。他虽然称不上善良，但却容易动感情，迪克对父母的感情和关心真的感动了他。"不过，也没什么，迪克，也挺简单的，"佩里说，"我们自己可以偿清支票。只要我们到了墨西哥，只要我们到了那儿，我们就有钱了，赚好多钱。"

"怎么赚？"

"怎么赚？"迪克是什么意思？这个问题让佩里愣住了。毕竟这类发财的计划两人已经讨论过。淘金，潜海寻宝，这些只是佩里热心提出的诸多计划中的两项。其他还有，比如弄艘船。他们经常谈起要买一艘深海捕鱼船，自己当水手，还可以把船租给度假的人——

虽然两人不但连小船都没划过，更没捕到过一条鱼。此外，偷一辆汽车开到美国南部边境也是一个来钱快的办法。（"跑一趟就可以挣五百块钱"，佩里在什么地方读到过这种说法。）此刻他能作出种种回答，但他只选择了提醒迪克，别忘了在哥斯达黎加海岸线外的科科斯岛上，好运正在等着他们。"别傻了，迪克，"佩里说，"这是真的，我得到了一张地图。我搞清楚了那地方的全部历史。它一八二一年沉埋在那里——秘鲁金块、珠宝等价值六千万美金——这可是千真万确的。即使我们没有找到全部财宝，即使只找到了一小部分，迪克，你还会和我一起去吧？"此前，迪克一直鼓励着他，认真地听他讲地图和宝藏的传说。但是此刻，一种前所未有的想法涌上心头，他想知道，迪克是不是一直在假装，仅仅是在耍他。

这一令佩里感到痛楚的想法转瞬即逝，因为迪克对他眨了眨眼，还开玩笑地捅了他一下，说："没错，亲爱的，我和你一起，永不分离。"

凌晨三点，电话铃又响了。倒不是时间的关系，艾尔文·杜威根本就毫无睡意。玛丽以及他们的两个儿子——九岁的保罗和十二岁的小艾尔文·亚当斯·杜威——也同样没睡。在这间朴素的平房里，电话铃每隔几分钟就响一次，谁又能睡得着呢？杜威下床时向妻子保证"这次我会把听筒挂掉"，但这是一个他不敢遵守的诺言。的确，许多电话要么是追踪新闻的记者，要么是爱开玩笑的促狭鬼，或是喜好辩论的家伙打来的（"是艾尔文吗？听着，伙计，我已经想明白这个案子是怎么回事了。是自杀加谋杀。我偶然得知赫伯在经济上陷入困境。传闻他正缺钱用。因此他怎么办呢？他买了一份巨额保险，然后开枪杀死了邦妮和孩子们，最后用一个炸弹炸死了自己。他在手榴弹里塞满了猎枪子弹"），要么就是刻薄、喜欢陷害别人的匿名电话（"认得李一家吗？外国人，又不工作，整天办舞会，花天酒地的，哪儿来的钱？如果不是他们杀死克拉特一家才怪呢"），还有一些被周围的流言蜚语吓坏的老太婆（"艾尔文，哎呀，我可是从小看着你长大的，我希望你别瞒着我，告诉我到底是怎么回事。我喜欢并尊敬克拉特先生，我决不相信这个堂堂男子汉，这个正派人，会拈花惹草，我绝对不相信……"）。

但是大部分打电话的人都是当地德高望重的人士，他们希望能提供帮助（"不知你是否和南希的朋友苏珊·基德维尔谈过？我和这个孩子聊过，她说的一些事情令我震惊。南希曾告诉她克拉特先生情绪很坏，持续了三个星期。南希还说他可能正在为什么事担心，非常焦虑，以至于抽起了烟……"）。也有些是与办案有关的人——其他各州的司法人员与警官（"这不知是否有关联，但是这儿的一个酒吧男招待说他无意中听到两个家伙在谈论案件，从话里听出好像和这个案子有很大关系……"）。到目前为止，这些谈话没有一次使调查员的工作取得进展，但可能性总是有的，正如杜威所指出的，也许下一次谈话"就能带来进展"。

此刻，在接这个电话时，杜威刚拿起听筒就听到"我想自首"。

他问："请问，你是谁？"

来电话的是个男人，他不断地重复最初的那句话，并补充说："是我干的。我把他们全杀了。"

"是吗？"杜威说，"那么，能否把你的名字和地址告诉我……"

"噢，不，你休想。"这个男人说，他的声音带着一种醉酒后的愤怒，"我什么都不会告诉你的。除非我拿到了赏金。你把赏金送过来，我就告诉我是谁。就是这样。"

杜威回到床上。"没什么，亲爱的，"他说，"无关紧要，又是一个醉鬼。"

"他想干什么？"

"想自首，条件是我们先把赏金交给他。"（堪萨斯州的《霍奇森新闻报》悬赏一千美元征求破案线索。）

"艾尔文？你怎么又抽了一根烟？说真的，艾尔文，就不能试着睡一会儿吗？"

他太紧张了，即使电话铃不响，他也睡不着，他太心焦，太沮丧了。他的"线索"四处碰壁，没有一条有用。即使有也是一条死胡同。博比·鲁普？测谎仪已经解除了他的嫌疑；史密斯先生，那个和凶手打一样绳结的农场主，也已从嫌疑犯中排除出去，案发当晚他"正在俄克拉何马州"；剩下的约翰父子也提供了可信的证据。"所以，"引用哈罗德·奈的话来说，"这一切的总和是一个漂亮的整数：零。"就连寻找那只猫的墓穴的工作也毫无结果。

话虽如此，事实上也有一两件有意义的发现。第一，南希的姑妈伊莱恩·塞尔索整理南希的衣服时，在一只鞋里找到一块金表。第二，赫尔姆太太在堪萨斯州调查局探员的陪同下，仔细查看了河谷农场的所有房屋，希望能发现什么异常，结果真的找到了。事情出在凯尼恩的房间。赫尔姆太太闭着嘴唇，在屋里转啊转、看啊看，这里摸摸、那里翻翻的，凯尼恩的旧棒球手套、沾满泥点的工作靴，还有那副可怜的被弃置一旁的眼镜。她一边看着这些东西，一边自言自语道："这儿有点不对劲，我感觉到了，我知道的，但是说不出到底是哪儿。"但话没完她就想起来了。"是收音机！凯尼恩的小收音机哪儿去了？"

这些发现合在一起迫使杜威再次考虑"抢劫"的可能性。那块手表绝对不是自己掉进南希的鞋子里的。当时正躺在黑暗中的她肯定听见了某种声音，脚步声或说话声，这使她猜想可能屋里进来了贼，因此认为必须立刻把表藏好，这是父亲送的礼物，她很珍视，至于收音机，一台灰色的奇尼斯牌小型便携式收音机，毫无疑问，是不见了。同样，杜威无法接受仅仅为了这么一丁点微不足道的利益，"几十美元和一台收音机"，就杀害一家人的假设。接受这个假设违反了他对那个凶手——应该说凶手们的设想。他和他的同事一致认定凶手绝非一人。犯罪手段之老练足以证明其中至少一个冷静而狡诈，而且一定是一个十分聪明的家伙，没有明确的动机绝不会干出这样的事。接着，杜威也逐渐觉察到几项特别之处，至少其中有一个凶手与受害者有情感上的牵连，即使在杀害他们的时候，也对他们表示出同情，显示出某种扭曲的关怀。否则，怎么解释那个用来装床垫的纸箱呢？

有关床垫纸箱的来龙去脉，是杜威最困惑的。为什么凶手要费力气把纸箱从地下室的一头儿搬过来，放在地板上呢？除非是想让克拉特先生舒服一些，让他在注视着渐渐逼近的刀子时，垫子总比冰冷的水泥地舒服？在研究死亡现场的照片时，杜威辨别出其他一些细节，似乎也可以证实他的观点：其中一个凶手不止一次动过感情。"或者，"他找不到一个合适的词汇，"有些事总之挺讲究。瞧瞧那些柔软的床单。什么样的人会做这种事？把邦妮和南希两个女人捆起来，然后拉起床单，给她们盖好，好像在说"晚安"和"做个好梦"？还有，凯尼恩头下垫着的枕头。一开始，我想放枕头也许是为了瞄得更准。但是现在我认为不对，这样做的原因和纸箱的道理是相同的，都是为了使受害者更舒服些。"

像这样的思考虽然令杜威全神贯注，但并没有使他满意或有一种"现出眉目"的感觉。很少有案件是靠"美妙的推断"来解决的，他要把信心建立在事实之上，"必须为此鞠躬尽瘁、一查到底"。大量的事实需要收集和筛选，加之时间紧迫，这些都预示着要付出辛勤的努力，像已做过的寻访——检查了数百个人，包括河谷农场所有的雇员、死者的亲友以及任何和克拉特先生有过大小生意往来的人——都只是龟行般追查过往。对此，正如杜威告诉他的小组："我们必须继续追踪下去，直到我们比克拉特一家还了解他们自己为止，直到我们看清上个星期天早晨发生的事也许与五年前发生的某些事情之间存在联系为止。联系，必须找到这种联系。必须。"

杜威的妻子在打盹，但是当她感觉到他下床时便醒了，她听见杜威又在接电话，同时隔壁儿子们的卧房中传来哭泣声。"是保罗吗？"通常，保罗既不难缠也不烦人的，他不是一个爱哭的孩子。平日里，他不是在后院里挖沟，就是忙着练习跑步，他要成为"芬尼县的飞毛腿"。但是那天吃早餐的时候，他突然哭了起来。他的妈妈不必问为什么，她知道保罗模模糊糊地知道一些自己周围的骚动，他感到这件事威胁到他了——那些令人烦恼的电话、门口的陌生人以及父亲疲惫而焦虑的眼睛。她走过去安慰保罗。比保罗大三岁的哥哥也帮着劝。"保罗，"他说，"别怕，明天我教你玩扑克。"

杜威在厨房里，玛丽去找他时发现他正在那儿等着过滤咖啡，一堆谋杀现场的照片摊在厨房的餐桌上，凄惨的画面与印有漂亮水果图案的桌布极不协调。（有一次他曾让玛丽来看这些照片。她拒绝了，说："我想记住邦妮通常的样子，他们家人也一样。"）他说："也许孩子们应该和我妈待在一起。"他的母亲是一位寡妇，住在不远处，她认为自己的房子太空荡、太安静了，随时欢迎孙儿们光临。"就住几天，等到，等到……"

"艾尔文，你认为我们还能回到从前正常的生活吗？"杜威太太问道。

　　他们的正常生活是这样的：夫妻俩都工作，杜威太太当办公室秘书，他们共同承担家务，轮流做饭和刷碗。（"艾尔文还是警长的时候，我就知道他的那些同事开他的玩笑，打趣说：'看啊，杜威警官来了！硬汉一条！左轮手枪挂在腰！一旦回到家，枪带换成围裙一条！'"）那个时候，他们正在攒钱，打算在农场里盖一座房子。这个位于加登城北部数英里的农场是杜威在一九五一年买下的，面积达四十英亩。如果天气好的话，尤其是在天气炎热、小麦长高吐穗的日子里，杜威喜欢开车去那里练枪法——打乌鸦、射罐头盒，或者幻想着逛逛他想盖的那栋房子，看看打算修的花园，在尚未栽种的树荫下漫步。他非常肯定，总有一天，一个属于他的种满橡树和榆树的绿洲，将会出现在那片荒凉的平原之上，"总有一天，上帝保佑"。

　　笃信上帝，严守教规，每个星期天去教堂，饭前与睡前祈祷，这些是杜威生活中重要的组成部分。"我不明白谁能坐下来用餐而不感谢上帝庇佑。"杜威太太曾经说，"有时，当我下班回家时，唉，真的很累了。但是炉子上总会有咖啡，冰箱里总会有牛排。孩子们生火做牛排，我们聊天，彼此交流着一天的见闻。晚餐做好的时候，我知道我们完全有理由感到幸福和愉快。所以，我说，感谢你，上帝。我这样说并非迫不得已，而是心甘情愿。"

　　此刻，杜威太太说道："艾尔文，回答我，你认为我们还能过上正常的生活吗？"

　　他正准备回答，但电话阻止了他。

　　十一月二十一日，星期六夜里，那辆破旧的雪佛兰离开了堪萨斯城。行李放在车顶上，用绳子从车尾一直紧扎到车头；后备厢由于塞得太满，连盖都盖不上；在车子里面，两台电视机摞在一起，放在后座上。两个人挤在前座，迪克开车，佩里抱着他那把旧吉普森牌吉他，这是他最心爱的宝贝。佩里其他的行李还有一只硬纸箱、一台灰色的奇尼斯牌便携式收音机、一加仑沙士（他担心他最喜欢喝的饮料也许在墨西哥买不到）以及两只装满了书籍、手稿和珍藏多年的纪念物的大箱子（迪克怎么会不发火呢？他咒骂着，踢着箱子，称它们是"五百磅猪泔水！"），这些也都塞在汽车内。

午夜前后，他们穿越边界，进入俄克拉何马州。离开了堪萨斯州，佩里十分高兴，彻底放松了下来。此刻，这一切是真的，他们迈向前程，而且永不回头——至少对他来说没什么好遗憾的，他没有丝毫可以留恋的事物，也没有一个人会担心他到底去了哪里。迪克就不同了。他有几位自认为很爱的人：三个儿子、父母以及一个弟弟。他不敢把此次远行透露给这几个人，也不敢向他们说再见，虽然他从未想过要再见到他们，至少这辈子是不可能了。

"克拉特与英格里希两家订于周六联姻"，这则刊登于十一月二十三日加登城《电讯报》社会版上的新闻令许多读者深感意外。看起来，克拉特先生活着的二女儿贝弗莉，已经和那位订婚已久的年轻的生物系大学生维尔·英格里希先生结婚了。贝弗莉小姐一身白纱，婚礼盛大而隆重（伦纳德·考恩太太独唱，霍华德·布兰查德太太风琴伴奏），"在第一卫理公会教堂庄重举行"——三天前，就是在这座教堂里，新娘哀悼了她的父母、弟弟和妹妹。然而，据加登城《电讯报》报道："维尔和贝弗莉本来打算在圣诞节结婚。请柬都印好了，她父亲已经向教堂预订了结婚的日子。由于突如其来的悲剧，再加上许多亲戚是从遥远的地方赶来的，这对年轻的情侣决定将婚礼提前到周六举行。"

婚礼结束后，克拉特家的亲戚们便各自散去。星期一，在最后一批亲属离开加登城的日子里，《电讯报》在头版刊登了霍华德·福克斯先生的一封信，他来自伊利诺伊州的俄勒冈，是邦妮·克拉特的哥哥。在信中，福克斯首先对当地民众表示感谢，感谢他们对蒙难家庭表现出的"关怀与哀悼"，然后笔锋一转，写道："在这个社区，也就是在加登城里，已经有太多的愤恨之情，我不止一次听人说，一旦找到凶手，就立刻在最近的树上把他吊死。让我们不要这样感情用事。事情已经发生了，夺取另一个生命也不能改变事实。相反，让我们像上帝宽恕我们一样宽恕他吧。在心中积攒仇恨是不对的。犯下如此罪行的人将发现他很难面对自己。只有当他祈求上帝的宽恕时，他的灵魂才能得到平静。我们不要阻挡他，而是祝愿他，愿他找到这种平静。"

汽车停在一处海角，佩里和迪克在此歇脚、野餐。此时是正午时分。迪克用双筒望远镜望着周围的景色：群山、在晴朗的天空盘旋的老鹰，一条泥土路蜿蜒进入一个灰蒙蒙的小村，而后又蜿蜒而出。今天是他来到墨西哥的第二天，到目前为止，他喜欢这里，甚至是这里的食物。（此刻，他正吃着一个冰冷油腻的墨西哥春卷。）他们于十一月二十三日早晨在得克萨斯州的拉雷多穿过边境，在圣路易斯波托西的一家妓院里过了一夜。此刻他们离目的地墨西哥城只有两百英里了。

"知道我在想什么吗？"佩里说，"我想我们俩一定有什么毛病，不然怎么会做出那种事。"

"做什么？"

"那边。"

迪克把双筒望远镜放进皮套里，这是一只精美的皮套，上面烫着 H. W. C. 三个缩写的金字。他恼火到了极点。该死的佩里为什么还不闭上嘴？上帝啊，老是提起那件该死的事有什么用？这真令人恼火。特别是他们已经达成一致，不再谈论这件事的，最好全忘掉。

"做出那种事的人肯定有毛病。"佩里说。

"饶了我吧，宝贝。"迪克说，"我可是个正常人。"迪克说的话是当真的。他认为自己和别人一样心理正常、头脑清楚，或许比常人聪明点，就是这么回事。但是佩里，在迪克看来，"小佩里才真是毛病不小"。去年春天，他们一起关在堪萨斯州立监狱时，他了解到佩里不少鲜为人知的怪癖：佩里竟会是"这样一个小孩子"，总是尿床，还老在睡梦中哭喊（"爸，我到处找你，爸，你到哪里去了？"），迪克经常看见他"一坐几个小时，咂着大拇指，细心研究那些骗人的寻宝指南"。这只是一部分，还有别的呢。在某些方面，佩里简直"古怪极了"，尤其是他的脾气。他翻起脸来，"比十个喝醉了的印第安人还快"，而且你根本无法提防。"也许他就要杀了你，可是你根本不知道，既看不出，也听不到。"迪克曾说。尽管内心愤怒到了极点，佩里在表面上仍然是个冷静的年轻壮汉，目光平静，带点微微的睡意。有段时间迪克认为自己能够驾驭抑或掌控他朋友这种爆发性的冷热无常脾气，但他错了，这个发现令他对佩里逐渐失去了信心，他不知道他到底在想些什么，只是下意识地觉得他应该对佩里有所戒备，但却奇怪为什么自己实际上并不害怕他。

"在我内心深处，"佩里继续说道，"我从未想过我能做出那种事。"

"那个黑鬼你怎么解释？"迪克说道。一阵死寂。迪克意识到佩里正在盯着他。一个星期前，佩里在堪萨斯城买了一副极为讲究的墨镜，镶着银灰色的边，配有反光的镜片。迪克讨厌这副墨镜；他对佩里说，要是被人看见"和戴着这种鬼玩意的人在一起"，他会感到耻辱的。实际上，真正令他厌恶的是那镜片：佩里的眼睛隐藏在后面，令他觉得很不舒服。

"不过是一个黑鬼，"佩里回答，"另当别论。"

这个牵强的回答促使迪克继续问道："你真的干了吗？像你说的那样把他打死了？"这是一个关键的问题，因为他最初对佩里的兴趣、对佩里性格和潜力的判断都建立在这件事上。佩里曾告诉他如何亲手打死一个黑人。

"我当然干了。只是一个黑鬼，那不一样。"佩里接着说道，"关于那件事，你知道真正困扰我的是什么吗？是我不相信谁做出那种事来还能逃之夭夭。我觉得这是不可能的，干下那样的事，还能毫无牵连。我的意思是，真正困扰我的是这个，我总想着事情迟早会暴露。"

虽然小时候上过教堂，但迪克从未"想过"自己会信上帝，也从未受过迷信的困扰。与佩里不同，他不相信一块镜子碎了就意味着七年的厄运，也不相信从玻璃反射出来的新月光辉是邪恶到来的征兆。但佩里的这种敏锐而凌乱的直觉也引发了迪克内心的疑虑。当这个疑虑在迪克的头脑中盘旋时，迪克难免也感到痛苦：他们两个"向上帝坦白了自己的所作所为后，真的能逃脱惩罚吗？"突然，迪克冲佩里喊道："行了，你给我闭嘴！"然后，他踩下油门，倒车，离开了海角。在他们前面的泥土路上，他看见一条狗，正在温暖的阳光下小跑着。

群山。几只老鹰在明亮的天空中盘旋。

当佩里问迪克"知道我在想什么吗？"时，他知道自己又挑起了一场令迪克不快的谈话，他本该尽量避免的。他同意迪克的观点：为什么总是没完没了地说呢？但他就是控制不住自己。一旦他"记起某些事情"（黑屋子里爆发出的蓝光、一个大玩具熊的玻璃眼睛），回想起某些声音，特别是那几个最能啃噬人心的字眼（"噢，不！噢，求你了！不！不！不！不！求你别……噢，不要！求你了！"），一种无助的恐惧就抓住了他。而且，有些声音怎么也挥之不去：银币在地板上滚动，硬木楼梯上的脚步，呼吸与喘气，喉咙被切断了的男人歇斯底里地吸气，这些都令他心悸。

当佩里说"我想我们俩一定有什么毛病"时，他承认了一件他不想承认的事。毕竟，设想自己也许"不正常"是"令人痛苦的"，特别是那毛病根本不是自己的过错，而"可能是与生俱来的"。看看他的家庭！看看他们家的德行！母亲是个酒鬼，酒后呕吐窒息而死。她的两儿两女中，只有小女儿芭芭拉过上了正常的生活，结了婚，安分地相夫教子。另一个女儿弗恩在旧金山一家旅馆跳窗自杀。（佩里"设法向自己解释她是失足滑下去的"，因为他一直爱着弗恩。她是"那么可爱的一个人"，"很有艺术气质"，跳舞"很厉害"，还擅长歌唱。"如果她能有半分运气，以她的相貌和条件，肯定会有所成就，肯定会出人头地。想到她爬上窗台，从十五层楼上跳下来，真令人感到难过。"）还有大哥吉米，有一天他把自己的妻子逼得自杀了，然后他也自杀了。

不久，他听见迪克说："饶了我吧，宝贝。我可是个正常人。"这简直让人笑掉大牙！但不必介意，管它呢。"在我内心深处，"佩里接着说道，"我从未想过我能做出那种事。"刚说完，他就意识到自己的错误，迪克当然会这样问："那个黑鬼你怎么解释？"他当时对迪克讲这个故事无非是为了博取与迪克的友情，希望迪克因此会"看得起"他，认为他"冷酷"，和迪克一样"充满男子汉气概"。那天他们俩读到《读者文摘》上一篇题为"你洞察他人性格的能力有多强？"的文章（"当你在牙医诊所或火车站等候时，不妨研究一下身边的人们不经意流露出的小细节，比如说走路的姿势：两腿笔直可以看出这人坚毅不屈的个性，走路踉踉跄跄则表示犹豫不决……"），两人进行了讨论。佩里说："我一直都是一个杰出的观察者，否则我不可能活到今天。我很能判断什么时候信任什么人。这点你就不太行了，迪克。但是我已经开始信任你了。你会见到我这样做，因为我打算有一天把自己的命运交给你。我会告诉你一件我从未告诉过别人的事。就连威利－杰伊都没诉。就是我杀了一个人的事。"佩里看出来，迪克对此很感兴趣，他听得很出神。"几年前的一个夏天，在拉斯维加斯，我住在一个供餐的旧公寓，那儿过去曾是妓院，但妓女们早就不在了。那个地方十年前就该拆掉，总之我在的时候已经有些垮了。我住在顶楼最便宜的房间，那个黑鬼也住在那儿。他叫金，是外地人。住在那上面的除了我们两个人，还有数以万计的蟑螂。金不是很年轻了，但他曾做过多年修路和别的苦差事，所以体格还很棒。他戴着眼镜，整天读书。他从不关自己房间的门。每次从他门口经过时，我总能看见他赤条条地躺在床上。他那会儿正闲着，说上一份工作攒了点钱，现在就想在床上躺着，读点书，摇摇扇子，喝点啤酒。他读的东西全很无聊——连环漫画和牛仔的荒唐故事什么的。说实话，他人不错。有时我们一起喝杯啤酒，他还借给过我十块钱。我没有理由害他。但是有一天晚上，我们坐在阁楼上，天热得我睡不着，于是我说：'走吧，金，我们去兜兜风。'我有一辆偷来的旧车，我把它漆成了银色，管它叫银色幽灵。我们开出去好远，一直开进了沙漠。沙漠里很凉爽。我们停下车,又喝了些啤酒。金走出车,我跟在他后面。他没看见我拿起了一根铁链,一根我藏在座位底下的自行车链条。实际上,直到下手的时候,我还说不清为什么要干掉他。我抽在他的脸上,把眼镜打碎了。我不停地打。后来,我一点感觉也没有,就把他留在了那儿。许多日子过去了,我也从未听人谈起过这件事。也许除了秃鹰,根本就没人发现他。"

这个故事有一部分是真实的。佩里的确认识一个叫金的黑人。但是如果那个人死了,也与他毫无关系,他从未动过金一个手指头。佩里自己心里有数,金也许还躺在某地的床上,扇着扇子,喝着啤酒呢。

"你真的干了吗?像你说的那样把他打死了?"迪克问道。

佩里既没有撒谎的天才,也没多少撒谎的经验。但是,一旦他讲了一件虚构的事,就会一口咬定。"我当然干了。只是一个黑鬼,那不一样。"此刻他说,"关于那件事,你知道真正困扰我的是什么吗?是我不相信谁做出那种事来还能逃之夭夭。"他怀疑迪克也不相信,因为他多少也已经感染到自己那种诡秘的、良心上的不安了。所以他才会说:"行了,你给我闭嘴!"

车子还在开。在前方一百英尺处,一条狗正沿着路边小跑。迪克猛然向狗撞去。这是一条老得半死的杂种狗,瘦得皮包骨头,一身污秽,被这么一撞,就像只鸟一样立刻完蛋了。但迪克很满意。"伙计!"他叫道。每次一追狗,他就这样叫,而每次一有这样的机会,他绝不会放过。"伙计!我们肯定杀得它落花流水!"

感恩节过去了,打野鸡的季节也即将结束,但是晴朗而温暖的晚秋天气尚未消逝。最后一批外地来的新闻记者确信这个案子大概永远破不了了，也离开了加登城。但是对芬尼县的人来说，这个案子并没有完结，至少对那些光顾霍尔科姆最受欢迎的聚会场所——哈特曼咖啡馆的人而言，还没结束。

"自从出了这件麻烦事，我们这里的生意一直忙得不可开交。"哈特曼太太扫了一眼自己这间算得上温暖舒适的小馆子，这里的每一小块地方都或坐或站或倚地挤满了浑身烟味、喝着咖啡的农夫或农牧场雇工。"都是一群像老娘们似的家伙。"哈特曼太太的表姐、女邮政局长克莱尔碰巧在场，她补充说，"假如是春天活儿忙的时候，他们不会来这儿。但是现在麦子已经割了，冬天就快来了，除了坐在这儿你吓我、我吓你之外，他们没有别的好做。你认识《电讯报》的比尔·布朗吧？看过他写的那篇社论吗？标题是'另一场犯罪'那篇。他说'所有人应立即停止嚼舌头这种行径'，因为无凭无据地瞎说也是犯罪。但是你能指望什么呢？看看周围这群家伙，哪个不是獐头鼠目、满嘴瞎话的？哈！费尽力气也是白说。"

从哈特曼咖啡馆传出的一个流言牵涉到泰勒·琼斯，他的产业紧邻着河谷农场。在哈特曼咖啡馆的顾客里有相当一部分人认为，谋杀者的目标是琼斯先生及其家人，而不是克拉特一家。"这样才讲得通，"其中一个这样争辩道，"泰勒·琼斯比赫伯·克拉特富多了。假设行凶者不是咱附近的人，又假设他也许是被雇来的，他只晓得凶宅的路径。唉，这是很容易弄错的。转错一个弯，结果来到了克拉特家。""琼斯说法"传了又传，特别对着琼斯一家吹了过去，好在那是一个有涵养而且很理性的家庭，始终不为谣言所困。

一张便餐柜台，几张桌子，架着一副烤架的壁炉以及一台冰箱和一台收音机，这就是哈特曼咖啡馆的全部家当。"但是我们的顾客喜欢这里，"女老板说道，"他们不喜欢也没办法。除此以外，他们没有别的地方去，除非他们开车一去七英里才能找到另一家。不管怎么说，我做买卖厚道，而且自从梅布尔来这儿工作后，咖啡也变得特别香。"梅布尔就是赫尔姆太太。"悲剧发生后，我说：'梅布尔，现在你没工作了，你为什么不到我的咖啡馆里帮帮忙呢？煮煮咖啡，端端盘子什么的。'结果呢，唯一不好的地方就是所有人都到这儿来了，他们用各种问题纠缠梅布尔。问的全是关于那场悲剧的事。但梅布尔不像默尔特表姐，也不像我。她很害羞。再说了，她也不知道什么特别的事情。她不见得比其他人知道得多。"但是大多数光临哈特曼咖啡馆的人都认为她一定瞒着一些事。实际上确实如此。杜威曾和她谈过几次话并要求她对谈话内容保密，特别是她不得提起失踪的收音机以及在南希鞋里找到的手表。这就是为什么她对阿齐贝尔德·威廉·华伦－布朗太太说："任何看报纸的人知道的和我一样多，甚至比我还多，因为我不看报纸。"

阿齐贝尔德·威廉·华伦－布朗太太是一位不苟言笑、身材矮胖、四十出头，说话带一口不太地道的上流社会腔调的英国妇人，她和咖啡馆的其他常客毫无相似之处，在这样一种环境里，她就好像是掉进火鸡围栏里的一只孔雀。有一次，她向一位熟人解释为什么她和丈夫放弃"英国北部的家产"，从世代居住的家——"最令人高兴的，哦，最优雅的老房子"——搬到了西堪萨斯平原上一座破旧的、让人极为不快的农场："税！亲爱的。遗产税重得要命。这就是逼得我们离开英格兰的原因。是的，我们是一年前离开的，毫无遗憾。一点也不遗憾。我们喜欢这里。简直喜欢极了。当然，虽然这儿和我们以前的生活截然不同。那种生活我们曾经很熟悉，巴黎、罗马、蒙特卡洛、伦敦。我确实偶尔想念伦敦。哦，我并不是真的想念它——那种忙乱的生活，永远打不着出租车，总要担心穿着和打扮。绝对不喜欢。我们喜欢这里。我猜有些人，他们知道我们的过去，了解我们以前的生活，会感觉奇怪，我们住在这儿不觉得太寂寞了吗？我们本来是想要定居到大西部的。怀俄明、内华达最理想了。我们曾盘算过在那边说不定能挖到一口油井。但是在半路上，我们在加登城停下来看望朋友，实际是朋友的朋友，但他们热情得不得了，坚持要我们多留些日子。我们想，嗨，倒也是，为什么不在这儿买块地，开个牧场呢？或者种种田？不瞒您说，到今天我们还没打定主意究竟是开牧场呢还是开农场。奥斯汀医生也问我们是否觉得这里太安静了。实际上，不，实际上我从未见过比这儿更热闹的地方，比空袭还要命：火车，郊狼，整夜里还不知有什么怪物在不停鬼号，吵死了！自从凶杀案以后，我更有些受不了了。很多事情都让我这么觉得。我们那所破房子老是发出吱吱咯咯的声音。别误会，我不是在抱怨。说真的，这间房子还是挺实用的，现代化设备齐全；可是，天哪！它那咳嗽和哼唧声真够呛！天黑后，一起风，可恶的大草原的风，听上去就像是吓人的呻吟。我的意思是说，如果有人神经有点紧张，便免不了疑神疑鬼地瞎想。天哪！那一家真够可怜的！不，我们没有打过交道。我只见过克拉特先生一次，是在联邦大厦。"

　　十二月初，仅仅一个下午的时间，咖啡馆就有两个常客宣布他们将打点行装，不但要离开芬尼县，还要离开堪萨斯州。第一位是为莱斯特·麦科伊干活的佃农——麦科伊先生是西堪萨斯闻名的农场主和商人。这位佃农说："我和麦科伊先生谈过了。尽量让他知道霍尔科姆及其周围发生了这种事，谁在这里能睡着觉呢？我老婆睡不着，也不让我睡。所以我对麦科伊先生说，尽管我喜欢他这儿，但是他最好另找一个人来。因为我们要搬家了，搬到东科罗拉多去。也许在那儿我能好好歇歇。"

第二个宣布要走的是芦田太太。她带着四个脸蛋红扑扑的孩子来到了咖啡馆。她让孩子们在餐桌前站成一排，然后对哈特曼太太说："给布鲁斯一盒糖浆玉米花。博比想要一杯可乐。邦妮琼，你呢？我们知道你的感受，但是别这样，过来吃点吧。妈妈请客。"邦妮琼摇了摇头，芦田太太接着说道："她有点伤心。她不想离开这儿。这儿有她的学校和所有的朋友。"

　　"哎呀，我说，"哈特曼太太冲邦妮琼笑了笑，说道，"那没什么好伤心的。从霍尔科姆学校转到加登城高中会有更多的男孩的。"

　　邦妮琼说："你不明白。爸爸想把我们带到内布拉斯加州去。"

　　贝丝·哈特曼太太看着孩子的妈妈，仿佛希望她否认女儿的说法。

　　"这是真的，贝丝。"芦田说道。

　　"我不知该说些什么。"哈特曼太太，她的声音充满惊讶和失望。芦田一家是霍尔科姆的一部分，人人都欣赏他们。这家人总是高高兴兴的，工作勤奋、与人为善、慷慨大方，虽然他们没有多少可慷慨的东西。

　　芦田太太说："我们讨论搬家已经很久了。英夫，是他认为我们在别的地方也许会过得更好。"

　　"你们打算什么时候走？"

　　"把东西卖光以后就走。但是不管怎样，也会在圣诞节之后了。因为我们还没有给牙医钱呢。是给英夫的圣诞节礼物，我和孩子们打算送给他三颗金牙。"

　　哈特曼太太叹了口气。"我不知说什么好。我希望你们别走，别卖光东西，离开我们。"她又叹了口气，"看起来大家都要走了。活着的，或是死了的。"

　　"唉，你以为我愿意离开这儿吗？"芦田太太说，"这里是我们住过的最好的地方。但英夫是一家之主，他说我们可以在内布拉斯加找到一块更好的田。听我说，贝丝，"芦田太太想皱皱眉头，但她那张圆胖光滑的面孔不太容易做到，"我们以前常为这件事争个不休。有一晚我实在拗不过他，只好说：'好吧，你是当家的，我们走吧。'自从赫伯家出事后，我觉得住在这附近也很不好受。我说的是我自己，对我而言是如此的。所以我不再争了，我说'好吧。'"说着，她随手拿了一块糖浆玉米花。"唉，我忘不了这件事，我没办法把这件事从脑子里抹去。我喜欢赫伯。你可知道，我是见过他生前最后一面的人吗？嗯，我和孩子们。我们去加登城参加4-H俱乐部的聚会，赫伯开车送我们回家。我记得在路上我对赫伯说的最后一些话。我告诉他，我想不出有什么事能让他害怕。无论发生什么，他总有办法对付。"她若有所思地嚼着玉米花，又拿起博比的可乐喝了一口，然后说道："说也奇怪，但是，你知道，贝丝，我敢打赌，他当时不害怕。我的意思是，不管当时发生了什么，我敢断定，直到最后，他都不相信会发生。因为不可能发生在他身上。他那样的一个人。"

阳光炽热。一艘名叫"埃斯特莉塔号"的小船停泊在平静的海面上。船上有四个人，迪克、佩里、一个墨西哥小伙子和一个名叫奥托的有钱的德国中年人。

"再唱一个吧。"奥托说道。佩里弹着吉他，以沙哑但悦耳的声音唱了一首《漫山烟雾》：

> 我们今天生活在这个世上，
> 被一些人用最恶毒的语言中伤，
> 但当我们死去，棺木即将合上，

他们却总是把百合花塞进我们的手中。

我活着的时候，你们怎么不把花儿送上……

佩里和迪克在墨西哥城待了一个星期，然后就驱车南下，一路由库埃纳瓦卡、塔斯科来到阿卡普尔科。在阿卡普尔科一家自动电唱机开得震天响的酒吧里，他们遇见了满腿汗毛、异常好客的奥托，是迪克和他"钓上的"。但是这位绅士，这位从汉堡来此度假的律师"已经有了一个朋友"，一个自称是牛仔的阿卡普尔科的年轻人。"他是个值得信任的人，"佩里有一次提起牛仔时说，"虽然有时候卑鄙得像犹大，但是，哦，老兄，他是个有趣的家伙。一个真正的快骑好手。迪克也很喜欢他，我们相处得很好。"

牛仔在自己舅舅家为这两个遍体文身的流浪汉找到一个住处，还答应帮助佩里提高西班牙语水平。他和那个来自汉堡的度假者的关系令他们获益匪浅，他们一起喝酒、吃饭、玩女人，这些费用都由奥托承担。奥托似乎认为他的比索花得值，单从他喜欢迪克的荤笑话就可以看出来。每天，四个朋友驾着奥托租来的深海捕鱼船"埃斯特莉塔号"，沿着海岸遨游。牛仔担任船长；奥托素描、钓鱼；佩里给鱼钩装饵，做着白日梦、唱唱歌，有时也扯动一下鱼线；迪克无所事事，只是一味地无病呻吟，抱怨日子太无聊，懒洋洋地躺着，被太阳晒得昏昏欲睡，活像一只午睡时的蜥蜴。但是佩里却说："终于对了，生活就应当是这个样子。"然而，他知道好景不长——实际上，这种生活将在当天结束。第二天，奥托就要回德国，而佩里和迪克将驾车返回墨西哥城——迪克坚持要这样做。"必须如此，宝贝。"一回两人为此争论时，迪克说，"这种生活的确很好。太阳照在你的背上挺舒服，但是钱却哗哗地流走了。等把车卖掉后，我们还剩什么呢？"

也真的是所剩无几。因为那天在堪萨斯城乱开支票骗到的照相机、男式衬衫的链扣与电视机，已经全都当掉了。而且，他们把那副双筒望远镜和灰色的奇尼斯牌便携式收音机都卖给了迪克在墨西哥城结交的警察。"我们要做的就是重返墨西哥城，把车卖掉，我也许能在修车厂找到一份工作。不管怎么说，那儿的待遇不错。那儿的机会更好。上帝啊，我真想再享受享受伊内兹那个小妞。"伊内兹是个妓女，是在墨西哥城美术馆的台阶上和迪克勾搭上的（这次参观美术馆，实在是为了让佩里开心一下），她才十八岁，迪克答应娶她。但是他也答应要娶玛丽亚，一位五十岁的女人，据说是"一位非常出名的墨西哥银行家"的遗孀。他们是在一家酒吧里相遇的，第二天早上，她就付给他相当于七块美金的代价。"所以，你看怎么样？"迪克问佩里。"我们把车卖掉。找份工作。攒点钱。然后再看看会发生什么。"佩里的回答听起来仿佛对将来全无打算。也许他们能用那辆老雪佛兰换个两三百块钱。照他对迪克的认识——现在他真正了解了——迪克会立刻把钱花在伏特加和女人身上。

佩里唱歌的时候，奥托在速写本上给他画了幅素描。画得还有几分神似，画家注意到模特脸上一个不易为他人察觉的表情，一种恶作剧、孩子般逗乐的邪念，像一个不怀好意的爱神，正在张弓准备射出一支毒箭。他赤裸着上身（佩里"耻于"脱掉裤子，"耻于"穿泳裤，因为他担心他的那条伤腿会让"感到恶心"，所以尽管他幻想着水下的事情，老是谈起潜水，但却一次也没下过水），奥托画下了遍布他发达的胸肌和臂膀，以及长满老茧但却像女孩子的小手上的各色文身。他把这个速写本作为分别礼物送给了佩里，其中还有几张以迪克为模特的"裸体习作"。

奥托合上本子，佩里放下吉他，牛仔收起锚、发动了引擎。起航的时间到了。他们在离岸十英里的海面上，海水的颜色这会儿正逐渐变暗。

佩里催迪克赶快钓鱼。"我们也许再也没有这样的机会了。"他说。

"什么机会？"

"抓一条大鱼啊。"

"上帝啊，我的头疼得厉害！"迪克说，"我不舒服。"迪克常犯偏头疼的毛病，他认为这是那次汽车事故的后果。"求你了，宝贝，让我们安静下来，安静下来好不好？"

然而没过多久，迪克就忘记了头疼。他站起来，激动得大喊大叫。奥托和牛仔也叫了起来。佩里真的钓到了"一条大鱼"。一条十英尺长的旗鱼跃出水面，它忽而跳起弯成一条彩虹，忽而落下深深地躲在水中，把渔线扯得死紧。就这样上升、飞跃、落下又上升，一个小时过去了，又过了半个多小时，那位被汗水湿透的垂钓者才把它连拉带扯地拖上船来。

有个老头，整天带着一架老式的木头盒子照相机在阿卡普尔科海港徘徊。"埃斯特莉塔号"驶进码头时，奥托请他替佩里拍了六张与猎物的合照。老头的拍照技术糟透了，洗出来的照片又黑又模糊。不过，这些照片仍然引人注目，主要是由于佩里的表情，他那无瑕的得意架势、无比幸福的神情，就像经常出现于他梦中的那只黄色大鸟终于带着他飞向天堂一样。

十二月的一天下午，保罗·赫尔姆正在小花园里修剪枝叶，正是这个花园使邦妮·克拉特成为加登城园艺俱乐部的一个成员。这是一项令人伤感的工作，因为这使他想起在另一个下午他做过同样的事情。那天，凯尼恩来帮他的忙，那也是他最后一次见到凯尼恩、南希以及他们的父母。几周来，赫尔姆先生感到越来越吃力。他"健康不佳"（实际情况比他知道的还糟，他还有不到四个月的日子可活），为许多事情忧心忡忡，其中之一就是他的工作。他怀疑这个活儿自己做不了多久了。别人或许不了解内情，但是他明白那些"小姐们"——贝弗莉和伊芙安娜，想把农场卖了。虽然他曾在咖啡馆里听一个年轻人说："那件神秘的案子一天不破，有谁会买下那块地方？"但一想起要有外人来这里，收割"我们的田地"，他就觉得"不是滋味"。赫尔姆表示异议，是为赫伯着想。他指出：这块地"只应由克拉特的家人来照管"。他记得有一次赫伯曾对他说："我希望在这片土地上永远有克拉特家的子孙和赫尔姆的子弟。"赫伯说这话时还仅仅是一年前。天啊，要是农场卖掉了，他该怎么办呢？他觉得自己"太老了，到别处去恐怕也不行了"。

不过，他又不能没有工作，他愿意工作。他说自己可不是那种坐到火炉边跷起二郎腿享清福的人。但是这些日子来，农场的一切又让他触景生情：紧锁的房屋，南希的马孤零零地被遗弃在田野，被风吹落的苹果在树下腐烂，还有以往的那些声音——凯尼恩召唤南希接电话与赫伯轻快地招呼"早安，保罗"，现在通通消失了。他和赫伯一直"相处甚好"，彼此从未有过一句争执。但是，为什么那些从县警长办公室来的人老是问他问题？难道他们认为他"隐瞒了什么事情"？也许他不该提起墨西哥人。他曾告诉艾尔文·杜威，在十一月十四日星期六案发当天，大约下午四点钟，有两个墨西哥人，一个留着小胡子，另一个满脸麻子，曾出现在河谷农场。赫尔姆先生看见他们敲了办公室的门，赫伯走出来与他们在草坪上交谈，大概十分钟之后，两个陌生人绷着脸走开了。赫尔姆先生猜想他们是来找工作的，结果被告知没有工作可做。糟糕的是，虽然赫尔姆先生多次被传讯去讲述当天目睹的一切经过，但这件事他却是在案发两个星期后才向警方提起，就像他跟杜威解释的那样，"我是后来突然想起来的"。可是杜威和那几个调查人员好像并不相信他，他们的神情仿佛怀疑他有意捏造出这件事来误导他们。他们倾向于相信鲍勃·约翰逊，那个保险推销员，星期六他在克拉特先生的办公室待了一个下午。他"绝对肯定"从下午两点到六点十分，他是克拉特先生唯一的访客。赫尔姆先生同样很明确：两个墨西哥人，一个留着胡子，一个满脸麻子，下午四点。赫伯要是活着一定会告诉他们真相，让他们相信他，相信保罗·赫尔姆是一个"诚实无欺的人"。但是赫伯已不在人世了。

邦妮也不在了。她的卧室的窗户可以俯瞰花园，通常在她"发病"的时候，赫尔姆先生会看见她长时间地站在窗前，痴痴地盯着花园，仿佛她所看到的东西对她施了魔法。（"小的时候，"有一次她对一位朋友说，"我真的相信花朵、树木、鸟儿和人是一样的，都可以思考，可以相互交谈。如果我们努力去听，就能听见它们在说话。只要把所有其他声音从脑子里撑出去，就可以。静静地，努力倾听。我现在也还相信，只是无法再静下心来……"）

回忆着邦妮站在窗前的情形，赫尔姆先生禁不住抬起头来，仿佛希望看见她，一个窗户后面的鬼魂。假如真是那样，也许并不会像他真正看到的东西那样令他惊恐——那里竟然有一只抓着窗帘的手，还有一双眼睛。"可是，"他后来描述说，"那时太阳正照在房屋这边。"这使得窗玻璃闪闪发光，窗帘后的人影也跟着晃动。等到赫尔姆先生用手遮住晃动的阳光定睛再看时，窗帘突然合上了，窗户后面空空如也。"我眼睛不太好，我怀疑是不是看花了眼，"他回忆说，

"但我确信眼睛没有欺骗我，我肯定绝对不是鬼魂，因为我根本不相信有鬼这回事。那么会是谁呢？在这儿鬼鬼祟祟的。除了警察，没人有权利进入这里。而且他们是怎么进去的呢？所有的地方都锁上了，就好像收音机预报龙卷风要来时做的那样。我愣住了。但是我不敢一个人进去看个究竟。我放下手里的活儿，穿过农田跑到霍尔科姆。一到那儿，我就立刻给鲁滨逊警长打电话，告诉他有人闯进了克拉特家的宅子。他们很快就全体出动。州警、警长和他的手下、堪萨斯州调查局的艾尔文·杜威及其同事都来了。当他们包围了房子正准备采取行动时，前门突然开了。"走出来一个他们以前从未见过的人：一个三十多岁的男人，眼神呆滞，头发乱糟糟的，腰间枪带上挂着一把零点三八口径的手枪。"我猜，当时在场所有人的脑子里都蹦出一个念头，就是他，就是他来这儿杀了克拉特一家。"赫尔姆先生继续说道，"他一动也没动，静静地站着，只是眨了眨眼。他们缴了他的枪，立即开始审问他。"

这个男人姓艾德里安，乔纳森·丹尼尔·艾德里安。去新墨西哥州路经此地，目前没有固定住所。他为什么要闯进克拉特家？是如何闯进来的？他给他们演示了一遍（他撬开一个下水井的井盖，爬过水管道，便到了屋中的地下室）。至于动机，他说自己读过报纸对这件案子的报道，很是好奇，想看看那个地方到底什么样。"然后，"据赫尔姆最后回忆，"有人问他是不是个搭便车的流浪汉，是不是想搭便车去新墨西哥。他说不是，他自己开着车呢。车就停在小路上。于是所有的人都去看他的车。等到他们发现车里的东西时，其中一个人——也许是艾尔文·杜威——对乔纳森·丹尼尔·艾德里安说：'先生，看来有些事我们得谈谈了。'因为他们在车里发现了一杆十二号猎枪和一把猎刀。"

墨西哥城一家旅馆的房间。房间里有一个时髦而俗气的柜子，上面镶着一面紫色的镜子，在镜子的一角贴着一张用英语和西班牙语写的住宿规定：退房时间为下午两点。也就是说，时间一到，房客们要么离开，要么再交一天的房租，这完全不在现在的两位房客思考的事情之列，他们只想着能否把以前的房租交上。因为一切果真不出佩里所料：迪克把车卖了，三天以后，卖车得来的两百块钱大部分已经不见了踪影。第四天，迪克出去要找份正经的活儿干，晚上回来他对佩里说："他妈的！你知道他们给多少钱？多少工资？一个熟练的机修工一天才两块钱！墨西哥！亲爱的，我受够了。我们必须离开这儿。回美国去。得了吧，我现在什么也不想听。什么钻石、埋藏的宝藏什么的！醒醒吧，小男孩。根本没有什么成箱的金子，也没有沉船。就算有又怎样？见鬼，你连游泳都不会！"第二天，迪克就向他的两位墨西哥女友中较富的那位银行家的遗孀借了钱，买了两张经由圣迭戈、最远可达加利福尼亚州巴斯托的汽车票。他说："到那之后，我们走也走回去了。"

当然，佩里可以坚持自己的主意，留在墨西哥，迪克爱他妈的去哪儿就去哪儿。为什么不呢？他不是一直都"孤零零"的，没有"真正的朋友"吗？（除了灰头发、灰眼睛、"聪明绝顶"的威利－杰伊。）但是他害怕离开迪克，就连这个念头也让他"浑身难受"，仿佛离开迪克就像是下决心从时速九十九英里的火车上跳下去似的。这种害怕，据他自己的分析，是近来产生的一种迷信：只要和迪克在一起，"一切注定要发生的事就不会发生"。还有迪克这番"醒醒吧"之类的话，以及他现在对于佩里的梦境和希望表明的咄咄逼人的立场，所有这一切，虽然用意不善却也吸引了他，伤心、惊恐却又为之着魔，几乎重新唤起他以前对迪克的信任：强硬，"百分之百男子气概"，讲究实际，善于决断……他不是也说过要将自己的命运交给迪克吗？于是，十二月初墨西哥城一个寒意料峭的早晨，佩里从太阳一露脸就开始在没有暖气的旅馆房间里整理他的东西，悄悄地，以免吵醒睡在床上的两个人——迪克和年轻的未婚妻伊内兹。

有件东西现在他不必牵挂了。在阿卡普尔科的最后一晚，一个小偷偷走了那把吉普森牌吉他。当时，他和奥托、迪克，还有牛仔，正在码头边的一家咖啡馆里为告别而喝得酩酊大醉。佩里为此很痛苦，他后来说，这真是"阴险下流"的勾当。"如果你有一把吉他一直带在身边，上过蜡，磨过光，音域也正合适，你对待它就会像对待一个你真心喜爱的姑娘。这有一种神圣感。"如今吉他被偷走了，不会再产生什么所有权问题，但是其余财物的归宿还是个麻烦。他和迪克要步行赶路，很明显，除了几件衬衫和袜子，别的都带不了，其余的衣物只好托运。实际上，佩里已经装满了一只纸板箱（里面多是一些待洗的脏衣服，还有两双长筒靴，其中一双鞋底上印着猫爪图案，另一双是菱形纹），箱子上面写着主人的名字，将由内华达州拉斯维加斯邮局运送。

但最令他头疼的难题是如何处理那些他珍藏了多年的东西——满满两大箱子的书、地图、发黄的信件、歌词、诗稿以及一些非同寻常的纪念品（他在内华达州亲手杀死的响尾蛇皮做的背带和腰带，在京都买的一个色情吊饰，一棵日本的化石小树以及一只阿拉斯加熊掌）。也许最好的解决办法是——至少是佩里能够想出的最好办法——把这些东西留给"耶稣"。这个"耶稣"是他住的旅馆对面一家咖啡馆的调酒师，佩里认为此人完全值得信赖，会把两只箱子寄给他（他打算一有"固定住址"，立刻就叫他把箱子寄去）。

但是有些东西实在太珍贵了，一旦丢失便没有办法补偿。于是在一对情人仍在床上酣睡、时钟慢慢走向下午两点的时候，佩里开始翻看一些旧信、照片和剪报，从中挑选准备随身带走的东西。其中有一篇题为"我儿子的一生"的文章，上面有不少打字错误，作者是他父亲。去年十二月，为了帮助儿子获得假释，他写下这份资料寄给堪萨斯州立监狱。这份文件佩里至少已经看过上百遍了，每次看都感慨万千：

　　童年时代——很高兴告诉你们，在我看来，他的童年既好又不好。是的，佩里出生时是个正常的孩子。身体健康，没错。开始时我能很好地照顾他，但是后来就不行了，因为我妻子变成了一个不要脸的酒鬼，而那时孩子们才刚到上学的年纪。性格是否开朗，不太好说，要是受到欺负，他会当真，会一直记在心里。我这人言出必行，我也这样要求孩子。我妻子就不同了。那时我们住在乡下，我们全是在室外劳作的人。我教给孩子们一条金科玉律：容己容人。好多次孩子们做错了事就来找我相互告状，而犯错的总会自己主动认错，挨一顿屁股板子，然后保证改好。在干家事方面孩子们总是很快，因为只有做完了才可以去玩。早晨起来，第一件事就是洗手洗脸，然后穿上干净的衣服，这点我对孩子要求很严格。如果惹了别人或是别的孩子欺负他们，我就叫他们不要再和那些孩子一起玩。孩子们跟我们在一起的时候从不惹麻烦。但是当我妻子想去城里过一种放荡生活时——她确实跑到城里了——麻烦就全来了。我留不住她，当她开车离去撇下我孤单一人时，我还对她说再见（当时可是经济大萧条时期）。孩子们都在扯着嗓子哭叫，而她只是

131

一个劲地骂孩子，警告他们以后不准逃出来找我。她变得疯疯癫癫，说她会让孩子们恨我，她的确做到了。除了佩里。因为挂念孩子，几个月后，我去找他们，在旧金山找到了他们，我妻子当时还蒙在鼓里。虽然她已经给老师下令不许我看望孩子，但我还是设法到学校去见了他们。我在操场上看到他们，但是孩子们对我说"妈妈不让我们和你说话"，我吃了一惊。但佩里没有这样，他跟其他兄弟姐妹不一样。当时他抱住我，说想立刻跟我一起走。我对他说不行。但是放学后，他跑到我的律师林索·特尔克先生的办公室。我把佩里送回到他妈妈那儿，然后离开了旧金山。佩里后来告诉我，他妈妈让他去找个新家。孩子们和她在一起生活都变野了，我知道佩里也总是惹麻烦。我想让她提出离婚，大概一年后她才这样做。她那时整天喝酒，和一个年轻男人胡搞。离婚时我竭力争取监护权，结果获准，几个孩子全由我监护。我将佩里带回家和我同住，其余几个孩子，只能放在收容所里。因为他们有一半印第安血统，我向政府申请救济金来养育他们。

那时是经济萧条时期，我在就业资助会工作，工资很低。当时我还有点财产和一间小房子。佩里和我在一起平静地生活。我心里很难过，因为我终究还是爱着其余的几个孩子。为了忘掉这一切，我带着佩里四处漫游。我挣钱养活自己和佩里。后来我卖掉房子，住在一辆房车里。只要有可能，佩里就去上学，可是他不是很喜欢学校。他学东西很快，和别的孩子相处时从不惹事，除非哪个小霸王惹恼了他。他个子虽矮，但健壮结实。因为是新生，学校里的小子们想欺负他。但他们发现佩里欺负不得，这正是我教育他的。我总是对他们说不要挑起争斗，如果敢惹事，被我发现了，我就要狠揍一顿。但如果是别的小子挑起来的，那也不能胆小。有一次，学校里一个年纪比他大一倍的小子追着打他，但令这小子吃惊的是，佩里转身把他打翻在地，狠狠教训了一顿。我曾指点过他一些摔跤的方法。我过去练过拳击和摔跤。女校长和其他小孩都目睹了这场战斗，女校长喜欢那个大孩子，现在看到自己的宠儿被小佩里痛打，她是受不了的。打那以后，佩里就成了学校里的孩子王。如果哪个大孩子想欺负小孩子，佩里就当场解决，就连那个小霸王此时也害怕佩里了，不得不规矩一点。但是这些却惹得女校长不开心，她向我抱怨佩里老在学校打架。我告诉她这些事情我全知道，但是我不想让我的儿子被比他高大一倍的孩子揍。我还质问她为什么让那个小霸王去揍别的小孩，我对她说，佩里有权保护自己。佩里从不主动挑起事端，这件事我要亲自过问。我告诉她，邻居和他们的孩子都喜欢我儿子；我还说我将很快带着佩里离开学校到别的州去。后来我带他到了另一个州。佩里不是天使，像许多别的孩子一样，他也做过许多错事。对就是对，错就是错。我从不为他做的错事辩护，他必须为自己的过错付出代价。法律是无情的，这一点现在他知道了。

青年时代——第二次世界大战期间，他在一个商船上当船员。那时我到阿拉斯加去了，后来他也来了。第一个冬天，我以猎制兽皮为生，他则在阿拉斯加公路局工作，后来又在铁路上干了一段，但时间都不长。他找不到自己喜欢的差使。是的，只要有钱，他就时不时地给我点。朝鲜战争期间他去从军，每月给我寄三十美元，直到战争结束，最后在华盛顿州的西雅图退伍。据我所知，他是光荣退伍的。他喜欢机械方面的活儿，他的愿望是开推土机、挖土机、铲车以及各种型号的重型拖拉机，因为他有这方面的经验，所以干得确实不错。他喜欢飙车，开起摩托车和汽车来总是飞快。正因为他总爱开快车，结果在一次事故中把两条腿都摔断了，屁股也受了伤，我敢肯定他现在已经尝到这种危险的滋味，开车不会那么快了。

娱乐和兴趣方面——他确实有过几个女朋友，只是当他发现哪位姑娘对他不好或者看不起他，他就不再理她了。据我所知，他不曾结过婚。我和他母亲的纠纷多少令他有点害怕婚姻。我不怎么喝酒，我知道佩里也不是一个喜欢喝酒的人。他在很多地方跟我很像。他喜欢跟正派的人，特别是那些户外生活的人结伴。像我一样，他也喜欢独自一人，喜欢自己努力工作养活自己。我就是这么做的。我能干很多种活儿，但并不精通，佩里也是这样。我教给他谋生之道，教他怎样制兽皮、采矿、伐木、做木工以及养马等等。我会做饭烧菜，他也行，不过不是烹饪高手，只是随便给自己做点吃的，比如烤面包。打猎、钓鱼、捕兽，他几乎都做过。正如我前面所说的，佩里喜欢自己当家作主，如果他有机会做自己喜欢的工作，那么你只要告诉他该怎么做，剩下的就交给他好了，他会为干这种活儿感到骄傲。如果他知道老板欣赏他的工作，他就会诚心诚意地去干。但对他粗暴不得，要好好跟他说。他很敏感，感情容易受伤害，我也是如此。因为老板不讲道理，我曾辞了好几份工作，佩里也这么干过。佩里和我都没上过多少学，我只上到小学二年级。但请不要认为我们就是草包。我自学成才，佩里也是如此。白领工作对佩里和我都不合适。我们擅长户外的活儿，如果有些我们不会，不要紧，只要给我们讲清楚，没几天的时间我们就掌握了。书对我们没什么用。只要喜欢干一行，我们俩很快就可以获得实际经验。但现在佩里瘸了腿，又进入中年，他明白，如今承包商是不会再雇他了。除非你跟承包商很熟，否则他这样是找不到粗重工作的。他开始认识到这一点，只有跟我在一起工作，才比较容易养活自己。我相信我的看法绝对没错。我同样确信他不想再开快车了。这点我是从他的来信中看出的。他说："小心点，爸爸。如果觉得困，就别开车，最好在路边停下来休息休息。"这是我过去经常对他说的话。现在他又来对我说，看来是吸取了教训。

正如我所看到的，佩里已经吸取了教训，他永远都不会忘记。自由对他意味着一切，他是不会再进监狱了。我敢保证我的话没错。我注意到他的说话方式有了很大的变化。他对我说他非常后悔自己所犯的错。我也明白他耻于见人，因为他不愿对人说起他曾坐过牢。他曾请求我不要告诉他朋友他在哪儿。当他写信告诉我他进了监狱时，我回信说应该把这作为一个教训。我还说事情本来可能变得更糟，他也许会被人一枪打死，现在事情以这样的方式发生了，我还是高兴的。我告诉他在监狱里不要整天沮丧，你自己闯了祸，自己最清楚，我把你拉扯大，可从来也没教你去偷人东西，所以别对我抱怨在监狱里是多么难熬，在监狱里要老老实实的——他答应了我。我希望他做一个模范犯人。我确信没有人能再教唆他去偷东西了。法律是无情的，现在他知道了。他希望获得自由。

有一点我非常清楚，只要你对他好，佩里的心地还是不坏的；但如果你对他不好，那你就有麻烦了。如果你是他的朋友，那么无论多少钱，你都可放心交给他看管，他绝不会偷朋友甚至是其他人一分钱的。在出这件事之前，他一直都是这样。现在，我恳切地希望他后半生做个诚实的人。他小的时候，的确和别人一起偷过东西。但是你可以问问佩里，我做父亲的待他好不好，还可以问问，在旧金山时他母亲待他好不好，佩里是知道好歹的。你们给他的教训，足够他受用一辈子。他晓得穷途末路的滋味，他不是傻瓜。他知道生命短暂而美好，自己不能再去坐牢了。

亲戚——佩里活着的亲戚只有我，他父亲，以及一个已经结婚的姐姐博博（即芭芭拉）。博博和丈夫自立门户，生活还过得去。我身体也还行，能自己照顾自己。两年前我把阿拉斯加的小屋卖了，我打算明年再盖一间小屋。我找到了几处矿地，希望能采些矿出来，我一直没放弃过采矿的计划。还有人请我写一本关于木雕艺术以及著名的"猎人之家"的书。猎人之家是我在阿拉斯加建造的一所房子，也曾是我的家，乘车去安克雷奇的人都知道。我可能会写写的。只要我还活着，我就要和佩里有福同享，只要有我吃的，就有佩里吃。我的保险受益人也是他，好让他在重获自由之时，能开始新的生活。如果那时我已不在人世的话。

每次读这篇传记，佩里都会心潮澎湃、思绪万千。起先是自我怜悯，然后是爱与恨的交替，但最终恨意占了上风。传记的回忆，虽不能说全部，但大部分是佩里不愿触及的。实际上，在佩里的记忆中，幼年生活非常宝贵，是承载着掌声和欢乐的零星碎片。大概是三岁的时候，他和哥哥姐姐们坐在牛仔竞技场露天看台的正面；在场内，一位窈窕的切诺基姑娘骑在一匹野性十足的马上，她那蓬松的头发像极了跳弗拉明戈舞的演员，飞快地甩动着。她的名字叫弗罗·巴斯克金，是位职业的牛仔竞技表演者，也是"野马驾驭冠军"。她的丈夫特克斯·约翰·史密斯也是骑马能手。正是在一次西部牛仔竞技巡回表演时，这位俊俏的印第安姑娘遇见并嫁给了这位朴实英俊的爱尔兰牛仔，于是便有了坐在正面看台上的四个子女。（佩里还可以回忆起更多竞技的场面：父亲在套索里飞旋的雄姿，母亲表演花式快骑时，手腕上的玉镯银环叮当作响，令他们感到无比的兴奋，也博得了自得克萨斯州到俄勒冈州各地观众的"起立鼓掌"。）

在佩里五岁前，"特克斯和弗罗"这对夫妻一直巡回表演竞技。作为一种谋生方式，这种生活可不是"天天有冰淇淋吃"，佩里曾经回忆："我们全家六口开着一辆旧卡车，而且有时就住在车里。我们靠吃稀粥、小甜饼和炼乳过活。我还记得那种炼乳是鹰牌的，正是这种炼乳损害了我的肾——里面有糖，使我老是尿床。"但是生活并非不幸福，尤其是对一个以父母为荣、崇拜他们的表演和勇气的小孩子而言——当时可以称得上快乐，特别是与后来的日子相比较。由于伤病困扰，特克斯和弗罗被迫放弃原来的职业，在内华达州的里诺定居下来。他们开始经常吵架，而且弗罗"爱上了威士忌"，后来在佩里六岁时，她带着孩子远走旧金山。正如佩里父亲所写的那样："我留不住她，当她开车离去撇下我孤单一人时，我还对她说再见（当时可是经济大萧条时期）。孩子们都在扯着嗓子哭叫，而她只是一个劲地骂孩子，警告他们以后不准逃出来找我。"在以后的三年里，佩里的确曾数次离家出走，去寻找他的父亲。他已经失去了母亲并开始讨厌她：酒精不但玷污了她的面容，使那位曾经身姿柔软、健康强壮的切诺基姑娘变成了一个胖子，还"吞噬了她的灵魂"，她变得牙尖舌利、恶毒无比。她的自尊已被溶蚀，以至于经常勾搭码头工人或是电车司机回家，连名字都懒得问，就将自己的肉体奉献给他们。

（唯一的条件是请她喝酒，然后和着留声机的音乐狂舞一番。）

　　因此，佩里回忆说："我总在想爸爸，希望他能来带我走。那次他来我记得很清楚，就像在一秒钟前发生的那样。他站在校园里，当时我高兴得像迪马乔①击出了一支全垒打。只是爸爸不是来带我走的，他对我说要乖，然后抱抱我，就离开了。不久，母亲把我送进了一家天主教孤儿院，那里有些凶狠的黑寡妇老是盯住我不放，因为我尿床而打我。这也是我讨厌修女、上帝和宗教的一个原因。但是后来我发现比她们更邪恶的还多的是。因为几个月后，我被撵出了孤儿院，母亲把我送进一个更糟糕的地方。那是一家救世军开办的儿童教养院，那儿的人也同样憎恨我，也是因为我尿床，而且还有一半印第安血统。我还记得一个女护士经常管我叫'黑鬼'，还说印第安人和黑鬼没有任何区别。妈的，她可真是一个邪恶的浑蛋！简直就是魔鬼的化身。她经常在浴盆里装满冰凉的冷水，把我扔进去，按着我不让动，直到我冻得浑身发紫，差点淹死。那个婊子后来终于被人告发了，因为我得了肺炎，小命也差点丢了，在医院里住了将近两个月。在我病重的时候，爸爸来了。我病好后，他把我带走了。"

　　差不多有一年的时间，父子俩住在里诺附近的家中，佩里去上学。他回忆说："我读到三年级就打住了，从此以后我再也没进过学校。那年夏天，爸爸造了一辆颇为原始的拖车，他称之为'房车'，里面有两个铺位和一个小厨房。炉子非常好，你可以在上面做任何吃的。我们自己烤面包，我常做果酱，苹果酱、山楂酱之类的。在后来的六年中，我们俩走遍了乡野，从未在一个地方停留很长。因为在一个地方待的时间一久，人们就开始以异样的眼光看爸爸，仿佛他是

----

①约瑟夫·保罗·迪马乔（Joseph Paul Dimaggio，1914－1999），美国棒球史上最杰出的中外野手之一。

个怪人似的。我讨厌这样，也很受伤，因为那个时候我还很爱爸爸。尽管他有时对我很粗暴，但我爱他，所以每次搬家时，我总是很高兴。"他们从内华达到怀俄明，又到爱达荷、俄勒冈，最后到了阿拉斯加。在阿拉斯加，特克斯教儿子如何淘金，怎样在雪水汇集的溪流沙床淘金；在那里，佩里还学会了打枪、剥熊皮，做陷阱捕捉狼和鹿。

"天啊，那儿冷极了！"佩里还记得，"晚上爸爸和我抱在一起睡，在毛毯和熊皮里缩成一团。早晨，天还没亮，我就忙着做早餐，蜜汁小饼、烤肉，吃完了我们就得出去工作。如果我没有长大，那么一切都好；但随着年龄增长，我对爸爸的感激之情就日益减少。在有的事情上，他什么都懂，但有的却一无所知。他对自己儿子各方面都缺乏了解。譬如说，我第一次拿起口琴就会吹，吉他也是这样。我有天生的音乐才能。但父亲根本没有意识到这一点，也从不关心。我还喜欢读书，喜欢扩充自己的词汇量，喜欢写歌，而且也能画画。但是我从未从他或者别人那里得到任何鼓励。许多个夜晚，我彻夜难眠，一方面是为了控制我的膀胱，一方面也是因为我无法停止幻想。每当天气冷得难以呼吸时，我就幻想夏威夷，想我看过的电影，我多么希望跟多萝西·拉莫尔[①]一起去夏威夷，那儿阳光明媚，衣服都是绿草和花朵做的。"

一九四五年大战期间，一个温和的夜里，佩里来到檀香山的一家文身店，叫人在左手臂刺上了一幅蛇和匕首的图案。他去那里的过程是这样的：先和父亲吵了一架，接着搭便车从安克雷奇来到西雅图，在船员应征处找到一份水手的工作。"如果我事先知道后来要遭遇的事情，我是绝不会去的。"佩里曾说，"工作我倒是很满意，我

---

① 多萝西·拉莫尔（Doroth Lamour, 1914－1996），好莱坞著名影星。

喜欢当水手，喜欢游遍各地的海港。但是我没防备到船上的那些男同性恋，他们从不让我安静。我只是一个十六岁的小孩，身材又矮小。当然，我自己也可以自卫。但你知道，许多男同性恋可不是柔弱女子，天啊，他们能把台球桌和整架钢琴都扔出窗外。这些'女皇'们，狠起来够你受的，特别是他们几个结成一伙一起整你的时候，而我只是一个小孩子，这简直逼得你想自杀。几年后，当我参军入伍被派到朝鲜，同样的问题又出现了。我在军队表现很好，不比别人差，他们给我颁发了铜星勋章，但我却从未获得晋升。四年后，整个该死的朝鲜战争结束了，我本来至少也应是个下士。但是我却没有当上。知道为什么吗？就因为我们那个军士太霸道，而我又不肯就范。妈的！我恨死了他那套做法，我实在受不了。但是我又不懂，有些同性恋我倒是挺喜欢的，只要他们不对我动歪脑筋。我有一个知心朋友，一个非常聪慧敏锐的人，后来我发现他就是同性恋。"

在辞去船员工作到入伍之前的那段时间，佩里和父亲又和好了。他父亲在佩里走后曾漂泊到内华达州，后来又返回了阿拉斯加。一九五二年，在佩里服完兵役后，老头决定结束漂泊不定的生活。"爸爸那时头脑发热，"佩里回忆说，"写信告诉我说他在安克雷奇的高速公路边买了一块地，打算建一所供游人住宿的猎户客栈，名字就叫猎人之家。他让我赶快回来，帮他建房子。他确信我们会因此而发财。嗯，当时我还在部队，驻地在华盛顿州的刘易斯堡，我买了一辆摩托车——该叫那玩意'死得快'。刚一退役，我就出发去阿拉斯加。谁想到开到贝灵汉，也就是州境时，天竟下起雨，我的摩托车打了个滑。"

这一滑就使父子俩的团聚推迟了一年。做手术、住院治疗整整花去了半年的时间。出院后，他住到贝灵汉附近一对靠伐木和打鱼为生的年轻印第安夫妇的森林小屋中。"乔·詹姆斯和他妻子把我当朋友，虽然他们比我大不了几岁，但他们却收留了我，像照顾孩子般照料我，一点也不嫌麻烦。因为他们喜欢孩子，当时他们已经有了四个孩子，后来又生了三个。乔和他的家人对我非常好。我那时还拄着拐杖，什么忙也帮不上，成天只能坐着。所以为了打发时间，也为了不吃闲饭，我开始教课，学生就是乔的孩子，还有他朋友的孩子。我们就在客厅里上课。我教他们吹口琴、弹吉他，还教他们书法，大家都称赞我的字写得很漂亮。我的确写得不错，我买过一本习字书，我练啊练，直到写得和书上印的一样好。而且，我们还常常读故事，孩子们轮流读，我随时纠正他们读错的地方。那真有趣。我喜欢孩子，特别是小孩子，那段时光太美好了。但是不久春天来了，虽然腿还很疼，但我得走了。爸爸还在等着我呢。"

没错，父亲是在等他，但并没有闲着。当佩里到达猎人之家的兴建地时，他父亲已经独自一人完成了最繁重的工作——清理了地面，砍伐了必需的木材，砸碎并运来了铺路用的石块。"不过他坚持等我到了再动工。那栋房子的每块石头、每根木料都是我们父子俩一点一点弄起来的。偶尔会有一个印第安人来帮忙。爸爸那时简直像个疯子，不管出现什么情况，大雪也好，暴雨也罢，即使风大得能卷起大树，我们也没有停下来歇歇。等到屋子封顶的那天，爸爸乐得绕着屋子手舞足蹈，大叫大笑，甚至跳起了吉格舞。哦，那座房子的确非同一般，能容纳二十人住宿，餐厅里有一个大壁炉，此外还有一间酒吧，名字叫'图腾柱'，我可以在那儿演唱和娱乐顾客。一九五三年底，我们开业了。"

然而，企盼中的游猎者并没有出现。虽然平日里也有一些普通游客从公路上拐下来，在令人赞叹、充满乡野风味的猎人之家前拍照留念，但却极少留下过夜。"有一段时间，我们自我安慰说，慢慢生意就会上门的。爸爸努力招揽生意，他修了个'怀旧花园'，里面有一个'许愿井'，还在公路旁竖起了指示牌，但是所有这一切连一个子儿也没赚回来。当爸爸意识到这么做毫无用处，我们所做的一切只不过是浪费精力和金钱时，他开始怪我，指使我干这干那，还总是恶狠狠的，说我没尽到责任，没有做好属于我的那份工作。这一切不能怪他，但也不是我的错。手里没钱，吃的东西越来越少，面临这样的局面，我们忍不住互相责怪起来。到最后，我们父子俩饿到撕破脸正面冲突的地步。爸爸把一块饼干从我手中抢去，说我吃得太多了，是个贪婪自私的浑蛋。他问我为什么不从这里滚出去，他再也不想见到我。他咆哮不止，最后我忍无可忍，我的手掐住了他的脖子，我的手，可我控制不住自己的手，是我的手想掐死爸爸。不过，爸爸很灵活，是个聪明的摔跤手，他挣脱了，跑去拿枪，然后回来用枪指着我，说：'看着我，佩里，我是你活在世上最后看到的人。'我站着不动。后来他意识到枪里没子弹，于是开始放声痛哭，坐到地上像个孩子般号啕大哭。我想那时我不再生他的气了，我为他，也为我们俩感到难过。但是那毫无用处，我无话可说。我走到外面去散散步，当时是四月，但森林里仍是寒冬。我走啊走啊，直到天都快黑了，当我回来时，小木屋里黑灯瞎火的，所有的门都被锁上了。我所有的东西都被爸爸扔在雪地里，书、衣服以及所有的一切。我抱起我的吉他，其他东西都扔在那里，开始向公路走去，当时兜里没有一分钱。大概半夜的时候，我搭上了一辆卡车，司机问我想去哪儿，我对他说：'随便，你往哪儿开，我就往哪里去。'"

又在詹姆斯家待了几星期后，佩里想出了一个去处：马萨诸塞州的伍斯特。他的一个战友住在那里，或许那个朋友会帮他找一份"赚钱多的工作"。一路辗转，拖延了他向东的旅程。其间，他曾在奥马哈的一家餐馆洗过盘子，在俄克拉何马州的一家加油站为顾客加油，还在得克萨斯州的一座农场工作了一个月。一九五五年七月，在去往伍斯特的路上，他经过堪萨斯州一座名为菲利普斯堡的小镇，在那里，"命运"又一次"捉弄了他"，他遇见了一个"坏伙伴"。"他姓史密斯，"佩里说，"和我的姓一样，我不记得他叫什么了，反正他就是那种我在路上结识的人。他有一辆车，他说可以最远带我到芝加哥。那天，我们路经堪萨斯州，来到菲利普斯堡这个小地方，停下来看地图。当时好像是星期天，商店都关门了，街上静悄悄的。我的朋友在胸前划了个十字，四下张望了一会儿，想出了一个主意。"他建议去附近的钱德勒批发公司偷东西。佩里同意了，两个人破门而入，趁里面没人搬走了不少办公设备（打字机、计算器等）。如果数天后，两个贼在密苏里州的圣约瑟夫市没有闯红灯，他们这次偷窃也许会平安无事。"那天，那些货还在车里，一位警察命令我们停车，他想知道我们从哪儿弄来这些东西。他很快核实后说，我们要被'送回'堪萨斯州的菲利普斯堡了，又说如果我们喜欢坐牢的话，那儿的监狱倒是挺小巧别致的。"四十八小时之后，佩里和他的同伴发现了一扇开着的窗户，于是便爬了出去，偷了一辆汽车，向西北方向内布拉斯加州的麦库克开去。"我们俩，我和史密斯先生，很快就闹掰了。他后来怎么样我就不知道了，我们俩都上了联邦调查局的通缉名单。但是据我所知，他们一直没有抓到史密斯。"

那年十一月，一个大雨的午后，佩里乘灰狗长途汽车来到马萨诸塞州的伍斯特，这是一个地势陡峭、道路高低起伏、即便在最好的天气也显得凄凉阴郁的工业城市。"我找到了我朋友的住所，那个在朝鲜时的战友，但是周围人说他在六个月前就走了，也不知道他去了哪儿。沮丧、失望，简直是世界末日，我当时就是这种感觉。所以我找了一家卖酒的商店，买了半加仑红酒，回到汽车站，坐在那里喝酒，身上渐渐暖和了点。我正喝得开心呢，突然一个男人走了过来，以流浪罪逮捕了我。"这位警察给他登记的名字是"鲍勃·特纳"，这是他瞎编的，因为联邦调查局还在通缉他呢。他坐了十四天的牢，被罚了十块钱，在十一月的另一个下雨天，他离开了伍斯特。

"我去了纽约，住在第八大道的一家旅馆里，"佩里说，"那儿靠近四十二街。后来，我找了份夜间的工作，在一家一分钱游乐场里干点零活。就在四十二街上，旁边是一家快餐店，我就在那儿吃饭——如果有钱吃饭的话。差不多有三个月，我一步也没离开百老汇区，就因为一件事——我没有合适的衣服穿。我随身带的只有西部牛仔穿的牛仔裤和靴子。也幸亏是在四十二街，没有人在乎你穿什么，那儿的人穿什么的都有。我这辈子从未遇见过那么多怪人。"

在那个闪烁着霓虹灯，充斥着爆米花、煎热狗和橘子水气味的丑陋地方，佩里度过了一个冬天。但是后来，在早春三月一个阳光明媚的早晨，"两个联邦调查局的浑蛋叫醒我，在旅馆里把我逮捕了。咔嚓一声！我又被押回了堪萨斯州，回到了菲利普斯堡，还是那座小巧玲珑的监狱。他们给了我一大堆罪名，什么非法侵占他人财产、越狱、偷汽车，结果我被判到兰辛坐五至十年的牢。到那不久我就给父亲写信，告诉他我出了事。我还给我姐姐芭芭拉写了封信。经过这么多年，他俩是我唯一的亲人了。吉米自杀了，弗恩跳了楼，我妈去世八年了。除了父亲和芭芭拉，其他亲人都死了"。

佩里挑选了一些不愿放在墨西哥城这家旅馆里的东西，其中一件就是芭芭拉写给他的一封信。这封信看得出是刻意写得简明易懂的，信上的日期是一九五八年四月二十八日，当时佩里坐牢已近两年：

亲爱的佩里弟弟：

今天我们收到了你的第二封来信，请原谅我没有早点给你回信。我们这儿的天气和你那里的一样，也是越来越暖和，我有些不舒服，但我仍会打起精神来的。你的第一封信真叫我心里不安。我想你一定认为我因此没给你回信。其实并非如此，实在是因为孩子们让我忙个不停，很难找个时间坐下来，集中精力写信。我好久以来一直想给你回信。唐尼学会了开门，每天在椅子和柜子上爬上爬下的，我老担心他会摔下来。

有时，我可以让孩子们在院里玩一会儿，不过我得一直跟他们在一起，怕不小心他们又会摔倒或碰着什么的。其实我哪能老看着他们，我知道总有一天他们会开始满街跑。找不着他们的时候，我会又着急又难过的。也许你也想知道几个孩子现在长得多大了吧：

	身高	体重	鞋子尺码	
弗雷特	36英寸半	26磅半	7码半	窄型
贝比	37英寸半	29磅半	8码	窄型
唐尼	34英寸	26磅	6码半	宽型

你可以看出来，虽然唐尼只有十五个月，但他已经长得很高了。他现在有十六颗牙了，性格活泼，惹人喜爱。贝比、弗雷特的衣服他都能穿，不过裤子还太长了。

我打算尽力写得长一点，所以也许会有许多停顿，比如现在我就得去给唐尼洗澡了，贝比和弗雷特早上已经洗过了。今天很冷，我让他们待在屋里。我很快就回来——

说到这封信的打字，首先我得承认我打字不太行。虽然我有时也帮你姐夫打点工作文件，但是我只能用一根到五根指头来打。我打一个小时，一个熟练的人只要十五分钟就够了。说真的，我既没时间，也没决心去专门把它练好，但我觉得你决心勤练之后字打得这么好真是棒极了。我相信学东西我们(吉米、弗恩、你和我）都学得很快，在其他方面，特别是在艺术上也都有天分。连爸爸和妈妈也是擅长艺术的。

　　我真心觉得，我们谁也不要去责怪谁，自己的生活应该自己负责。事实已经证明，大多数人早在七岁的时候就已经懂事了——这就意味着我们这个时候确实懂得什么是对什么是错了。当然，外在环境对我们一生的影响也很大，比如我对修道院的生活是感激不尽的。至于吉米，他是我们兄弟姊妹中最能干的。我还记得他多么努力地工作和学习，而当时没有人要求他，是他自己下决心那么做的。我们永远也不会知道最终出现那种结局的原因，永远也不会知道他为什么要那么做，但是想到这儿我还是很伤心。他轻生太可惜了。但人性的弱点是任谁也不容易抑制的，这一点也同样适用于弗恩以及其他成千上万的人，包括你我在内，因为我们都有弱点。就你而言，我并不知道你的弱点是什么，但我确实觉得——脸脏并不可耻，可耻的是不去洗掉。

　　对你，佩里，我是真心疼爱，因为你是我唯一活着的弟弟，是我孩子的舅舅。可是我要说，你对父亲以及对自己坐牢的态度无论如何不能说是公允或健康的。我知道我们谁也不喜欢被批评，对批评你的人有点不满是正常的，但是如果你为此而大动肝火，那最好还是冷静些。我对下面的两种情况有一定的心理准备：一是不再收到你的来信；二是你来信准确地告知你对我的看法。

我希望我是错的，我真心希望你看完这封信好好想想我说的话，试着去理解别人的看法。千万别误会，我自知不是什么专家，更不认为自己比别人聪明或自夸受过更多的教育，但我确信我是一个有着基本理性、愿意按照上帝和人类所指定的法则生活的正常人。没错，我有时也"走错路"，这很正常，正如我所说的，我是一个凡人，因此有着人性的弱点。但是关键在于，我仍要再指出这点：脸脏并不可耻，可耻的是不去洗掉。没有人比我更清楚我本身的弱点和错误，因此这里我就不再啰唆使你厌烦了。

首先，我要跟你谈的也是我认为最重要的，父亲不能对你做的错事负责，正如你做了什么好事也不是他的功劳一样。不管对错，你做的一切都应该由自己承担。据我观察，你过去几乎一直过着随心所欲的生活，很少考虑到外界环境或会伤害到那些爱你的人。不论你是否意识到，你现在坐牢对我和爸爸实在是一件难堪的事，不是指你犯下的那些罪行，而是为你毫无真正的悔过，对法律、人情或任何事没有丝毫的敬意。你在信中指出，你的问题都是别人的过错，而不是自己。我承认你很聪明，你的语言能力很出色，只要下决心去做一件事情就必定做得很好。但是，能告诉我究竟什么事是你想要做的吗？你愿意用努力工作、诚实劳动来换取你向往的人生吗？俗话说"不劳无获"，我敢肯定，这句话你已经听过很多遍了，但今天再听一遍也不会有害处。

如果你想了解爸爸的近况，我可以告诉你的是——他为你伤透了心。为了让你出狱，他愿意付出一切，只要儿子能回到他身边。但是我担心，你一旦出狱只会令他更加伤心。他现在身体不太好，越发老迈了，再也不能像以前那样让你"称心如意"了。他过去诚然有不对的地方，他自己也知道，但不论他有什么、去到哪里，总是与你分享一切，而对别人他可不愿意这样。我不是说你要一辈子感激他，或者说你连命都是他给的，可你确实对他不够尊重。我自己是为父亲感到骄傲，我爱他，尊敬他。可他为了儿子宁愿孤身一人，对此我有些难过，否则他也许会和我们住在一起，共享天伦之乐，不必为了他的儿子而孤苦伶仃地待在那辆小拖车里，盼啊等啊，等他儿子回来。我为父亲感到忧心，虽然我用了"我"字，但其中也包括我的丈夫，他也敬爱父亲。因为父亲是个男子汉。没错，父亲是没受过太多的教育，但在学校里，我们也只不过学会了读书写字，而把这些应用到实际生活中去则是另一回事。只有生活本身能教会我们。父亲经历过人生起伏，而你竟无知地说他没受过教育，不能理解人生问题的"科学含义"等等。一个哇哇大哭的婴儿只要母亲把他抱起来、亲吻他就能被安抚。我倒想知道这点你要怎么用"科学的含义"来解释？

让你听这么激烈的话，我心里很难过，但是我觉得我必须说出我的感受。我很抱歉这封信必须受到狱方的检查，我真诚地希望它不会对你出狱造成任何负面影响。我只是觉得你应该明白、应该认识到你给我们造成了多大伤害。爸爸是受伤害最深的人，因为我有我的家庭可以寄托，但你才是爸爸唯一爱的人——换句话说，你才是他的"家人"。当然，他知道我爱他，但是我们之间并不十分亲密，这一点你是知道的。

你坐牢不是件光彩的事，你将无法摆脱这个污点，但你要努力适应并改过自新，别再继续抱着那种认为别人都愚蠢、无知、不明事理的心态。你是一个有着自由意志的人，这使你比禽兽高出一筹。但是如果你继续无视别人的感受而生活下去，那么你就与禽兽无异。"以眼还眼，以牙还牙"，不会使你获得幸福和心灵的宁静。

说到责任，没有人真的愿意承担，但是我们所有的人都必须为我们生活的社会与法律负责。当你承担起家庭、子女和事业的责任时，就等于告别童稚时代、迈入成年人的行列。你当然清楚如果世界上每一个人都说，"我想成为一个无拘无束的人，想说什么就说什么，想做什么就做什么"，那么这个世界将会乱成什么样呢？我们都有说话、做事的自由，前提是这种自由不会伤害我们周围的人。

好好想想吧，佩里，你比一般人聪明，但你的理智则不知埋没在何方，也许是因为坐牢过度紧张吧。不管什么原因，请记住，你应当为自己负责，也只有靠你自己才能度过这段时间。希望很快能收到你的来信。

爱你并为你祈祷！

你的姐姐与姐夫

芭芭拉及弗德里克全家敬上

佩里将这封信放入他整理出来的宝贵物件中，并不是被姐姐的感情所打动，他才不会呢。他"讨厌"芭芭拉，那天他曾对迪克说："我唯一觉得遗憾的是，我希望我那该死的姐姐也在那所房子里。"（迪克笑了，同样坦白说："我一直在想如果我第二任妻子也在那里，该是多么有趣啊。她，还有她那该死的家人。"）他之所以珍视这封信是因为他的狱友——"智慧超群"的威利－杰伊，为他这封信写了一段"极其微妙"的分析，密密麻麻地打了两页纸，开头还加了个"读信有感"的标题。全文如下：

1. 她写这封信的时候，希望这是一次对基督教义的动情展现。也就是说，你给她的那封信明显惹恼了她，她有意把另一边脸也给你打，希望这样会让你后悔写那封信给她，而你在下封回信中也无从反击。

然而，很少有人在感情用事时还能成功地阐明一些普通的伦理道德观念。你姐姐的信正体现了这样的失败，因为在写信过程中，她的判断逐渐让位于情绪，她思路清晰、观念正确，但也并非没有偏见、没有个人情绪。那是一种在回忆和挫折感的刺激下产生的情绪，因此，不论她的告诫多么明智，也不可能促使你转变，而只能使你产生在下一封信里报复她的念头。这样一来就导致了一个恶性循环，它最终会令双方感到极度愤怒与苦恼。

2. 这是一封愚蠢的信，源于人性的弱点。你给她的信与她给你的信都没有实现各自的目的。你的信中试图向她解释你对生活的看法以及你受此看法影响的必然性。你的信是注定要被误解的，至少在字面上容易受到曲解，因为你对人生的看法与传统世俗大相径庭。还有什么比一位有着三个子女、"献身"于家庭的妇女更传统的呢？？？她对一个背离传统的人产生反感不是再正常不过的事吗？当然，传统中有相当多的伪善。任何有思想的人都很清楚这一悖论；但是在与传统的人打交道时，最有利的策略是不要戳穿他们的假面具。这并不是一个是否坚持自己想法的问题，而是通过这样的表面妥协，你才能维持个人的立场而不致受到传统观念的不断威胁。她的信也失败了，因为她无法洞悉你问题的症结，她无法真正理解目前你所承受的来自环境上、智力上以及逐渐被孤立的各种压力。

3. 她认为：

a）你倾向于过度自怜。

b）你太工于心计。

c）你根本不值得她在照顾子女之际，费心为你写长达八页的回信。

4. 在第三页，她写道："我真的觉得我们谁也不要责怪谁"，等等。这是她有意为影响她过去一生的人辩护。但这就是全部的真相吗？她是位妻子和母亲，在社会上享有她的地位，多少有些无忧无虑的安全感。穿着雨衣的人是不大在乎淋雨的。但是如果她被环境所迫、需要在街头要饭来维持生计，她的感受又会如何呢？她还会宽恕过去那些人吗？绝对不会。人在受挫时难免怪罪别人，正如成功后就忘了曾经帮助过自己的朋友一样，是司空见惯的。

5. 你姐姐尊敬你父亲，但也因为他特别宠爱你而感到不快。她的忌妒在信中表现得很微妙。她字里行间一直在提示这样一个问题："我爱爸爸，我一直在努力使他为我这个女儿感到骄傲。但是我只能得到他一丁点爱。因为他真正爱的是你。为什么会这样？"

很明显，几年来，你父亲在与你姐姐的通信中，一直利用着她丰富的情感。可以这样概括她对你父亲的看法：他是个失败者，虽然对儿子倾注了满腔的爱与关怀，结果却只得到了忘恩负义的儿子的无耻对待。

在第七页，她说她感到抱歉，因为她的信必须被审查。但实际上她根本不这么觉得。相反，她很高兴信件要经过审查官的手。她写信时，潜意识里已经有了一位审查官，她想要传达这样一种想法：史密斯一家实际是安分守己的，"请不要拿佩里来估量我们全家"。

至于什么母亲的亲吻就会哄得孩子不哭的说法，不过是一个女人的挖苦话罢了。

6. 你写信给她是因为：

a）你勉勉强强还爱着她。

b）你觉得需要和外部世界联系。

c）你可以利用她。

防备与对策：你和你姐姐之间的通信应纯粹视为联系与问候性质。把你信件的主题保持在她所能理解的范围之内。不要袒露你的个人观点。不要使她有所防备，也不能允许她突破你本身的设防。虽然她不能理解你的人生目标，但要尊重她这一局限性，并且记住：她对于你批评父亲的话很敏感。对她的态度要一贯，绝不要让她察觉到你的软弱，不是因为你需要博得她的好感，而是你可能会因此收到她更多这样的来信，这些信只会增强你已经十分危险的反社会性本能。

结束。

佩里继续挑选，他觉得这堆材料太珍贵，舍不得和它们分开，哪怕只是暂时的他也受不了，结果东西越堆越高，摇摇欲坠了。但是他能怎么办呢？他既不能扔下在朝鲜战争中获得的铜质勋章，也不能丢掉自己的高中文凭（这是他在服刑期间重新恢复早已中断的学业的成果，是莱文沃思县教育委员会颁发的），他更不忍抛下那个装满照片的牛皮纸信封，里面主要是自己的留影，从当船员时的小男孩照片（背面潦草地写着"十六岁，年轻，快乐，单纯"），到最近在阿卡普尔科照的。此外，还有一大堆东西他决定要随身带走，其中有几幅藏宝图、奥托的素描本以及两个笔记本，其中较厚的那本是他的个人词典，不按字母顺序排列，里面都是他认为"优美""有用"或者至少"值得记住"的词语。（举一页为例——冥冥：死了似的；语言大师：精通数国语言的；罚镬：惩罚，法院判定的罚金；不学无术：无知；罪孽深重：极恶的；恐神症：对圣地和圣物的恐惧；瞎眼甲虫：生活在石头下面的昆虫；情感冷淡：对人或事都很无情；乐天派：由于快乐而成为哲学家的人；茹毛饮血：某些不开化民族吃生肉的习俗；劫掠：抢劫、盗窃；春药：刺激性欲的药物；手指巨大症：有特大号手指的；夜恐症：害怕夜晚和黑暗。）

另一本的封面上，有他的手迹，佩里用他那引以为豪的、华美而有点女性化的笔迹写着"佩里·爱德华·史密斯的私人日记"，但这一描述并不准确，因为它不像日记，而是一本摘录集，里面收集了一些很不合理的事实（"每隔十五年，火星离我们就近些。一九五八年是较近的年份"）、诗歌和文学作品的片段（"没有人是一座孤岛，可以自全"）以及从报纸和图书里摘下的只言片语。例如：

"我熟人很多，朋友却很少，而知己就更少。"

"听说市场上出现了一种新的老鼠药。极其有效，无味无臭，一吞下去就完全吸收，在尸体里也找不到一点残余。"

"如果被人邀请做即兴演讲，你可以这样说：'我简直想不起该说些什么好。在我一生中从不曾有这么多朋友给我如许的快乐。今天这份难得的荣幸我永生感激不尽。谢谢大家！'"

"在二月份的《硬汉》杂志上读到一篇有趣的文章：《我找到了钻石矿》。"

"一个享受着自由以及自由带来的好处的人，很难意识到被剥夺了自由意味着什么。"

——厄尔·斯坦利·加德纳 [①]

"生命是什么？生命是夜晚的萤火虫光，是冬天里野牛的呼吸，是在草地上掠过的一小片阴影，转瞬便消失在日落里。"

——黑脚印第安人酋长鸦足

以上摘要的最后一句是用红墨水写的，边线装饰着绿色的星星，抄写者似乎希望以此强调它"对自己的重要性"。"生命是冬天里野牛的呼吸"，这准确地反映了他对生命的看法。为什么要焦虑？辛苦是为了什么？人太渺小了，只不过是一团薄雾，一片被黑暗所吞没的阴影。

但是，该死的，你应该感到焦虑，为旅馆主人的一纸警告而烦恼："退房时间为下午两点。"

"迪克，你听见我说话了吗？"佩里说，"快两点了。"

迪克醒着，其实他再清醒不过了，因为他正在和伊内兹做爱。仿佛是在念经，迪克不停地问："爽吗？宝贝，爽吗？"但是伊内兹抽着烟，不吭声。昨天晚上迪克把她带回房间，说她要在这儿过夜时，

[①]厄尔·斯坦利·加德纳（Erle Stanley Gardner, 1889–1970），著名律师、侦探小说家，作品以"梅森探案"系列最为知名。

佩里虽然不情愿，但还是默许了。但是如果他们认为自己的行为刺激了佩里，或者对他而言不只是件"麻烦事"，那就错了。不过，佩里为伊内兹感到难过。她真是一个"傻孩子"——她真的相信迪克打算娶她，一点也不知道迪克正准备那天下午就离开墨西哥。

"爽吗？宝贝，爽吗？"

佩里说："看在上帝的分上，迪克，你快点行吗？两点我们就得退房了。"

今天是星期六，圣诞节快到了，主街上交通拥堵了起来。裹挟在车流中的杜威抬头看了看挂在街道上方的圣诞彩饰——一簇簇修剪整齐的冬青枝上挂满了紫色的纸铃铛——他想起来了，还没给妻子和儿子买礼物呢。他的头脑自动排斥那些与克拉特案件无关的问题。玛丽和许多朋友开始为他如此全神贯注而担心。

一位密友，年轻的律师小克利福德·R.霍普曾坦率地说："你知道自己怎样了吗？艾尔，你就没意识到你从不谈论别的事吗？""哦，"杜威回答说，"我现在只能想这个案子。也许就在我们谈话的时候，我就会想到以前没想到的东西，某个新的角度，也许你会替我想出一个新的线索来。该死的！克里夫，如果这件案子破不了，你觉得我的生活会变成什么样？不管多少年以后，我都会疑神疑鬼、战战兢兢；每次发生谋杀案，不管在什么地方，不管二者之间是多么无关，我都会过去查个究竟，看看能不能找到什么联系。但并非仅仅如此。真正的问题在于，我开始觉得我甚至比赫伯一家更了解他们。他们一直萦绕在我心头，挥散不去，我猜我一天弄不清这个案子，他们就会永远跟着我。"

杜威对此案的执着已经导致了偶尔的恍惚与健忘。就在早晨离家时，玛丽还再三叮嘱他，别忘了……但他还是忘了。只是在挤出了购物日拥挤的车辆与人群，驾车沿五十号公路驶向霍尔科姆，经过戴尔医生的兽医院时，他才想起妻子的话。对了，妻子让他一定记得把那只家里的猫"皮特大人"接回来。皮特是只体重十五磅的虎纹公猫，因其好斗在加登城赫赫有名。这次它住院是因为与一只拳师犬恶斗，结果遍身是伤，不得不住院缝针、注射抗生素。从戴尔兽医院出来之后，皮特躺到主人汽车副驾驶的位置上，一路呜呜叫着来到了霍尔科姆。

杜威现在的目的地是河谷农场，但是他想喝杯热咖啡暖暖身子，于是在哈特曼咖啡馆前停了下来。

"你好，帅哥，"哈特曼夫人说，"想来点什么？"

"一杯咖啡就好，太太。"

她倒了一杯咖啡。"是我认错人了吗？还是你瘦了很多？"

"确实瘦了点。"事实上，在过去的三周里，杜威掉了二十磅肉。他的衣服好像是从一位魁梧的同事那里借来的，而他的脸，向来不曾显露职业上的疲倦，现在看起来却像个陷入神秘追求不能自拔的苦行僧。

"你觉得怎么样？"

"很不错。"

"可你看起来气色有些不好。"

杜威无话可说。比起调查局的几位同事——邓茨、丘奇与奈，他还没坏到哪儿去。当然，他的身体至少比哈罗德·奈要好，后者正患流感，发着烧，但还是在尽职尽责地干着。这四个疲倦至极的男人已经核查了大约七百条线索和流言。例如，杜威就花了两天的时间努力追踪那两个幻影般的墨西哥人，但徒劳无功，累得要命。保罗·赫尔姆先生坚称那两个墨西哥人曾在谋杀案发生前的傍晚时间拜访了克拉特先生。

"再来一杯，艾尔文？"

"谢谢太太，不要了。"

但她已经拿起了咖啡壶。"我请客，长官，看看你的脸色，你需要它。"

在角落里的一张桌子上，两位蓄须的农牧场雇工正在下棋。其中一位站起来，走到杜威坐着的柜台旁，说道："我们听说的那些事是真的吗？"

"那得看你听说的是什么。"

"就是你抓的那个家伙。在克拉特家晃悠的那个。就是他干的。我们就听到这些。"

"我想你们听错了，老伙计。"

那个乔纳森·丹尼尔·艾德里安，因为私藏武器现在仍被关在监狱里，而且过去他确因精神病被托皮卡州立医院拘禁过一段时间，然而调查员们收集的资料表明，他和克拉特案的唯一联系就是他那令人不快的好奇心。

"噢，如果不是他，那你干吗不去抓真正的凶手呢？我们家的女人，连上厕所都不敢一个人去。"

杜威已经习惯了这样的质问，这是他日常工作的一部分。他一口喝完第二杯咖啡，叹了口气，笑了。

"告诉你，我不是在开玩笑。我是认真的。你为什么不去抓凶手？我们交税养你们就是让你们去干这个的。"

"住口，你这个刻薄鬼，"哈特曼太太说，"我们大伙儿应该有难同当。艾尔文正在尽力。"

杜威向哈特曼太太眨了眨眼睛。"你跟他说吧，太太，谢谢你的咖啡。"

那个老农夫等他的发泄对象走到门口，又放了一支冷箭说："如果你还想竞选警长，别指望我会投你一票。你不会得到我的选票的。"

"浑蛋，闭嘴！"哈特曼太太说。

河谷农场离哈特曼咖啡馆仅有一英里，杜威决定走着去。他喜欢在麦田里漫步。通常每星期他都要在自己的土地上信步走走，消磨一段很长的时间。他希望在那片深爱的土地上盖间房子，种些树，最后再养一大堆孙子。那是他的梦想，然而前不久妻子警告他说那不再是他们共同的梦想了；她说自己永远也不会再考虑单独住在"无人的荒郊野外去了"。杜威知道即便他第二天就破了案，玛丽也不会改变主意，因为她亲爱的朋友一家人就在那样的荒野住家里遭了厄运。

当然，在芬尼县，甚至在霍尔科姆，都有过时间更早的凶案。那个小社区里的老人们都记得近四十年前的"一件疯狂事"——赫夫纳凶杀案。邮递员萨蒂·特鲁伊特太太，现任女邮政局长克莱尔的母亲，她把这桩凶杀案讲得头头是道："事情发生在一九二〇年八月，当时天热得像地狱里的油锅。有一个叫图尼夫的小伙子在芬纳普牧场干活，他叫瓦尔特·图尼夫。他曾在得克萨斯州的布利斯堡当兵，后来擅离职守。他是个流氓，没错，他有一辆偷来的汽车。很多人都怀疑他不干好事。于是一天晚上，警长——当时是奥里·赫夫纳，歌唱得棒极了，你知道吗，他还是天堂合唱团的成员呢。一天晚上，他开车来到芬纳普牧场，盘问了图尼夫几个问题。那天是八月三日，天热得像地狱。结果，瓦尔特·图尼夫突然一枪打穿了警长的胸膛。可怜的奥里还没等倒地就死了。那个杀人魔鬼骑着芬纳普牧场的一匹马，沿河向东逃去。消息传开，方圆数英里的人都集合起来，大概到第二天早上，他们抓到了图尼夫；那些小伙子们怒火中烧，老奸巨猾的图尼夫还没来得及说什么就去见上帝了，他们一起开枪打死了他。"

　　杜威自己最初接触芬尼县的凶杀案是在一九四七年。那个案件在他的卷宗里有这样的记录："约翰·卡莱尔·波尔克，克里克印第安人，三十二岁，家住俄克拉何马州马斯科吉，杀害玛丽·凯·芬利，白人，四十岁，女招待，住在加登城。一九四七年九月五日，在堪萨斯州加登城科普兰旅馆的一所房间里，凶手用敲断的啤酒瓶颈戳死了被害者。"案情简单，破案迅速，因此记载也十分简明。在杜威负责调查的三起谋杀案里，有两起也是同样明显。（一九五二年十一月一日，两个铁路工人抢劫并杀害了一个农夫；一九五六年六月十七日，一位醉汉殴打妻子致其死亡。）但是第三个案子，正如杜威曾经叙述的那样，有些不一般："案件发生在史蒂文斯公园，公园里有一个乐队表演用的舞台，台下是一个男厕所。嗯，有个名叫穆尼的男人当时正在公园里徘徊。他是来自北卡罗来纳州某个地方的过路客。在他走进厕所的时候，有人跟着进去了，那是住在附近的一个男孩，名叫威尔莫·李·斯蒂宾斯，二十岁。事后，威尔莫·李·斯蒂宾斯指认穆尼对他提出了非礼的要求，他因此抢劫了穆尼，把他摔倒在地，用他的头猛撞水泥地面；这还不算完，凶手又把穆尼的头按在便盆里，不断冲水，直到他被呛死为止。但是没有人能解释威尔莫后来的行为。他先是把尸体埋在加登城东北方向两英里外的地方，第二天又把尸体挖出来，重新埋在南面约十五英里远处。后来就一直这样埋了挖、挖了埋。威尔莫像叼着骨头的狗，就是不肯让穆尼入土为安。最后他挖的墓穴太多，终于被人发现了。"在克拉特命案发生之前，以上这四起案件就是杜威所接触的全部谋杀案。但那些案子和现在这桩相比，不过是飓风到来之前的风吹草动。

　　杜威掏出钥匙，打开了克拉特家的前门。因为暖气一直没关，屋里很温暖，地板闪闪发光，散发着一股柠檬味上光剂的味道，令人感觉仿佛今天又是个星期天，全家人不久就可能从教堂回来似的。两位继承人，英格里希夫人和贾乔夫人已经搬走了一货车的衣服和家具，但屋子里有人居住的氛围并未因此而消失。客厅里，一本打开的乐谱《穿过黑麦地，来吧》仍然放在钢琴架上。在走廊，一顶带有汗渍的灰色斯泰森毡帽——是赫伯的——还挂在木钉上。二楼凯尼恩的房间里，那个已经逝去的男孩的眼镜就放在他床头的架子上，幽幽地反射着阳光。

　　这位警探一个房间、一个房间地走过。他来过这所屋子很多次了；实际上，他几乎每天都到这儿来。从某方面来说，每次来这儿访视对他来说是一种放松，这个地方与他家和办公室不同，那两个地方喧闹嘈杂，而这里却很安静。电话线还是断着的，电话因而也沉默了。大草原无边的寂静包围着他。他可以坐在赫伯客厅里的摇椅上，摇着，想着。他深信以下几个结论是不可动摇的：赫伯·克拉特是罪犯的首要目标，其动机不是基于一个精神变态者的仇恨，就是仇恨和盗窃双重导因；他相信罪犯干得很轻松，杀手们从进入房子到离开，其间只有大约两个小时。（验尸官罗伯特·芬顿医生测量了受害者的体温，以此为基础，推断出死亡的先后顺序：克拉特太太、南希、凯尼恩、克拉特先生。）这些结论凑在一起，他深信克拉特家对杀死他们的凶手必定也很熟悉。

　　在这次访视中，杜威在二楼的一扇窗户前停了一会儿。他的注意力被远处的景象吸引过去，那是一个伫立在麦秆中间的稻草人。只见它戴着一顶男式猎帽，穿着一件褪色的印花衣裳。（也许是邦妮的旧衣服？）风吹动衣衫，稻草人前后摇摆，这使它看上去如同一个在严冬十二月的麦地里孤独跳舞的鬼魂。杜威突然想起了玛丽对他讲的一个梦。前两天，玛丽搞砸了杜威的早餐，鸡蛋里加了糖，咖啡里放了盐，她说这全怪"那个可恶的梦"，那种恐惧白天还挥之不去。"那个梦太真实了，艾尔文，"她说，"就像现在，在厨房里，我正做着晚餐，突然看见邦妮在门口站着。她穿着一件蓝色兔毛毛衣，看起来既美丽又可爱。我说：'哦，邦妮……亲爱的……自从发生了那件可怕的事，我一直没见过你。'但是她没有回答，只是像往常那样羞涩地看着我，在那种情形之下我不知道该怎么办。于是我说：'亲爱的，过来看看我为艾尔文做的晚餐。一锅秋葵汤，里面还有小虾和新鲜的螃蟹。就快做好了，过来吧，亲爱的，尝一尝。'但是她没动。她站在门边看着我，然后——我不知道怎样描述才算准确——她闭上眼睛，开始摇头，非常非常慢，同时还绞着双手，非常非常低地小声嘟哝。我听不懂她在说什么。但这副场景让我的心都碎了。我从没这样伤心过。我抱住她，说：'求你了，邦妮！哦，别这样，亲爱的，别这样！如果有人能够见到上帝，那个人就是你，邦妮。'但是我无法安慰她。她摇着头，绞着手。后来我听见她说什么了：'被谋杀了！被谋杀了！不，不，没有比这更惨的了，没有比这更惨的了，没有了。'"

莫哈韦沙漠深处的一个晌午，佩里坐在一只草编箱子上，正在吹口琴。迪克站在六十六号公路的黑色路边，眼睛盯着无边的旷野，仿佛他热情的目光可以迫使汽车驾驶员出现似的。很少有车经过，也没有人停下来让他们搭车。曾有一位要去加利福尼亚州尼德尔斯的卡车司机答应搭他们一段路，但迪克拒绝了。那不是他和佩里所设想的"类型"，他们想要一个独自开着体面的小汽车、兜里揣着钱的单身旅客，一个可以抢劫、掐死然后弃尸沙漠的陌生人。

在沙漠里，听觉常常比视觉敏锐。迪克听见了一辆即将到来、但还未进入视野里的汽车的响声。佩里也听见了，他把口琴放进了兜里，拿起草编箱子（这是他们唯一的行李，塞得鼓鼓囊囊的，除了三件衬衫、五双白袜子、一盒阿司匹林、一瓶龙舌兰酒、一把剪刀、剃须刀和一个指甲钳外，其余都是佩里的珍爱之物；剩下的物品要么当掉了，要么留在了墨西哥城那个酒吧男招待那儿，或者被托运到拉斯维加斯），与迪克一起站在了公路边。他们注视着。车出现了，渐渐看清楚了，是一辆蓝色的道奇小轿车，里面只有一个驾驶员，是个秃顶、瘦得皮包骨的男子。太完美了。迪克举起手，挥舞了起来。道奇慢慢减速，迪克朝那个男人露出谄媚的笑容。车将停未停之时，司机将头伸出窗外，上下打量迪克和佩里。很明显，他对于眼前的景象有些警觉。（从墨西哥城到加利福尼亚坐了五十个小时的汽车，又在莫哈韦沙漠中跋涉了半日，这两个想搭顺风车的人现在已是胡子拉碴、浑身又脏又臭。）轿车骤然向前加速而去。迪克用手围着嘴，大声喊道："你这个幸运的浑蛋！"然后放声大笑，一把将行李箱放在了肩上。没有什么能使他真正动气，因为就像他后来回忆的那样，"回到美国真是太高兴了"。无论如何，总还会有人开车沿路经过这里的。

佩里又掏出口琴（这是他昨天从巴斯托的一家杂货店里偷来的，现在算是他的了），吹起了他们俩的"进行曲"。这首曲子是佩里最喜欢的，他教会了迪克全部五个小节。两个人肩并肩，沿着公路一路唱去："我的双眼已经看见上帝降临的光辉，他正踏平酿酒的地方，那里储藏着愤怒的葡萄。"寂静的沙漠里回响着两个年轻人声嘶力竭的歌声："光荣！光荣！哈利路亚！光荣！光荣！哈利路亚！"

第三章｜水落石出

这个年轻人名叫弗洛伊德·威尔斯,矮个,几乎没有下巴。他曾尝试过数种职业:士兵、农牧场雇工、机修工和小偷。最后一项"工作"令他银铛入狱,被判在堪萨斯州立监狱服刑三至五年。一九五九年十一月十七日星期二的那个晚上,他正躺在牢房里,头上夹着一副耳机听新闻广播,那天播音员的声音和枯燥乏味的新闻("联邦德国总理康拉德·阿登纳今天抵达伦敦,与首相哈罗德·麦克米伦举行会谈……艾森豪威尔总统花了七十分钟与 T. 基思·格伦南博士讨论宇宙空间问题以及空间探索的预算")令他昏昏欲睡。但听到下面这条消息时,他顿时睡意全无:"负责调查赫伯特·威廉·克拉特一家四口灭门惨案的警方人员呼吁公众提供一切可能的线索,以协助警方早日侦破此案。上周日清晨,克拉特、其妻以及两名年少子女在他们位于加登城附近的河谷农场住所内惨遭杀害。四名被害者都遭捆绑、封嘴,之后被十二号猎枪射穿头部毙命。正在调查此案的警方承认他们没有发现犯罪动机。堪萨斯州调查局局长洛根·桑福德指称,这是堪萨斯州有史以来最邪恶的一次犯罪。克拉特是一位杰出的小麦富农,曾被艾森豪威尔总统任命为联邦农业信贷委员会委员……"

威尔斯惊得目瞪口呆。就像他后来描述自己当时的反应时所说，"我几乎无法相信"。但是他有充分的理由相信，因为他不但认识被害家庭，而且还清楚地知道是谁谋杀了他们。

这话说起来可长了，那还是十一年前，一九四八年的秋天，当时威尔斯十九岁，"正在四处流浪，遇见活儿就干"。他回忆说："走着走着，我发现自己来到了西堪萨斯地区，这里靠近科罗拉多州边界。我当时正在找工作，于是到处打听，有人说河谷农场也许要雇个工人——克拉特先生自己取的名字。果然，他雇用了我。我想我大概在那儿待了一年，反正整个冬天都是在那儿过的。我后来离开河谷农场只是觉得自己有些脚痒，我就是想换个地方，不是因为和克拉特先生吵架。他待我很好，对别的雇员也是一样。比如说，还不到发薪日，如果你手头儿有点紧，他总会先给你五块十块的。他给的工资也很高，如果你干得好，他会很爽快地给你奖金。事实上，在我遇见的所有人里，我最喜欢克拉特先生，包括他们全家人——克拉特太太以及四个小孩。我认识他们的时候，两个最小的孩子，也就是被杀的那两个——南希和那个戴着眼镜的小男孩——还是小孩呢，大概也就五六岁的样子。另外两个，一个叫贝弗莉，另一个我记不起来了，已经上高中了。那么好的人家，实在太好了。我从未忘记过他们。

"一九四九年，我离开了河谷农场。后来我结婚又离婚，参了军，又发生了些别的事，你得承认，时间过得真快。一九五九年，没错，一九五九年六月，此时离我最后一次见到克拉特先生已经整整十年，我被关进了兰辛监狱，因为入室盗窃。我打开了一家电器商店的门，偷了些电器。我当时想弄一台电动割草机，不是为了卖，而是想出租。

因为这样一来我就算拥有了一点长久的小生意。但是我还没从割草机上赚一分钱，就被判了三至五年监禁。如果我没坐牢，那么我永远也不会遇见迪克，而克拉特先生也不会死。但是，也真是命中注定，我遇见了迪克。

"他是我狱中的第一个室友，我想大概在一起住了一个月，也就是六月和七月那段时间。他当时快要服完三至五年的刑期，八月份就可以获得假释了。他跟我吹嘘了很多出狱后的打算。他说他想去内华达州一个导弹基地所在的小镇，买套制服冒充空军军官，这样他就可以经常开假支票了。这是他告诉我的一个主意。他的话我从未多想。我不否认，他很聪明，但他那副长相，看起来一点都不像空军军官。除此之外，他还经常提起他的朋友佩里，一个曾和他住同一间牢房、有一半印第安血统的家伙。等他们俩重新会合，他和佩里就要干桩大买卖。我从未遇到过佩里，因此不知道他长什么样。当时佩里已获假释，离开了兰辛。但是迪克总说，如果有机会干桩大买卖，他可以依靠佩里，佩里是他的伙伴。

"我记不清究竟是怎么提到克拉特先生的。应该是大伙儿在一起聊做过的各种工作的时候。迪克是个熟练的汽车修理工，他过去就干那行，后来有一阵他曾给一家医院开救护车。说起这件事，他老爱吹牛，谈那些护士，谈他和她们在救护车里干的全部勾当。不管怎么说，一次闲谈中我告诉他，我曾在西堪萨斯一个很大的农场里工作过一年，为克拉特先生干活。他想知道克拉特先生是不是很有钱。我说，是的，他很有钱。我说克拉特先生有一次告诉我他一个星期就花掉了一万美元。农场一周的开销有时能达到这个数。打那以后，迪克就一直不停地打听克拉特家的事。他们家有多少人？孩子现在多大了？去他们家的路怎么走？房间的格局如何？克拉特先生有保险箱吗？我没有否认，我告诉迪克他确实有保险箱。因为我好像记得有一个小壁橱或者保险箱之类的，就放在克拉特先生办公室的桌子下面。后来，迪克经常谈起他要杀死克拉特先生。他说，他和佩里打算去那儿打劫，他们要杀掉所有的证人——克拉特一家以及碰巧在场的任何人。他不下二十次向我描述他准备怎么干，他和佩里如何绑人，如何用枪打死他们。我对他说：'迪克，你一辈子也办不到。'但是我必须诚实地说，我的确没有劝阻他，因为我根本就不相信他会真的下手。我认为这不过是说着玩。这种事在兰辛听得多了去了，不外乎出狱后再去抢人、打劫之类的。绝大部分不过是吹牛，没有人会当真。这就是为什么当我从收音机里听到这个消息时，唉，我简直无法相信。但是，事情毕竟发生了，就像迪克说的那样发生了。"

这就是弗洛伊德·威尔斯后来的追述，但此时距他得知消息，已经有很长一段时间了。他害怕，因为如果其他犯人知道他向狱方告密，那么就像他说的，他的小命就算玩完了，"比条野狗还不如呢"。一个星期过去了，他时时刻刻都在听广播，追踪报纸的报道。其中一条消息说，堪萨斯州的《霍奇森新闻报》悬赏一千美元征求相关线索，只要能协助警方抓获杀害克拉特一家的凶手并证实他们的罪状，就可以获得赏金。这几乎促使威尔斯开口。但他还是太害怕了，他的恐惧不仅仅来自于其他犯人，他还害怕当局可能会指控他是犯罪分子的同谋。毕竟，是他把迪克引到了克拉特家；因此很有可能人家说他对迪克的意图知而不报。不管人们怎样看待此事，他的处境微妙而棘手，不论怎样做，他的借口都会令人起疑。因此，他决定还是什么都不说。又过去了十天，进入十二月，从越来越短的新闻报道（电台已经不再播报此事）来看，案件的调查者仍然迷惑不解，几乎和那天早晨发现谋杀案时一样，还是毫无线索。

但是他了解真相。此刻，他实在受不了"话到嘴边却吐不出来"的折磨，对另一位犯人袒露了心声。"一个特别的朋友，是个天主教徒，有着虔诚的宗教信仰。他问我：'那么，你打算怎么办，弗洛伊德？'我说我实在不知道，于是问他该怎么做。他极力主张我应该向相关人员报告，他认为我不应该心里装着这种事生活下去。他说我可以不让狱里任何人怀疑，他会替我想法子。于是第二天，他就向副典狱长传话，告诉他我有事'想见他'。如果他能找个借口把我叫到办公室里，我可以告诉他谁杀了克拉特一家。还真成了，副典狱长派人把我叫了去。虽然很害怕，但我还记得克拉特先生过去对我的好，还记得他曾在圣诞节的时候送给我一个皮包，里面装着五十美元。我全告诉了副典狱长，后来又向典狱长韩德做了报告。就当我还在典狱长办公室的时候，他拿起了电话……"

典狱长的电话是打给洛根·桑福德的。听完后，桑福德挂上电话，下了几道命令，然后给艾尔文·杜威去了个电话。那天晚上，离开加登城法院的临时办公室回家时，杜威随身带着一个牛皮纸信封。

杜威到家时，玛丽正在厨房里准备晚饭。他一进门，玛丽就对他发了一大堆牢骚。家里的那只猫攻击了街对面的一只英国可卡犬，狗的一只眼睛可能瞎了；他们九岁大的儿子保罗从树上掉了下来，能活着真是个奇迹；他们的大儿子，十二岁的小艾尔文在院子里烧垃圾，结果着了火差点烧到邻居家，有人（她不知道是谁）叫来了消防队。

在妻子描述这些烦人的琐事之际，杜威已经倒了两杯咖啡。玛丽话说到一半，突然停下盯着他看。他脸色很好，容光焕发，玛丽知道这是他得意的神情。她说："艾尔文，哦，亲爱的，有好消息吧？"
杜威没说话，把牛皮纸袋递给了她。玛丽的手还是湿的，她把它擦干，
坐到了餐桌旁，喝了一口咖啡，打开了纸袋，从里面拿出一些照片。
是两个青年男子，一个金发，另一个黑发、深色皮肤，这是警方的"罪
犯档案照"。两张照片都附有机密档案。关于金发男子，档案上记载着：

　　理查德·尤金·希科克（白人，男性），二十八岁。堪萨斯
州调查局编号97093；联邦调查局编号859273A。住址：堪萨斯
州埃杰顿。出生日期：一九三一年六月六日。出生地：堪萨斯州
堪萨斯城。身高：五英尺十英寸。体重：一百七十五磅。发色：
金色。眼睛：蓝色。体格：壮硕。肤色：红润。职业：汽车喷漆工。
犯罪：欺诈、开假支票。假释时间：一九五九年八月十三日从堪
萨斯州立监狱假释。

另一张的说明如下：

　　佩里·爱德华·史密斯（白人，男性），二十七岁零五十九天。
出生地：内华达州。身高：五英尺四英寸。体重：一百五十六磅。
发色：黑色。犯罪：破门盗窃。逮捕经过：空白。执行人：空白。
处理情况：一九五六年三月十三日由菲利普斯堡送交堪萨斯州立
监狱。假释时间：一九五九年七月六日。

　　玛丽仔细地端详着史密斯正面和侧面的照片：神情傲慢、冷酷，
但也不完全如此，脸上似乎还带着点独特的优雅；嘴唇和鼻子看起
来都很漂亮，她认为那双眼睛相当美，蒙眬而梦幻，像电影明星般，

很敏感，又有点凶恶，但是比起理查德·尤金·希科克那双可怕的眼睛来，还少了一份"邪恶"。玛丽看着希科克的眼睛，不禁想起了一件童年往事：有一次，她看见一只野猫掉在陷阱里，虽然想救它，但是野猫眼中散发的痛苦和仇恨令她的怜悯之心化为乌有，只感到满心的恐惧。"他们是谁？"玛丽问。

杜威把弗洛伊德·威尔斯的举发经过给她讲了一遍，在结尾时他说："很有意思。这是过去三周里我们一直集中精力调查的角度。追查每一个在河谷农场工作过的人。结果证明我们的方向是对的，看来我们碰到了好运气。再过几天，我们就会找到威尔斯，他就在监狱里。我们会发现真相的。哈，没错。"

"也许这不是真相。"玛丽说。杜威和十八个助手已经追查了数以百计的线索，结果都落空，她希望他不要再次失望，她实在担心他的健康。他的精神状态很差，形容消瘦，现在一天至少要抽六十根烟。

"是的，也许不是，"杜威说，"但我有预感。"

他的语气让她心动，她又一次看了看餐桌上的照片。"看看他，"她手指着金发男子的正面照片，说道，"看看这眼睛，直盯着你。"然后她把照片装进了纸袋。"我真希望你没有给我看这些照片。"

在同一天夜里稍晚一点的时候，另一间厨房里，一个女人放下手中正在补的袜子，取下塑料框架的眼镜，上下打量这位来访者说："我希望你找到他，奈先生，我们就两个儿子，他是老大。我们爱他，但是……唉，我知道，我知道他要不是闯了祸，怎么会跑掉。他对他爸爸和弟弟都没说一声。是不是他又惹事了？他为什么要这么做呢？为什么？"她的目光掠过这间狭小的、生着柴火的屋子，落在一个躺在摇椅上的瘦削老人身上，那是瓦尔特·希科克，她丈夫，理查德·尤金的父亲。他双手粗糙、双眼无神；一开口声音听上去仿佛平时很少讲话。

"我儿子是个好孩子,奈先生,"希科克先生说,"他是个体育健将,在学校里总是能进校队,不论是篮球、棒球,还是足球,迪克总是明星。他还是个好学生,历史和机械制图还得过 A。一九四九年六月他高中毕业后想上大学学工程,但是我们负担不起。我们没钱,一直没钱。我们才有四十四英亩地,仅够我们混个温饱。我猜迪克肯定因为没能上大学而心里很不高兴。他的第一份工作是在堪萨斯城的圣达菲铁路局,一周可以挣七十五美元。他认为这些钱足够他结婚了,于是就和卡罗尔结了婚。卡罗尔那时不过十六岁,而迪克也才十九岁。我就知道他们俩搞不出什么名堂来,结果真让我猜中了。"

希科克夫人是个胖胖的妇人,一张圆润的脸并没有被起早贪黑的辛劳摧垮,她责备希科克先生说:"我们有三个宝贝孙子,怎么说没弄出什么名堂。而且卡罗尔是个好姑娘,不应该怪她。"

希科克先生继续说道:"他和卡罗尔租了一间大房子,买了一辆漂亮的汽车,可他们一直欠着债呢。即使迪克后来不久找了一个开救护车的活儿,挣得比以前多了,也还是债务缠身。后来,堪萨斯城的一家大公司马克别克公司雇他当机修工和汽车喷漆工。但是他和卡罗尔的开销太高了,他们一直买一些根本负担不起的东西,于是迪克开始开假支票。我一直认为他这么做和那次令他有些脑震荡的车祸有关。打那以后,他就变了,赌博、开假支票,以前我可从未见过他干这些事。后来他和另一个女孩好上了,为了她和卡罗尔离了婚,那个女孩成了他的第二任妻子。"

希科克太太说:"迪克也是不得已,你也知道玛格丽特·埃德娜是多么迷他。"

"因为一个女人喜欢你，你就可以乱来吗？"希科克先生说，"唉，奈先生，我希望你和我们一样了解我儿子是怎么被送进监狱的。他只不过从邻居那儿借了把猎枪而已，就给关了十七个月？他没想过要偷，别人说什么我一点也不在乎。但是坐牢毁了他。他从兰辛出来后，对我来说完全变了一个人。谁的话他都听不进去，全世界的人都跟他过不去——他就是这样想的。就连他的第二个老婆也和他离了婚，就在他坐牢的时候。不过，最近他似乎安下心来了。他在奥拉西的鲍勃·桑兹汽车修理厂上班，和我们住在一起，每天早早就上床睡觉，从没违反假释规定。我得对您说，奈先生，我活不长了，我得了癌症，迪克知道——不管怎样，他知道我病得不轻——就在不到一个月前，也就是他走时，曾对我说：'爸爸，您一直是我的好爸爸。我不会再做任何让您伤心的事了。'他是这么说的。那小子心地不坏。如果你见过他踢足球，见过他和孩子们玩，你就不会怀疑我的话。上帝啊，我真希望上帝能告诉我他究竟出了什么事。"

他妻子说："我知道。"夺眶而出的泪水迫使她停下了手中的活儿。"他的那个朋友，准是这样。"

来访者是堪萨斯州调查局的警探哈罗德·奈，他一直忙着在一个小记事本上做记录。本上早已记满了一天来调查弗洛伊德·威尔斯所指控事件的查证结果。已知的事实足以证明威尔斯的话很有说服力。十一月二十日，嫌疑犯理查德·尤金·希科克曾在堪萨斯城大肆采购，其间开出了至少"七张假支票"。奈已经询问过所有报案的受害者：照相机、收音机、电视机售卖商，一位珠宝店老板，以及一个服装店的售货员。奈向每一位证人都出示了希科克和佩里的照片，结果证实前者是开假支票的，后者是他"不吱声的"同伙。一位被骗的商人说："他（希科克）干的。一个非常能言善辩的家伙，叫人不能不信。另一个——我以为他可能是个外国人，也许是墨西哥人，一直就没开过口。"

奈接下来又开车去了奥拉西郊区访问希科克的最后一位雇主，鲍勃·桑兹汽车修理厂的老板。"没错，他是在这儿干过，"桑兹先生说，"从八月份一直干到，噢，十一月十九日以后我就再也没见过他。也或者是二十日。他一句话也没留就走了。就这么走了，我不知道他去了哪儿，他父亲也不知道。觉得奇怪吗？是的，当然，我也觉得很奇怪。我们之间关系不错，迪克这人有他自己的一套，有时挺讨人喜欢。偶尔他会来我家玩。实际上，就在他走前的那个星期，我们家正好办了一个小型聚会，迪克还带了一个朋友，一个从内华达州来的小伙子，名叫佩里·史密斯，弹得一手好吉他。他自弹自唱地为我们表演了几首歌，他和迪克两人还为我们大家表演了举重。佩里·史密斯是个小矮个，也就五英尺五英寸高，但他力气大得能举起一匹马。没有，我看不出他们俩神情有什么异样，两个人都不紧张。我得说，他们俩玩得挺愉快。准确的日期？我当然记得，是十一月十三日，星期五。"

奈离开修车厂，沿着一条简陋的乡村小路向北驶去。快到希科克农场时，奈在附近的几处农舍前停了下来，表面上好像要问路，但实际是为了打探嫌疑犯的情况。一个农妇说："迪克·希科克！别跟我提他！就算遇见鬼，我也不愿见到他！偷？他连死人都不会放过！他母亲尤尼丝可真是个老好人，心肠好又慷慨，他父亲也一样，都是老实巴交的人。如果不是顾及他父母的面子，迪克不知该坐多少次牢！大伙儿之所以没那么做，完全是出于对他父母的尊敬。"

奈到瓦尔特·希科克家时，天已经黑了。这是一幢久经风吹雨打、已经变得灰暗的四房农舍。仿佛想到会有人来访，希科克先生邀请奈来到厨房，希科克太太给他倒了杯咖啡。如果他们事先知道来访者的真实意图，可能不会如此殷勤地接待他，也许有些提防。但是他们一无所知，在三人坐着交谈的数小时内，"克拉特"这个名字以及"谋杀"这个字眼从未被提及。这对夫妇接受了奈的暗示，他来此追查他们儿子纯粹是因为他违反假释规定和经济诈骗。

"有一天晚上，迪克把他（佩里）带回了家，说是他的一个朋友，从拉斯维加斯来的，刚下汽车，他想知道能不能让佩里在家住几天。"希科克太太说，"不行，我不想让他住我们家。我一眼就看出他是什么人。闻闻那香味，再看看他那油亮的头发，迪克在哪里认识的他不是一目了然吗？按照假释的规定，他不应该和任何在那儿（兰辛）结识的人来往。我警告了迪克，但他不听。他在城里的奥拉西旅馆给他朋友找了个房间，打那以后，迪克所有的空闲时间都和他在一起。他们俩还一块儿出去搞了趟周末旅行。奈先生，我敢肯定，就是那个佩里·史密斯怂恿迪克开假支票。"

奈合上记事本，把笔放进了兜里，把手也插进了兜里，因为他已经激动得两手直抖。"对了，您知道那趟周末旅行他们去了什么地方吗？"

"斯科特堡。"希科克先生说，他指的是堪萨斯州的一个军事重镇，"我听说，佩里·史密斯有个姐姐住在斯科特堡，她给他存着一笔钱，据说是一千五百美元。他来堪萨斯就是去他姐姐那儿取钱的。他们走了一晚上，快到中午时才回来，正好赶上星期天午餐。"

"噢，"奈说，"走了一晚上，也就是说他们是星期六的某个时候出发的。星期六是十一月十四日，对不对？"

老头表示同意。

"十一月十五日，星期天回来的，是吗？"

"对，星期天下午。"

奈沉思着这几个数字，结论令他感到鼓舞：在二十至二十四个小时之内，两个嫌疑犯完全可以往返八百英里，其间谋杀四个人。

"那么，希科克先生，"奈说，"你儿子星期天是自己回来的，还是跟佩里·史密斯一起？"

"他一个人回来的，他说他把佩里送到了奥拉西旅馆。"

奈平常说话带有低沉的鼻音，很容易令人感到畏惧，但此时他尽量以一种温和、随意、不易使人戒备的方式说话。"那么您还记得他有什么和平常不一样的地方吗？"

"谁？"

"你儿子。"

"什么时候？"

"从斯科特堡回来的时候。"

希科克先生想了一会儿，说："他看起来和平常一样。他一回来，我们就开始吃午饭了。他饿坏了。我还没念完感恩祷告，他就开始往自己盘子里盛饭。我说：'迪克，你吃得这么快，难道想全吃光让我们饿肚子吗？'当然，他一向很能吃。他能吃掉整整一罐子腌黄瓜。"

"吃完午饭，他做了些什么？"

"睡觉，"希科克先生对自己的这个回答仿佛也有些吃惊，"没几分钟就睡着了。我猜你也觉得这有点不寻常。我、迪克还有他弟弟戴维坐在一起看电视里转播的篮球比赛。正看着呢，迪克鼾声大作，响得像把电锯。我对他弟弟说：'天啊，我从没想过看篮球比赛时迪克还能睡着。'但他确实睡着了。比赛中间一直在睡。醒来后只吃了点冷饭，然后又接着上床睡觉。"

希科克太太又往针孔里穿了一根线；她丈夫摇着摇椅，嘴里叼着一根烟斗。这位调查员用他训练有素的眼睛四下环顾着这间简陋却整洁的屋子。角落里，一把猎枪倚在墙上，其实他早就注意到了。他站起来，伸手拿起枪说道："您经常打猎吗，希科克先生？"

"那是迪克的，他和戴维偶尔会出去打猎，大都是去打兔子。"

这是一把十二号萨维奇猎枪，300 型，枪柄很漂亮，上面刻着一群被猎人瞄准的振翅飞翔的野鸡图案。

"迪克这把枪用了多长时间了？"

这个问题令希科克太太发起了牢骚。"这把枪花了一百多块钱呢，是迪克赊来的。现在那家店不愿让退回去了，买了不到一个月，而且只在十一月初他和戴维去格林内尔打野鸡时用过一次。他买枪时用的是我们的名字——他爸爸就是由着他——因此又该我们付钱了。你看看，瓦尔特病成这样，我们什么都需要，可没有……"她屏住呼吸，仿佛是为了防止打嗝似的，"你真的不想再来一杯咖啡，奈先生？不麻烦的。"

调查员把枪立回墙角，然后放开手，尽管他很肯定那绝对是杀害了克拉特一家四口的凶器。"谢谢，但是太晚了，我还要开车去托皮卡呢。"说完，他翻开笔记本，"现在我想从头到尾再对一遍，看看我记得对不对。十一月十二日，星期四，佩里·史密斯到达堪萨斯州。你儿子说他来这儿是为了去斯科特堡他姐姐那儿取钱。两个人周六开车去了斯科特堡，在那儿待了一晚，那一晚是在他姐姐家过的？"

希科克先生说："不，他们没找到他姐姐。听说好像她搬家了。"

奈笑了一下。"不过，他们的确在外面待了一晚上。在接下来的那个星期里，也就是从十五日到二十一日，迪克一直和他的朋友佩里·史密斯在一起；但正如你们所说的，他一直保持着日常的作息习惯：住在家里，每天按时去上班。在二十一日那天，他不见了，佩里·史密斯也没踪影了。打那以后你就再也没见过他？他也没给你写过信？"

"他不敢写，"希科克先生说，"他没脸写，也不敢写。"

"没脸写？"

"做出那种事，一再让我们寒心！他不敢，是因为他担心我们不原谅他。其实怎么会？我们总是会原谅他的。奈先生，你也有孩子，是不是？"

他点了点头。

"那您一定会了解的。"

"还有一件事，您有没有什么头绪，你们的儿子可能会去什么地方？"

"拿一张地图，"希科克先生说，"随便伸手一指，指到哪儿他就在哪儿。"

下午，傍晚时分。这位司机觉得很疲劳，他是一位中年的推销员，此处不妨称之为贝尔先生。他盼着能停下来打个盹。然而，他离目的地——内布拉斯加州的奥马哈——只有一百英里了，那里是他工作的那家大型肉制品公司的总部。他们公司规定不许推销员中途搭载闲人，但贝尔先生经常违反这个规定，特别是在他觉得枯燥乏味、昏昏欲睡的时候，因此当他看见两个年轻人站在路边拦车时，立刻就踩了刹车。

在他看来，这两人看起来还"挺不错"。高个儿瘦长而结实，留着平头，金黄色的头发有点脏兮兮的，但带着一副迷人的微笑，举止彬彬有礼；而他的同伴，"身材矮小"的那位，右手拿着一把口琴，左手拎着一只鼓鼓囊囊的行李箱，看起来也"挺正派"，羞涩而温和。

总之，贝尔先生当时对两位客人的意图是一无所知——他们想用皮带勒死他，抢走他的车和钱，然后埋尸荒野——事实上，贝尔先生很高兴在去奥马哈的路上能有个伴陪他说说话。

他自我介绍了一番，又问了他们的名字。那个坐在前排副驾驶位置上的年轻人说自己叫迪克。"这位是佩里。"他一边说，一边向坐在司机后方的佩里挤了挤眼睛。

"我最远能带你们两位到奥马哈。"

迪克说："谢谢你，先生。我们正好要去奥马哈。希望能在那儿找到活儿干。"

他们想找什么样的工作？这位推销员心想也许他能帮上忙。

迪克说："我是一流的汽车油漆工，能修车，以前也赚了不少钱。我同伴和我刚从墨西哥回来，我们本来想在那儿生活，但是天啊，那儿的工资太低了。没有哪个白人能靠那么点钱过日子。"

啊，墨西哥。贝尔先生说他曾在库埃纳瓦卡度蜜月。"我们一直想再去一次，但是有五个孩子的话，你就很难脱身了。"

佩里后来追述时说，他当时想，五个孩子，唉，这家伙真倒霉。听着迪克对司机不停地吹牛，说起他那些在墨西哥的艳遇，佩里不禁觉得这位"自我中心狂"未免也太"怪胎"了。想想吧，全力以赴去讨好一位即将被你杀掉的人，一个连十分钟都活不到的人！除非他和迪克的计划失败，但那是不可能的。照目前的情况看，这正是他们这三天从加利福尼亚到内华达，穿过怀俄明来到内布拉斯加，一路搭便车以来梦寐以求的对象。这之前溜了一个，贝尔先生是第一个独自开车并且乐意主动搭载他们的肥羊。另外的几个，不是卡车司机就是大兵，甚至还遇见过开着淡紫色凯迪拉克的两位黑人拳击手。但是都没有贝尔先生这么完美。佩里摸了摸皮夹克的口袋，里面鼓鼓地装着一瓶阿司匹林和一块凹凸不平的拳头大小的石头，用一块黄色的牛仔布手帕包着。他解开腰带——这是纳瓦霍印第安人用的腰带——银扣子的，上面缀有绿松石。他取下腰带，把它折弯，放在两腿之间。他在等待。他看着内布拉斯加大草原自车外飞过，假装吹起了口琴，他瞎编了个曲调，一边吹着，一边等着迪克发出事先商量好的信号："嗨，佩里，把火柴递给我。"那时迪克去夺方向盘，而佩里则挥起用手帕包着的石头，狠狠地砸推销员的脑袋，"把它砸开瓢"。然后到一个僻静的小路旁，这时镶着绿松石的腰带就有用武之地了。

但此刻，迪克却正与那即将丧命的司机大聊荤段子，两人哈哈大笑，这使佩里很恼火。特别是贝尔先生的放声大笑，听起来像极了他的父亲特克斯·约翰·史密斯。一想到父亲，他就紧张，就头疼，膝盖也疼。他嚼了三片阿司匹林，干咽下去。上帝啊，他觉得自己就快要呕吐或者晕倒了；他觉得如果迪克把"美事"再拖延下去，他可真要受不了了。天色渐暗，道路笔直，视线之内全无人烟，只有冬季光秃秃的土地，像一张黯淡的铁皮。现在动手正是时候，就是现在。他盯着迪克，催促他立刻实施计划，此时，迪克也发出几个小小的信号——抽动的眼皮和胡子上的汗水——看来迪克也已经得出了同样的结论。

然而，到迪克开口时，却又是一个笑话。"再给你猜个谜语：去厕所和去坟墓有什么相似之处？"他咧嘴笑着说，"猜不出来了吧？"

"猜不出来。"

"该去时，就必须得去！"

贝尔先生大笑起来。

"嗨，佩里，把火柴递给我。"

但是就在佩里举起手，石头即将砸下去的时候，不同寻常的事情发生了。佩里后来说这简直是一个"该死的奇迹"。第三位搭便车的人突然出现了，这是一位黑人大兵，善良的推销员为他停下了车。"喂，太好了！"当他的救命恩人向车子跑来时，司机大声说，"该去时，就必须得去！"

一九五九年十二月十六日，内华达州拉斯维加斯。由于岁月与风雨的洗刷，牌子上的第一个字母 R 与最后一个字母 S 已经脱落，因而出现了一个多少有点奇怪的单词"OOM"①。这是一块被太阳晒得变了形的牌子，倒也准确地描绘出此处的样貌。正如哈罗德·奈在给堪萨斯州调查局写的正式报告中所说的，这里"年久失修、破败不堪，是那种最廉价的旅馆或房舍"。报告里继续写道："几年前（据拉斯维加斯警察局提供的信息），这里还是西部地区最大的妓院之一。后来大楼失火，灾后的房屋被改装成了廉价旅馆。"所谓的"大厅"里除了一株六英尺高的仙人掌，别无其他；而且接待处的柜台也像是多年没人照管。警探拍了拍手，等了很久，只听见一个很不女性化的嗓子嚷道："我来啦。"但是又过了五分钟，一个女人才姗姗出现。她穿着一件脏兮兮的家常服，脚下是一双金色的高跟皮凉鞋，稀疏的黄发上还夹着卷发器，长满横肉的宽脸上涂着胭脂、抹着粉。她手里拿着一听米勒啤酒，浑身散发着啤酒、香烟以及新涂的指甲油的味道。这个女人已经七十四岁了，但在奈看来，"显得比较年轻，也许要年轻十分钟"。她盯着奈，后者穿着得体的棕色套装，头上戴着棕色硬沿帽。奈向她出示了警徽后，她高兴地笑了，嘴唇一张开，

---

①原单词为ROOMS，意为"房间出租"。

奈便瞥见两排假牙。"哎呀，我还想呢，会不会是警察呢，"她说，"好吧，让我听听看。"

奈将理查德·希科克的照片递给她。"认识他吗？"

她嘟哝一声说不认识。

"那么你认识这个人吗？"

她说："啊，他倒在这儿住过两三次。但是现在不在。一个月前就结账走了。你想看看登记簿吗？"

奈斜倚着柜子，看着女房主涂过指甲油的长指甲在一张用铅笔登记的簿子上来回滑动着。拉斯维加斯是上司指派给他的三个查访地的第一站，每一处都与佩里·史密斯的行踪有关。另外两个地方，一处是里诺，他们认为佩里的父亲仍住在那里；另一处是旧金山，佩里的姐姐家，她现在应该是弗德里克·约翰逊夫人。虽然奈计划拜访这些亲属以及其他所有可能知道疑犯下落的人，但他的主要目的还是在各地警局获取有帮助的资料。比如，在到达拉斯维加斯后，他就和当地警察局侦查处的负责人 B.J.汉德伦中尉讨论过克拉特案件。中尉在会谈后，立即下令要求所有警员要提高警惕密切关注希科克和史密斯。命令中这样写道："因违反假释规定而遭到堪萨斯州通缉。两人驾驶一辆一九四九年的雪佛兰轿车，车牌号是堪萨斯州 J0-58269。两人可能持有枪械，应被视为危险分子。"汉德伦还安排一名警探帮助奈调查典当行，他的建议是："赌城里的典当行有很多。"奈和这位拉斯维加斯的警探一起查遍了上个月的所有当票。奈特别希望能找到一个奇尼斯牌便携式收音机，但是他运气不好，并没有找到。不过，有一个典当商记得佩里·史密斯（"这十年里他一直在这里进进出出"），还出示了一张他在十一月的第一个星期典当的一张熊皮毯子的当票。奈正是在这张当票上发现了现在这家旅馆的地址。

"十月十三日登记的，"女房主说，"十一月十一日走的。"奈看了看史密斯的签名。那华丽的花体字，那富有个性的甩笔和弯曲令奈很吃惊，显然女房主早就料到他会有这样的反应，因为她说："哎呀，你真应该听听他说话。那张漂亮的小嘴里蹦出来的词都文绉绉的，柔声细语，挺有个性。你为啥要抓他，那个很娘的小矮子其实人还不错！"

"他违反了假释规定。"

"哎呀，大老远地从堪萨斯州赶过来就是为了追查这个？唉，谁叫我是个没脑子的金发大美人呢。我相信你，对别人也不会随便说。"她举起啤酒，一饮而尽，然后若有所思地用她那布满青筋和斑点的手把玩着啤酒罐。"不管是什么原因，反正不会是什么了不起的大案子。不可能。我一眼就看穿他。这个人不过是个小流氓。一个想用花言巧语赖掉最后一个礼拜房租的小流氓。"也许是觉得他这样的痴心妄想实在很荒唐，她不禁咯咯地笑了。

调查员问史密斯的房租多少钱。

"正常价格，一个星期九块钱，外加五角钱的钥匙押金。必须付现金，而且是预付。"

"他住在这儿的时候都做些什么？有朋友来过吗？"奈问道。

"你是不是觉得谁从这儿进进出出我都得盯着？"女房东反驳说，"那些流浪汉、小流氓，我对他们才没兴趣呢。我女儿可是早嫁了个大人物的。"然后她接着说："他没朋友，至少我没看见他和谁来往过。最后住在这儿的那几天，他几乎每天都在修他那辆破车。就停在门前。那是一辆老福特，看起来比他岁数还大。他给车刷了一遍漆，车顶刷成黑色，其余部分刷成了银色。然后他在挡风玻璃上写了'此车出售'几个字。有一天我听见一个傻瓜要出四十块钱买这辆车，可他说这辆车不止四十块钱,少于九十他不卖。他说他需要钱,好买一张汽车票。就在他走之前,我听说有个黑人买下了他的车。"

"他说他需要钱买汽车票?你知道他想去什么地方吗?"

她噘起了嘴唇,嘴里还叼着根香烟,但眼睛却一直盯着奈。"公平交易。出多少钱?赏金是多少?"她等着答案。但是当等待落空后,她好像掂量了掂量拿到赏金的可能性,决定继续说下去:"因为我有一个印象,好像不管他去哪儿,都不打算久留。他还要回到这儿的。所以说,他不定什么时候又溜回来了。"她朝店里摇了摇头。"跟我来,我来告诉你为什么。"

楼梯,灰色的走廊。奈闻到了各种气味:厕所消毒剂、酒气、熄灭的烟头。在一扇门后面,一个喝得醉醺醺的房客一会儿号啕痛哭一会儿又高声歌唱,也听不出是悲伤还是欢乐。"吵死了,荷兰佬!再吵就给我滚出去!"女房主大叫道。"就是这儿。"她一边对奈说,一边把他带进一间黑漆漆的储藏室,她拧亮了灯,"那边有个盒子,他让我替他保管,等他回来拿。"

这是一个纸板箱,并未封上但捆着绳子。箱子顶上用蜡笔写着一句埃及法老诅咒似的警告:"注意!佩里·史密斯所有物!当心勿动!"奈解开绳子,很失望地发现这和捆绑克拉特一家的打结法并不相同。他刚打开箱子,一只蟑螂钻了出来,女房东一脚踩了上去,用金色皮凉鞋的鞋跟把它碾得粉碎。在奈仔细检查史密斯的物品时,女房东不禁叫了一声:"嘿!这个小偷,这是我的毛巾。"除了毛巾以外,细心的奈还在笔记本里记下了下列物品:"一只脏兮兮的枕头,一个檀香山纪念品,一条粉红色的婴儿毛毯,一条卡其裤,一口铝锅以及一柄用来煎薄饼的锅铲。"其他杂物还包括一个贴满男性健身运动照的剪报本(里面多是满身大汗的举重大汉);一个装着许多药品的鞋盒，里面有口腔发炎时用的漱口剂和药粉，还有许多阿司匹林片。令人费解的是，至少有十几瓶，其中几瓶已经空了。

"全是破烂！"女房东说，"全是垃圾！"

这话没错。即使对于一个渴望得到线索的调查员而言，这些东西也毫无价值。不过，奈还是很高兴看到这些东西，每一件物品，从止疼药片到脏兮兮的枕头，都使他对主人有了一个清晰的印象，这是一个孤独、落魄的人。

第二天，在里诺，奈做记录时写道："上午九时，在内华达州里诺市沃肖县警长办公室，报告人见到了刑事调查组负责人比尔·德里斯科尔先生。在听了案情简介后，德里斯科尔先生又看了希科克和史密斯两人的照片、指纹和通缉令。两名嫌疑犯以及他们使用的汽车均已登记寻缉中。上午十点三十分，在内华达州里诺市警察局刑侦科，报告人见到了警官阿贝·菲洛赫。菲洛赫警官和报告人一起查阅警局的档案，在记录重大罪行档案中，并没有发现希科克和史密斯的名字。核对当票的结果也没有发现任何与丢失的收音机有关的情况。警方已发出无限期训令，要求严密注意该收音机在里诺市典当行中的出现。调查员曾遍访当地的典当行，出示史密斯和希科克的照片，并再度寻访核查收音机的下落。上述典当行有些从照片上认出了史密斯，觉得有些面熟，但没能提供更详细的情况。"

上午就这样过去了。下午奈出发去寻找佩里的父亲特克斯·约翰·史密斯，他的第一站是邮局。那儿一位经管普通信件的邮务员告诉他用不着去内华达州其他地方找了，因为这个人已在八月份离开，现在住在阿拉斯加州瑟克尔城附近，他的邮件是转送那个地方的。

奈要求他详细谈谈老史密斯的情况。邮务员说："天哪！这可真难说。这个家伙很难找个合适的字眼来形容，他自称是'独狼'。他的很多信上都是这个名字。他的信不多，可经常会收到一大包目录和广告小册子。你可不知道有多少人写信去要这种东西！大概是没有人给他们写信吧。你问他多大年纪？我看有六十了吧。一身西部打扮，穿着牛仔靴，戴着宽边高顶帽。他告诉我他以前是个表演牛仔竞技的，我经常和他聊天。这几年他差不多每天都来邮局转转。有时一个多月不见他的人影，回来总说他找矿去了。今年八月的一天，有个年轻人来邮局，就在这个窗口前，说他来找他父亲特克斯·约翰·史密斯，问我是否知道在哪儿能找到他。他看起来不像他父亲；他父亲嘴唇薄，是爱尔兰人，而他看上去差不多完全是个印第安人，头发黑得像鞋油，一双眼睛也同样乌黑发亮。可第二天，他父亲来邮局证实了这件事，说他儿子刚从军队退伍，他们俩准备去阿拉斯加，他对那里的情况很熟悉。我想他可能在那里开过一家旅店，或者是一家供猎人住的小木屋。他说他们打算在那儿住上两年。自从那次以后，我就再也没见过他，父子俩谁也没见过。"

约翰逊一家是最近才搬到旧金山这个社区的。这是位于该城北部山坡上的中产阶级居住区。一九五九年十二月十八日的午后，年轻的约翰逊夫人正在家中等待客人的到来。三位女邻居要来喝茶、吃点心，也许还要玩牌。女主人有些紧张，因为这是她第一次在新家中款待客人。此刻，她一边注意倾听是否有人按响门铃，一边做最后的检查，这里扯扯线头，那里重新动一下圣诞一品红 ① 的位置。这间房子与山坡上其他房子一样，是典型的郊区平房，平凡而舒适。约翰逊夫人非常喜欢这里：红木制成的镶板，铺满整个房间的地毯，

①圣诞节专用花卉，花色大红，在圣诞节期间开得最艳，所以又称圣诞红。

前后两扇大玻璃窗——从后窗望出去，可以看到近处的小山和峡谷、远处的大海和天空，如画的景色令她着迷。房间后面小小的花园更让她感到骄傲；她丈夫是一位保险推销员，平日爱好木工，在花园周围修了一道白色的篱笆，盖了一个狗窝，还给孩子们做了一个沙坑和一架秋千。此刻，户外气候宜人，两个小儿子和一个女儿正和他们的狗在花园里玩，她希望孩子们能一直高高兴兴地玩到客人们离开。门铃响了，约翰逊夫人走到门口，她穿着一件自认为最得体的衣服——黄色的针织洋装——不仅衬托出她的身材，也凸显了她那印第安人淡茶色的脸颊和一头利落的乌黑短发。她打开门，准备迎接三位邻居，然而出现在她面前的却是两个陌生男人，他们摘下帽子然后出示了装有警徽的皮夹。"您是约翰逊夫人吗？"其中一人问道，"我叫奈，这位是格斯里检察官。我们隶属于旧金山警察局，堪萨斯方面请我们调查你弟弟佩里·爱德华·史密斯的有关情况。他最近好像一直没有向他的假释官报到，不知您是否知道他现在在什么地方。"

得知警察再次对她弟弟的行为感兴趣，约翰逊夫人并不窘恼，甚至毫不感到意外。真正令她不安的是不想让客人进来时看到她正被两个警员盘问。她说："不，我一无所知。我四年没见过佩里了。"

"这是件要紧事，约翰逊夫人，"奈说，"我们希望跟你谈一谈。"

约翰逊夫人让步了，她请他们进屋，给两人冲了咖啡。她说："我已经四年没有见过佩里了。他假释后我就再没收到过他的信。今年夏天他出狱后曾到里诺去看望我父亲。父亲在一封信里对我说他已经返回阿拉斯加了，佩里也同去。后来他又来了一封信，我想是在九月份吧，说他非常生气，他和佩里吵了一架，还没到阿拉斯加就分手了。佩里走了，我父亲一个人去了阿拉斯加。"

"打那以后他没给你写过信吗？"

"是的，没写过。"

"那么你弟弟有没有可能最近又回去和你父亲会合了呢？就在上个月。"

"我不知道，我也不关心。"

"你们关系不太好？"

"和佩里？是的，我怕他。"

"但是他在兰辛坐牢期间你经常写信给他，至少堪萨斯警方是这么对我说的。"奈说。一旁的格斯里检察官似乎满足于当个局外人。

"我想帮助他。我希望能改变他的一些想法。现在我算明白了，别人的劝阻对佩里而言一文不值。对任何人他都毫无尊敬。"

"谈谈他的朋友吧。你觉得他可能会和谁在一起？"

"乔·詹姆斯。"她解释说詹姆斯是个年轻的印第安伐木工兼渔夫，住在华盛顿州贝灵汉附近的森林里。她和詹姆斯并不熟，但是她知道詹姆斯和他的家人都是慷慨善良的人，过去经常照顾佩里。在佩里的朋友中，她唯一见过的是一位年轻的女士，一九五五年六月曾来过她家，身上带着佩里的一封信，信里说她是他妻子。"他说他有点麻烦事，问我能不能照顾一下她，等他回来把她接走。那姑娘看起来不超过二十岁，实际上她只有十四岁，当然不可能结过婚。但当时我被骗了。我同情她，让她和我们住在一起。但没过多久——不到一个星期——她就走了。而且，还顺便带走了我们家的行李箱和所有能搬得动的东西——我的衣服、我丈夫的银器，甚至连厨房里的钟也不放过。"

"此事发生时，你住在哪里？"

"丹佛。"

"你在堪萨斯州的斯科特堡住过吗？"

"没有，我从未去过堪萨斯州。"

"那么你有一个住在斯科特堡的姐妹吗？"

"我姐姐已经死了，我就一个姐妹。"

奈笑了一下说："约翰逊夫人，你应该明白我们这次来访是考虑到你弟弟会和你联系，写信、打电话或者来看你。"

"我希望他别和我联系。实际上，他不知道我们已经搬家了。他认为我们还住在丹佛。求你了，如果你找到他，不要给他我的住址，我害怕。"

"你这么说，是因为你认为他会伤害你？人身伤害？"

她想了想，不知该如何回答，于是说不知道。"但是我害怕他。我一直害怕他。他有时好像心肠很好，富有同情心，温柔而且爱哭，甚至有时听音乐也会让他哭鼻子。小的时候他经常因为日落掉眼泪，他说日落太美了。月亮也是如此。啊，他可以骗过你，他能让你为他而难过……"

门铃响了。约翰逊夫人很尴尬，面露难色地望着大门，奈领会了她的心意（后来在报告中写道："在整个交谈过程中，她一直保持着镇静和亲切，是一位个性突出的人"），拿起他的棕色硬沿帽，说道："很抱歉，给您添麻烦了，约翰逊夫人。如果您有佩里的消息，希望能与我们联系，请给格斯里检察官打电话。"

两位警员走后，那种令奈印象深刻的镇静渐渐消失了，一种熟悉的绝望开始笼罩心头。她一直在努力控制，直到客人们都离去，直到给孩子们喂过饭洗了澡，让他们祈祷然后上床睡觉。这之后，她的情绪才犹如来自海上的夜雾笼罩街灯一般，紧紧包围了她。她说自己害怕佩里，她确实怕他。但她只是害怕佩里吗？还是更害怕降临到弗罗·巴斯克金和特克斯·约翰·史密斯四个孩子头上的命运？她所深爱的长兄开枪自杀了；弗恩从窗户上掉了下来，也许是自己跳下去的；佩里行凶，成了罪犯。因此，从某种意义上看，她是唯一的幸存者。但令她备受折磨的是她觉得也许有一天自己也会被那可怕的命运压倒，不是变疯，就是患上不治之症，或者在一场火灾中失去她所珍视的一切——住宅、丈夫和子女。

丈夫出差去了。她独自在家时从未想过饮酒，但是今晚她倒了一杯烈酒，然后在卧室的沙发上躺了下来，将一本相册放到膝盖上。

首页是她父亲的一张照片，那是一九二二年他和年轻的印第安女骑手弗罗·巴斯克金缔结良缘时在照相馆里拍的。这张照片常常刺痛约翰逊夫人。因为看到这张照片，她才会明白，为什么尽管两个人看上去如此不般配，但母亲还是嫁给了父亲。照片中的小伙子散发出迷人的男性气概。所有的一切，那高高昂起的充满自信的头颅，姜黄色的头发，眯缝着的左眼（仿佛正在瞄准一个目标），缠在脖子上的小牛仔围巾，都那么具有吸引力。总的来说，约翰逊夫人对父亲的态度是既爱又恨、自相矛盾，但父亲身上有一点是她一直敬佩的，那就是刚毅的性格。她很清楚在别人的眼里他是多么古怪，她也觉得父亲古怪，但他仍然是个"真正的男子汉"。他做起事情来轻松自如。他伐木时想让树往哪个方向倒就能往哪个方向倒；他会剥熊皮、修理手表、盖房子、烤蛋糕、补袜子，还会用弯曲的大头针和线钓鲑鱼；他还曾经独自一人在阿拉斯加熬过了冬天。

独自一人，在约翰逊夫人看来，孤独是她父亲这类男人的生活方式。妻子、儿女和小心翼翼的生活不适合他们。

她翻阅了几页童年时的照片，分别是在犹他、内华达、爱达荷和俄勒冈等地生活时照的。那时"特克斯和弗罗"的牛仔骑术竞技生涯已经结束，全家人住在一辆旧卡车里，四处寻找工作。当时是一九三三年，要找到一份工作可不那么容易。在一张照片上，四个孩子光着脚，穿着工装裤，个个都瘦弱而疲惫。照片下方写着一行字："一九三三年，特克斯·约翰·史密斯一家在俄勒冈采浆果。"当时全家仅有的食物就是浸泡在甜腻的炼乳中的浆果和酸面包。芭芭拉·约翰逊还记得全家人曾一连四天只有烂香蕉果腹，结果佩里拉了肚子，疼得整晚号叫，博博垂泪不止，害怕他死掉。

博博比佩里大三岁。她喜爱佩里，他是她儿时唯一的玩具。她把佩里当成一个布娃娃，为他洗澡，为他梳头，吻他，有时还拍他屁股。有一张照片，是姐弟俩一起在科罗拉多州一条清澈的小溪中洗澡，两人一丝不挂，弟弟的肚子圆滚滚的，活像个被太阳晒黑的小丘比特，他正抓着姐姐的手咯咯地笑着，仿佛溪水里有一只手正在挠他。在另一张照片里，姐弟俩坐在一匹小马上，头和脸都贴在一起，在他们身后是火烧后的荒山。（约翰逊夫人不敢肯定，但她认为这张照片大概是在内华达一个偏僻的牧场照的。他们住在那儿时父亲和母亲打了一架，在这场可怕的打斗里，马鞭、滚烫的开水以及煤油灯都成了武器，他们的婚姻自此也宣告结束。）

后来，当孩子们和母亲搬到旧金山居住时，博博对弟弟的爱意渐渐减弱直至消失。他再也不是她的布娃娃了，变成了一个野蛮人，一个小偷和强盗。他第一次被捕是在一九三六年十月二十七日，那一天正是他八岁生日。最终，在数次被关进警察局和教养院后，他回到了父亲的身边，博博再次见到他已是多年以后。其间她只在照片上见过弟弟——父亲有时把一些照片寄给其他几个孩子——这些照片她都放在了相册里。在每张照片下面都有白墨水写的说明，例如"佩里、爸爸和他们的爱斯基摩狗""佩里和爸爸在淘金"及"佩里在阿拉斯加猎熊"。在最后这张照片中，他还是个十五岁的孩子，头戴皮帽，脚穿雪鞋，站在积满雪的树林中，腋下夹着一把猎枪，脸上冻得发暗，眼神凄然无光。约翰逊夫人看着这张照片，不禁想起了佩里到丹佛去拜访她时的一个"场面"。那是一九五五年的春天，实际上那是她最后一次见到他。他们当时正在谈论和父亲在一起的童年生活，突然喝多了的佩里把她推到墙上，按在那儿说："我不过是他的黑奴，仅此而已。他迫使我拼命干活，可从不给我一个子……博博，现在是我在讲话，你别插嘴，否则我把你扔进河里去。就像那次在日本一样，我把一个从没见过的家伙抓起来扔下桥去！

"博博，请听我说，你认为我喜欢我自己吗？哦，我本来可以成为另外一个人！但是那个浑蛋从未给我一点机会！他不让我去上学。好，好，就算我是坏孩子。可后来我求他同意我去上学，我碰巧长了一个聪明的脑袋，可能你不了解，我真的很聪明，有天才。但是我没受过教育，就因为他不想让我去学任何东西，只想让我帮他搬搬运运。愚昧无知，他就想让我成为这样的人，只有这样我才能一直和他在一起。可你们都读了书，你、吉米、弗恩都上了学，你们都受过教育。只有我没有。我恨你，恨爸爸，恨你们所有的人！"

佩里这语气仿佛认为他哥哥姐姐的生活一直是一帆风顺的！是啊，假如清理妈妈醉酒后的呕吐物，从来穿不好吃不饱也算的话。不过，三个人的确念完了高中，这是真的。实际上，吉米是以全班最高的成绩毕业的，这完全是他靠自己的实力获得的荣誉。芭芭拉·约翰逊认为，这种个性正是他后来自杀的诱因。性格坚强，勇气十足，勤奋工作，这些从不曾为特克斯的几个子女带来好运。他们共有的宿命抹杀了他们兄弟姐妹的一切美德。当然，佩里和弗恩还称不上有什么好品行。弗恩十四岁那年，自己改了名字叫乔伊（意为欢乐），此后短短的一生中，她竭力证明自己改这个名字是值得的。她是一个放荡的女孩，是"大众情人"，说难听些，她和谁都能勾搭起来，对男人从不加以防范，但那些男人却从没有给她带来过好运，甚至还总使她倒霉。母亲因酒精中毒死去，她起初因此害怕喝酒，但最后还是陷了进去。不到二十岁，"乔伊"就开始每天必喝一瓶啤酒。后来，在一个夏天的晚上，她从旅馆的窗户上掉了下去。在下坠过程中，她砸在剧院的一顶大帐篷上，从上面弹落在地，被一辆出租车碾于轮下。警察在楼上那间空荡荡的房间里找到了她的鞋，以及一个空空的钱包和一只空的威士忌酒瓶。

　　人们可以理解弗恩并宽恕她，但吉米就不同了。约翰逊夫人看着吉米的照片，照片上的他穿着水手服——二战期间他曾在海军服役——年纪轻轻，瘦长、苍白的脸上流露出几分庄严的神色。他站在那里，一只手放在他身旁姑娘的腰际，那是他的太太，她手腕上的玻璃饰品映射出落日的余晖。照约翰逊夫人看来，他们俩是不该结婚的，因为他们毫无共同之处：吉米是严肃的，而这位圣迭戈少女不过是个对水手着迷的糊涂女孩。吉米倾注在她身上的远非正常的爱情，而是一种激情，一种从病理学的角度才能解释的激情。至于这位姑娘，她肯定是爱吉米的，倾心于他，不然不会和他结婚。要是吉米相信或者能相信这一点该多好！然而忌妒心害了他。一想起那些在她结婚之前曾和她睡过觉的男人，吉米就深感苦恼。他认定，她直到现在还和男人勾勾搭搭，每次他出海或者白天不在家时，她就背叛自己，和好多情人鬼混。他无休止地逼妻子承认这些所谓情人的存在。后来，她用一杆猎枪对准自己的眉心，扣动了扳机。当吉米发现时，他没有叫警察。他抱起妻子，把她放在床上，然后在她身边躺下。第二天黎明时分，他把枪重新装上子弹，开枪自杀了。

在吉米和妻子的照片对面是一张佩里身穿军装的照片。这是从报纸上剪下来的，下面还有一段文字："阿拉斯加美国陆军司令部摄。二等兵，佩里·爱德华·史密斯，二十三岁，首批返回阿拉斯加的朝战军人，抵达埃尔门多夫空军基地时受到新闻处官员梅森上尉的欢迎。史密斯在二十四师担任工兵十五个月之久，他此行从西雅图到安克雷奇的机票是太平洋北方航空公司赠送的。空中小姐琳恩·马奎斯正含笑相迎。美国陆军军方图片。"梅森上尉与二等兵史密斯握手时，眼睛注视着他，但史密斯却在盯着照相机。约翰逊夫人所看到的表情，或者说她认为的，不是感激而是傲慢，不是自豪而是十足的自负。他说自己曾把一个在桥上遇见的素不相识的人扔到河里，这不是不可思议的。他当然干得出来，对此她一点都不怀疑。

她合上相册，打开电视，但心情仍无法平静。他会找来吗？警员已经找到了她，难道佩里就找不到吗？他别想让自己帮他，她甚至不会让他进门。前门是锁着的，但是通往花园的门还没上锁。花园里满是白色的海雾，妈妈、吉米和弗恩的灵魂也许就在雾里吧。约翰逊夫人闩上门时，死了的与活着的亲人，在她脑海中一一浮现。

暴雨倾盆。迪克跑了起来，佩里也在跑，但他跑得没有迪克快，他腿短，而且还拿着行李箱。迪克把佩里远远甩在了后面，自己先找到了一个躲雨的地方——公路附近的一个谷仓。在离开奥马哈后，他们在救世军的收容所里过了一夜，第二天一位卡车司机带着他们穿过内布拉斯加州界，来到艾奥瓦州。但是打那以后，他们一直在走路。天降大雨时，他们离一个名叫坦维莱村的艾奥瓦州居住区还有十六英里。

谷仓里漆黑一片。

"迪克？"佩里问。

"我在这儿。"迪克正趴在一堆干草上应道。

佩里湿透了，浑身发抖，在迪克身边倒了下来。"我冻死了，"他一边说着，一边往干草堆里钻，"我冷得要命，就算你点着稻草把我活活烧死，我也不会骂你的。"他很饿，饥肠辘辘。昨天晚上，他们只喝了几碗救世军的汤，而今天他们只吃了巧克力和口香糖，这还是迪克从一家百货店的糖果货架上偷来的。"还有好时巧克力吗？"佩里问。

没有了，只剩下一盒口香糖。他们分了口香糖，躺下来开始嚼。每人只有两块半薄荷味的，迪克最喜欢，而佩里更喜欢水果味的。钱是个大问题。缺钱已经迫使迪克做了一个被佩里认为是"疯了"的决定：返回堪萨斯城。当迪克第一次说起要回去时，佩里说："你应该去看看医生。"此刻，在寒冷的黑夜里，两人紧紧地挤在一起，听着外面的雨声，再次为此争论起来。佩里又一次列举了这样做的危险，此时迪克肯定正因违反假释规定而受到通缉——更别说还有别的娄子。但是迪克没有被说服，他坚持堪萨斯城是一个"可以成功地开很多假支票的地方"。"我当然知道我们必须小心点。我知道他们已经发出了通缉令，因为我们以前在那儿开过假支票。但是这次我们可以快些，一天就够了。如果我们弄的钱够多，我们也许还可以到佛罗里达去试试。在迈阿密过圣诞节，如果那儿不错的话，就在那里过冬。"但是佩里一边嚼着口香糖，一边打着寒战，生着闷气。迪克说："怎么样，亲爱的？再干一次？你为什么就不能忘掉那件事呢？他们不会发现什么线索的。永远也别想发现。"

佩里说："也许你错了。而如果你错了，就意味着咱们都得去角落了。"两个人以前从未提起过堪萨斯州的这一极刑——绞刑。"角落"

是堪萨斯州立监狱的犯人给里面放着绞刑架的小屋所取的名字。

迪克说："可笑，你可笑死我了。"他划了根火柴，想抽烟，但是借助闪烁的火光看见的东西使他一骨碌爬了起来，他走过谷仓，来到畜栏。只见一辆车停放在那里，是一辆一九五六年的黑白两色雪佛兰，钥匙还留在车上呢。

杜威决心不让"普通人"知道克拉特案件取得了重大进展。他决心如此之大，以至于加登城的两位民间喉舌都毫不知情，这两位一位是《电讯报》的编辑比尔·布朗，另一位是当地 KIUL 广播电台经理罗伯特·威尔斯。在简要说明形势后，杜威强调了他把保密视为最重要事情的理由："各位牢记，有可能这两人是无辜的。"

这种可能性的确很大，不能轻易排除。告密者弗洛伊德·威尔斯的话也许是编造的；犯人们用说谎话的方式获取好感或吸引官方的注意，也是很可能的。但是即便此人每句话都是真的，杜威和他的同事也没能挖掘出一点确凿有力的证据作为"呈堂证供"。他们的发现也许可以解释成一个罕见但看似合理的巧合。难道就因为史密斯到堪萨斯州来拜访他的朋友希科克，就因为希科克有一支和作案枪支口径相同的枪，就因为嫌疑犯用虚假的理由来解释他们在十一月十四日夜里的活动，就可以认定他们就是谋杀案的凶手吗？"但是我们确信他们俩就是凶手。我们全这么认为。否则我们就不会向十七个州发出警报，从阿拉斯加到俄勒冈。但是记住：我们也许要过好多年才能抓住他们。他们也许已经分开了，或者离开了美国。他们有可能去了阿拉斯加，在阿拉斯加隐藏起来可不难。他们逍遥得越久，我们破案的可能性就越小。坦率地讲，就目前的情况来看，我们掌握的线索还不多。我们也许明天就能抓住那两个恶魔，但也可能一辈子都无法证实他们有罪。"

杜威并没有言过其实。除了那两个脚印——一个菱形痕迹，一个猫爪图案——凶手没有留下一条线索。既然他们如此小心翼翼，那么他们一定很早就处理掉那两双鞋了。同样，假设那台收音机是他们偷走的，肯定也被处理掉了。杜威不太愿意做这种假设，因为在他看来，谋杀如此残酷、凶手如此狡猾，这和偷一台收音机毫不协调，甚至有些荒谬。很难想象，凶手进入房间为了找保险箱，结果没有找到，于是便因为几美元和一台小型便携式收音机残杀四条人命。"嫌疑犯不坦白，我们就永远别想判决，"他说，"这就是我的观点。就是为什么我们必须十二万分地小心。他们认为自己已经逃脱了。好，我们就不要让他们觉察任何异常。他们越是觉得安全，我们就会越快抓住他们。"

但是在加登城这样一个小镇，秘密可是件罕见的东西。警长办公室在法院大楼的三层，仅占三个房间，里面的家具不多，但仍显得拥挤。任何来这里探望的人都会察觉出一种古怪近乎诡异的气氛。过去数星期来急匆匆的脚步以及愤怒的埋怨蓦地消失了，取而代之的是一种令人心惊肉跳的平静充满了整个房间。办公室秘书理查森太太，这个非常大方爽快的人突然有了一种讲究的怪癖，说话轻声细语的，走路也踮着脚尖。她的上司——警长及其下属、杜威以及从堪萨斯州调查局借调来的调查员们，也都慢慢地边走边谈，声音压得很低。这种情形仿佛猎人躲藏在树林里，生怕突然的声响或动作会把正朝这边走来的野兽吓跑似的。

人们议论纷纷。华伦旅馆的特里尔咖啡屋被加登城的商人们视为一个私人俱乐部，那里是猜测和流言的大本营。有人听说，一位名人将被逮捕。还有人说，谋杀案是堪萨斯州小麦种植者联合会的死敌雇来的职业杀手干的，理由是克拉特先生曾在这个进步组织里面担任要职。在所有的故事里，最接近正确答案的是一位著名的汽车经销商讲的（他拒绝透露消息来源）："好像是一个曾在一九四七年或四八年间为克拉特先生工作过的人干的。那人是个普通的牧场雇工。他后来进了监狱，是州立监狱，坐牢期间他一直在想克拉特先生有多富。所以一个月前，他出狱后做的第一件事就是来这里抢劫并杀死了克拉特一家。"

　　但是在七英里之外的霍尔科姆村，却再也听不到耸人听闻的传言了。之所以如此，原因之一在于克拉特一家的悲剧已经成为社区两个主要流言集散地——邮局和哈特曼咖啡馆——的禁忌。"我自己，我一个字也不想听，"哈特曼太太说，"我对他们说，我们不能继续这样下去了。谁也不信任，彼此吓唬，怕得要死。我要说的是，如果你要谈论这件事，就别进我的店门。"默尔特·克莱尔太太的态度更是强硬。"村里的人来我这买张五分钱的邮票，以为就可以消磨半个钟头，直到把克拉特一家的事情嚼烂了为止。他们全是一群造谣的响尾蛇！我可没时间听他们扯这些，我要工作，我是代表美国政府的公务员。不管怎么说，也确实让人泄气。艾尔文·杜威和那些来自托皮卡和堪萨斯城的警察们，本应该'比松节油还管用'。但是今天谁会认为他们能抓住真凶？所以我说明智的做法就是闭嘴！人活着总有一死，至于怎么死法就别在意了；死了就是死了。何苦要像一堆病猫一样吵吵闹闹没个完，难道就因为赫伯·克拉特的喉咙被割断了？不管怎么说，这样太不正常了。波莉·斯特林，住在教师公寓的那位太太今天早上来这儿说，直到现在，整整一个月了，孩子们才开始安静下来。这使我想到，如果警察真的抓住了凶手会怎么样？如果那样，那人肯定是大伙儿都认识的，那肯定会再次把火煽起来。一壶水好不容易凉下来，到时候又要滚起来。要我说，我们这样实在是够了。"

天色尚早，还不到九点钟，佩里是这家自助洗衣店的第一位顾客。他打开鼓鼓囊囊的草编行李箱，取出一堆内裤、袜子和衬衫（有些是他的，有些是迪克的），塞进洗衣机，同时往机器里丢进一枚假冒的铅做的圆片，这种东西他在墨西哥买了很多。

佩里很熟悉此类洗衣店的操作，他经常光顾这些地方，通常他会静静地坐着，看着衣服洗干净，觉得愉快而"放松"。但今天却不行，他忧心忡忡。迪克不顾他的警告，固执己见，于是他们就来到了这里，重返堪萨斯城，身无分文，还开着一辆偷来的车！他们在小雨中开了一晚上车，途中两次停下来加油，那时小镇都沉浸在梦乡中，街道上空空荡荡的，他们就把别人汽车里的油吸到自己的车里。（这是佩里干的，他自认为是"绝顶高手，只要有一根橡胶管，我就等于有了旅行全国的信用卡"。）他们天亮时抵达堪萨斯城。两人首先去了机场，在男卫生间里刷牙洗脸刮胡子，然后在候机大厅里睡了两个小时，才返回城里。正是在那时，迪克把佩里放在洗衣店，答应一个小时之内回来接他。

衣服洗净并烘干后，佩里重新装好了行李箱。已经十点多了，迪克"肯定还在什么地方开假支票"，这会儿还不见人影。他坐在一张长椅上等着，一臂之远的地方有一个女式钱包，诱惑着他把手伸过去。然而，钱包主人的模样却使他不敢下手，因为这位女士是几个忙着洗衣服的女人中最强壮的。从前，当他还是个在旧金山的大街上乱跑的野孩子时，曾和一个"中国小孩"（记不清是汤米·张还是汤米·李）合伙偷钱包。回想起他们的胡作非为，佩里既愉快又兴奋。"比如有一次我们盯上了一个老太太,她可真老,汤米抢她的手提袋,但她不放手,凶得像个母老虎。汤米死命地拽,她使劲地拉。后来她看到我在一旁时,就喊:'帮帮我!帮帮我!'我说:'去你的!老太婆,我是帮他的!'然后狠狠一拳把她捶在地上。我们抢来的全部财产是九十美分,我记得很清楚。我们去一家中国餐馆悄悄地吃了一顿。"

事隔多年,一切似乎并没有什么变化。佩里年纪长了二十多岁,体重也增加了一百多磅,他的生活却一点没有改善。他仍然是个顽童,也就是说靠偷点小钱过日子。(真是不可思议,以他的智力,以他的才能,何至于此?)

墙上的钟一直吸引着佩里的视线。十点半时,他开始担心了;十一点时他的两条腿开始疼了起来,对他而言,这是恐慌即将到来的表现——"血液开始冒泡了"。他吃了一片阿司匹林,试图抹去、至少淡化那些不断涌入脑海的一幅幅生动逼真的可怕画面:迪克落入警方之手,也许是在开假支票或者违反交通规则的时候被查出开的是赃车,这是很有可能的。也许就在此时,迪克正被一群警察围着盘问呢。他们不是追问开假支票或偷汽车之类的琐事,而是谋杀案!不知为什么,迪克确信谁也不会把开假支票或偷汽车与谋杀联系起来。同时,在此刻,一辆满载着堪萨斯州警的汽车正往洗衣店赶过来。

但是,不对,他想太多了。迪克绝不会干那种"没种"的事。只要想一想他以前经常说的那些话:"他们就是把我打昏,我也绝不会说一个字。"当然,迪克是个"吹牛大王",佩里已经看透了,他只有在自己占上风的时候才会表现得十分强硬。突然——谢天谢地——佩里想起了一个至少不那么令人绝望的理由来解释为何迪克会迟到。他一定是去看望他父母了。这件事很冒险，但迪克对父母"放心不下"，至少他自己是这样宣称。昨天晚上，在冒雨赶路的时候，他曾对佩里说："我很想去看看我父母。他们不会透露此事的。我的意思是，他们不会把这事告诉警察，他们不会让我们俩陷入麻烦。只是我没脸去见他们，我怕我妈会说起开假支票以及不告而别的事，她会数落我一顿。但是我希望能给他们打个电话，知道他们现在怎么样。"然而，那是不可能的，希科克家没有电话；否则佩里早就打电话去问迪克在不在家了。

又过了几分钟，他又一次确信迪克已经被捕。他的腿越来越疼，如同闪电般传遍全身，洗衣房里的味道、蒸汽的臭味突然令他感到恶心，迫使他站了起来，跑到门外。他站在街边吐得像个"口水都呕光了的醉鬼"。堪萨斯城！他不是早就知道堪萨斯城会带来坏运气？难道他没有苦苦哀求迪克不要回来？此刻，也许就在此刻，迪克一定在后悔没听他的话。他在想，那么我该怎么办？"兜里只有一两枚硬币和一堆铅片"，他能去哪儿？谁能帮助他呢？博博？不可能！但她丈夫也许会帮他。当时，如果当时弗德里克有自己的主意，担保在佩里出狱后给他找份工作，他早就获得假释了。但博博不同意。她说这只会带来麻烦，也许还有危险，她后来在给佩里的信中就是这么说的。别急，找个好日子，他一定会去"报答"她，找点乐子，和她说说、露露自己的本事，一五一十地告诉她，对她这样受人尊重、生活安逸、自鸣得意的人，他会怎么做。是的，非得让她知道他会是多么危险的人物，她最好把眼睛睁得大大的。这难道不值得去一趟丹佛吗？这正是他想做的，去丹佛拜访约翰逊夫妇。弗德里克最好想办法帮他重新谋生，否则别想甩开他！

佩里正胡思乱想的时候，迪克突然来到他身边。"嗨，佩里，"

他说道，"你病了吗？"

迪克的声音犹如一剂特效镇静剂注入佩里的血管，引起了一阵情感骚乱：紧张与放松，愤怒与温情在体内互相冲撞。他握紧双拳伸向迪克。"你这个王八蛋。"

迪克咧嘴笑道："好了，咱们又可以去吃一顿了。"

在堪萨斯城迪克最喜欢的一家经济餐馆老鹰餐厅里，迪克一边吃着辣椒，一边向佩里道歉："对不起，亲爱的。我知道你会着急的，以为我被警察缠上了。但是你实在不知道我运气会有多好，我可不能说放弃就放弃。"他解释说，在离开佩里后，他去了曾经工作过的马克别克公司，想找到一个汽车牌照，换下那辆偷来的雪佛兰的艾奥瓦州车牌。"我来和走都没人看见。这个公司经常做报废汽车的生意。果真，在公司房子的后面，在一辆撞坏了的德索托汽车上还挂着堪萨斯州车牌。""那车牌现在在哪里？""已经挂在咱们车上了，兄弟。"

换下车牌后，迪克把原来的扔到了一座郊区水库。然后，他开车去了高中同学斯蒂夫工作的加油站，用一张支票兑换了五十元现金。以前，这种"抢自己人"的事他可没干过。唉，反正他再也不会见到斯蒂夫了，他今晚就要离开堪萨斯城，这一次是再也不会回来了。既然这样，为什么不多骗几个老朋友呢？带着这种想法，他又去拜访了另一位同班同学——一位杂货店的职员。这一次金额增加到了七十五块。"那么，这个下午我们就可以搞他个几百块啦。我开了张单子，上面有六七个地方，首先从这儿开始。"他指的是老鹰餐厅，这里的每个人——男招待、服务员，全都认识并喜欢他，称他为"腌黄瓜"（这是他最喜欢的食物）。"然后去佛罗里达，就去那儿，怎么样？我不是跟你说过我们要在那里过圣诞节吗？就像那些百万富翁们一样。"

杜威和他的同事，堪萨州调查局的调查员克拉伦斯·邓茨正在特里尔咖啡屋里等座位。他们四下环顾午饭时间常见的熟面孔——细皮嫩肉的生意人和黝黑粗糙的庄稼汉。杜威认出了几个熟人：县验尸官芬顿医生、华伦旅馆的经理汤姆·马哈尔、哈里森·史密斯——他去年竞选县检察官结果输给了杜安·韦斯特，还有赫伯特·威廉·克拉特，河谷农场的主人，和杜威一起上主日学校。等等！赫伯不是死了吗？杜威不是已经参加过他的葬礼了吗？但是他的确在那儿，就坐在特里尔咖啡屋角落里那个圆形的隔座上。他那双炯亮的棕色眼睛、宽宽的下巴以及亲切的表情并未因死亡而改变。但赫伯不是独自一人，与他坐在同一张桌子的是两个年轻人，杜威认出了他们，用肘轻轻推了邓茨一下。

"看那边。"

"哪儿？"

"墙角。"

"天哪！"

是希科克和史密斯！但是就在他认出两人的同时，这两个人也认出了他们，嗅到了危险的气息。他们飞起双脚，猛地从餐厅厚玻璃窗中冲了出去，杜威和邓茨在后面紧紧追赶。他们沿着主街飞奔，经过了帕尔默珠宝店、诺里斯药房、加登咖啡馆，然后转弯冲向一座仓库，在一片白色谷仓之间跑进跑出地捉迷藏。杜威拔出手枪，邓茨也一样。正当他们瞄准时，奇事再度发生。突然间，非常神秘（就像是在做梦！），所有的人都在游泳，逃的人，追的人，都拍打着令人敬畏的被加登城商会宣称为"世界上最大的免费游泳池"的池水。

当两人奋力向逃犯游去时（怎么回事？是做梦吗？），画面又一次渐渐隐去，场景转换为另一处景色——谷景公墓。这里散布着灰色的坟墓、绿色的树木与长满花朵的小径，是气氛幽静、绿荫遮天、细语喁喁的绿洲，犹如一块清凉的云彩，覆盖在城北金光耀眼的麦地上。但是此时，邓茨消失了，只剩下杜威和两个逃犯。虽然他看不见他们，但是他知道他们一定藏在墓地里，就躲在某块墓碑的后面，也许就在他父亲的那块后面——"艾尔文·亚当斯·杜威，一八七九年九月六日至一九四八年一月二十六日"。杜威拔出枪，沿着一条幽暗的小路匍匐前进。突然，他听见一阵笑声，循声而去，只见希科克和史密斯根本没有藏起来，而是站在赫伯、邦妮、南希和凯尼恩的墓地边，双腿分开，两手叉腰仰天狂笑着。杜威开枪了……又开了一枪……又开了一枪……两个凶手都中了三枪，但谁都没有倒下。只见他们的身体慢慢地变成了透明色，越来越透明，直至最后消失了。但笑声却越来越震耳，直逼得杜威弯下身子向后逃退，那笑声令人伤心欲绝，那么强烈终而吓醒了他。

醒来的时候，他好像一个受了惊吓发高烧的孩子，头发湿透，衬衫也黏贴在身上。屋里逐渐昏暗下来，他在桌子上睡着了，整个下午他都把自己关在这间小办公室里。他定下神来，听见隔壁办公室理查森太太的电话在响，但似乎没人接，她已经下班回家了。在走过一直响的电话时，他决心不去管它，但立即犹豫了一下。也许是玛丽来的电话，问他是不是还在工作，要不要等他回家吃饭吧。

"请找一下杜威先生。堪萨斯城来电。"

"我就是杜威。"

"请不要挂，这里是堪萨斯城，你同事要和你说话。"

"是艾尔吗？我是奈老弟。"

"怎么样，老弟。"

"做好准备听一条大新闻吧。"

"我在听，说吧。"

"我们的朋友就在这里，就在堪萨斯城。"

"你怎么知道的？"

"听我说，他们好像无意故作神秘。希科克在城里到处开假支票，用的是他自己的名字。"

"他自己的名字！这肯定意味着他不打算在此久留，要不就是这小子对自己极端自信。那么史密斯和他在一起吗？"

"嗯，他们俩在一起。但开的是另一辆车，一辆一九五六年的雪佛兰，黑白两色，双门。"

"是堪萨斯州的车牌吗？"

"是堪萨斯州的。而且听我说，艾尔，我们真走运！他们买了一部电视机，希科克给售货员开了一张支票。就在他们刚要离开的时候，那个售货员一时机灵，拿笔记下了车牌号，就在支票的背面。约翰逊县的牌照，16212。"

"查过登记记录吗？"

"猜猜怎么样？"

"那车是偷来的。"

"一点没错。但是车牌肯定已经换了。我们的朋友从堪萨斯城一家修车厂的破车上弄来的。"

"知道是什么时候干的吗？"

"昨天早上。头儿（洛根·桑福德）已经下了通缉令，说明了牌照号码和车子的情况。"

"希科克家那儿怎么样？如果还留在这里，依我看，他们迟早会去那儿的。"

"别担心，我们正盯着呢。艾尔——"

"我听着呢。"

"这就是我想要的圣诞节礼物。我想要的就是这个。把这个礼物包起来吧，包起来，然后睡到新年。这难道不是一个好礼物吗？"

"嗯，我希望你能得到这份礼物。"

"我希望我们都能得到。"

后来，杜威走过黑漆漆的县法院大楼广场，迈过一堆尚未清走的枯叶，他陷入了沉思，心里纳闷自己为何不感到高兴。为什么呢？当他得知嫌疑犯并没有永远消失在阿拉斯加、墨西哥或者廷巴克图时，当他知道也许马上就能逮捕他们时，为什么他一点都没有激动呢？他不是应该感到激动吗？恐怕是刚才的梦在作祟吧，其带来的挫败感还在，使他怀疑奈的话，他甚至不肯相信。他不相信希科克和史密斯会在堪萨斯城落网。他们太诡计多端了。

迈阿密海滩。海洋路 335 号一家名叫萨默赛特的小旅馆。这是一座方形建筑物，刷得半白不白的，有些地方还披挂着一些紫色的装饰，其中一块淡紫色的牌子上写着："空房出租，价格低廉，提供海滩设施，让您享受宜人的海风。"萨默赛特旅馆是这条灰白冷清的小路上众多小旅馆中的一个，这里的房子都用洋灰和泥土盖成。在一九五九年十二月里，萨默赛特旅馆所能提供的"海滩设施"不过是旅馆后面沙滩上的两把遮阳伞。其中一把粉色的上面写着"我们提供情人节冰淇淋"。在这个圣诞节的中午，四位女士躺在这把伞下，旁边一台晶体管收音机正在播放音乐。另一把蓝色的遮阳伞上写着"水宝宝防晒霜"，迪克和佩里就坐在伞下，他们已经在萨默赛特旅馆住了五天，租了一间双人房，每周十八块钱。

佩里说："你从来没有祝我圣诞快乐。"

"圣诞快乐！亲爱的。还有，新年快乐！"

迪克穿着游泳短裤，但是佩里像在阿卡普尔科时一样，拒绝暴露他那受过伤的腿，他怕"冒犯"别的海滩游客，所以穿得整整齐齐的，甚至连鞋袜都没脱。不过，相比较而言，他还是满意的。当迪克站起来表演倒立以吸引粉色遮阳伞下那些女士的注意时，他正在阅读《迈阿密先驱报》。此刻，一则新闻引起了他的注意。那是一起谋杀案，佛罗里达的一家四口，克利福德·沃克夫妇以及他们四岁的儿子和两岁的女儿惨遭杀害。受害者虽未遭捆绑或封嘴，但均被一只零点二二口径的猎枪射穿头部。惨案发生在十二月十九日星期六的夜里，案发地点就在塔拉哈西城附近沃克夫妇的牧场住宅，没有留下任何线索，也没有明显的作案动机。

佩里打断迪克的体操表演，大声读了这则新闻后问道："上个星期六晚上，我们在哪儿？"

"是在塔拉哈西吗？"

"我在问你呢。"

迪克集中精神，想起来了。星期四晚上，他俩轮流开车，离开堪萨斯城，穿过密苏里，进入阿肯色，穿过奥沙克高原一路南下来到路易斯安那。到那里时，一只马达烧坏了，他们只得停车，那是星期五上午，他们在什里夫波特花二十五块钱买了只旧马达换上。当晚，他俩把车停在亚拉巴马州和佛罗里达州交界处的一条公路边，睡了一觉。第二天不用急着赶路，其间他们游览了好几个地方：一个养鳄鱼的池塘，一家养响尾蛇的牧场，还在一个银光闪闪的湖里乘一条透明船底的游艇玩，到了下午又在一家路边海鲜餐馆享用了一顿豪华的龙虾大餐。多么愉快的一天！当他们到达塔拉哈西时，已经精疲力竭了，决定在那里过一晚上。"是的，就是塔拉哈西。"迪克说。

"有意思！"佩里又看了一遍文章，"我要是猜错了才怪！这个疯子肯定知道发生在堪萨斯州的事。"

迪克不想听佩里"老说不完那件事"，于是耸耸肩，咧了咧嘴便一路小跑到海边，漫步在被海浪拍打的沙滩上，其间不时弯下腰来去捡几个贝壳。小时候，他非常忌妒邻居家的一个小男孩，那个孩子去海湾度假后，带回来一盒子贝壳，迪克如此恨他，以至于偷走了这些贝壳，用锤子一个一个地砸碎。此后，忌妒总是缠着他。任何人，只要获得了迪克所期望的成就或者拥有迪克想要的东西，都是他的敌人。

他在枫丹白露大饭店游泳池边看到的那个男人就是一个例子。数英里外，迪克可以看到一排排笼罩在热雾与水光之中的豪华建筑：枫丹白露、伊登罗克、兰尼等大酒店。到迈阿密的第二天，他建议佩里一起进到这些"快乐宫殿"里去，"也许能碰上个把富婆"。佩里很不情愿，他觉得人们一定会盯着他们的卡其裤和T恤衫看。实际上，他俩在枫丹白露大饭店那华丽的大厅里走动时，没有人注意他们。夹在一大群身穿鲜艳条纹丝质短裤的男人和穿着泳装外加貂皮的女人当中，他们根本就没引起任何人的注意。他们在楼下大厅逛了一会儿，又跑到花园走了一圈，最后在游泳池边懒洋洋地躺下。就是在那儿，迪克看到了那个男人，年纪和他差不多，大概二十八九岁。他可能是"赌徒或律师，或者是个从芝加哥来的黑帮分子"，不管是什么人，反正他好像既有钱又有势。一个长得像玛丽莲·梦露的金发女人正在用防晒油给他按摩，他那戴着大戒指的手

吁地一头栽倒在黏热的沙滩上。

"海水怎么样？"

"好极了。"

每年圣诞一过，南希·克拉特的生日就快到了。二者离得如此之近，以往这对她男朋友博比·鲁普来说，实在是件相当头疼的事。这么短的时间要准备两个合适的礼物，他不知绞尽了多少脑汁。但是，每年博比都会竭尽全力，用暑假在父亲的甜菜农场干活赚来的钱选好礼物，请妹妹给他精心包装，然后再带去克拉特家，希望能给南希一个惊喜。去年，他送给南希一个鸡心形小金坠。今年像往年一样，他也预先做好了准备，只是还没下定决心，该去诺里斯药房买那瓶进口香水呢，还是买一双马靴。但是，南希现在却不在了。

圣诞节这天早晨，博比没有飞奔去河谷农场，相反他留在了家中。中午他和家人一起吃了一顿丰盛的午餐，他母亲为了这顿饭准备了一个星期。自从发生那场悲剧，所有人——父母和七个兄弟姐妹，都对他格外亲切。同样，在吃午饭的时候，大家都不厌其烦地劝他一定要多少吃点东西。没有人发现实际上他病了，悲伤欲绝。那种悲伤紧紧将他圈住，他出不来，别人也进不去。若说有的话，也许只有苏珊·基德维尔。在南希出事之前，他并不欣赏苏珊，总觉得和她在一起不太自在。她太与众不同了，绘画、诗歌、弹钢琴，对这些她全都一丝不苟，而女孩们其实不必这么过分认真的。当然，他也难免忌妒苏珊，在南希心目中，苏珊的地位至少跟他是一样的。但是，也正因如此，苏珊才能理解失去南希对他意味着什么。如果没有苏珊，没有苏珊寸步不离的陪伴，他怎么可能熬得过去？那雪崩般接连而至的打击——谋杀案本身、杜威先生和他的谈话，更令人感觉讽刺的是有一阵他竟然成了首要嫌疑犯！

然而，大约一个月以后，他们的友谊渐渐变淡了。博比不再像以前那样经常出现在基德维尔家那个小巧舒适的客厅里了。偶尔去一次，苏珊似乎也不像以往那样欢迎他了。问题在于他们见面恰恰唤醒了彼此努力要忘却的伤痛。有时博比确实可以忘记这一切：在他打篮球的时候，在他以每小时八十英里的速度在乡村公路上开车的时候，此外就是他自己严格规定的体能训练时间了。为了能够成为一位高中体育老师，他每天在金色的草原上练习慢跑。此刻，在帮忙收拾好饭桌上的餐具后，他决定穿上运动衫出去跑步。

天气出奇的好。甚至对以风和日丽的小阳春季节非常漫长而知名的西堪萨斯地区来说，今天也好得似乎不真实，空气干燥、阳光充足、天空蔚蓝。乐观的牧场主预测今年冬季将是一个暖冬，在这样的天气里，整个冬天都可以放牧。在博比的记忆里，这样的冬季只有一次，正是在那一年，他开始和南希约会。当时他们俩都是十二岁，放学后他经常替南希背着书包，一起从霍尔科姆学校走回河谷农场。如果天气暖和、阳光明媚，他们经常在路边停下，在那条蜿蜒曲折、缓缓流动的浊色的阿肯色河边小坐片刻。

有一次，南希对他说："有一年夏天，我们全家去科罗拉多州，我看到了阿肯色河的源头。看见那儿的水，实在难以相信它和我们的河竟是同一条，水的颜色完全两样，清澈纯净得可以喝；而且水流湍急，河里到处是岩石和漩涡。爸爸在河里抓到了一条鲑鱼。"南希对阿肯色河源头的记忆从此深深印在博比的脑海里，而且自从她死后……他无法解释，每次只要一看见阿肯色河，它立刻就变了，他看到的不再是一条蜿蜒流过堪萨斯平原的浑浊缓流，而是像南希描述的那样：一条科罗拉多的激流，清冽纯净，带着鲑鱼从山谷里急流而下。南希活着的时候就是那个样子，如同源头活水，精神饱满、充满快乐。

　　但是通常，西堪萨斯地区的冬季冷得令人寸步难行，圣诞节前后天气往往骤变，寒风呼啸着，冰霜随即覆盖了田野。几年前的一个圣诞节，大雪从平安夜一直下到第二天清晨，当博比出发去克拉特家时，在三英里的路途上，他不得不与深深的积雪搏斗。虽然他冻得身体僵硬、脸颊通红，但这是多么值得，因为他受到的欢迎立即将他整个人暖了过来。南希是那样的惊喜，为他骄傲不已；连她一向羞涩而矜持的母亲，此时也拥抱他、亲吻他，坚持让他裹上棉被坐到客厅的壁炉边取暖。当女人们在厨房里忙活的时候，他和凯尼恩、克拉特先生围坐在壁炉边吃核桃和榛果。克拉特先生说他想起了另一个圣诞节，那时他也就凯尼恩这么大。"我们全家一共七口，母亲、父亲、两个女孩和我们三个男孩。我们住在一个离城里很远的农场里。因此每年圣诞节都要坐马车到城里去买东西，只去一次，全部买齐。我记得那年早晨我们打算出发的时候，雪和今天一样厚，不，还要厚一点，而且一直在下，雪花大得如同碟子。看起来圣诞节要让雪给封住了，我们的圣诞树下不会有礼物了。母亲和女孩们心都碎了。后来我有了一个主意……"他提议给家中耕田用的一匹壮马配上鞍子，由他骑马进城给大伙儿买礼物。家里人同意了。他们把自己为节日省下来的钱都给了他，还给他列了一张想买的物品清单：四尺棉布、一个足球、针插、猎枪子弹……等他买到所有物品时，天色已晚。他把所有东西都用防水油布包起来，然后踏上了归途。一路上，他暗暗感激父亲，是他强迫自己带上一盏提灯，也同样庆幸马脖子上系着铃铛，那轻快的铃声和煤油灯摇曳的光亮，带给他无比的慰藉与勇气。

"骑马进城的时候很简单,不过是小菜一碟。但是此时路不见了,所有的标记也都消失了。"漫天遍地全是雪。他骑着马在深陷及腰的雪堆里踉踉跄跄前进着。"我的灯不知什么时候掉了。在黑夜里,我和马都失去了方向,随时都可能昏过去,冻死在雪地里。当时我害怕极了,只有不停地祈祷上帝。慢慢地,我真的感到了上帝的存在……"犬吠四起,他循声而去,看见了邻近农家窗户里的灯光。"我本想留在那儿的。但是一想到家里人,母亲一定急得哭泣、父亲和弟弟们大概正准备去找我,我就咬紧牙关继续前行。当我好不容易挨到家,却发现屋子一片漆黑,你们可以想象当时我该有多失望多难过了。门都锁上了。全家人都已上床睡觉,把我忘得干干净净。爸爸说:'我们相信你一定会留在城里过夜的。哎呀,小子!谁能想到你竟然在这样的暴风雪天气里往家赶?'"

正在腐烂的苹果发出酸味。苹果、梨、桃、樱桃,这里是克拉特先生的果园。果树都是他亲手栽下的,视若珍宝。博比漫无目的地跑着,他根本无意来这儿或者河谷农场的任何地方。这是难以解释的。他转身准备离开,却又转回来,向那座坚固、宽敞的白色屋子踱了过去。从小他对那所房子就向往不已,一想到自己的女友住在里面他就觉得高兴。但如今,屋子已经失去了主人的精心照管,显示衰败迹象的蜘蛛网开始编结,一把铁耙躺在车道上已经生了锈,草坪一片枯焦、杂乱。在那个黑色的星期天,当警长叫救护车来运走遇害者的尸体时,车辆曾碾过这片草地,现在上面的轮胎印还清晰可见。

雇工的屋子也是空的,他已经在霍尔科姆附近给自己的家人找了一个新居所。没人会责怪他,因为这些日子尽管天气灿烂晴朗,但克拉特宅却一片阴晦、肃静与死寂。当博比走过谷仓，来到后面的畜栏时，听到了马匹挥动尾巴的声音。那是南希的宝贝，那匹温顺的斑点母马，它的鬃毛像打过蜡一样亮，深紫色的眼睛像盛开的紫罗兰花骨朵。博比抚摸着它的鬃毛，用脸颊轻轻地蹭马脖子，南希过去经常这样做。宝贝打了个响鼻。上个星期天，他最后一次去基德维尔家时，苏珊的妈妈曾提到过宝贝。基德维尔夫人是个多愁善感的妇人，那时她站在窗前，看着渐浓的暮色和远处的草原，突然说："苏珊？你知道我看见什么了吗？是南希，骑着宝贝，朝我们这边走过来了。"

佩里首先注意到那两个想搭车的人，一个小男孩和一个老头，两人都背着自制的背包，站在飞沙走石的得克萨斯狂风里，身上只穿着工装裤和一件薄薄的棉布衬衫。"我们载他们俩一程吧。"佩里说。迪克不太情愿，他并不反对让人搭车，但条件是他们看起来能出得起路费，至少"也得贴几加仑汽油钱"。但是佩里这个热心肠的小矮子，一直在劝说迪克搭载这两个倒霉的、看上去最可怜的人。最后迪克终于同意了，停下了车。

那男孩十二岁上下，一头金发，身体结实，两只眼睛透着机灵，非常健谈。他不住感激他们。那个老头干黄的脸上刻满了皱纹，他费力地爬进车里，一屁股坐到后排座位上一言不发。男孩说道："真是太感谢了。约翰尼快倒下了。从加尔维斯顿起，我们就一直没搭到车。"

佩里和迪克也是在一个小时前离开那座海港城市的，他们在那儿转了一个上午，跑遍了所有海运公司，想找个水手的工作。有一家运输公司答应雇佣他们，可以立即到一艘开往巴西的油轮上工作。

实际上，如果不是那位细心的雇主发现他俩谁都没有工会文件和护照，此时两人已经在海上了。奇怪的是，迪克甚至比佩里还失望，他说："巴西！那儿的人正在建设一座新首都，完全是白纸一张、从头开始。想象一下站在那样一个地方！就是傻子也能发财！"

"你们去哪儿？"佩里问小男孩。

"斯威特沃特。"

"斯威特沃特在哪儿？"

"哦，就在顺着这个方向不远的地方，得克萨斯州境内。这是约翰尼，我爷爷，他有个妹妹住在斯威特沃特。至少，我希望上帝保佑她住在那儿。我们本来以为她住在得克萨斯州的贾斯珀。但是当我们到那儿时，人家说她和家人已经搬到斯威特沃特了。上帝保佑，让我们在那儿找到她。约翰尼，"他搓了搓老头的手，仿佛要给他取暖，"你听见我说话了吗？约翰尼？我们正坐在一辆很暖和很漂亮的雪佛兰里，一九五六年的。"

老头咳嗽了一声，轻轻摇了摇头，眼睛睁开又合上了，接着又咳了几声。

迪克说："嗨，听着，他怎么了？"

"因为变了天，又忙着赶路的缘故。"男孩说，"从圣诞节前到现在，我们一直在走路。我觉得我们好像走了大半个得克萨斯州。"男孩语气平实，他一边按摩着老头的手，一边讲着。在开始这段旅程之前，他们祖孙俩和一个姑妈在路易斯安那州什里夫波特附近的一个农庄相依为命。不久前，姑妈死了。"近一年来，约翰尼的身体一直不好，所有的活儿都得姑妈做，有时我能帮帮忙。有一天，我们俩正在劈烧火的木头，需要劈一大堆。正劈着呢，姑妈突然说她累极了。你们见过马倒下就再也没站起来吗？我见过。姑妈就是那样死的。"圣诞节前没几天，租田给爷爷的人"把我们赶出了农场"，男孩继续说："所以我们出发去得克萨斯州，去找杰克逊夫人。我从未见过她，但她是约翰尼唯一的妹妹，总得找个人收容我们，至少也得收容他。他再也走不动了。昨天晚上我们淋了一场雨。"

车停了。佩里问迪克为什么停车。

"那老头病得厉害。"迪克说。

"嗯？你想干吗？把他撵下车？"

"你动动脑子，哪怕就这么一次。"

"你真是一个卑鄙的浑蛋。"

"你想想，他死了我们怎么办？"

男孩说道："他不会死的。我们都赶了这么远的路，他会等的。"

迪克坚持要撵他们下车。"你想想，他死了怎么办？别人会盘问我们的。"

"老实告诉你，我一点也不在乎。你想撵他们下车？当然可以。"佩里看着那个生病的、仍旧在昏睡中的耳聋又两眼昏花的老人，又看了看那个孩子——他平静地看着佩里，没有祈求，没有"提出任何请求"。佩里想起了自己在他那个年纪曾和一个老头流浪的往事。"随你便，把他们扔下车。但是我也要下去。"

"好吧，好吧，好吧！只是你别忘了，"迪克说，"这可是你说的。"

迪克发动了引擎。当车刚开始移动时，突然男孩大声叫道："等等！"接着跳出车，跑到路边停住，弯腰捡起一个、两个、三个……一共四个可口可乐空瓶子，然后又跑了回来，跳上车，高兴地咧嘴笑。"哎呀，先生，如果你开得慢点，我向你保证，我们一定能捡来一大笔零花钱。我和约翰尼就是靠这个吃饭的。退瓶换钱。"

迪克高兴起来，同时他也有些心动。因此当孩子再次让他停车时，他立刻遵守了。命令来得如此频繁，以至于一个小时只走了五英里。但这是值得的。这个小男孩有一种"天生的捡废品的才能"，一路过去，在石头堆、杂草、瓦砾与棕色的废弃啤酒瓶中，他能一眼发现那翠绿色的装过七喜和姜汁汽水的空瓶。佩里很快也发挥出他在寻宝方面特有的天分。一开始，他只是把自己的发现告诉男孩，他觉得亲自下去拾这些东西实在太丢人了。这是"小孩子的玩意"，"相当愚蠢"。然而，这个把戏唤醒了他寻宝时才有的激动，此刻，他也情不自禁地投入找空瓶的乐趣中，捡得干劲十足。迪克也一样，而且还更为急切。虽然看起来疯疯癫癫的，但这不失为一个赚点外快或者说弄点小钱的好办法。天知道目前他和佩里多需要钱，两人身上的全部财产加起来也不到五块。

现在，三个人——迪克、男孩和佩里——都跳出车外，全无羞涩地展开了竞争，不过彼此还是很和气的。有一次，迪克在一条水沟发现了一些葡萄酒和威士忌的空瓶，但随即却懊恼地得知，他的发现全无价值。"他们不会给酒瓶退钱的。有时就连啤酒瓶他们都不收。我通常不会费那种工夫。我只盯着那些保证可以换到钱的东西：像是胡椒博士、百事可乐、可口可乐、白石汽水、奈希苏打水这样的瓶子。"

迪克说："你叫什么名字？"

"比尔。"男孩回答。

"哦，比尔，看来你很有一套。"

夜幕降临了，寻"宝"工作被迫停止，但实际上也是因为没地方了。车里已经堆满了他们收集的空瓶子。后备厢里也是满的，车后座看上去像个发光的垃圾堆。没有人注意到，甚至连他孙子都没注意到，老头已经被晃来晃去、叮当作响的瓶子给埋住了。看起来着实危险。

迪克说："要是我们出了车祸，可就有意思了。"

一簇灯光照亮了"新汽车旅馆"的招牌，开到近处才发现这是一家设备不错的旅店：数间平房、车厂、餐厅外加一个酒吧。负责指路的男孩对迪克说："开进去。也许我们可以在这儿做笔生意。让我去谈。我有经验。有时候，他们会骗人的。"佩里想不出谁会那么聪明，能骗过那小子。他后来说："带着那些瓶子走进去，他一点都不难为情。我？我永远也不会那么做。我会觉得丢死人了。但是汽车旅馆里的人都挺和气的，他们只是对着那孩子笑。结果那些瓶子换了十二块六毛钱。"

男孩把钱平分了，给了自己一半，那是属于他和爷爷的。他说："知道吗？我打算和约翰尼好好吃一顿。你们不饿？"

像往常一样，迪克很饿。经过那么一番劳动，就连佩里也饿了。他后来回忆说："我们把老头搀进了饭馆，让他在桌边坐下。他看起来还是那样，死人似的，一句话也不说。但是你真该看他狼吞虎咽的德行。那小子给他点了烤薄饼，他说那是约翰尼最喜欢的。我敢发誓，他足足吃掉了三十张薄饼，还有两磅黄油和一夸脱糖浆。那小子给自己点的是薯片和冰淇淋，他说他就想吃薯片和冰淇淋，但分量是真不少。我觉得奇怪，吃那么多他怎么没不舒服呢。"

吃饭期间，迪克研究了一下地图，然后宣布斯威特沃特就在他开车路线再往西一百多英里处，他预定的路线是穿过新墨西哥、亚利桑那、内华达，最后到拉斯维加斯。虽然他说得没错，但是佩里很清楚，迪克这么说不过是为了摆脱男孩和老头。那男孩也很清楚迪克的用意，但是他很有礼貌地说："哦，别担心我们。有许多车会在这儿停。我们会想法子搭上的。"

男孩站起来送他们上车，留老头自己继续吃新鲜的烤薄饼。他和迪克、佩里一一握手，祝他们新年快乐，然后挥手致意，直到车子消失在黑夜里。

　　十二月三十日，星期三，那天晚上对艾尔文·亚当斯·杜威一家来说是个值得纪念的日子。在后来回忆时，他妻子说："当时艾尔文正在浴室里唱歌，唱的是《得克萨斯的黄玫瑰》。孩子们在看电视。我在饭桌边摆碗碟，准备请客人吃自助餐。我是新奥尔良人，喜欢烹饪和款待客人。正好我母亲刚刚给我们送来一篮子鳄梨和黑眼豌豆，噢，那可是做一顿美味的好材料。所以我决定，开一个自助餐会，请几位老朋友过来吃饭——莫里斯夫妇、霍普夫妇。艾尔文没有兴致，但我坚持要请。我的天啊！那个案子不知要拖到何年何月，自从出了事以后，他几乎连一分钟也没离开过它。哎，就在摆餐具的时候，听见电话响，我就让孩子去接，应该是保罗接的。他说是找爸爸的，我说：'你告诉他们他正在洗澡。'但是保罗说他不知道该不该这么说，因为那是艾尔文的上司桑福德先生从托皮卡打来的。艾尔文只围了条浴巾就出来接电话了。这简直让我发疯，水滴得到处都是。但是当我去拿拖把时，我看到了更糟糕的，那只傻猫皮特竟跳到餐桌上，正在大吃蟹肉沙拉，我的鳄梨也全毁了。

　　"但接下来，艾尔文突然从后面一把抱住我，抱得紧紧的。我说：'艾尔文·杜威，你疯了吗？'玩闹归玩闹，但那个家伙浑身湿漉漉的，把我的衣服全毁了，那可是我为聚会特意穿的。当然，当我得知他拥抱我的原因时，我反过来又拥抱他。你可以想象出逮住那两个人对艾尔文意味着什么。他们是在拉斯维加斯被逮到的。他说他要马上去拉斯维加斯，我问他是不是该先穿上件衣服，而艾尔文，他太兴奋了，他说：'啊，亲爱的！我想我要让你扫兴了！'我想不出有比这更快乐的扫兴方式，这也许意味着不久我们就会恢复正常的生活了。艾尔文笑了，听到他的笑声，真的太美了。我是说，过去的两个星期是最糟糕的。因为就在圣诞节前的那个星期，那两个人突然出现在堪萨斯城，来了，却又走了，没有抓住。我从未见艾尔文如此消沉过，除了那次小艾尔文患了脑炎住院，我们以为会失去他。但我现在不想提那个了。

"后来，我给他沏上咖啡，端到了卧室里，心想他应该在卧室里换衣服呢。但是他没有。他正坐在床边，双手抱着头，好像头疼似的，连袜子都还没穿。于是我说：'你怎么搞的，想得肺炎吗？'他看着我，说：'玛丽，听我说，肯定是那两个家伙，肯定是，这才是合乎逻辑的结果。'艾尔文真可笑。就和他第一次竞选芬尼县警长时一样。在选举结果揭晓的那天晚上，实际上每张选票都已统计过了，很明显他赢了，但是他说——我现在想起来真是气得想要勒死他——他一遍又一遍地说：'哦，不到最后一分钟我们都不会知道结果。'

"我对他说：'好了，艾尔文，别再这样了。肯定是他们干的。'他说：'那证据在哪儿呢？我们根本没有证据证明他们进过克拉特家！'但是在我看来，他完全可以证实。脚印，那两个畜生不是在屋里留下了脚印吗？艾尔文说：'是的，脚印是可以证明，除非那两个小子碰巧还穿着那两双鞋。脚印本身一分钱都不值。'我说：'好吧，亲爱的，你把咖啡喝了，我给你准备行李。'有的时候，你真没有办法和艾尔文讲理。他总是那样，他几乎使我相信希科克和史密斯是无辜的，如果他们不是无辜的，那么他们永远也不会坦白，如果他们不坦白，他们就永远也不会受到审判，证据都是间接的，太没有说服力。他最担心的是消息会泄露出去，导致那两个人在堪萨斯州调查局的警员开始审问之前就知道了真相。实际上，被捕时，他们还以为是违反假释规定和开假支票。艾尔文觉得必须让他们俩保持这种看法，这极其重要。他说：'克拉特这个名字应该像一柄大锤，在他们尚未觉察时突然挨上一记。'

"保罗——我让他到晾衣绳上去给艾尔文拿些袜子，他回来后站在那里看我收拾行李。他想知道爸爸要去哪儿。艾尔文抱起他，说：'你能保守秘密吗，保罗？'其实他不必问。虽然两个孩子在家中也听到一些只言片语，但他们都知道不得谈论爸爸的工作。所以他说：'保罗，你还记得我们一直在找的那两个人吗？现在我们知道他们在哪儿了，爸爸要去把他们抓回来，抓回加登城。'但是保罗恳求他：'不要，不要，别把他们送回来。'他感到害怕，才九岁的孩子，哪能不害怕呢！艾尔文吻着他，说：'别怕，保罗，乖孩子。我们不会再让他们伤害任何人。他们再也不能害人了。'"

那天下午五点钟，当那辆偷来的雪佛兰穿过内华达沙漠、进入拉斯维加斯二十分钟之后，漫长的旅程终于走到了终点。但在此之前，佩里已经去到了拉斯维加斯邮局，他说那儿有个包裹等他领取。那个大纸箱是他从墨西哥寄回来的，投了赔付一百块钱的保险，这个价钱远远超过了箱中物品的价值，里面不过是些卡其布裤子、牛仔裤、旧衬衫、内衣和两双带钢扣的靴子。在邮局外面等佩里的时候，迪克的情绪好极了，主要是因为他已经作出一个决定，一个肯定会使他摆脱目前的困扰、开始一段五彩缤纷新生活的决定——假扮一位空军军官。这是一个他向往已久的计划，而拉斯维加斯正是一个理想的实施地点。他已经选好了这位军官的军衔和名字——特雷西·汉德上尉，名字是他从以前一位熟人那里借用的，那人是堪萨斯州立监狱的典狱官。身为上尉，穿着帅气的制服，"到拉斯维加斯不夜城的赌场中逛它一逛"，小型的、大型的，以及特字号的"沙漠""星尘"等豪华赌场，他通通要去，一路开一叠支票。如果他日夜不断地开毫无用处的假支票，那么在二十四小时之内就能赚到三四千块钱。这只是计划的一部分，另一部分是：再见啦，佩里。迪克厌倦了他，他的口琴、他的疾病和疼痛、他的迷信、他那双湿漉漉的女人似的眼睛，还有那唠唠叨叨、窃窃私语。他多疑、自以为是、牢骚满腹，如同迪克必须摆脱的老婆。办法只有一个：什么也不说，走。

沉浸在自己计划中的迪克没有注意到一辆警车从旁边缓缓驶过，在侦查他。佩里也没注意，他正扛着从墨西哥运来的纸箱走下邮局的台阶，没看到警车和车里的警察。

奥西·皮格福德警官和弗朗西斯·麦考利警官脑子里记着大堆数据：一辆一九五六年出厂的黑白两色雪佛兰轿车，车牌是堪萨斯州约翰逊县16212。在离开邮局的时候，迪克和佩里都没有注意到警车正在跟踪他们。迪克开车，佩里指路，他们向北穿过五个街区，向左拐，又向右拐，开了大约四分之一英里多一点，在一株即将枯死的棕榈树前停了下来。树旁有块因常年风吹雨打而破损的牌子，上面除了"OOM"三个字母外，其余字迹都很模糊了。

"就是这儿？"迪克问。

佩里点了点头。这时警车已经和他们的车靠在一起了。

拉斯维加斯市立监狱有两个审讯室，都是十二英尺长、十英尺宽，荧光灯照明，墙壁和天花板有隔音装置。每间审讯室里除了有一台电风扇、一张铁桌子和几把可折叠的金属椅外，还安装了伪装过的麦克风、隐蔽的录音机，门上还装有一扇只能由外向里窥视的玻璃窗孔。一九六○年一月二日，星期六，那是堪萨斯州四位警员选定的日子，他们下午两点要首次和希科克、史密斯展开交锋。

堪萨斯州调查局的四人办案小组成员，哈罗德·奈、罗伊·丘奇、艾尔文·杜威和克拉伦斯·邓茨，在预定时刻之前就聚集在审讯室外的走廊上了。那天奈正在发烧。"一来是感冒，但主要还是兴奋过度。"他后来对一位记者说，"那时我已经在拉斯维加斯等了两天，嫌疑犯被捕的消息传到我们托皮卡的总局，我就立刻乘飞机赶来了。小组中的其他人，艾尔文、罗伊和克拉伦斯，是开车过来的，天气很坏，一路上糟透了。因为下雪，元旦前夜他们是在阿尔伯克基的一家汽车旅馆里度过的。到达拉斯维加斯时，伙计们既需要上好的威士忌，也需要好消息。而这两种好东西，我都已经准备好了。我们的两位年轻人已经在放弃引渡声明上签了字。更棒的是我们找到了靴子，两双靴子，猫爪及菱形图案的靴底，与克拉特家发现的脚印照片完全吻合。靴子放在一只硬纸箱里，就是他们从邮局取回来的那个。我还记得我对杜威说过：设想一下，如果我们早五分钟下手，情形会怎样发展，就很难说了。

"不过即便如此，我们的案子还是不太牢靠，凡事都有可能出错。但是我记得，就在我们在走廊里等待的时候——虽然我在发烧，又兴奋，紧张得要命，但还是充满了信心。我们都是如此，我们觉得已经来到了真相的边缘。我的任务，不，我和丘奇的任务，是向希科克施加压力，让他说出真相。史密斯归艾尔和老头邓茨。直到那时，我还都没有见过两位嫌疑犯，只是检查了他们的物品并安排他们的放弃引渡事项。直到希科克被带进审讯室，我才算见到了他。我曾经设想他是个大块头，肌肉结实，不是这种瘦得皮包骨的小子。他二十八岁，但看上去像个小孩，身上穿着一件蓝色衬衫、一条卡其布裤子，脚上是白袜子、黑鞋。我们握了握手，他的手竟比我的还干燥。那小子外表整洁，还一副彬彬有礼的样子，他声音动听、吐字清晰，是个看起来很体面的年轻人，笑起来令人毫无戒心。开始的时候，他的确一直在笑。

"我说，'希科克先生，我叫哈罗德·奈，这位先生叫罗伊·丘奇。我们是堪萨斯州调查局的专案调查员，我们来此的目的是讨论一下你违反假释的事。当然你有权保持沉默，你所说的每一句话在法庭上都有可能成为对你不利的证据。你随时可以要求请一位律师。我们不会对你使用武力或者进行威胁，但我们也不会对你作出任何保证'。他当时非常镇静。"

"我知道是什么形式，"迪克说，"我以前受过审讯。"

"好的，希科克先生。"

"叫我迪克。"

"迪克，我们想谈谈你假释以后的活动。据我们所知，你曾在堪萨斯城区域进行过至少两次大的支票欺诈。"

"哇，你们知道的还真不少呀。"

"可否一项一项地跟我们说说？"

犯人显然对自己出色的记忆力非常骄傲，他随口背出了二十多家堪萨斯城商店、咖啡馆以及汽车修理厂的名字和地址，而且还准确地回忆出在每个地方"购买"的物品和支票数额。

"我很好奇，迪克，为什么这些人会接受你的支票？我想知道其中的秘密。"

"秘密就是：他们愚蠢。"

罗伊·丘奇说："好吧，迪克，很有趣。但是现在我们暂且不谈支票的事。"虽然他听上去仿佛嗓子里塞了猪毛，双手握得如此之紧，简直可以打穿墙壁（实际上，这是他最喜欢的绝招），但人们仍然会误以为丘奇是个和蔼可亲的小个子男人，不过是谁家秃头红脸的叔叔。"迪克，"他说，"请给我们讲讲你的家庭背景。"

犯人开始回忆。有一年，在他九岁或者十岁的时候，他爸爸病了。"是兔热病"，持续了好多个月，在此期间，全家就靠着教堂的救济和邻居们的施舍过活，"否则我们就饿死了"。除了这件事以外，他的童年一直很好。"我们从未有过很多钱，但我们也从没有穷得没饭吃，"希科克说，"一家人可以说不愁吃、不愁穿。我爸爸管我很严，我要是不帮忙做家务，他就会不高兴。但是我们相处得不错，从没有激烈的争执。我父母也从未吵过架，我一次也想不起来。我母亲非常好，父亲也是个好人。我得说，他们为我已经尽了最大努力。"上学？他认为，如果把"浪费"在体育运动上的时间分出哪怕小小一点用在学习上，他也不会是个普通学生。"棒球、橄榄球，我参加了所有的校队。高中毕业后，我本来有机会靠一个橄榄球奖学金上大学。我想去学工程。但是即使有了奖学金，上学的费用也太贵了。我不知道，反正就觉得找个工作比较保险。"

在二十一岁之前，希科克曾当过铁路护路工人、救护车司机、汽车油漆工和修理工；他还娶了一个十六岁的女孩。"卡罗尔，她爸爸是个牧师。他跟我是死对头，说我一辈子也不会有出息，他费尽心机给我找麻烦。但我迷恋卡罗尔，现在也是这样，她是一位真正的公主。只是，唉，我们生了三个孩子，都是男孩。我们太年轻了，养不起三个孩子。如果我们没有欠债太多，如果我能多赚点钱，也许还能养活。我也尽力了。"

他"尽力"去赌博，而且开始开假支票、尝试盗窃。一九五八年，他因夜间入室盗窃被约翰逊县法院判处堪萨斯州立监狱服刑五年。

但是在那之前，卡罗尔已经离他而去，他又娶了一个十六岁的姑娘。"一个狠极了的女人。她，还有她全家都是一路货。我坐牢的时候，她和我离婚了。我不想抱怨。今年八月份，我从'墙头里'出来，我认为自己完全可以重新开始。我在奥拉西找了一份工作，和我的家人住在一起。每天晚上都待在家里，我干得挺好的。"

"直到十一月二十日。"奈说道，但希科克似乎没明白他的话，"从这天开始，你干得就不好了，开始开假支票。为什么？"

希科克叹了口气，说："说起来可以写本书了。"然后，他跟奈要了根烟，丘奇彬彬有礼地给他点着。希科克抽着烟说："佩里，我的朋友佩里，春天的时候假释出狱了。后来，我出狱的时候，他给我来了封信，邮戳是爱达荷州的。他在信中提到我们曾讨论过的一个计划，是关于去墨西哥的。我们想去阿卡普尔科买一条钓鱼船，自己经营，带游客去深海钓鱼。"

奈说："你们打算怎么买这条船呢？"

"听我说呀，"希科克说，"你知道，佩里写信告诉我他有个姐姐住在斯科特堡，她替他存了一大笔钱，有上千块呢。这笔钱是他爸爸卖掉了阿拉斯加那块地换来的。他说他打算来堪萨斯取。"

"你们俩打算用这笔钱买船？"

"完全正确。"

"但结果是你们并没有买。"

"出了些事情，佩里晚了一个多月才露面。我到堪萨斯城的一个公共汽车站接的他——"

"什么时候？"丘奇问，"是星期几？"

"星期四。"

"那你们是什么时候去的斯科特堡？"

"星期六。"

"十一月十四日。"

希科克的眼睛里闪过一丝惊异。看得出来，他一定在纳闷，为什么丘奇对那个日期记得如此清楚？觉察到这句话会太早引起怀疑，这位警员赶忙接着问道："你们动身去斯科特堡是几点钟？"

"那天下午。我们修了一下我的车，在西区咖啡馆吃了碗红辣椒。大概是在下午三点钟左右。"

"嗯，三点钟左右。佩里的姐姐知道你们去吗？"

"不知道。因为佩里把她的地址搞丢了。而且她家还没有电话。"

"那你们知道怎样找到她吗？"

"去邮局打听。"

"是你去的？"

"是佩里去的。他们说她已经搬家了。他们认为她去了俄勒冈州。但是她没有留下那边的住址。"

"这一定是个很大的打击吧。尤其是眼看着那么一大笔钱马上就要到手了。"

希科克表示同意。"那当然。因为，唉，我们已经确定要去墨西哥了，不然我也不至于开那么多假支票。但是我本来希望……你们大概不会相信的，但我说的是实话，我想过去墨西哥赚钱，然后我就有能力还清那些支票款项了。"

奈接过话头儿："等一下，迪克。"奈是个急性子，难得控制他那凌人的盛气和单刀直入、锋利难挡的口才。"我想多听一点你们去斯科特堡的事，"他说话时，竭力控制着自己的声音，"当你们发现佩里的姐姐不在那儿时，你们做了些什么？"

"四处走了走，喝了杯啤酒，就开车回来了。"

"你是说你回家了？"

"不，我们回了堪萨斯城。我们在杰斯托露天餐馆停车吃了几个汉堡。后来去了彻丽区。"

无论奈，还是丘奇，都不知道彻丽区是个什么地方。

希科克说："你们开玩笑吧？堪萨斯州每一个警察都知道那儿。"当警员们又一次表示不知道时，他解释说那是公园的一条小径，可以碰到"好多妓女"。"也有不少是不要钱玩票性质的护士、女秘书之类的。我在那儿运气一直不错。"

"那天晚上如何？"

"不太好。我们碰上了两个连卖带偷的婊子。"

"她们的名字？"

"一个叫米尔德丽德，另一个，也就是佩里找的那个，我想是叫琼。"

"描述一下她们。"

"她们可能是姐妹俩，都是金发，都很丰满。我记不太清楚了。你知道，我们买了一瓶橙花酒，就是把橙汁和伏特加混在一起，我当时有点醉了。我们请两位姑娘喝了几杯，然后开车带她们去快乐港。我猜两位绅士都没听说过快乐港吧？"

他们确实没听说过。

希科克咧嘴一笑，耸耸肩膀，说："快乐港就在布鲁里奇路上，堪萨斯城往南八英里，是一个有夜店的旅馆。十块钱就可以拿到一个包间的钥匙。"

接下来，他描述了那晚四人所住的包间：两张双人床、墙上挂了一张破旧的可口可乐月历，一个只有往里面投硬币才能收听的收音机。他的镇静，他的清晰，他那说起未经证实的细节时确定无疑的口气，给奈留下了深刻的印象；但毫无疑问，这小子是在撒谎。嗯，难道他不是在撒谎吗？也许是因为患了感冒正在发烧，也许是对自己的信心突然减弱，奈出了一身冷汗。

"第二天早上醒来的时候，我们发现她们偷走了我们的东西，"希科克说，"我倒没损失多少，但佩里的钱包丢了，里面装着四五十块呢。"

"丢了钱，你们是怎么做的？"

"没什么好做的。"

"你们可以报警呀。"

"哈，算了吧，才不会呢。报警？你们应该知道，按照规定，假释期间不许喝酒，也不许和以前的狱友联系——"

"够了，迪克。那是星期天，十一月十五日。告诉我们从快乐港出来后，你们都做了什么？"

"我们在快乐山附近的一个卡车站吃了早饭。然后开车去了奥拉西，在那儿，我把佩里送到他住的旅馆，当时大概是十一点钟。后来我就回家了，和家里人一起吃午饭。和每一个星期天一样。看电视，是篮球比赛，也可能是橄榄球。我当时相当累了。"

"接下来，你是什么时候再见到佩里的？"

"星期一。他到我工作的地方去找我，鲍勃·桑兹汽车修理厂。"

"你们谈了些什么？墨西哥？"

"嗯，我们很喜欢那个主意，虽然没得到那笔做生意的钱，但我们还是想去，看起来值得冒险。"

"值得在兰辛再坐一次牢？"

"不是那意思。你知道，我们不准备再回堪萨斯了。"

一直在笔记本上做记录的奈说："在开假支票的第二天，也就是二十一日，你和你的朋友史密斯消失了。听着，迪克，请你说一说从那时起到你在拉斯维加斯被捕之前的这一段的活动。大概说一下就行了。"

希科克吹了声口哨，眼睛骨碌碌地转了几下。"哇。"他感叹了一句，然后拿出自己的看家本领，详述了他和佩里这次漫长的行程。在过去的六个星期里，他和史密斯几乎走了一万英里。他足足讲了一小时二十五分钟，从下午两点五十分讲到四点十五分。奈试图记下他所说的一连串公路、旅店、汽车旅馆、河流、小镇、城市的名字：阿帕奇、埃尔帕索、科珀斯克里斯蒂、桑蒂罗、圣路易斯波托西、阿卡普尔科、圣迭戈、达拉斯、奥马哈、斯威特沃特、斯蒂尔沃特、坦维莱村、塔拉哈西、尼德尔斯、迈阿密、新沃尔多夫旅馆、萨默赛特旅馆、西蒙娜旅馆、阿罗黑德汽车旅馆、切诺基汽车旅馆……以及其他好多好多地方。他告诉他们买了他那辆一九四九年的旧雪佛兰的墨西哥人的名字，还坦白说他在艾奥瓦州偷了一辆较新的。他描述了自己和同伴碰到的那些人：一个墨西哥寡妇，荷包满满又风骚；奥托，一个德国"百万富翁"；一对"娘娘腔"的黑人拳击手，开着一辆"女人味"的凯迪拉克紫色敞篷车；佛罗里达州一位饲养响尾蛇的瞎眼农场主；一个快死的老头和他的孙子以及其他人。说完后，他两臂交叉地往后一坐，脸上带着愉快的微笑，好像在等待人们赞美他的幽默、清晰以及对自己旅行故事的坦率。

但奈只是在快速地挥动着笔杆，而丘奇本来只是在一旁懒洋洋地用手指轻敲另一个手掌，这时突然开了腔："我想，你应该知道我们为什么来这儿。"

希科克的嘴突然僵硬了，他的坐姿也同样僵硬起来。

"我想你应该意识到，我们大老远地来到这里不会就是为了和你谈谈两桩微不足道的支票欺诈案。"

奈已经合上了笔记本,他像丘奇一样紧盯着嫌疑犯。他看到迪克的左太阳穴上暴出一条条青筋。

"是不是,迪克?"

"什么?"

"跑这么远来谈两件支票欺诈案。"

"我想不出还有别的什么事。"

奈在笔记本的封面上画了一把匕首。他一边画一边说:"告诉我,迪克,你听说过克拉特谋杀案吗?"后来,在正式的审问报告上,奈写道:"嫌疑犯露出明显可见的紧张反应,脸色灰白,眼皮抽动。"

希科克说:"哇,哇,就此打住,我可不是他妈的凶手。"

"我们问的是,"丘奇提醒他,"你是不是听说过克拉特谋杀案。"

"我可能读到过一些。"希科克说。

"丧尽天良的罪行,邪恶,卑劣。"

"同时,几乎天衣无缝,"奈说,"可惜,你们犯了两个错误,迪克。第一,你们留下了一个证人,一个活的证人。此人将到法庭上作证,站在证人席上告诉陪审团,理查德·希科克和佩里·史密斯是如何捆绑、封口之后杀死了四个手无寸铁的人。"

希科克的脸突然变红了。"活的证人!不可能!"

"因为你认为你们已经杀掉了所有的人?"

"我说的是'哇'!这可不是闹着玩的!谁也不能把我和该死的谋杀案联系在一起。我是开过假支票,干过小偷小摸,但是我他妈的没杀人!"

"既然如此,那你为什么一直对我们撒谎?"奈愤怒地问道。

"我说的都是他妈的实话。"

"有一些，但并非全是。例如，十一月十四日，星期六的下午，你说你们开车去了斯科特堡。"

"是的。"

"到了斯科特堡后，你们去了邮局。"

"是的。"

"去找佩里·史密斯姐姐的地址。"

"没错。"

奈站起来，踱到希科克椅子的后面，双手扶到椅背上，低下身对着犯人的耳朵低声道："佩里·史密斯根本就没有一个住在斯科特堡的姐姐，从来就没有。此外，斯科特堡邮局在星期六下午碰巧关门了。"然后，他说："好好想一想吧，迪克。今天到此为止。我们以后再谈。"

希科克被带走后，奈和丘奇穿过门廊来到对面审讯室门前，从小玻璃孔里观看审讯佩里·史密斯的情况，不过只能看，不能听。奈是第一次见到佩里，视线便被他的双脚吸引过去：他的腿如此短，以至于他那像小孩子似的脚竟够不到地板。史密斯硬直的印第安人头发，爱尔兰和印第安混血的黑色皮肤，顽童似的表情，令他想起了嫌疑犯漂亮的姐姐，那位挺不错的约翰逊夫人。但是这个矮小健壮、有点畸形的小不点实在并不漂亮：他那粉红色的舌尖伸了出来，像蜥蜴般在嘴边舔着。他正在抽烟，从他那轻松而平静的表情上，奈推测他还是个"雏儿"——也就是说，他还不知道审讯的真实目的。

奈是对的。当时杜威和邓茨两位耐心的审讯专家已经把犯人的生活经历缩小到最近七周，问话就要聚焦在那个关键的周末：十一月十四日至十五日，星期六中午至星期天中午那段时间内。此刻，在经过三个小时的试探性审问之后，他们离步入正题已经不远了。

杜威说："佩里，让我们回顾一下刚才谈的。你知道，你获得假释的条件是永远不得返回堪萨斯州。"

"噢，向日葵州①！离开那儿时，我眼睛都哭肿了。"

"既然这样，为什么你又回去了呢？一定有很急切的理由吧。"

"我告诉过你，我是去看我姐姐。去拿回她替我保管的一笔钱。"

"哦，是的，你说过你和希科克试图去斯科特堡找你姐姐。佩里，斯科特堡离堪萨斯城有多远？"

史密斯摇了摇头。他不知道。

"那么你开车到那儿用了多长时间？"

没有回答。

"一个小时？两个小时？还是三个四个？"

犯人说他不记得了。

"你当然不记得了，因为你这辈子从来就没去过斯科特堡。"

在此之前，两位警探从未对史密斯的陈述进行反驳。他在椅子上动了动身子，用舌尖舔了舔嘴唇。

"事实是，你对我们说的话没有一句是真的。你从未去过斯科特堡。你们根本就没有带两个姑娘去开旅馆——"

"我们去了，不开玩笑。"

"那两个姑娘叫什么名字？"

"我没问过。"

"你和希科克与她们在一起待了一晚上，竟然没问她们的名字？"

"她们只不过是妓女。"

---

①堪萨斯州的别称。

"告诉我们那家汽车旅馆的名字。"

"问迪克，他会知道。我从来不记那种破地方。"

杜威对他的同事说："克拉伦斯，我看我们该让佩里开点窍了吧。"

邓茨向前俯下身子。他是个大块头，有着重量级拳击手的敏捷。可这时，他的双眼半闭半开，懒洋洋的，说的每个字都故意拖着长音，带有浓重的牛仔腔调。"是的，先生，"他说，"差不多是时候了。"

"听好了，佩里，邓茨先生现在要告诉你，星期六晚上你们到底去了哪里，干了些什么。"

邓茨说："你们去了克拉特家，杀害了他们全家。"

史密斯吞了口唾沫，他开始揉自己的膝盖。

"那个时候，你们正在堪萨斯州的霍尔科姆，在赫伯特·威廉·克拉特先生的家中。在离开之前，你们杀死了屋里所有的人。"

"不，我从不。"

"从不什么？"

"我从不认识叫这个名字的人，姓克拉特的。"

杜威指责他在撒谎。接着打出一张四位警探事先商量好的底牌："我们有一个活的证人，佩里，一个你们忽视的证人。"

整整一分钟的沉默，这令杜威感到莫大的欢欣。因为如果是一个无辜的人，他一定会问这个证人是谁，克拉特一家是什么人，为什么他们认为他是凶手；无论如何，肯定会说点什么。但是史密斯始终沉默地坐着，揉着膝盖。

"怎么样，佩里？"

"你们有阿司匹林吗？他们把我的阿司匹林拿走了。"

"感觉不太好？"

"我腿疼。"

此时是五点三十分。杜威故意中止了审问。"我们明早接着谈,"他说,"顺便说一下,你知道明天是什么日子吗?是南希·克拉特的生日。她如果还活着的话,明天应该是十七岁了。"

"她如果还活着的话,明天应该是十七岁了。"直到黎明时分,佩里仍睡不着。他心里想(这是他后来回忆的),今天真的是那个女孩的生日吗?不可能是真的,那只不过是另一种试图动摇他的方式,就像那个关于证人的假话一样,"一个活的证人"。不可能,也许是他们……要是能和迪克谈谈该多好!但是他和迪克被分开了,迪克被关在另一层的牢房里。

"听好了,佩里,邓茨先生现在要告诉你,星期六晚上你们到底去了哪里……"在问话问到一半时,他开始注意到警探曾多次暗示过十一月那个特殊的周末,他仿佛知道将要发生什么,他不断给自己打气。但是,等到了那一刻,当那个大个子牛仔用懒洋洋的声音对他慢慢地说出"你们去了克拉特家,杀害了他们全家"时,他几乎吓死过去。的确如此。在两秒之内,他最少掉了十磅肉。谢天谢地,他没让他们看出来,至少希望他们没看出来。那么迪克呢?他们大概也在迪克身上使了这个绝招吧。迪克很聪明,善于表演,但他的"胆识"恐怕靠不住,很容易惊慌失措。不过即便如此,佩里都相信不管他们给迪克施加了多大压力,迪克也不会坦白的,除非他想被绞死。"在离开之前,你们杀死了屋里所有的人。"如果说每一个堪萨斯州的前科犯都听过这句话,他都不会感到吃惊。他们不知已经审讯了多少人,大概也抓过成打的嫌疑犯;现在只是加上他和迪克而已。但是另一方面,堪萨斯州会千里迢迢派四位警探来抓两个微不足道的违反假释者吗?也许他们真的无意中发现了什么事情,什么人,一个所谓的"活的证人"。但那是不可能的，除非——如果能和迪克谈上五分钟，砍胳膊、砍腿他都愿意。

　　被关在楼下牢房里的迪克此时也睡不着，他（后来回忆）同样渴望能和佩里谈谈，好知道那个废物到底对警察说了些什么。天啊，你无法指望佩里会记住那套"快乐港"的谎话——虽然他们已经讨论过好多次了——尤其是那些混账家伙也拿证人之类的话来威胁他，十有八九那胆小鬼会以为真是目击证人。不过，他自己当时立刻就想到了那个所谓的证人肯定是弗洛伊德·威尔斯，同住过一间牢房的老朋友。在服刑的最后几周里，迪克曾计划捅死弗洛伊德——用一把自制的刀刺穿他的心脏。现在想想他当时没有这么做真是太傻了。除了佩里，弗洛伊德·威尔斯是唯一能把希科克这个名字和克拉特联系起来的人。迪克曾认为就凭弗洛伊德那斜肩膀、歪下巴的德行，他绝对不敢告密。那个王八蛋肯定是想得到奖赏，或者假释，也许二者兼有。但他不可能如愿以偿，否则就真见鬼了。因为犯人之间的闲谈算不得证据。脚印、指纹、证人和供词才可以。该死的，如果那些牛仔现在所做的只不过是证实弗洛伊德·威尔斯所说的，那就没有什么好担心的。一想到这儿，迪克立刻意识到，弗洛伊德的危险性还没有佩里的一半大。佩里，一旦失了魂什么都招了，他俩可都得去角落了。他突然明白了一个事实：佩里才是那个应该被他灭口的人。在去墨西哥的山路上或者在徒步穿越莫哈韦沙漠的时候。为什么直到现在才想到这一点？现在，现在太迟了。

　　那天下午三点零五分，佩里终于承认斯科特堡的事是瞎编的。"那只不过是迪克骗家里人的借口。这样他就可以在外面过夜、喝酒。你知道，迪克的父亲把他看得很紧，怕他又违反假释规定。所以我们就编了一个关于我姐姐的借口。安抚老希科克先生的。"除此之外，他仍然一遍又一遍地重复同样的故事，不论邓茨和杜威怎样努力纠正并谴责他说谎，也都无法使他改口，他顶多在自己的说辞中增加一些新鲜的细节。今天他想起了那两个妓女的名字，一个叫米尔德丽德，一个叫简或者琼。"她们偷走了我们俩的东西，"此刻他全记得了，"在我们睡觉的时候，带着我们所有的钱跑了。"这样的胡扯连邓茨都失去了耐心，他将领带、外套以及那份莫名的懒散通通都卸除了；只是嫌疑犯仍然表现得非常沉着和平静，他拒绝改口，他从未听说过克拉特一家和霍尔科姆，就连加登城都没听说过。

在走廊对面的房间里，烟味熏人，希科克正在接受第二次审讯。在这次审讯中，丘奇和奈巧妙地采用了一种迂回战略。在近三个小时的审讯过程中，他们一次也没提起过谋杀案，这种故意的忽略让犯人由恐怖的担忧转为难忍的焦躁。他们谈了其他所有事情：希科克的宗教信仰（"我了解什么是地狱。我去过。也许有个天堂，许多富人都认为有天堂"）；他的性生活（"一直以来，我百分之百和正常人一样"）；而且还谈到了他最近在各州之间的逃亡生活（"我们为什么要那样？唯一的原因是我们正在找工作。不过没找到体面的。有一天我还干过挖沟的活儿……"）。但是那没有触及的事情才是兴趣的中心，两位警探相信，越是不提谋杀案，希科克就会越压抑。此刻，他闭上眼睛，用微颤的手指摸了摸眼皮。丘奇说："怎么了？"

"头疼。我真他妈的头疼。"

奈说："看着我，迪克。"希科克服从了。他的表情在这位警探看来，是恳求对方开口指控，好让他有机会躲进矢口否认的庇护所。"我想你应该记得昨天提及克拉特谋杀案的时候，我曾说过那几乎找不到一丝破绽，可惜凶手只犯了两个错误。第一，他们留下了一个证人。

第二个嘛，哦，我可以拿给你看看。"他说着站起身，从墙角取来一个箱子和公文包，这两件东西是他审讯一开始就带进来的。他从公文包里拿出了一张放大的照片。"这是"，他说，"原尺寸的脚印照片，是在克拉特先生尸体边拍下的。而这——"他打开了箱子，"就是留下这个脚印的靴子。是你的，迪克。"希科克只看了一眼，便把头扭向别处。他双肘放在膝盖上，用手支撑着头。"史密斯，"奈说，"就更不小心了。我们也找到了他的靴子，和另一副脚印完全吻合，还是血脚印。"

丘奇继续追击。"现在可有你好看的了，希科克。"他说，"你将被带回堪萨斯州，受到四项一级谋杀罪的指控。第一项：一九五九年十一月十五日前后，理查德·尤金·希科克非法恶毒地策划、预谋进行犯罪行为，杀害了赫伯特·威廉·克拉特的性命。第二项：一九五九年十一月十五日前后，理查德·尤金·希科克非法——"

希科克说道："是佩里·史密斯杀了克拉特一家。"他抬起头，慢慢地在椅子上坐直，像一个站立不稳、摇摇晃晃的拳击手。"是佩里干的。我阻止不了他。是他把他们全杀了。"

女邮政局长默尔特·克莱尔正在哈特曼咖啡馆喝咖啡，她抱怨收音机的音量太小。"开大点声。"她要求。

收音机被调到加登城 KIUL 广播电台。她听到收音机里说："……在啜泣中坦白交代后，希科克被带出了审讯室，在走廊里他突然昏倒，堪萨斯州调查局的警探把他扶起来。警探们引用希科克的口供：他和史密斯闯入克拉特家的动机是企图在保险箱中窃取一万块钱，但是没有找到，因此他们将一家人捆绑起来，一个接一个地用枪射杀。史密斯到目前为止既没承认也没否认参与了犯罪。当被告知希科克已经在坦白书上签字后，史密斯说：'我想看看我朋友的坦白书。'但是他的请求被警方拒绝。警方拒绝透露究竟是希科克还是史密斯开枪杀人。他们强调目前只是希科克的一面之词。负责押送两名犯人的调查局警员已经在拉斯维加斯返回堪萨斯的途中，预计将于星期三晚间到达加登城。同时，县检察官杜安·韦斯特……"

"一个接一个，"哈特曼太太说，"简直不敢想象。难怪那个恶棍会昏倒。"

咖啡馆中的其他人——包括梅布尔·赫尔姆太太和一位来买骡牌烟草的高大年轻农夫，每个人口中都念念有词。赫尔姆太太用餐巾纸轻擦着泪珠说："我不想听了，我不该听，我不想听。"

"……案件取得突破进展的消息传到霍尔科姆，只引起小小的波动。此处离克拉特家只有半英里。但总的来说，当地二百七十位居民算是松了一口气……"

那年轻的农夫大叫起来："松了一口气？昨天晚上，当我们从电视上得知这个消息后，知道我老婆怎么了吗？哭得像个小孩子。"

"嘘——"克莱尔太太说，"要提到我了。"

"……霍尔科姆的女邮政局长默尔特·克莱尔太太说，居民们很高兴案件终于了结，但是有些人仍然疑心还有其他人卷入案件。她说许多人家仍然房门紧锁、戒备森严……"

哈特曼太太笑了。"嗨，默尔特！"她说，"你对谁说的？"

"《电讯报》的一位记者。"

许多与克莱尔太太熟识的男人都把她当作男人一样对待。那青年农夫在她后背上拍了一下说："哎，默尔特，伙计，你不会认为我们中间有人——这里的任何一人——和这案子有关吧？"

没错，克莱尔太太的确是这样想的。尽管一向很少有人赞同她，但这次她却并不孤单。因为这几个星期以来，霍尔科姆的绝大多数居民一直生活在恶意的谣言、普遍的不信任和相互怀疑之中；现在得知谋杀犯不是他们中间的某个人时，难免有些失望。实际上，相当一部分人无法接受这样一个事实：案件竟是两个陌生人、两个小偷干的。正如克莱尔太太此时所说："也许是他们干的，这两个家伙。但是绝不会这么简单。等着瞧吧，总有一天他们会查个水落石出，到时候他们就会发现幕后另有黑手。一定是有人想把克拉特除掉，背后一定有个主谋。"

哈特曼太太叹了口气，她希望默尔特是错的。而赫尔姆太太说："我的希望是，我希望把他们永远关起来。只要一想到他们在我们附近，我就担心得要命。"

"哦，我认为那倒大可不必，夫人，"年轻的农夫说，"现在是那两个小子害怕我们，而不是我们怕他们。"

在亚利桑那州的一条公路上，两辆汽车正在疾速穿过长满山艾树的乡间，这里是老鹰盘旋、响尾蛇蠕动、棕红色岩石到处矗立的高原地带。杜威正在驾驶前面那辆车，佩里·史密斯坐在他旁边，邓茨坐在后座上。史密斯的手被铐住了，一小段铁链将手铐紧紧拴在一条防止犯人逃脱的安全带上，使他动弹不得，连抽烟也无法自己动手。当他要抽烟时，杜威必须给他点着，然后放进他的嘴唇间。这是一项令杜威感到"厌恶"的差事，因为这看起来太过亲密，和他向妻子献殷勤的时候有点像。

一路上，杜威和邓茨多次引用希科克长达一小时的录音口供来刺激史密斯招供，但史密斯均不加理睬。"佩里，他说他试图阻止你。但阻止不了。他还说害怕你开枪把他也打死。""一点也没错，都是佩里干的，全是他的错。至于希科克自己，他说他连狗身上的跳蚤都不会伤害。"但是无论如何，这些话没有一句激怒史密斯，至少表面上如此。他仍旧凝视着车外的景色，默念着路边掠过的剃须膏广告，数着被枪打死后挂在牧场栅栏上的小狼的皮。

杜威并不期待会有意外的收获了，他继续说："希科克对我们说，你是个天生的杀手。你对杀人一点都不在乎。还说，有一次在拉斯维加斯你跟在一个黑人后面，用一根自行车链条把他打死了，就是为了取乐。"

出乎杜威的意料，犯人听了这话竟倒抽一口气。他在座位上费力地扭过头去，想透过后车窗看到第二辆车。看到里面坐着的人之后，他说："好家伙！"说完，他转过身，盯着眼前漆黑的公路。"我原以为这不过是个花招，我还不相信你的话。可迪克真的招供了。好家伙！哦，他可真是厚脸皮！连狗身上的跳蚤都不会伤害？是啊，他直接从狗身上碾过去。"他吐了口唾沫，"我从未杀过黑鬼。"邓茨相信他最后这句话，他已经研究过拉斯维加斯所有尚未侦破的杀人案，他知道史密斯的确没干过。"我从未杀过任何黑鬼，只是他总这么认为。我就知道，要是我们被抓住了，要是迪克真的招供了，他准会吓得屁滚尿流的，我就知道他肯定会说出黑鬼这件事。"他又吐了口唾沫，"迪克怕我？真有趣，我真的觉得有趣。他不知道的是，我的确差点开枪宰了他。"

杜威点了两根烟，一根给自己，一根给犯人。"和我们谈谈吧，佩里。"

史密斯叼着烟闭上眼睛说："我正在想呢。我想回忆起事情的本来面目。"他停了一会儿，说："事情是从一封信开始的。当时大概是九月或者十月份，我正在爱达荷州的比尔。信是迪克写的，他说他正在筹划一件事，一个万无一失的计划。我没给他回信，但他又来了一封信，催我速返堪萨斯州和他搭档。他从未说过是个什么样的计划，只告诉我说那是一件轻而易举的差事，'必定会成功'。当时，我正巧有别的事情想回堪萨斯一趟，那是一件我自己的私事，和计划没有任何关系。若非因为这件事，我也不会回去。但是我去了。迪克在堪萨斯城火车站接我的。我们开车去了他家的农场，那是他父母的地方，但是他们并不欢迎我。我向来很敏感，通常都能知道别人的感受。

"比如你，"他说的是杜威，但并没有看着他，"你讨厌给我拿烟。那是你的事，我并不怪你。我同样也不怪迪克的妈妈。实际上，她是个非常讨人喜欢的人。但她知道我是谁，某个刚从大牢里出来的朋友，所以她不愿留我。天晓得，我才不愿在他们家住呢，我真高兴离开那儿去旅馆。迪克带我去了奥拉西的一家旅馆。我们买了些啤酒带回房间里喝，就是在那时，迪克把他心中的计划给我说了个大概。他说，在我离开兰辛后，与他同屋的一个家伙，曾在西堪萨斯地区一位小麦富农家干过活儿，说的就是那位克拉特先生。迪克还给我画了张克拉特家的详图。他了解那儿的一切：门、走廊以及卧室的位置。他说楼下有个房间是办公室，办公室里有一个保险箱，一个镶在墙里的保险箱。他说克拉特先生平时手头总会有大量现金，从来不少于一万美元，都放在保险箱里。他的计划就是去偷这个保险箱。如果我们被人发现，那么，看见我们的人就得死。迪克肯定说了不下一百万次'不能留下证人'。"

杜威问："他当时认为那儿会有多少证人？我是说，他预计会在克拉特家遇见多少人？"

"那也是我想知道的。但是他不确定。至少四个，也许六个。很可能家里还有客人。他认为应该做好对付十二个人的准备。"

杜威哼了一声，邓茨吹了声口哨，而史密斯勉强苦笑了一下，接着说："我也是这个反应，这有点离谱。十二个人！但迪克说这很容易。他说：'我们进到那儿以后，小心点就是了。'当时我的心情是无所谓，随它去。不过说实话，也是因为我信任迪克，他的讲究实际，以及他的男子汉气概深深打动了我，而且我和他一样想得到那笔钱。我想拿到钱后，就去墨西哥。但我希望能不用行凶就达到目的，在我看来，如果我们当时把脸蒙上就可以的。我们为此还争论过。在去霍尔科姆的路上，我想停车买几双黑色长筒袜套在头上。但迪克认为戴着袜子也会被认出来，而且他的眼睛有毛病，戴不戴都一样。当我们到达恩波里亚的时候——"

"等一下，佩里，"邓茨说，"你跳过了好些事，再重讲一下奥拉西。你们是什么时候离开那儿的？"

"一点，或者一点半。我们吃完午饭后就开车去了恩波里亚。我们在那儿买了几副胶皮手套和一捆绳子。刀、猎枪和子弹，全是迪克从家带来的。但他不想买黑色长筒袜，这导致我们大吵了一场。在恩波里亚郊区的什么地方，我们经过一家天主教医院，我劝他停下向修女们买些黑色长筒袜，我知道修女总穿这个。为了糊弄我，他倒是进去了，可没过多久就出来了，说修女不肯卖他。我肯定他连问都没问过，他承认确实如此。他说那是个馊主意，修女们会认为他是个疯子。所以在到大本德之前我们没有再停车。在那儿，我们买了胶带，还吃了晚饭，很丰盛的一顿。由于吃得太饱，结果我睡着了。等我醒过来的时候，我们刚好到了加登城，那儿看起来真像一个寂静的死城。我们在一家加油站停下来给车加油。"

杜威问他还记不记得是哪一家加油站。

"好像是菲利浦六六。"

"当时是几点钟？"

"大概半夜了吧。迪克说再走七英里就到霍尔科姆了。接下来的一路上，他自言自语说个不停，一会儿说应该在这儿，一会儿说应该在那儿。他早就把那附近的地形全记在脑子里了。进入霍尔科姆的时候，我几乎没意识到，因为那儿实在太小了。我们穿过一条铁路，迪克突然说：'就是这儿，错不了。'那是一条私家车道的入口，两边种着树。我们减慢车速，关掉车灯。用不着开灯，那晚月色很好，天上除了一轮圆圆的月亮外什么也没有。没有一片云，看起来像白天一样。当我们开上小路的时候，迪克说：'看看这一大片地方！这谷仓！这房子！别告诉我说这家伙没钱。'但我并没觉得有多好，那种气派太招摇了。我们在一棵树的阴影里把车停下。我们还在那儿坐着的时候，有灯光亮了起来，不是主屋的，而是左侧大概一百码远的一间小房子里射出来的。迪克说那是雇工的屋子，那张详图上也画了，但现在看来要比想象中离克拉特家近。后来灯又灭了。杜威先生，你提到的那个证人，是不是就是那个雇工？"

"不是，他一点声音都没听到。他妻子当时正在照顾生病的孩子。他说他们整晚都忙个不停。"

"生病的孩子。哦，我还奇怪呢。我们坐在那儿的时候，灯一会儿亮一会儿灭的，令我非常不安。我对迪克说我不干了，要是他非干不可，那就自己去好了。他发动了汽车，我们准备离开那儿。我对自己说，真是谢天谢地。我总是相信我的直觉，直觉救了我不止一次。但是开到小路的一半，迪克又停下了，一副气急败坏的样子。我看得出来他心里一定在骂我，心想'我好不容易制订了这个计划，走了这么远的路到这儿，现在这个废物想要放弃'。他说：'你以为我自己一个人不敢下手吗？但是，我发誓，我倒要让你看看到底谁有种。'车里有酒，我们每人喝了一些，我对他说：'好吧，迪克，我跟你干。'于是我们又掉头返回，把车停在刚才的地方。迪克戴上手套，我的早就戴在手上了。他拿着刀和手电筒，我拿着枪。那间房子在月光里看起来大极了，仿佛空无一人。我记得我当时在心里不断祷告，希望屋里确实没人——"

杜威说："那你们看见一条狗了吗？"

"没有。"

"克拉特家养了条怕枪的狗，我们不明白为什么它没叫唤。除非它看见枪就吓跑了。"

"唔，我什么也没看见，连个人影也没有。因此我一直不相信你们说的'目击证人'那套话。"

"不是目击证人，而是证人。此人指控你和希科克与案件有牵连。"

"噢，哼！是他呀。迪克总说他怕得要死，不敢告密。哈！"

邓茨不愿转移话题，他提醒史密斯："希科克拿着刀，你拿着枪。你们是怎么进到屋子里的？"

"门没锁，侧门。我们从那儿进到克拉特先生的办公室。然后我们就在黑暗中等着、听着。但只听见了风声。屋外风不小，树枝在摇动，还能听见树叶沙沙作响。有一扇窗户挂着百叶窗，透了点月光进来。我关上百叶窗，迪克打开手电筒。我们看到了一张桌子，保险箱应该就在桌子后面的墙上，但我们没找到。那是一面镶着木头板的墙，墙上有书架和地图，我注意到，在一层书架上有一个漂亮的双筒望远镜。我决定离开的时候把它带走。"

"带走了吗？"杜威问，他一直记着望远镜的事。

史密斯点了点头："在墨西哥的时候卖掉了。"

"对不起，请继续。"

"因为没找到保险箱，迪克关掉手电筒，我们摸黑走出办公室，经过客厅，来到一间卧室。迪克小声对我说，走路能不能轻点。但他也一样，每走一步，都会发出咯吱声。我们穿过走廊，来到一扇门前。迪克记得那张详图，说这是一间卧室。他拧亮手电筒，推开房门。一个男人的声音说：'亲爱的？'他本来一直在睡觉，此时揉着眼睛说：'是你吗，亲爱的？'迪克问他：'你是克拉特先生吗？'这时他才完全醒了，坐起身来说：'是谁？你们想要干什么？''我们想跟你谈谈，先生。请到你办公室去。'迪克对他说话时，非常有礼貌，仿佛我们是一对登门拜访的推销员。克拉特先生光着脚，只穿了一件睡衣，跟着我们走到了办公室，我们打开了灯。

"直到那时他才非常清楚地看见了我们，我想他所看到的一定令他深感震惊。迪克说：'我们只想请你告诉我们保险箱在哪儿。'但是克拉特先生说：'什么保险箱？'他说自己没有保险箱。他一脸诚实相，一看就知道是不会说谎的。但是迪克却嚷了起来：'别骗我，你这个王八蛋！我知道你他妈的有保险箱！'我那时觉得以前肯定没人这样对克拉特先生说过话。但他毫不畏惧地看着迪克的眼睛，语气非常温和地说他很抱歉，但他的确没有保险箱。迪克用刀抵住他的胸部，说：'说！告诉我们保险箱在哪儿，否则你就要后悔了。'但是克拉特先生——哦，你能看得出来他很害怕，但他的声音还是那么温和、坚定，他坚持否认自己有保险箱。

"这期间，我找到了电话，把电话线割断了。我问克拉特先生屋里还有别的电话吗，他说有，在厨房里。所以我拿着手电筒到厨房去，那儿离办公室还挺远的。找到电话后，我摘下听筒，用钳子剪断了电话线。往回走的时候，我听见一个声音，是从头顶传过来的。我站在通往二楼的楼梯口。很黑，我不敢用手电筒。但是我知道有人在那儿。在楼梯上方的窗户后面有一个人影，忽地又不见了。”

杜威心想那一定是南希。根据壁橱中鞋里藏着的那块金表，他经常推测：南希当时醒了，以为来了小偷，立刻把她最值钱的东西（那只金表）藏了起来。

“我认为也许那人拿着抢。但是迪克根本不听我的。他正忙着装出一副强硬的样子，逼克拉特先生到处走。他押着他回到了卧室。他数了数克拉特先生皮夹中的钱，大概三十块。他把皮夹扔到床上，对他说：‘你房子里的钱肯定不止这点。像你这么一个富人，住在这么大一片地方，会没钱？’克拉特先生说那是他全部的现金，他总是用支票做生意。他主动提出要给我们开一张支票。迪克发火了：‘你认为我们是傻子吗？’我觉得迪克已经准备杀了他，所以我说：‘迪克，听我说。楼上还有人醒着。’克拉特先生对我们说睡在楼上的只是他妻子、女儿和儿子。迪克想知道他妻子是否有钱，克拉特先生说即便她有，也是非常少。他求我们——实际上他有点崩溃了——不要打扰他妻子，因为她是个病人，已经病了很长时间。但是迪克坚持要上楼，他强迫克拉特先生带路。

“在楼梯口，克拉特先生打开了走廊处的照明灯。在我们上楼的时候，他说：‘我不知道你们为什么要这样做。我跟你们没什么冤仇，也从没有见过你们。’迪克对他说：‘闭嘴！我们让你说话的时候，会告诉你的。’楼上的走廊里没有人，所有的门都是关着的。克拉特指着两间屋子说他女儿和儿子可能在里面睡觉，然后他打开了妻子的卧室门。他拧开床头灯，对她说：‘没事，亲爱的，别害怕。这些人只是想要些钱。’她是个消瘦、脆弱的女人，穿着白色的长睡袍，刚一睁开眼睛就哭了起来。她对她丈夫说：‘亲爱的，我没有钱。’他握住她的手，轻轻地拍着说：'别哭，亲爱的。没什么好害怕的。我已经把我所有的钱都给了他们，但他们还想要一些。他们认为咱们屋里什么地方藏着一个保险箱，我告诉他们我们没有。'迪克举起手，像是要给克拉特先生一个耳光。'难道我没告诉过你闭上嘴吗？'克拉特太太说：'但是我丈夫对你说的全是真话，天地良心，我们没有保险箱。'迪克反驳她说：'我知道你们他妈的肯定有保险箱。不找到我是不会走的。别以为我找不着！'然后他问她的钱包在什么地方。她的在橱柜的抽屉里，迪克把钱包抖干净，只找到一些零钱，一两块钱。我示意迪克到走廊说话，想跟他谈谈这情形。于是我们站在门外，我说——"

邓茨打断他，问克拉特夫妇能否听见他们的谈话。

"不能。我们就站在门外，可以监视他们。但我们是压低了声音说的。我对迪克说：'他们说的是真话。撒谎的是你的朋友弗洛伊德·威尔斯。没有什么保险箱。咱们赶快离开这儿吧。'但是迪克感到太丢脸了，无法面对这个事实。他说非得搜遍整个房屋才会罢休。他说现在要做的事情就是把他们全绑起来，然后在屋子里好好找一找。你不能和他争论，他当时太得意了，几条人命在他手里，这令他兴奋不已。克拉特夫人卧室的隔壁是一间浴室。迪克的主意是先把父母锁在浴室里，然后把小孩叫醒，全关进去，然后再把他们一个一个地带出来，分别在屋子的不同地方捆上。迪克说，等找到了保险箱，我们就切断他们的喉咙。不能开枪，他说，那会制造出太大的声响。"

佩里皱着眉头，用戴着手铐的手揉了揉膝盖。"让我想一会儿。因为从这时开始事情有点乱了。我想起来了……喔，是的，我在走廊搬了把椅子到浴室，这样克拉特夫人就能坐着了，这是考虑到她丈夫说她是个病人。在我们把他们夫妇锁进浴室的时候，克拉特夫人一边哭一边对我们说：'请不要伤害任何人，请不要伤害我的孩子。'她丈夫搂着她，说：'亲爱的，这两个人不想伤害任何人，他们只想要点钱。'"

"我们去了男孩的房间，他是醒着的。他躺在床上，好像害怕得不能动了。迪克叫他起来，但是他不动，或者动作不够快，所以迪克给了他一拳，把他从床上拽了起来。我说：'你没必要打他，迪克。'我让那男孩——他只穿了一件 T 恤衫——穿上裤子。他穿上了一条蓝色的牛仔裤。我们把他锁进浴室的时候，女孩子突然出现了，从卧室里出来的。她穿戴整齐，好像已经醒了有一会儿了。我是说她穿着袜子、拖鞋，还有一件宽大的睡袍，头发用一个大手帕扎着。她试着挤出笑容说：'哎呀，这是怎么回事？开玩笑吗？'我猜她知道那不是开玩笑。迪克打开浴室的门，把她也关了进去。"

杜威脑海中想象着被困的一家人：温顺、恐惧，但对自己即将到来的厄运却毫无所知。赫伯必定是不曾有过丝毫的怀疑，否则他一定会反抗。他的确斯斯文文的，但是身体健壮，并不懦弱。他的朋友艾尔文·杜威认为，赫伯本来一定会拼死保护邦妮和孩子们的性命。

"迪克站在浴室门口看守，我来搜查房间。在那女孩的房间搜出一只小钱包，像个洋娃娃用的玩具，里面只有一枚一块钱的硬币。不知怎么搞的，硬币从我手上掉了下去，在地板上乱跑，滚到了一把椅子的下面。我不得不跪着去够。就在那一瞬间，我仿佛灵魂出窍，看见另一个自己在一部滑稽电影里，这令我感到恶心，对自己有说不出的厌恶。迪克，是他一直说个不停，什么有钱人的保险箱，可现在我却跪在这儿偷一个小孩的硬币，一块钱！还得跪着来捡。"

佩里揉着膝盖，跟警探们要几片阿司匹林。邓茨给了他一片，他一边嚼着，一边接着说："但是当时你只能那么做。我又搜查了男孩的房间，一分钱也没有。但是有一台小型便携式收音机，我决定拿走。这时我想起了在克拉特先生办公室里看到的双筒望远镜。我下楼去拿，然后把它们都放到车里去。外面很冷，冷风让我觉得舒服许多。月光非常明亮，你可以看出好几英里去。我当时想，为什么我不一走了之呢？走到公路上，搭一辆车。我发誓当时真的不想再回到那间房子里去。但是——唉，我该怎么跟你们解释呢？就好像那件事跟我完全没有关系；倒像我正在读一部小说，知道接下来要出现什么情节，结局怎样。所以我又回到楼上……让我想想，哦，对了。我们开始捆绑他们，头一个就是克拉特先生。我们把他叫出浴室，我把他的手绑在一起，然后我一路押着他走了地下室。"

杜威说："你独自一人，没有武器？"

"我拿着刀。"

杜威说："那么希科克这时仍留在楼上看守？"

"怕他们叫喊。不管怎样，我不需要帮忙。我都和绳子打了一辈子交道了。"

杜威说："你用手电筒还是打开了地下室的灯？"

"开灯。地下室有两间，一间看起来像个游戏室。我把他带到另一间放暖气炉的屋子里。我看到墙上靠着一个装床垫用的大纸箱子。我觉得不能就让克拉特先生躺在冰凉的地上，所以我把纸箱子拆开、铺平，让他躺在上面。"

杜威通过后视镜瞟了他同事一眼，邓茨轻轻地点了点头，仿佛是在赞许。杜威一直认为地上放一个纸箱子是为了让克拉特先生舒服一点，根据类似的线索，以及其他地方体现出的令人啼笑皆非、颇为讽刺的同情心，他推想至少其中一个凶手不是完全冷酷无情的。

"我先捆住他的脚，然后把手和脚捆在一起。我问他是不是太紧了，他说不紧，但是请我放过他妻子。他说不必捆她，她不会大喊大叫或者企图跑到屋外。他说她已经病了好多年了，最近才刚刚有点好转，但是像捆绑这样的事可能会使她旧病复发。我知道这并不好笑，但我就是忍不住，他还说什么'旧病复发'呢。

"接下来，我把男孩也带了下来。一开始我把他和他父亲关在一起，把他的手绑在头顶上的一条蒸汽管道上。后来我觉得那不是非常安全，他可能挣脱绳子，把他父亲也解开，反之亦然。所以我把他解下来，把他带到了游戏室，那儿有一个看起来很舒服的沙发，我把他的脚绑在沙发腿上，又把绳子绕在他脖子上打了个结，这样他一挣扎，就会勒死自己。我捆他的时候，曾把刀放在一个新漆的杉木盒子上，满屋子都是油漆味。他求我不要把刀放在那里，说那是他给什么人做的结婚礼物。我想他说的是他的一个姐姐。我准备离开的时候，他突然咳嗽起来，所以我给他头下垫了个枕头。然后我就关掉了灯。"

杜威问："那么你没有用胶带封住他们的嘴？"

"没有，封嘴是后来的事，我把两个女人都捆在卧室之后才封的嘴。克拉特太太还在哭，同时她还向我打听迪克。她不信任他，但觉得我是个不错的小伙子。我相信你是，她说，然后让我答应她别让迪克伤害任何人。我想她真正担心的是她女儿。我自己也担心那个小姑娘。我怀疑迪克正想干些我无法忍受的事。当我捆完克拉特太太，没错，他把女孩带到了她的卧室。她在床上，他坐在床边和她搭讪。我立即打断他们的交谈，让他去找保险箱，我来捆女孩。他走后，我把她的脚捆在一起，手反绑在身后。然后我拉起被子盖住她，只留一个脑袋在外面。床边有一张休闲椅，我想正好可以在上面休息一会儿，我的腿疼得像着了火一样，又是爬楼梯，又是跪着找钱的。我问南希她有没有男朋友。她说有，她真的说了。她努力表现得轻松而友好。我真的很喜欢她。她很可爱，是个非常漂亮的女孩，一点也没有娇生惯养的坏毛病。她对我讲了很多她的事，学校啦，她想上大学学音乐和艺术啦，还提到了马。她说除了跳舞，她最喜欢的事情就是骑马。所以我告诉她我妈妈曾经是马术冠军。

"后来我们还说起了迪克。我很好奇，想知道他对她说了什么。似乎她问过他为什么要做这种事，抢劫。哇，他怎么没给她一个抹眼泪的手绢！他说他是个在孤儿院里长大的孤儿，从来没有人爱过他，他唯一的亲人是个姐姐，她跟好多男人同居但又不结婚。我们谈话的过程中，一直能听到迪克在楼下发神经似的走来走去，在墙上的画后面找保险箱，砰、砰、砰地敲着墙壁，像一只发了疯的啄木鸟。当他回来的时候，我存心捣蛋地问他找到了吗。当然没有，但他说他在厨房里又发现了一个钱包，里面有七块钱。"

邓茨说："这时你们在屋子里已经待了多长时间？"

"大概一个小时。"

邓茨问："你们什么时候才封了他们的嘴呢？"

"就在那时。从克拉特太太开始，我让迪克帮我——我不想让他单独和女孩待在一起。我把胶带割成长条，迪克把克拉特太太的脑袋缠起来，好像是在包木乃伊似的。他问她：'你干吗老是哭？没人要害你。'然后他关掉床头灯，说：'晚安，克拉特太太，睡觉吧。'在穿过走廊、走向南希卧室的时候，他对我说：'我想玩玩那个小姑娘。'我说：'哈，那你必须先杀了我。'看起来，他似乎不相信自己听见的话。他说：'你干吗那么在意呢？好吧，你也可以玩玩她呀。'那正是我所厌恶的事情，我讨厌所有不能控制自己性欲的人。上帝啊，我恨死了那种勾当。我直截了当地对他说：'别碰她。否则我就跟你拼命。'他气得要命，但他知道现在不是打架的时候。所以他说：'好吧，亲爱的，听你的就是。'结果我们根本没去封她的嘴。我们关掉走廊里的灯，来到了地下室。"

佩里犹豫了一下，像是要问一个问题，结果却用推断的口气说："我敢打赌，他肯定没告诉你们他想强奸那个小姑娘。"

杜威肯定了他的猜测，然后补充说，除了很明显的有些隐瞒自己某些行为外，希科克的供词和史密斯的叙述是颇为相符的。虽然细节方面不尽相同，措辞也不一样，但从实质上讲，两人的供词，至少到目前为止，是吻合的。

"没错，我就知道他肯定没坦白小姑娘的事。我敢打赌。"

邓茨说："佩里，我一直留心你说的那天晚上的灯。我估计当你们关掉楼上的灯时，屋子里就应该全黑了吧？"

"是的。我们再也没开过灯，只是用用手电筒。我去封克拉特先生和那男孩的嘴时，迪克拿着手电筒。在封嘴前，克拉特先生问我——这是他最后几句话——他妻子怎么样了，他想知道她还好吗。我说她很好，准备睡觉了。我告诉他用不了多长时间天就亮了，天亮之后有人就会发现他们。全部事情，我、迪克以及所有一切，都会像一场梦似的过去了。我不是寻他的开心，我无意要害这个男人。我认为他是个非常可亲的绅士，说话和气。直到割断他喉咙的那一刻，我还是这样想的。

"等一等，我好像讲错了。"佩里皱了皱眉。他揉着腿，手铐叮当作响。"后来，你知道，我们封住他们嘴之后，迪克和我走到墙角去商量。记住，我们之间是有些不愉快的。就在那时，一想到我曾经佩服过他，听他那吹不完的牛，我就觉得窝囊。我说：'好了，迪克，还有什么疑虑吗？'他没有回答我。我说：'让他们活着，这可不是小事，至少要坐十年牢。'他还是一言不发。他拿着刀，我让他把刀给我，他就递给了我，我说：'好了，迪克，看我的。'但是实际上，我并不想杀人。我只想激激他，吓他，让他和我争论，绊住我；让他承认自己只是个说大话的瘪三。明白了吧，我和迪克之间就是这么回事。我跪在克拉特先生身边，膝盖一阵疼痛令我想起了那该死的一块钱硬币，羞耻、憎恶，他们竟然命令我永远不要再回堪萨斯州。但是直到我听见一声叫喊，我才意识到我做了什么。那声音听起来像有人快要淹死了，在水底下呼叫。我把刀递给迪克说：'干掉他，你会感觉好一点。'迪克试了试，或者说假装试了试。但是那个男人的力气有十个人那么大，他已经挣脱了一半，手上的绳子已经松了。迪克惊慌失措，他想逃，但我不让他走。我知道，那个男人无论如何也得死，我离开这儿时不能让他活着。我让迪克拿着手电筒，对准他。然后我举枪瞄准。屋子里一下子响起爆炸声，蓝烟弥漫，火光闪闪。上帝啊，我永远也理解不了，为什么方圆二十英里之内就没有人听见枪声。"

杜威的耳朵也跟着轰地响了一声，那枪声几乎使他听不见史密斯低声的话语。但是那枪声还在继续，接连不断，同时迸出了声音和画面：希科克急匆匆地找着散落的弹壳；凯尼恩的脑袋被一束光照射，封住的口发出哀求，希科克又一次疯狂地寻找发射过的子弹壳；南希的房间，南希听到了硬木楼梯上的靴子声响，听见他们上楼向她逼近的脚步声，南希的眼睛瞪着搜寻她的手电筒灯光（"她说：'噢，不！噢，求你了，不！不！不！不！不要！噢，求你了，不要！求你了！'我把枪递给迪克，我告诉他，我已经做了所有我能做的。他举枪瞄准，她把脸转向墙壁"）；黑暗的走廊，凶手们快速走向最后一扇门。也许邦妮已经听见了一切，她欢迎他们快点到来。

"最后一个子弹壳真他妈难找。迪克钻到床底下才找到。然后我们关上克拉特太太卧室的门，走下楼梯，来到办公室。我们在办公室里等着，就像我们刚进来时一样。我们透过百叶窗看雇工是否正在过来，或者别的什么人已经听见了枪声。但是没有动静，连一点声音都没有，只有风。迪克喘得好像后面有狼在追他似的。我们在办公室待了几秒钟，然后就跑向汽车，开车离去。就在那时，我一度决定最好开枪打死迪克。他说了一遍又一遍'不能留下证人'，给我的印象深极了。我想，他不就是证人吗？我不知道我为什么没做。天知道我真该下手的！杀了他，然后上车，一直跑到墨西哥，销声匿迹。"

沉默。在接下来的十几英里路上，三个人一句话也没说。

悲伤和深深的疲惫充满了杜威的心。他沉默着。他曾经雄心勃勃地想要知道"当天晚上那间屋子里到底发生了什么"，而现在他听了两次，两个非常相似的版本，唯一重大的差别就在于希科克把四个人的死都推到了史密斯身上，而史密斯说希科克杀了两个女人。不过，虽然凶手坦白了作案动机和过程，但供词并没有证实他对案件应有的"合理动机"的设想。这起凶杀案是一次心理学事件，一种完全无关私人恩怨的行径；受害者仿佛是被雷电击死的，唯一的差别是他们经受了长时间的折磨，遭受了苦难。杜威无法忘记受害者的痛苦，但是他对坐在身边的凶手似乎也做不到那么愤怒，甚至还有一些怜悯——佩里·史密斯的一生都与幸福无缘，而是一个可悲、丑恶与孤独的旅程，是一个幻象接着一个幻象。然而，杜威的怜悯并没有强烈到宽恕或者慈悲的程度。他希望看到佩里和他的同伴被绞死，一起绞死。

邓茨问史密斯："全部加起来，你们一共从克拉特家里拿走了多少钱？"

"四五十块吧。"

加登城的动物里，有两只形影不离的灰色公猫——瘦弱、肮脏、狡猾，又有着同样的怪癖。每天将近黄昏，它们一天的生活就真正开始了。首先，它们一路小跑穿过主街，有时在停靠的汽车边站住，绕着车头仔细察看车子前面的保险杠；它们对停靠在温莎旅馆和华伦旅馆门前的汽车格外留意，因为这些车的主人大部分是远道而来的旅客，车头上常常带着这两只骨瘦如柴但生活颇为规律的野猫心中的美食：那些傻乎乎地飞进车道，一头撞死在迎面驶来的汽车车头上的乌鸦、鸲鹆与麻雀的残尸。两只野猫的爪子就如同外科手术的器械，它们从前格栅上一点点地撷食每一片还带着羽毛的碎肉。巡逻完主街，它们总是在主街与格兰特街的交叉口拐弯，朝法院广场跑去，那里是它们另一处觅食之地。在一月六日星期三那天下午，这个地方的猎物似乎特别丰盛，广场上停满了来自芬尼县各地的车辆，也为广场带来了拥挤的人群。

人群在下午四点钟开始聚集起来。县检察官曾宣布这是希科克和史密斯可能到达的时间。自从星期天晚间希科克的供词正式公布以来，各路新闻记者便齐聚加登城：各广播电台的记者、摄影师，新闻影片和电视台摄像师，来自密苏里州、内布拉斯加州、俄克拉何马州、得克萨斯州的记者，当然更少不了堪萨斯州各大报社的记者，共有二十到二十五人左右。他们中的许多人已经在加登城等了三天，除了采访加油站的雇员詹姆斯·斯波尔之外，简直没别的事情可做。斯波尔看了报纸上刊登的嫌疑犯照片后，立刻认出了这两人曾是他的顾客，就在霍尔科姆发生悲剧的那天晚上，他还卖给他们三元零六分的汽油。

这些职业观察家们要亲手记下希科克和史密斯被押解归来的这一幕。公路巡警杰拉尔德·莫瑞上尉已经在法院台阶前的走道上为他们预留了足够的地方，犯人们必须走过这些台阶才能进到就位于这座四层石灰建筑顶层的监狱。《堪萨斯城星报》的一位记者，理查德·帕尔拿着一份星期一出版的《拉斯维加斯太阳报》，报纸上的大字标题"凶嫌遭返可能面临着群众的愤怒私刑"引来一阵哄笑。莫瑞上尉评论道："我倒看不出有谁打算把犯人现场绞死。"

的确，广场上聚集的人群，倒像正在等待观看一场游行或者参加一次政治集会。其中有不少高中生是南希和凯尼恩的同班同学，他们一遍遍地重复着啦啦队的口号，嚼着泡泡糖，吃着热狗，喝着汽水。母亲们在安慰哭闹的孩子，男人们肩膀上扛着小孩四处走动。童子军也来了，全军出动。一家妇女桥牌俱乐部的全部中年成员集体出现在广场上。当地退伍军人协会的头头 J. P. 亚当斯先生（外号"杰普"）也来了，他穿着一件别别扭扭的斜纹软呢外套，一位朋友大声说道："嗨，杰普！你怎么穿了件女人的衣服？"原来亚当斯先生急着来看犯人，慌乱中稀里糊涂地穿上了秘书的外套。一位电台记者四处采访聚集的市民，询问他们的看法，对于"干下如此禽兽不如勾当的人"应该施以怎样的惩处。大部分被采访的人都哼哼哈哈地避而不谈。只有一个学生回答说："我认为应该把他们俩关在一间牢房里，不许任何人来探望，就让他们彼此看着对方，直到他们死的那一天。"一位健壮精神的小个子男人说："我赞成死刑。正如《圣经》所说，以眼还眼、以牙还牙。即使那样，我们还多死了两个人呢！"

只要太阳还在，白天还算干燥、温暖，虽说是一月份，但像极了十月的天气。但是当太阳落山，当广场上大树的影子开始交织在一起，寒冷与黑暗便向广场上的人群袭来。人越走越少；到六点钟，就剩下不到三百人了。新闻记者们诅咒着凶手姗姗来迟，跺着脚，用未戴手套、几乎冻僵的手揉着耳朵。突然，广场南部出现一阵骚动。车来了。

虽然记者们都预料不会发生暴力行为，但不少人曾估计高声叫骂是难免的。然而当凶手们在身穿蓝色制服的公路巡警的护送下出现时，人群却寂然无声，仿佛在为凶手竟然也长着人的样子而感到惊愕。两个戴着手铐的犯人，脸色苍白，在闪光灯的不断闪烁中，几乎睁不开眼睛。摄像师们追着犯人和警察进入法院，又跑了三层楼梯，把县监狱大门轰然关闭的一幕拍摄下来。

无人再逗留了。记者和市民各自散去，温暖的房间和热乎乎的晚餐正召唤着他们。当他们匆匆而去，萧瑟的广场上只剩下那两只灰色的公猫。奇迹般的秋天也随之消失了，这年的第一场雪开始飘落。

第四章 ｜ 角落

公共机构的阴沉与家庭生活的欢乐,在芬尼县法院的四楼相容并存。说其阴沉是因为监狱就设在法院大楼的四层;说其欢乐是因为警长公寓也位于同一楼层,那是一处挺舒适的公寓,与监狱只隔着一道铁门和一条短短的走廊。

一九六〇年一月,住在警长公寓里的不是警长一家,而是副警长温德尔·迈耶和他的妻子约瑟芬("约茜")。迈耶夫妇结婚已经二十多年了,两个人外貌非常相似:高大魁梧的身材,宽宽的手掌,方形面庞,安详,和善——这最后一项特征在迈耶太太的身上体现得最明显,她是位性格直率、讲究实际的女人,然而却有一种不易捉摸的平和从容,令她光彩照人。作为副警长的助手,她每日的工作时间可谓漫长:早晨五点钟起床读一章《圣经》,晚上十点钟上床睡觉,这期间她要为犯人们洗衣做饭、缝缝补补,要精心照顾丈夫起居,还要打扫五个房间的公寓。室内的摆设都是从旧家具店东拼西凑来的,软软的椅子、鼓鼓囊囊的坐垫和乳白色的丝织窗帘。迈耶夫妇有个女儿,是他们唯一的孩子,已经结婚,住在堪萨斯城,因此这套公寓里就只住着他们，拿迈耶太太的话来说更确切："除非女囚室里碰巧关了犯人，否则就只有我们了。"

监狱共有六间牢房，第六间专门是用来关女囚的，与其他牢房分开。这间屋子在警长公寓旁——实际上，它就紧邻着迈耶夫妇的厨房。"但是，"约茜·迈耶说，"我并不担心。我很愿意有个伴儿，这样我在厨房干活时也能有人聊聊天。大多数女囚只会令你为她们感到难过，都是和丈夫或情人之间的问题。但希科克和史密斯就不同了。据我所知，佩里·史密斯是第一个住进女囚室里的男人。原因在于警长希望在审判之前把他和希科克隔开。他们被带进监狱的那天下午，我做了六个苹果派，烤了一些面包，一面烤，一面注视着广场上的情况。我厨房的窗户正好可以俯瞰广场，你找不到比那儿更好的视角了。我不知道到底聚集了多少人，但是我猜几百人还是有的，等着看杀害了克拉特一家的凶手。我从未与克拉特家的人打过交道，但从我听到的一切看，他们一定是非常好的人。发生在他们身上的事是很难被宽恕的，我知道温德尔担心人们看到希科克和史密斯时会有所举动，他担心有人会攻击他们。所以当我看见车队到达时，心都提到了嗓子眼；我看见所有的记者都在跑着、推搡着，但是那时已经过了六点，天黑了，有点冷，有一半人已经放弃，回家去了。留下来的人连嘘声都没有，只是直勾勾地盯着看。

"后来，当他们把两个年轻人带上楼时，我第一个看见的是希科克。他穿着一条薄薄的夏天裤子和一件旧的棉布衬衫。想想看那天有多冷，他没得肺炎真叫人吃惊。他看起来完全是一副病病歪歪的样子，脸色苍白得像个鬼魂。哦，那当然够他受的了：被一群陌生人盯着，不得不在他们中间走过，而他们知道你是谁，干了什么。接着他们带上来史密斯。我已经给他们在牢房里准备好了晚餐：热汤、咖啡、三明治和苹果派。通常我们每天只提供两顿饭，七点半早餐，下午四点半主餐。但是我不想让他们空着肚子上床；在我看来，不吃饭就睡觉一定会令他们感觉很糟糕。但是，当我用托盘给史密斯送去晚饭时，他说他不饿。他当时正透过女囚室的窗户向外张望，背对着我。从那扇窗户看到的景象和我从厨房窗户看到的一样：树木、广场和屋顶。我对他说：'喝点汤吧，是蔬菜汤，不是用罐头做的，我亲手做的，派也是我亲手做的。'大概一个小时后，我回去取托盘时发现他一口也没吃。他仍旧站在窗户前，好像一直没有动过似的。外面正下着雪，我记得我告诉他那是今年的第一场雪，在此之前，我们刚好过了一个漫长而美好的秋天。而现在雪来了。后来，我问他有没有什么特别爱吃的，第二天我会试着替他做。他终于转过身来，看着我，一副怀疑的表情，好像我是在寻他开心。然后他说起了一部电影，声音很低，简直像说悄悄话似的。他想知道我看没看过那部电影。我忘了叫什么名字，反正我没看过，我一向很少看电影。他说那部电影讲的是《圣经》上的故事，有一幕场景是一个男人被人从阳台上扔下去，一群狂暴的男人和女人把他撕成了碎片。他说那就是当他看见法院广场上的人群时脑子里想到的场面。这也可能发生在他身上，他说这吓得他胃疼，这就是他不能吃饭的原因。当然他错了，我对他说，尽管他干出了那种事，但没有人想伤害他，这儿的人是不会那么做的。

"我们谈了一会儿，他很腼腆，但是过了一会儿他说：'有一样东西我最喜欢吃，西班牙米饭。'于是我答应给他做，他像是笑了，我立时感到，嗯，他不是我见过的最坏的年轻人。那天晚上，上床睡觉时，我对丈夫说了我的看法。但是温德尔嗤之以鼻。他是最早到达犯罪现场的人之一。他说要是我也在克拉特家的凶杀现场就好了，那样就能判断出史密斯先生和他的朋友希科克是多么'温和'。他说他们在挖出你心脏的时候连眼睛都不眨一下。这倒是真的，毕竟是四条人命呢。我躺着睡不着，一直在想他们俩的良心是否会受谴责——只要想一想那四座坟墓。"

一个月过去了，又一个月过去了。有一段时间几乎每天下雪，大雪给褐色的麦乡披上了银装，城里的街道上也堆起了厚厚的一层，显得那样寂静。

女囚室窗外有棵榆树，树上压着沉沉的积雪，顶端的树枝刚好伸到窗前。几只松鼠就生活在这棵榆树上。数周来，佩里每天用吃剩的早餐引诱它们，其中一只终于从树枝跳到了窗台上，通过铁栏杆钻入牢内。这是一只雄性松鼠，长着一身红褐色的毛。佩里给它起名叫"红"，不久红便在牢里住了下来，很明显它愿意分担它朋友的牢狱生活。佩里教会它几个小花招：玩纸球、作揖、往佩里肩膀上跳。所有这些都有助于打发时间，然而犯人仍然有大量的时间要消磨。他不准阅读报纸，迈耶太太借给他的那些旧杂志——《好管家》和《麦考尔》，他已经看倦了。但他还是尽量找事做：用指甲锉修指甲，磨得指甲发出柔软光滑的粉红光泽；一遍又一遍地梳理他那用洗发水洗过的、散发着香味的头发；一天刷三到四次牙，还频繁地刮脸洗澡。他的牢房里有一只抽水马桶、一个淋浴隔间、一张帆布床、一把椅子和一张桌子，他把这些物品收拾得和他一样干净整洁。有一次，迈耶太太的一句赞美令他感到骄傲。"瞧！"她指着他的床铺说，"那毯子铺得多么平整，简直可以在上面滚硬币了。"不过他大部分醒着的时间还是在桌边度过的，他在桌上吃早饭，坐在桌边给红素描、画花、画耶稣、画想象中女人的面孔和身体；他也在这张桌上像记日记似的在廉价的格子纸上记下每天发生的事情。

> 一月七日，星期四。杜威来了，带来几包香烟，还带了一
> 份打印的供词文件让我签字。我拒绝了。

这份长达七十八页的"供词"由佩里向芬尼县法院书记官口述，他重新叙述了一遍早先对艾尔文·杜威和克拉伦斯·邓茨的坦白。回忆那天与佩里的会面时，杜威说，佩里拒绝在供词上签字令他很吃惊。"这不重要，我可以在法庭上证实他对邓茨和我的坦白。当然，还在拉斯维加斯的时候，希科克就已经在供词上签字了，他的供词里说四个人都是史密斯杀的。不过这的确让我很费解，我问佩里为什么改变了主意。他说：'除了两个细节，我供词中的每一句话都是真的。如果你让我改过来，我就签字。'嗯，我能猜出来他指的是什么。因为他与希科克的供词之间唯一重大的差别就是他否认四个人全是他杀的。在那之前，他一直发誓说，希科克杀了南希和她母亲。

"果然被我猜中！他正是要承认希科克说的是真话，正是他，佩里·史密斯，开枪杀了克拉特一家。他说之所以撒谎，用他的话说，是因为'我想让迪克承认他是个胆小鬼、他的胆子吓破了一地'。他之所以要把记录改过来，倒不是他对希科克突发善心，而是考虑到希科克的父母。他说他为迪克的母亲感到难过，他说：'她的确是一个心肠很好的人。如果知道扣动扳机的不是迪克，对她而言会是个安慰。虽然没有迪克就不会发生这件事，虽然在某种程度上这主要是他的错，但事实是：我杀了他们。'但是我不太相信他的话，至少没有因此准许他改变供词。如我所说，我们不用靠史密斯的正式坦白来断案。有没有都一样，我们已有足够的证据，够他们受十次绞

刑的。"

令杜威信心大增的因素有很多：其一，他们找到了凶手从克拉特家偷走、后来在墨西哥城处理掉的收音机和望远镜。（堪萨斯州调查局警探哈罗德·奈特地飞赴墨西哥城，在一家典当行里找到的。）此外，史密斯在供词中还透露了其他一些有效物证的所在。"我们冲上公路，向东狂奔。"在描述他和希科克逃离谋杀现场之后的经历时，他说，"迪克开着车，快得像发了疯似的。我想我们俩当时都非常兴奋，至少我是这样。非常兴奋，同时又非常放松。我们俩都忍不住放声大笑；突然间整件事看起来非常可笑，我不知道为什么，反正就是如此。但是枪上还滴着血，我的衣服上也溅了血点，就连头发里都有。所以我们拐向一条乡村小路，开出去大约八英里，然后在一片能听见狼嗥的草原上停了下来。我们抽了根烟，迪克不断地拿刚才发生的事开玩笑。我从车里出来，从水箱里舀了点水，把血迹从枪上冲掉。我用迪克的猎刀在地上挖了个坑——我就是用这把刀杀了克拉特先生——把空弹壳和剩下的尼龙绳、胶带都埋在里面。此后，我们把车开上八十三号国道，又继续往东开往堪萨斯城和奥拉西。大概天亮前后，迪克在一处可以野餐的地方停了车，他们称那儿是休息区，在那儿可以生火。我们生了堆火，开始烧东西。手套、衬衫什么的。迪克说他希望能烤头牛吃，他说自己从未这么饿过。到达奥拉西的时候差不多已是晌午了。迪克把我送到旅馆，然后开车回家和家里人一起吃星期天午餐。是的，他随身带着那把刀，还有枪。"

堪萨斯州调查局的警探搜查了希科克家，在一个装钓具的盒子里找到了那把刀，而那支枪被漫不经心地立放在厨房的墙边。（希科克的父亲拒绝相信他儿子参与了一起"如此可怕的犯罪"，他坚持说那支枪从十一月初以来，从未离开过他家，因此不可能是杀人凶器。）

至于空弹壳、绳子和胶带则是在一位名叫维吉尔·佩兹的公路局工人的帮助下找到的。维吉尔在佩里·史密斯指认的那片地区开着推土机，一寸一寸地挖，最终找到了空弹壳等物证。而且，检测表明，这些空弹壳就来自于希科克的枪，而残存的绳子和胶带也与加之于受害者的一致。这样，证据就齐全了，堪萨斯州调查局已经使案件成为不可动摇的铁案。

　　一月十一日，星期一。来了一位律师，弗莱明先生，是个戴着红色领带的老头。

　　由于被告表示没钱给自己请律师，罗兰·H.塔特法官指派了两位当地的律师担任他们的诉讼代理人，分别是阿瑟·弗莱明先生和哈里森·史密斯先生。七十一岁的弗莱明先生是加登城前任市长，矮矮的个子，外表并不引人注目，却系着一条惹眼的领带。他曾推拒此一任命。"我不想为他们辩护，"他对法官说，"但是如果法庭认为此项任命适当，我别无选择。"希科克的律师哈里森·史密斯四十五岁，六英尺高，爱玩高尔夫球，是位热忱的慈善互助会会员。他以优雅的风度接受了任命："总归要有人去做。我会尽我最大努力。不过我认为这会令我在这一地区不受欢迎。"

　　一月十五日，星期五。迈耶太太在厨房里放收音机，我听广播说县检察官要力争判我们死刑。"富人从来都不会被绞死，上绞刑架的都是穷人和无依无靠的人。"

　　检察官杜安·韦斯特是个雄心勃勃、仪表堂堂的年轻人，虽然只有二十八岁，但看上去却像是四五十岁的人。对记者发表声明时，他说："本案一旦递交陪审团，我将请求陪审团判决他们有罪，予以死刑；如果被告回避陪审团的审理而直接向法官承认有罪，我也会请求法官判他们死刑。我早已了解，做这个决定必将成为我的职责，而此项决定也并非轻率而为。我觉得，鉴于罪犯如此凶残且明显缺乏对受害者的怜悯，因此唯一能够绝对保护公众的方式就是判处被告死刑。因为被判终身监禁的犯人最终未获得假释的，在堪萨斯州根本不存在。实际上，被判处终身监禁的人平均服刑时间都不到十五年，就被假释了。"

一月二十日，星期三。要我就克利福德·沃克案做测谎检查。

与克拉特案相似、多人遇害的这类谋杀案会引起各地执法人员的兴趣，对那些正在调查类似悬案的警探来说尤其如此。因为一起神秘案件的真相大白常常会促成另一起案件的侦破。对加登城事件大有兴趣的众多警官中，有一位是佛罗里达州萨拉索塔县的警长。该县有个渔村叫奥斯伯雷，离坦帕城不远。在克拉特惨案发生仅仅一个多月后，就在此渔村附近的一座荒僻牧场上，也有四个人惨遭杀害。正是圣诞节那天，史密斯在迈阿密的一张报纸上读到过的报道。受害者也是一家四口：年轻的克利福德·沃克夫妇和他们的两个孩子，一个儿子，一个女儿，均被人用猎枪射穿头部致死。由于克拉特案的凶手在十二月十九日夜间，也就是沃克案案发当天，在塔拉哈西的一家旅馆过夜，管理奥斯伯雷的警长在没有其他任何线索的情况下，自然急于提审史密斯和希科克，并令他们接受测谎。希科克同意了，史密斯也同意，而且他还对堪萨斯州当局说："我那时就曾对迪克说，我敢打赌，不管是谁干的，这个疯子肯定知道发生在堪萨斯州那边的事。"测试的结果证明不是他们干的，这令奥斯伯雷的警长甚至杜威都大为沮丧。他们不相信世界上有这样罕见的巧合。但至今，谋杀沃克一家的凶手仍然逍遥法外。

　　一月三十一日，星期天。迪克的父亲来这儿看望他。看见他从我门前走过时，我跟他打了声招呼，但他一声不吭地走了过去，好像没听见我说话似的。从迈耶太太那儿得知希科克太太没来是因为她感觉太伤心了，不想来。雪下得真够狠啊。昨晚做梦梦到我和爸爸在阿拉斯加——醒来时身下是一摊冰凉的尿水！

希科克先生和他儿子在一起待了三个小时。后来他冒雪向加登城火车站走去。这个筋疲力尽的老人弯着腰，被癌症折磨得形容憔悴、消瘦不堪。他也只有几个月可活了。在车站等回家的火车时，希科克先生对记者说："我已经看过迪克了，唉，我们谈了很久。我敢向你保证，案件不像人们说的那样，也不像报纸上写的那样。这两个孩子去那所房子的时候并没打算行凶。至少我儿子不想。他也许有些地方很坏，但还不至于坏到那个地步。史密斯才是。迪克说当史密斯攻击那人（克拉特先生）、割断其喉咙的时候，他并不知情，他甚至不在那间屋子里。他是在听见搏斗声后才跑进去的。他当时拿着枪，但'史密斯一把抢过枪，一下子就把那人的脑袋打开花了'。迪克对我说：'爸爸，我本来应该夺回枪，打死史密斯。在他杀死其他人之前打死他。如果我那么做了，我的处境会比现在好很多。'我觉得他也应该那么做。但按照现在人们的想法，他是没机会了。

他们俩都要被绞死。"他的眼睛显得疲惫、沮丧，他补充说："自己的儿子上绞刑架，知道他将被绞死，没有比这更难受的了。"

不论是佩里·史密斯的父亲，还是他姐姐，都没有给他写信或来看望他。特克斯·约翰·史密斯据说正在阿拉斯加的什么地方寻找金矿，尽管警方花了很大力气，但还是没能找到他。他姐姐对调查人员说她害怕弟弟，请他们不要告诉他自己目前的住址。（得知姐姐的话，史密斯微微一笑，说："我真希望那天晚上她也在那间房子里。那该是多么可爱的一幕啊！"）

除了松鼠，除了迈耶夫妇，除了偶尔来和他谈话的律师弗莱明先生，佩里经常是孤零零的一个人。他思念迪克。有一天他在自制的日记本上写他"经常想起迪克"。自被捕以来，他一直没机会和迪克说说话。除自由外，和迪克说说话，再次和迪克在一起，这正是他最想要的。迪克不是他曾认为的"硬汉"——"独断""有男人气概"，是个"真正的男子汉"；实际上他"相当脆弱、浅薄"，是个"胆小鬼"。然而，此时，在全世界所有的人里，和他最亲密的却是这个人，因为至少他们是同一类人，都是该隐的后裔。和他分开后，佩里觉得"孤零零的，一切都要靠自己。一个遍体鳞伤的人，只有疯子才会理睬"。

然而二月中旬的一天早晨，佩里收到了一封信，邮戳是马萨诸塞州雷丁镇的。信的内容如下：

亲爱的佩里，得知你现在的境遇，我很难过。我决定写信给你，让你知道我还记得你，并且愿意尽我所能地帮助你。怕你一时想不起我的名字——唐·卡利范，我随信附寄一张我们相识时的照片。最初当我在报纸上读到你的消息时，我深感震惊，后来就开始回忆我们相识的那些日子。虽然我们从来不是亲密的朋友，但我在军中认识的人里，对你印象却是最深。大约是一九五一年的秋天吧，你被分派到华盛顿李维斯堡的第七六一工兵轻装备连。你个子很矮（我也不比你高多少），但身体强壮，长着一头浓密的黑发，脸上总是带着笑容。因为你曾在阿拉斯加生活过，不少人都称你是"爱斯基摩人"。

　　我最先想起来的就是长官视察连队那件事，当时要求所有的手提箱都要打开检查。我记得所有的手提箱都是整整齐齐的，你的也是一样，但是你的里面贴了几张性感女郎。我们都认为你要有麻烦了。但来视察的长官却没在意，检查结束后，他根本没有追究此事。我们当时都认为你真是个勇敢的家伙。我还记得，你台球打得很好，直到现在我还能想象出你在连队台球室里打台球的样子。你还是连里最出色的卡车司机之一。你还记得那次部队野营时咱俩的遭遇吗？在冬季的一次演习中，我们负责测定卡车在野外的耐用程度。我们连队的卡车是没有暖气的，驾驶室里经常很冷。我记得你在车座的地板上挖了一个窟窿，好让发动机的热气进到驾驶室里。我之所以记得这么清楚，是因为在我的印象里，"毁坏"军队财物是犯罪，你有可能因此受到严厉的惩罚。我当时是新兵，一点纪律都不敢犯。但是我还记得当我为此而担心的时候（同时还挨着冻），你却咧嘴一笑（你一定很暖和）。我记得你买过一辆摩托车，还模模糊糊地记得你好像还出了点事。被警察追？撞了车？不管是什么，那是我第一次意识到你身上狂野的一面。我的回忆有些地方可能不对，毕竟那是八年前的事了，而我和你在一起只有八个月。不过在我的记忆里，我们俩相处得很好，我很喜欢你。你看起来总是兴高采烈、很神气的样子，你擅长部队的活儿，我不记得你发过多少牢骚。当然，那时你不安分的性格就很明显了，只是我从来没注意到。但现在你的确有麻烦了。我试图想象出你现在的处境，你在想些什么。我第一次读到你的消息时惊得瞠目结舌，我真是那样。后来我放下报纸，想去考虑其他事情，但却总是想起你，我不能用遗忘来安慰自己。我现在是一个虔诚的天主教徒，或者说我在为此而努力，但过去我并不是这样。以前我脑子里只想着那些对我自己最重要的小事，我从未考虑过死亡或者来世的事情。我的生活太热闹：买车、上大学、约会，等等。后来，我弟弟在十七岁那年得白血病死了。我现在经常在想，在他知道自己不久即将离开人世的时候，心里在想些什么。现在我想起了你，我也想知道你在想些什么。在我弟弟去世前的几个星期里，我不知道该和他说些什么；但是现在我知道我该说什么。这就是我给你写信的原因：因为上帝创造了你，也创造了我，他爱你，就如同他爱我。就我们所知的上帝意旨来看，你所遭遇的灾难，将来我也可能遇到。

你的朋友

唐·卡利范

虽然对这个名字毫无印象，但佩里立刻认出了照片上那个剪着平头、眼睛圆亮而真挚的年轻士兵。这封信他读了许多遍。尽管他认为其中有关宗教的启示没有说服力（"我尝试过信教，但是我不相信，我无法相信，假装没用"），但这封信还是令他非常激动。有人主动要帮助他，一个明智而值得尊敬的人，一个曾经认识他、喜欢过他的人，一个署名为朋友的人。他怀着感激的心情，迫不及待地提笔写下回信："亲爱的唐，我当然还记得唐·卡利范……"

希科克的牢房没有窗户，他的牢门面对着其他牢房，中间隔着一条宽大的走廊。但是他并不孤独，有许多人和他说话：酒鬼、造假币的、打老婆的以及墨西哥流浪汉。迪克凭借"铁窗硬汉"式的满不在乎以及说不完的风流韵事和荤笑话赢得了这些狱友的欢心。（不过有一个人不吃这一套，一个老头，见了迪克就冲着他大喊："凶手！凶手！"还用一桶脏水把他泼成了落汤鸡。）

表面上，希科克完全是个无忧无虑的年轻人。在睡觉或找人搭讪之余，他就躺在床上抽抽烟、嚼嚼口香糖、翻翻体育杂志或者平装本的恐怖小说。他经常躺在床上一边吹口哨——最爱的曲子是《你一定曾是美丽的宝贝》《去往水牛城》——一边盯着天花板上那盏不分昼夜都亮着的灯泡。他憎恨灯泡单调的监视，它不但打扰他睡觉，而且还威胁到他心中的秘密计划——越狱。事实上，他并不像表面上那样无忧无虑、那样顺服；他想尽一切办法避免"到绞刑架上荡秋千"。他知道这次审判——任何堪萨斯州的审判都是如此——他避免不了这样的结局。因此他下定决心要"越狱，抢一辆汽车，扬尘而去"。但是首先他必须有一件武器。有几个星期，他一直在自制武器：一把"尖刀"，一把类似冰锥的利刃，从副警长迈耶的肩胛骨捅进去一定可以致命。他做这把刀的材料——一块木头和一段硬铁丝——是从一把偷藏起来的马桶刷上拆下来的，后来一直藏到床铺底下。每当深夜，四周只有鼾声、咳嗽声以及从漆黑小镇传来的圣达菲火车站的汽笛声时，他就开始在牢房的水泥地面上磨铁丝。一边磨，一边心中谋划。

希科克高中毕业后的那年冬天，他曾靠搭车跑遍了堪萨斯州和科罗拉多州。"我当时在找工作。有一次我搭上一辆卡车，司机和我起了一点小争执，实际没有什么原因，但是他却揍了我一顿，撵我下了车，把我一个人留在高高的落基山上。天下着雨夹雪，我的鼻子血流不止。后来我在一处树林斜坡发现了许多消夏用的小木屋，因为是冬天，所以全都锁着。我进入其中一间，里面有烧火用的木头和罐头食品，甚至还有威士忌。我在里面住了一个星期，虽然鼻子很疼、眼睛青肿，但那是我一生中最美好的日子之一。雪停后，太阳出来了。我从未见过那么美的天空，就像在墨西哥一样，如果墨西哥也有冬天的话。我又搜查了其他几座屋子，找到一些烟熏火腿、一台收音机和一支步枪。那枪太棒了！我每天都背着出去，阳光照在我的脸上，那感觉太好了。我觉得自己就像'人猿泰山'。每天晚上，我吃完豆子和煎火腿，钻进火堆旁的毯子，听着收音机播放的音乐渐渐入睡。那附近没有人来，我敢打赌，我可以住到开春。"如果越狱成功，迪克打算去重温旧梦：前往科罗拉多的深山里，到那里找间小屋藏到春天（当然是单独行动，他才不考虑佩里的前途呢）。一想到这田园般的生活，他磨铁丝的劲头就更大了，终于把它磨成了一把光滑的利刃。

三月十日，星期四。警长突袭搜查了所有牢房，在迪克的床铺底下找到一把尖刀。我想知道他在想些什么。（微笑）

实际上，佩里并不认为这是一件可笑的事，因为挥舞着一件危险武器的迪克，可能对他心中正在盘算的计划发挥决定性的作用。几个星期过去了，佩里已经熟悉了法院广场内的一切动静、附近出现的常客及其生活习惯。例如，那两只瘦弱的灰色公猫每天傍晚都要出现在法院广场上，四处巡视，不时停下来检查停放在那里的汽车。最初这令佩里迷惑不解，直到迈耶太太解释了一番，他才恍然大悟：原来这两只猫是在找车头护栅上的死鸟。此后，一看到猫出来活动，他心中就一阵绞痛："因为我一生中大部分时间都像它们一样。我是他们的同类。"

佩里越来越留意到广场上的一个人，那是一位精力充沛、腰杆挺直的绅士，银灰色的头发像无沿便帽一样盖在头顶；他脸型宽大，下巴坚实，不说话时看起来似乎不好相处；嘴角的纹路很深，下垂的眼角显得很阴郁——整体看来非常严厉。但实际上，这个印象至少部分是错误的，因为佩里时不时地瞥见他停下脚步和其他人说话，一副谈笑风生的样子，看起来轻松、快乐、宽厚。"人们可以从这种人身上看到人情味"，这是一种重要的品质，因为此人正是第三十二司法区法官罗兰·H.塔特，他将主持堪萨斯州对史密斯和希科克的审判。佩里后来才知道，塔特是西堪萨斯地区一位家喻户晓、人人敬畏的名人。他很富有，养了许多马，拥有一大片田产，据说他的妻子非常漂亮。他有两个儿子，但是小儿子已经夭折了，这个悲剧令法官夫妇极为悲痛，于是他们把一个因案出庭的无家可归的弃儿收为养子。"这么说他心肠很软，"有一次佩里对迈耶太太说，"也许他能给我们一个机会。"

但那并不是佩里真实的想法。他相信自己给唐·卡利范的信中所写的——他们现在经常通信——他的犯罪行为是"不可饶恕的"，他注定要"爬上那十三级台阶"。然而，他并没有完全放弃希望，因为他也计划越狱。他的希望寄托在两个观察已久并且一直也在关注他的年轻人身上。他们一个是红头发，一个是黑头发。有时候，这两个年轻人站在广场上那棵枝条伸进牢房窗户的榆树底下，冲佩里微笑，还向他招手——至少他自己是这样想。佩里从未和他们说过话，他们总是待上一小会儿，就走开了。但是佩里却相信，这两个年轻人在一种冒险欲望的刺激下，也许会帮助他越狱。因此，他画了一张广场地图，还标示出最适合停靠"逃跑汽车"的地点。在地图下面，他写道：

> 我需要一把五号钢锯。除此之外，别的什么也不需要。但是你们知道一旦被抓住的后果吗（如果了解就点点头）？那也许意味着你们要在监狱里住很久。你们也有可能被杀。为了一个你们根本不认识的人。你们最好仔细想想！认真地想！另外，我怎么知道我能信任你们呢？我怎么知道你们不是耍了一个花招，把我弄出监狱，然后杀掉呢？希科克怎么办？所有的策划必须包括他在内。

佩里把这张字条折好，放在桌上，准备在两个年轻人再次出现的时候立即从窗户里扔出去。但是他们再也没有出现，他也再没有见到他们。最终他甚至怀疑那两个年轻人是不是自己臆想出来的。（一想到自己"也许不是个正常人，也许是个疯子"，佩里就感到焦虑。"在我还很小的时候，姐姐就因为我喜欢月光而笑话我。我经常躲在黑影里，偷偷地看月亮。"）不管是不是幻想，他不再去想那两个年轻人了。另外一种逃脱的办法——自杀，取代了之前的想法。虽然狱方很警惕（牢房中不准有镜子、皮带、领带或者鞋带），但他还是想出了自杀的办法。佩里牢房的天花板上也有盏昼夜通明的灯泡，但和希科克不同的是，他的牢房里还有把扫帚，他可以拿扫帚抵住灯泡直到把它拧下来。一天夜里，他梦见自己把灯泡拧了下来，用碎玻璃割腕自杀。"我觉得全部的气息和光明正在离我远去，"他后来在描述自己的感受时说，"牢房的墙壁消失了，天空呈现出来，我看到一只黄色大鸟从天而降。"

在他的一生里，从贫穷而凄惨的童年，到放荡不羁的青年时期，再到现在狱中的日子，那只巨大的黄色鹦鹉始终在佩里的梦中飞翔。它是佩里的复仇天使，替他杀死敌人，或者就像此刻，在他生命受到威胁的时刻，"它抓起我，我大概轻得就像一只小老鼠，我们上升、上升，我能看见下面的广场，人们追着、喊着，警长向我开枪。因为我自由了，所有的人都痛苦得要死，我飞啊飞啊，我比他们都要幸福"。

开庭预定在一九六○年三月二十二日举行。在开庭前的几个星期里，辩护律师经常与被告商谈，有关变更审判地点的适当性与可行性也在讨论之列。但弗莱明先生曾多次提醒他的当事人："不论审判在堪萨斯州哪一地点举行，都不会对本案产生影响。该州各地的观点都是一样的。在加登城审判对我们可能还更有利一点。这里是一个宗教信仰深固的地区，一万一千人拥有二十二座教堂。大多数牧师都反对死刑，他们认为死刑是不道德的，是违反宗教教义的；就连克拉特家的牧师、同时也是他家挚友的考恩牧师，也反对在本案中采取死刑。记住，我们所希望的就是挽救你们的性命。我认为这里的机会并不比别处差。"

在第一次传讯史密斯和希科克之后不久，塔特法官便接到两名被告律师提议，请求对两名被告做详细的生理与心理方面的检查。他们特别进一步请求法庭，准许堪萨斯州拉尼德安全且设备良好的州立精神病院暂时监护两名犯人，并由该院检验被告之一或两人，是否属于"精神失常、低能或白痴,以致不能理解自己的处境并提出辩护"。

拉尼德位于加登城以东一百英里。希科克的辩护律师哈里森·史密斯向法庭陈述说他已经去过该院,与医院专业人士交换了意见。"我们自己的城区内没有合格的精神科医生。实际上,在方圆二百二十五英里的范围之内,拉尼德是唯一能找到合格医生的地方,他们受过专业训练,可以执行重大精神状态的评估。这需要花时间,大概四到八周。但是和我商谈过的医生说他们愿意立刻开始工作;而且作为一家州立机构,它当然不会让县政府承担任何费用。"

这个提议遭到检察官特别助理洛根·格林的反对。他确信,"暂时性精神错乱"会成为对手在即将到来的审判中试图坚持的辩护词。他担心这项建议如被法庭采纳,其结果就像他在私下预测的那样,有可能导致一大堆同情被告、"治人脑子"的医生出庭作证。("那帮家伙,总是为凶手喊冤叫屈,却从来不考虑受害者。")他害怕出现这样的局面。格林出生于肯塔基州,是位个子矮小、性格好斗的律师。他向法庭指出,堪萨斯州有关犯人心智健全的规定,是沿用了英国古代的"麦纳顿规则",其规定如果被告知道自己行为的实质,且明了这种行为是错误的,那么他在心智上就是健全的,就要对自己的行为负责。格林进一步指出,堪萨斯州的法律并没有规定判断被告精神状态的医生必须具备特殊的资格,"普通医生就可以,全科医生足以胜任。法律就规定这些。每年,本县都有关于精神健全与否的听证会以决定犯人的刑罚。我们从未求助于拉尼德或者其他类似的精神病院的医生,一直都是我们自己的医生执行这类检验。判断一个人是不是精神失常、白痴或者弱智根本不是什么困难的事情……把被告送到拉尼德完全没有必要,是在浪费时间"。

被告的辩护律师史密斯在反驳时指出，现在的形势"远比遗嘱检验法庭上简单的关于精神健全与否的听证会严峻得多。这涉及两个人的生命。不管他们犯下了怎样的罪行，他们有权接受训练有素、经验丰富的医生的检查"。他补充说："精神病学在过去的二十年里已经迅速发展起来。联邦法院已经开始将这一科学成果应用于审判罪犯。我个人认为现在正是我们在本案中应用这一学科的新见解的大好时机。"

但塔特法官似乎无意于抓住这一"大好时机"，因为就像法官的一位同事所说的那样，"塔特是那种照本宣科的律师，他严格按照法律条文判案"，这位同事同时指出，"如果我是无辜的，我最希望坐在法官席上的就是他；但是如果我是有罪的，我最不希望的也是他"。实际上，塔特法官也并没完全否决这项建议；相反，他按照法律的规定，任命了一个由三名加登城医生组成的委员会，授权他们裁决犯人的精神状态。（经过一个多小时的谈话，三位医生宣布两个犯人谁都没有精神失常。得知医生的诊断结果，佩里·史密斯说："他们怎么知道？他们只是来取乐的。想亲耳从罪犯的嘴里听到所有可怕的细节。哦，他们听得眼睛放光呢。"希科克的律师也很恼火，他再次前往拉尼德州立医院，呼吁精神科医生免费去加登城为被告做检查。自愿承担此任务的 W. 米歇尔·琼斯医生是一位非常合适的人选，他先后在欧洲和美国研读并工作多年，虽然还不到三十岁，但已经是犯罪心理学和精神失常犯罪方面的高级专家了。他同意为史密斯和希科克做检查。如果检查结果有利，他将出庭为被告作证。）

三月十四日早晨，被告的辩护律师再次见塔特法官，这次他们请求延期开庭。这天离原定日期只剩八天了。他们的理由有二：第一，"最重要的证人"即希科克的父亲病重，无法出庭作证。第二个理由比较微妙。过去两个星期，该城的商店橱窗、银行、饭店和火车站内都开始出现一些大字横写的广告，上面写着："H. W. 克拉特农场大拍卖。一九六〇年三月二十一日，克拉特宅。"

哈里森·史密斯对法官说："这次被害人财物大拍卖的日期恰好定在一周之后，也就是在首次开庭的前一天。这是否将不利于被告，我无法指证；但可以知道的是，这些广告加上报纸和电台的宣传，势必会不断提醒该地的每一位居民，而一百五十名候选陪审员就将从他们当中产生。"

塔特法官不为所动。他否绝了这项建议，未加任何评论。

年初的时候，克拉特先生的日本邻居芦田英夫已经拍卖了自己的农场设备，举家迁往内布拉斯加州。芦田那一次的拍卖算是相当成功，但也只吸引了百余名顾客。而赶来参加克拉特家拍卖的人数则超过了五千人。霍尔科姆的居民早料到这次必定盛况空前，教会的妇女们因此把克拉特家的谷仓变成了一个餐厅，准备了二百个自制的馅饼、二百五十多磅汉堡和六十多磅火腿片。但是谁也没有想到，这次拍卖会的参加人数竟打破了西堪萨斯地区的纪录。车辆从州内的大小城镇以及附近的俄克拉何马、科罗拉多、得克萨斯与内布拉斯加各州源源涌进，一辆接一辆，在通往河谷农场的小路上排起了长龙。

这是自案件发生以来首次允许公众参观克拉特宅，至少三分之二以上的参与者风尘仆仆来到这里纯粹是出于好奇心。当然，天气因素对这一盛况也有所贡献。到三月中旬，冬天厚厚的积雪已经融化，土地已经彻底解冻，出现了成片深及脚踝的稀泥。在土壤干燥之前，农户们没太多事可做。"现在地里全是烂泥，"农妇比尔·兰姆齐太太说，"反正没法工作。我们想不妨开车去看看拍卖会。"实际上，那天风和日丽。已经是春天了。虽然脚下是深深的淤泥，但太阳终于露出了面容，也许是被大雪和阴云遮盖了太久，太阳崭新得像刚出炉一般。克拉特先生生前栽种的梨树、苹果树，林荫路两旁的榆树，都披上了一层新绿。宅邸四周修剪整齐的草坪也是一片嫩绿，上面站满了人。妇女们急于仔细看看这座无人居住的房屋，她们纷纷从草坪上踏过，透过窗户向屋里张望，仿佛既希望又害怕看见优雅的印花窗帘后面隐藏的幽灵。

拍卖师大声叫喊，称赞着即将被拍卖的物品——拖拉机、卡车、手推车、装钉子用的木桶、大铁锤、全新木材、牛奶桶、烙铁、马掌等，凡是农场的必备品，从绳子、马具到洗羊用的清洁液与锡制洗衣盆，应有尽有。大多数人是带着低价购买到这些物品的希望来的，竞标时却羞羞答答，那磨起老茧的手不肯轻易拿出血汗钱；但是所有的东西最后都卖掉了，甚至连一串生锈的钥匙也有人买去。一个穿着浅黄色皮靴的年轻牛仔买到了凯尼恩·克拉特的"追狼车"，男孩生前经常开着这辆破车在月夜里追赶郊狼。

那天在拍卖会上负责把东西搬上搬下的有三个人：保罗·赫尔姆、维克·伊尔斯克和阿尔弗雷德·斯托克莱因，他们都曾是长期追随赫伯特·威廉·克拉特先生的忠心耿耿的雇员。帮他卖掉这些遗物是他们最后的工作，今天也是他们在河谷农场工作的最后一天了；农场已经卖给了一位俄克拉何马州的牧场主，从此以后在这里生活和工作的将是陌生人了。随着拍卖的进行，克拉特先生那庞大的资产越来越小，直至完全清空。保罗·赫尔姆不禁忆起了这家人下葬时的情形，他说："这简直就是第二次葬礼。"

最后拍卖的是畜栏中的牲口，大部分是马匹，其中包括南希那匹又肥又大、已过盛年的宝贝。开始拍卖马匹时已接近傍晚，学校放学了，南希的几个同学挤在人群中观看，苏珊·基德维尔也在里面。苏珊已经收养了南希的一只无家可归的小猫，但她仍希望能给宝贝一个家，她爱这匹马，她也知道南希多么爱它。以前在夏天的夜晚，两个女孩经常骑在宝贝宽宽的背上，慢慢走过麦田，来到河边下到河里。宝贝在浅水处涉水，直到"我们三个清凉得像鱼儿一样"，才从水里出来。但是苏珊却没有地方养这匹马。

"五十……六十五……七十……"好久都没有人出价，似乎没有人真的想买宝贝。最后，一位门诺派农场主用七十五块钱得到宝贝，他说打算用宝贝来耕地。当他把宝贝牵出畜栏时，苏珊·基德维尔跑了过去，她向宝贝挥手，似乎想向它说声再见，但最后却用手捂住了自己的嘴。

开庭前夕，加登城《电讯报》刊登了一篇社论，其中这样写道：

有些人认为在这起轰动一时的谋杀案开庭之时，全国的目光都会聚焦在加登城。但实际并非如此。甚至就在距本城仅一百多英里的科罗拉多州，也很少有人熟知本案，他们只不过知道好像一个良善的家庭的数位成员惨遭杀害。这对全国当前的治安来说是一项隐忧。自从去年秋天克拉特一家四口遇害后，类似的谋杀案在其他地方又发生了数起。就在本案开庭前的几天时间，至少又有三起特大谋杀案登上了报纸的头条。因此，我们眼前的这起谋杀案，在多数人看来，不过是过目即忘的众多案件之一罢了……

或许全国的目光并不曾集中在他们身上，但是在第一次开庭的那天早晨，案件的主要参与者，从法庭书记到法官本人，都明显注意了自己的仪表风度。四位律师全都穿着崭新的西装，县检察官的大脚蹬着一双新皮鞋，每走一步都会发出咯吱咯吱的声音。希科克也穿着他父母送来的衣服，蓝色哔叽裤子、白衬衫、深蓝色领带，衣着很是讲究。只有佩里·史密斯例外。他既没穿外套，也没打领带，只穿了一件无领衬衫（还是从迈耶先生那儿借来的），一条牛仔裤，裤腿卷了起来，看起来犹如出现在麦田里的海鸥，孤独又突兀。

　　法庭位于芬尼县法院大楼的三层，是个普通的房间，四壁雪白，里面摆着漆成了深色的木质家具，显得阴沉而单调。旁听席的长椅大约可以容纳一百六十人。三月二十二日星期二这天上午，长椅上清一色是男性，他们均是芬尼县居民，陪审团成员将从他们中间产生。许多应招而来的人看起来并不急于入选。（其中一位候选人与另一位交谈时说："他们不能用我。我耳朵不太好。"他的朋友，羞涩地沉默了一会儿，说："经你这么一提醒，我的耳朵也不太好啊。"）据原来推测，组成陪审团要花好几天的时间，但结果四个小时就完成了。这个包括两名候补人员的陪审团是从前四十四名候选人中遴选出来的。其中有七人由于被告方面提出异议而被淘汰，三人应起诉方的要求以及法官的准予而退出；另外二十人或因反对死刑，或因承认自己已经认定被告有罪，最终都未能入选。

　　最终选出的十四个人里有六位农场主、一位药剂师、一位幼儿园园长、一位机场雇员、一位打井师傅、两位售货员、一位机械师以及一位保龄球馆经理。他们均已成家（数人有五个以上的子女），都是当地教会的虔诚成员。在做誓言审查时，其中四位对法庭坦言，他们认识克拉特先生，不过不太亲密，因此不致影响他们作出公正的判断。当被问及对死刑的看法时，那位在机场工作的名叫N. L.敦南的雇员说："在一般情况下，我反对死刑，但在本案中，我并不反对。"在场的许多人都认为，这项表白显示他对此案存有成见。但敦南仍入选了。

两名被告对誓言审查的过程漠不关心。前一天，那位义务来为他们做检查的心理学家琼斯医生已经和他们各自交谈了两个多小时。在会谈结束时，他建议每人写份自传。因此，在誓言审查的那四个小时里，他俩正忙着写自传。他们坐在各自律师的对面，希科克用钢笔，史密斯用铅笔写着。

史密斯在自传中写道：

　　我叫佩里·爱德华·史密斯，一九二八年十月二十七日出生于内华达州埃尔科县的亨廷顿。那是一片荒野。记忆中我们家在一九二九年搬到了阿拉斯加州的朱诺市。除父母外，我还有一个大哥小特克斯（后来因为"得州人"这个名字老是受人嘲讽，他改名叫詹姆斯，但据我所知这也是他从小恨我父亲的缘故——都是妈妈从中挑拨的），两个姐姐弗恩（她后来改名叫乔伊）和芭芭拉……在朱诺，我父亲开始贩卖私酒。我想就是在那个时候，妈妈迷上了酒。妈妈和爸爸开始吵架。我还记得妈妈在父亲出门的时候，在家中和几个水手"寻欢作乐"。等父亲回家后，争斗就开始了。父亲经过一番剧烈争斗，把那些水手赶了出去，然后又把我妈痛打了一顿。我吓坏了，实际上我们小孩子都吓坏了，大哭不止。我之所以害怕是因为我认为父亲也会伤害我，也因为他正在打妈妈。我当时真的无法理解他为什么打她，但心里好像知道一定是妈妈做了非常坏的事……这以后我还依稀记得的是我们在加利福尼亚州布拉格堡的生活。我哥哥得到了一个礼物，是支玩具枪。他开枪打死了一只蜂鸟，见鸟死了，他很难过。我求他让我也玩玩，但他把我推开了，说我还太小，我伤心地哭了。哭完后，我怒火中烧，到了晚上，看见枪就立在他的椅子旁边，我一把抓了过来，对准他的耳朵大喊："砰！"父亲（也许是妈妈）揍了我一顿，还让我道歉。有个邻居经常骑着一匹白马经过我家门口去城里，哥哥常用那支枪朝马射击。有一次，邻居逮到了躲在灌木丛中的我们哥俩，送到父亲面前，我们挨了一顿揍，我哥的枪也被收走了，我真高兴他的枪被收走了……对在布拉格堡的生活，我就记得这些……（对了，我们小孩子还经常手里拿着一把伞，从干草棚顶上往下面的草堆里跳。）

我还记得几年后我们搬到了加利福尼亚州（或是内华达州），有一件非常恶心的事让我难以忘记，我妈和一个黑鬼的事。夏天的时候，我们小孩子都睡在门廊上，我们的床就在父母卧室窗台的正下方。我们所有小孩都透过半掩的窗帘看到了全部过程，真真切切的。我父亲当时雇了一个黑鬼（叫山姆）干一些耕地或者放牧的零活，他自己则在外干活，经常很晚才开着那辆破卡车回家。我现在想不起事情的全部经过，但可以肯定父亲是知道或者怀疑了。事情以父母的分手而告终，母亲带着我们去了旧金山，还带走了父亲的卡车和他从阿拉斯加带回来的许多纪念品。我想那是在一九三五年吧？

……在旧金山，我成天惹事，跟一群野孩子在外头混，那些人都比我大。我妈总是喝得醉醺醺的，她根本不能好好教养或照顾我们了。我就像土狼一样任性而野蛮。没有规矩，没有纪律，也从未有人教我分辨是非。我高兴去哪儿就去哪儿，想干什么就干什么，直到碰上警察找我麻烦。因为离家出走和盗窃，我多次被关进教养院，现在有一处我还记得特别清楚。我肾脏虚弱，每天晚上都尿床，这是很丢脸的事，但我也没办法。在那个教养院里我常因此遭到一个女护士的毒打，她当着其他孩子的面骂我、羞辱我。她经常在夜里过来查看我尿没尿床。如果尿了，她就把我的被褥扔出去，然后用一根粗大的黑皮带疯狂地抽我，揪住我的头发，把我从床上拽下来，拖到浴室，扔进澡盆，用冷水浇我，还让我自己把床单洗干净。每晚对我来说都是一场噩梦。后来她又想出新花样来整我，她认为在我的阴茎上抹药膏是件很有趣的事，这几乎令人难以忍受，我疼得火烧火燎的。她后来因此丢了工作。但这永远也改变不了我对她的看法，永远也改变不了我要复仇的想法，向她以及所有取笑过我的人复仇。

写到这时，琼斯医生告诉他必须在那天下午完成，史密斯不得不跳过某些生活经历，直接叙述青少年时期以及后来与父亲一起在中西部流浪、淘金、打猎和打零工的那些年：

我爱我的父亲，但是有的时候这种爱与亲情就像被浪费的水一样从我心底流干了。他从未试图去理解我，极少为我着想、倾听我的想法，对我负起责任来。我不得不离开他。十六岁的时候，我当了船员；一九四八年，我投考陆军，多亏主考官的帮忙，我总算通过了考试。从这时起，我开始意识到教育的重要性，然而也更加加深了我对别人的憎恶。我开始打架。我曾把一个日本警察从桥上扔到了河里，还曾因为砸烂了一家日本餐厅而上过法庭，后来在日本的京都又因为偷出租车而受审。我在部队里待了将近四年。在日本和朝鲜服役期间，我脾气特别暴躁，惹出很多事。我在朝鲜服役十五个月，后来调防回到美国。因为我是首位从朝鲜回到阿拉斯加的军人，报纸上又是文章，又是照片，大肆宣扬我，还让我免费乘飞机去阿拉斯加，真是花样十足……我在华盛顿州的李维斯堡服完了兵役。

剩的时间不多了，史密斯的铅笔飞快地动着，笔迹变得越发不易辨认，他谈及自己如何在摩托车车祸中摔断了腿，如何因在堪萨斯州菲利普斯堡的入室盗窃行径首次被关进监狱：

　　……我因重大盗窃罪、入室盗窃罪及越狱罪被判处五至十年徒刑。我觉得自己受到了极不公平的对待。在监狱里，我变得更加愤世嫉俗。我原本打算出狱后去阿拉斯加找我父亲，但后来改变了主意。我跑到内华达和爱达荷工作了一段时间，然后去了拉斯维加斯，接着去了堪萨斯。于是便陷入目前这样的境地。没时间多写了。

他签了名，并写了附言：

　　希望能有机会再和你交谈。有些你可能感兴趣的事我还没来得及提。我始终觉得：有幸和那些胸怀远大且能以毅力完成大志的人相处，是我一生最感振奋的事。和你在一起，我就有这样的感觉。

希科克在写自传时，并没有像佩里那样全神贯注。他常常停下来倾听法庭对陪审员候选人的质问，或者环视周围的人们，尤其狠狠地瞪了检察官杜安·韦斯特刚毅的面孔。韦斯特和他同年，都是二十八岁。不过希科克总算用他那斜如雨丝的笔迹，在当天休庭之前，完成了他的自传：

虽然对我而言，早期生活的印象已经相当模糊，但是我会尽我所能告诉你我的全部。就从十岁开始吧。我的学校生活和其他同龄男孩差不多：打架、找女朋友，也做过所有成长中的孩子都难免一试的事情。我的家庭生活也很正常，但就像我以前对你说的那样，我极少得到允许离开院子去和同伴们玩耍。我父亲在这方面对我们男孩总是特别严厉。我必须帮父亲做大量的家务活……在我的印象里，父母只吵过一次架，但我记不清是为什么了……我记得父亲给我买了一辆自行车，我相信那时我是镇上最神气的孩子。那是一辆女式自行车，父亲把它改造成男式的，他给车身上下全都刷上漆，看起来像新的一样。我小时候有许多玩具，相对于我家当时的经济状况而言是很多了。我家总是处在你们所说的"半贫困"状态，虽然从来没有彻底潦倒，但有几次也差不多了。我父亲拼命工作，尽其所能地养育我们。母亲也是个勤劳的人。有她在，家里总是利落整洁，我们都能穿上干净的衣服。我记得父亲经常戴着一顶老式的平顶牛仔帽，他让我也戴，但我不喜欢……

高中时期，我表现不错，高一或者高二的时候成绩中等，但后来稍微落后了一点。我认识了一个女孩，她是个好孩子。

我还记得，除了接吻，我从来没有打过她的任何歪主意。那是真正纯洁的恋爱……上学期间，我参加了几乎所有的体育运动，总共收到九封推荐信。篮球、橄榄球、田径、棒球，我都很在行。我中学毕业那年过得最好，此前我一直没有固定的女友，只是四处约会。就在那时，我第一次和女孩正式交往。当然，跟男生说起来的时候我还是会说自己有很多女友……

有两所大学想录取我，让我去打球，但是我都没去。毕业后，我开始在圣达菲铁路局工作，到第二年冬天被裁员了。次年春天，我又在罗克汽车公司找了份工作。我在那儿干了大概四个月，就在那时我出了车祸，因头部严重受伤而在医院里住了几天。由于伤势不轻，一时无法找到任何工作，所以那年冬天的大部分时间我都处于失业状态。这时，我遇见了一个令我坠入爱河的女孩。她父亲是浸礼会的牧师，厌恶我和她来往。七月份，我们俩结婚了，他大发雷霆，直到得知他女儿已经怀孕才算罢休。但他从未祝福过我们，总是和我们作对。结婚后，我开始在堪萨斯城附近的一座加油站工作。我每天从夜里八点工作到早晨八点。有时我妻子通宵陪着我，她害怕我熬不了夜，所以过来帮帮我。后来佩里庞蒂亚克医院提供了一个工作机会，我高兴地接受了。虽然赚得不多——每周只有七十五块钱——但这份工作非常令人满意。我和其他人相处融洽，上司也很喜欢我，我在那里工作了五年……也就是在此期间，我开始做些羞于见人的事。

希科克在此透露了他的恋童癖，在描述了几个例子后，他写道：

现在我知道这是错的。但是当时我从未考虑过对错的问题。盗窃也是一样，似乎偷东西是源于一种冲动。对于克拉特案，有一件我从没说过的事情正是这种冲动。在我去他们家之前，我就知道那儿会有个姑娘。我想我去那儿的主要原因并非抢劫，而是要强奸那个姑娘。这件事我想了很多。这也是行动开始后我从未打算走回头路的原因之一。甚至在我们发现没有保险箱时，我还是不甘心就此离去。在克拉特家的时候，我几次想靠近那个女孩。但是佩里连一个机会也没给我。我希望除你之外，再没有人知道这件事，因为我甚至没对我的律师说起过。还有些事情我本来也应该告诉你的，但我害怕我的家人早晚知道。因为对我来说，我干的那些事比受绞刑还要令我感到羞耻……我有一些病症，可能是那场车祸造成的；我有时会昏倒，有时鼻子和左耳朵会流血。有次我在朋友克里斯家就犯过一次病，他们住在我父母家的南边。不久前，父亲还帮我从我眼角处取出一块碎玻璃片……我想我应该告诉你导致我离婚和坐牢的那些事。那得从一九五七年初讲起。我和妻子当时住在堪萨斯城的一座公寓里，我已经辞去了汽车公司的工作，自己开了一家修车厂。厂房是我从一个女人那儿租来的，这个女人有个媳妇名叫玛格丽特。有一天，我干活的时候见到了她，我们一起喝了杯咖啡。她丈夫在海军陆战队服役，不在家。长话短说，我开始和她约会。我妻子提出要离婚。我开始觉得我其实从未真正爱过我妻子，否则我不会做出这种事来，所以我没有反对离婚。我开始喝酒，曾经有一个月的时间我几乎每天都醉醺醺的。我没心思工作，花的比赚的还多，于是开始开假支票，最后变成了一个小偷，被送进了监狱……我的律师说我应该信任你，因为你可以帮我。如你所知，我现在需要帮助。

　　第二天，星期三，是正式开庭的日子。普通公众首次被准许进入法庭，但由于法庭空间太小，只能容纳一部分人入内。最好的座位留给了二十位记者、希科克父母以及唐纳德·卡利范（应佩里·史密斯的律师的请求，他从马萨诸塞州赶来，为他当年的军中朋友做品格上的指证）等人。一度传言克拉特先生活着的两个女儿也将出庭，但她们并没有来，在随后的数次开庭中也始终未曾出现。代表受害人亲属出庭的是克拉特先生的弟弟阿瑟，他驾车从百里之外赶来此地时，对记者说："我要好好看看他们（史密斯和希科克），看看他们是哪种畜生。我恨不能把他们撕碎！"他直接坐在了被告的身后，死死地瞪着他们，仿佛要把他们印在自己的记忆中。此刻，好像阿瑟·克拉特的意志发生了作用，佩里·史密斯转过头来，看着阿瑟，他认出了这张和他所杀害的那个人极为相似的面孔：同样温和的眼睛、薄薄的嘴唇和坚实的下巴。佩里那时正在嚼口香糖，立即停住并垂下眼帘，一分钟以后，他的嘴角才又开始慢慢地嚅动。除了这一短暂的时刻，史密斯和希科克对于法庭的态度是既无所谓又不感兴趣；他们嚼着口香糖，不耐烦地用脚踢踏着。这时法庭传第一位证人出庭。

　　南希·埃瓦尔特之后出庭的是苏珊·基德维尔。两位年轻的女孩描述了她们在十一月十五日星期天进入克拉特家时看到的情景：寂静的房间，厨房地上的空钱包，照在卧室里的阳光，她们的同学南希·克拉特倒在血泊中。这两名证人和此后的三名证人（南希·埃瓦尔特的父亲克拉伦斯、警长厄尔·鲁滨逊和验尸官罗伯特·芬顿）出庭时，辩方都放弃了交叉质询的权利。后三名证人分别对十一月那个阳光明媚的早晨发生的事情做了补充：四位遇害者陆续被发现，被害的惨状，以及芬顿医生所做的验尸结果，其中指出"猎枪射击导致被害者脑部严重受伤与头骨破裂为致死原因"。

接着，理查德·罗莱德出庭。

罗莱德是加登城警察局的首席警探。他的业余爱好是摄影且造诣颇高。就是他拍下的照片在冲洗后显示出希科克在克拉特家地下室里留下的脚印。这些脚印只有相机才能辨认，肉眼很难看出来，也是他拍摄了死者尸体各部分的照片，即在案件尚未侦破之前，艾尔文·杜威一直无法释手的那些被害者惨死的影像。罗莱德出庭证实这些照片的确由他所摄，以供控方作为物证。这一行为遭到希科克的律师哈里森·史密斯反对。他说："展示这些照片的唯一目的，就是煽起陪审团的怒火与偏见。"塔特法官驳回了他的抗议，允许这些照片作为物证，这就意味着陪审团将传阅这些照片。

陪审员们传阅照片的时候，希科克的父亲对邻座的一个记者发牢骚："瞧上面那位法官！我从未见过如此偏袒的人。由他主持法庭还有什么意义！啊呀，他不是葬礼上护送灵柩的人吗！"（实际上，塔特与受害者一家并不熟，也没有参加他们的葬礼。）但是在寂静的法庭里，只有希科克老先生发出了这微弱的呼吁。一共十七张照片，当它们在陪审员的手中传递时，陪审员们的表情立即显示了照片的冲击力：有个陪审员的脸孔忽地涨红，好像被打了一记耳光；有几个人刚瞥了一眼，明显就不忍再看。照片似乎唤醒了他们，迫使他们亲眼看看发生在邻居家真实而悲惨的事件。这令他们震惊，令他们愤怒，其中几个人——药剂师、保龄球馆的经理，边看照片边用极度蔑视的目光瞪着被告。

老希科克先生丧气地摇了摇头，一遍遍地嘟囔："毫无意义！这场审判毫无意义！"

在传讯当天最后一位证人时,检察官声称将传讯一位"神秘人物"出庭。正是此人提供的信息导致被告被捕,他就是弗洛伊德·威尔斯,希科克的前狱友。因为威尔斯此前仍在堪萨斯州立监狱服刑,有受到其他犯人报复的危险,他是告密者的消息一直秘而不宣。为了他能安全地出庭作证,现已将他提出堪萨斯州立监狱,关押在邻县的一个小监狱里。然而,当威尔斯穿过法庭向证人席走去时,仍然显得鬼鬼祟祟,很不自然,好像担心沿途会有人谋害他似的。当他从希科克身边走过时,希科克的嘴唇动了动,悄声吐出几个恶毒的字眼。威尔斯假装没听见;但他的举止像一匹听见响尾蛇咝咝作响的受惊之马,急速地闪开被他出卖的朋友所伸出的蛇信。他站在证人席上,直勾勾地盯着前方。他是一个短下巴、农家子弟模样的小矮个,穿着一套非常得体的深蓝色西服,这是堪萨斯州官方专门为他出庭而买的。他们认为,作为最重要的证人,他看起来应该受人尊敬、值得信任。

由于开庭前的多次演练,威尔斯的证词像他的外表一样干净利落。在洛根·格林的鼓励下,证人承认他曾作为雇员在河谷农场工作过大约一年。离职大约十年后,因盗窃罪被判入狱,他开始和另一位盗窃犯理查德·希科克交上了朋友。他曾对后者描述过克拉特的农场和家庭。

"那么,"格林问,"在你和希科克先生交谈中,关于克拉特先生,你们分别说了些什么？"

"谈了很多。希科克说他获得假释后准备到西部找份工作,他打算中途停下来,去克拉特先生那儿谋一份差事。我对他说过克拉特先生非常富有。"

"希科克先生是否对你所说的很感兴趣？"

"嗯，他想知道克拉特先生是不是有个保险箱。"

"威尔斯先生，当时你认为克拉特家中有保险箱吗？"

"嗯，我在那儿干活是许多年以前的事了。我那时认为有个保险箱。我知道好像有个壁橱之类的……后来我才得知他（希科克）打算抢劫克拉特先生。"

"他对你讲过抢劫的事吗？"

"他说如果他去抢，就不会留下任何证人。"

"他可曾确切说过要如何处置证人？"

"是的，他说他要把他们捆起来，抢完之后再杀死他们。"

格林见已达到事先预定的目的，就让被告律师对证人进行质询。老弗莱明律师是个典型的乡村律师，他更乐意处理农地契约案件，而不是这种杀人案。他这次质询的目的是引出一个控方故意回避的问题：威尔斯本人在谋杀案中的角色以及他品格的可靠程度。

弗莱明单刀直入地问道："你从未劝阻过希科克先生别去那里抢劫、杀死克拉特一家，是不是？"

"是的。在那里（堪萨斯州立监狱），别人谈起这类事情你都不会放在心上，因为你会认为那不过是说说而已。"

"你的意思是说你告诉他那么多事情却没有任何用意？你不是指点给他（希科克）克拉特先生有个保险箱吗？你想让希科克先生相信你的话，是不是？"

弗莱明很是冷静，令证人难以招架；威尔斯扯了扯领带，仿佛突然觉得它打得太紧了。

"你想让希科克先生相信克拉特先生有很多钱，是不是？"

"我对他说过克拉特先生很有钱，没错。"

弗莱明又举出几点，指出照威尔斯所述，希科克曾将对克拉特家的残暴计划向他全盘托出。然后，弗莱明仿佛沉浸在悲痛中一般，语气沉重地说："即使那样，你也根本没有劝阻过他？"

　　"我不相信他会那么做。"

　　"你不相信他的话？那么为什么当你得知案件后，你会认定他就是凶手呢？"

　　威尔斯自信地回答道："因为案件的发生经过与他对我说的一模一样！"

　　哈里森·史密斯，被告律师中较年轻的那位，接着质询。他在问话时采取了讥讽式的攻势，语气锋利逼人；实际上他是位温和宽厚的人。他问证人是否有绰号。

　　"没有。我就叫弗洛伊德。"

　　律师冷笑一声。"难道现在他们没有叫你'告密者'吗？或者叫你'告发者'？"

　　"我就叫弗洛伊德。"威尔斯垂头丧气地说。

　　"你坐过几次牢？"

　　"大概三次。"

　　"其中也曾因欺诈入狱吧，是不是？"

　　证人否认了。证人说他第一次是因为无照驾驶，第二次是因为盗窃，第三次是当兵时闯了祸，在军营监狱中蹲了九十天。"有次押送列车，我和另外几个士兵在车上有点喝醉了，用枪打坏了些车窗和电灯泡。"

　　法庭上一阵哄笑。除了两位被告（希科克朝地上吐了口唾沫）和哈里森·史密斯，所有人都笑了。哈里森问威尔斯，为什么在得知霍尔科姆悲剧后，竟拖延了好几个星期才向当局告发。"难道你是在等什么？比方说赏金之类的？"

"不是。"

"你从未听说过赏金的事？"律师提到的赏金指的是《霍奇森新闻报》悬赏一千块钱征求克拉特案线索一事。

"我在报纸上看到过。"

"是在向当局告发之前看到的，对不对？"当证人承认的确如此的时候，史密斯趁胜追问："你今天来这儿作证，检察官答应给你什么豁免？"

但是洛根·格林立即提出抗议："我们反对这种提问方式，法官大人。没有任何证据可以证明任何人可以得到豁免。"反对有效，证人获准离席。当威尔斯离开时，希科克高声叫骂，每个人都听见了。"王八蛋，如果有谁该绞死，那么就应该是他。瞧他那样，离开这儿去领赏了，而且不用交税。"

这个预测是正确的，因为不久威尔斯就拿到了赏金，且获得了假释。可惜好景不长，他不久就又犯事了，几年间接二连三地犯罪，目前被关押在密西西比州帕切曼的州立监狱——他因持枪抢劫被判了三十年监禁。

星期五，在法庭周末休庭前，控方传唤证人的工作已全部完成，出庭作证的还有华盛顿联邦调查局派来的四位特工。四人都是化验室的专家，能熟练地对各种犯罪活动进行科学侦破。他们研究了凶案的各项证据（血迹、脚印、弹壳、绳子和胶带），证实了每件物证的有效性。最后，堪萨斯州调查局的四位警探提供了他们对犯人的审讯记录以及被告最终的坦白书。这令两名辩方律师极为被动。在对堪萨斯州调查局的警探展开交叉质询时，他们争辩说，坦白书是用非法手段获得的，是在闷热、狭窄、灯光炽烈的房间里逼供所得。这种不确实的指控显然触怒了警探们，他们用更具有说服力的证词详细地加以反驳。（后来，有位记者问希科克的律师，为什么这么长时间他一直盯着这点不放，他生气地说："你说我该怎么做？天哪，我没有任何牌可打，但又不能像个木乃伊似的傻坐在那儿。我总要说点什么呀！"）

事实证明，艾尔文·杜威是控方最具影响力的证人。他的证词首次向公众披露了佩里·史密斯的供词，为各大报刊制造了头条新闻（《恐怖谋杀谜底揭晓——冷血惊悚的告白》），听众深感震惊，特别是理查德·希科克，他错愕而懊恼地注意听着杜威的陈述。"我还漏讲了一件史密斯对我坦白的事情。克拉特一家被绑起来后，希科克对史密斯说，他觉得南希长得太美了，想去强奸她。史密斯说他当时警告迪克自己决不容许那样的事发生。史密斯向我表示，他对那些无法控制自己性欲的人最为蔑视，希科克若想强奸那女孩，除非和他打一架。"在此之前，希科克并不知道他的同伙已经把他这项强暴的企图告诉了警方；他也不知道，佩里出于一种友好的精神已经修改了最初的供词，承认四人都是他自己开枪杀死的——直至杜威在证词快结束时透露了这一点。"佩里·史密斯说他想对供词中的两处做修正，他说除了这两个地方，其余的话都是真实而准确的。他想更正的是，克拉特夫人和南希·克拉特同样是他所杀，而非希科克。他对我说希科克……不会希望自己的母亲认为他曾加害克拉特家的任何人。他说希科克夫妇是好人。所以干吗不都承认呢？"

听到这里，希科克太太哭了。在整个审判过程中，她一直安静地坐在丈夫身边，双手紧张地绞着一块手帕。时不时地，她就找机会望儿子一眼，向他点点头，强挤出一丝笑容。虽然一看就知道这是装出来的，但却表明了母亲对他的支持。但是很明显，她现在已无法控制自己，开始失声痛哭。几个旁听者瞥了她一眼，随即尴尬地把头扭到了一边；但其余的人则继续专心听着杜威的陈述，对她这赤裸的悲泣似乎全然无动于衷，就连她丈夫也保持沉默，也许他认为这时去劝妻子显得太没男子气概。最后，还是场内唯一的女记者将希科克太太领出法庭，带到女盥洗室去了。

　　当极度痛苦的情绪平静下来之后，希科克太太需要找人倾诉一下心里话。她对女记者说："我没有一个可以说说知心话的人——我并不是说邻居和别人不好，哪怕就是陌生人，待我们也很好。他们写信来安抚我们，说他们了解我们的痛苦，也替我们难过。没人对我和瓦尔特说过半句难听的话。就连这儿的人也没有。所有的人都非常友好。我们吃饭的时候，女招待在蛋糕上放了冰淇淋而不收我们的钱。我叫她别放，我吃不下。以前我什么都能吃下去，现在却一点也吃不下。但她还是加了冰淇淋。她是为了表示友好。她叫希拉，她说发生这种事不是我们的错。但我总觉得人们在看着我想，哦，还不是因为她管教无方。也许我教养迪克的方式的确不对，不过我并不知道我错在哪里。我想寻找原因，找得头都疼了。我们是普通人，乡下人，和别人一样生活。我们家也有过快乐的时刻，那时我教迪克跳狐步舞。我太喜欢跳舞了，当我还是姑娘时，跳舞简直是我的全部生命。有个小伙子，天啊，跳起舞来就像过圣诞节一样，我们俩合作跳华尔兹赢了一座银杯。我们私下商量了好久，想偷偷离家去舞台寻找出路，加入歌舞团。这真是一场梦，童年的梦。后来，他离开了镇子，我和瓦尔特结了婚，他连基本的走步都不会。他说如果我想找一个耍蹄子的，当初为什么不嫁给一匹马。此后再也没有人和我跳舞，直到我教会了迪克。但迪克不喜欢跳舞。不过，他很可爱，迪克是那种脾气最好的小孩。"

希科克太太摘下眼镜，擦了擦模糊的镜片，然后又把它戴到她那胖乎乎的、讨人喜欢的脸上。"有关迪克的事还多着呢，你在法庭上听到的只是一部分。律师们把他说得那么可怕，简直一无是处。我不能为他的行为辩护，我忘不了那个受害的家庭，每天晚上我都为他们祈祷，也为迪克祈祷，为佩里祈祷。我不该恨佩里，现在我只是可怜他，而且我相信克拉特太太活着的话也会可怜他的，如果她是人们所说的那种慈悲女人。"

法庭休庭了。女盥洗室门外传来散席后观众在走廊里的喧哗。希科克太太说她必须去见她丈夫。"他是快入土的人了，我想他什么也不会放在心上了。"

法庭上许多人对唐纳德·卡利范这个来自波士顿的证人感到迷惑。他们不明白，为什么这个沉着老实的天主教徒，这个毕业于哈佛大学的成功的金融工程师，这个结了婚、已是三个孩子的父亲的人会选择和一个无知的杀人犯做朋友。更何况，这个人他并不十分了解，两人已经九年没有见过面了。卡利范自己说："我妻子也不理解。我们的经济状况并不允许我老远赶到这里来，这意味着要用掉累计一周的假期以及购买必需品的钱。但另一方面，我认为我不能不来。佩里的律师写信问我能否来当证人；我读到信的那一刻，就知道我必须来。因为我已经给了这个人我的友谊。而且我相信生命是永存的。所有的灵魂都应该被拯救。"

拯救灵魂，拯救佩里的灵魂，这同样是虔诚的天主教徒副警长夫妇的期望。尽管迈耶太太建议佩里会见当地的伯克斯神父时受到了断然拒绝。(佩里说:"我已经领教过神父和修女了,我身上的疤痕可以证明。")于是,在周末休庭的日子里,迈耶夫妇邀请卡利范到牢里与佩里共进午餐。

有机会像主人那样款待朋友,佩里很高兴。他对于拟定菜单——填馅烤野鹅、奶油洋芋四季豆、肉冻沙拉、油酥卷、冷牛奶、现焙的樱桃馅饼、乳酪和咖啡——似乎比审判结果还关心。(当然,他知道审判不会有任何悬念。"那些乡巴佬,要他们投票判我绞刑,一定比猪喝泔水还来得快!看看他们的眼睛!谁敢说法庭上只有我杀过人?那才真见他妈的见鬼了!")整个星期天上午,他都在忙着为接待客人而做准备。这天风和日丽,柔软的树枝轻拂着监狱的铁窗,树影逗弄着佩里的松鼠。红追逐着摇动的树影,它的主人在一旁扫地、掸灰尘、擦地板、冲厕所、整理书桌上的书。书桌将被用作餐桌,经过佩里一番收拾后,看起来很像样,因为迈耶太太送来了桌布、浆洗过的餐巾以及她最好的瓷器和银餐具。

卡利范也非常惊讶,他看着菜一盘接一盘地送到桌上时,禁不住吹了声口哨。入座前,他请主人让他做一次祷告。卡利范低下头,双手合拢,说道:"上帝啊,保佑我们,你慷慨大方,大慈大悲,赐予我们这些礼物,阿门。"主人头也不低,把两只手的关节扳得嘎嘎作响。他低声说,照他看来一切功劳应该归于迈耶太太。"所有的菜都是她做的。不过,"他边说边往客人的盘子里添菜,"见到你很高兴,唐,你看起来还是老样子,一点都没变。"

从外表看,卡利范这位银行职员一副谨小慎微的样子,头发稀疏,一张普通的面孔很难让人记住。他承认自己的外表的确变化不大,但是他内在的自我,那个看不见的自己已经完全不同了。"我以前一直在随波逐流,没有意识到上帝是唯一的存在。一旦你意识到这一点,一切问题就会迎刃而解，生命和死亡就有了意义。天哪，你经常吃这么好吗？"

佩里笑了。"迈耶太太真是个了不起的厨师。你应当尝尝她做的西班牙米饭。我到这里后体重增加了十五磅。当然，我还是挺瘦的。在我和迪克驾车逃亡的日子里，几乎没吃过一顿像样的饭，整天都饿得要死，大部分时间像动物那样生活。迪克经常到百货店里偷罐头，烤豆子和罐装意大利面什么的，我们在车里打开罐头，狼吞虎咽地把冰凉的食物吞下肚，跟动物没什么两样。迪克喜欢偷东西，好像对盗窃有了感情，简直是病态。我也是小偷，不过只在没钱的时候才干。而迪克，即使口袋里有一百块钱，他还是会去偷一块口香糖。"

后来，边喝咖啡边抽烟的时候，佩里又将话题转到了盗窃上。"我的朋友威利－杰伊过去经常谈论这个话题。他说所有的罪行其实都是'盗窃的变体'，包括谋杀在内。你杀死一个人就等于偷走了他的生命。我想照这么说我是一个大盗了。你知道，唐，他们全是我杀的。在楼下的法庭上，杜威像是在说我为了迪克的母亲搪塞真相。哦，我不是的。没错，迪克是帮了我的忙，他拿着手电筒，还捡弹壳——再说这档子事原本也是他的主意。但迪克的确没有开枪杀死他们，他从来都不敢。不过，轧死那条老狗的时候，他的动作可真他妈够快的。我想知道自己为什么会那么做。"他脸色暗沉下来，好像对他而言这是个新问题，仿佛意外地挖出一块说不出颜色的怪石。"我不知道为什么，"他说话的神态，就像是正在把石头拿到灯下仔细端详似的，"我当时对迪克很恼火。那个厚颜无耻只会吹牛的家伙。但并不是他逼的我。也不是害怕被人认出来。对此我敢打赌。跟克拉特家做过什么也没关系。他们从未伤害过我。不像其他人，我这一辈子尽了别人的欺负。也许仅仅是因为克拉特家命中注定要替别人还这笔债。"

卡利范陷入了沉思，试图掂量佩里悔悟的程度。他一定是在深深地自责，渴望得到上帝的仁慈和宽恕吧？佩里说："我后不后悔？如果你是这个意思的话，我不后悔。对此我没什么感觉。我希望自己后悔，但实际我一点也不。事情发生后不到半个小时，迪克就开始讲笑话，逗得我狂笑不已。也许我们俩根本不是人。我的人性只够怜悯我自己。当你走出这里的时候，我却不能出去，我就为这个感到自己可怜。就是这样。"卡利范几乎无法理解如此漠然的态度；佩里一定是糊涂了，搞错了，没有谁能如此丧尽天良、毫无怜悯之心。佩里说："不是吗？打仗的人照样睡得着觉，杀了人还能得勋章。堪萨斯善良的人们想要我的命，某个刽子手更是巴不得分到这份差事。杀人太容易了，比开假支票容易得多。请记住：我认识克拉特家的人至多不过一个小时。如果我真的认识他们，我想我的感受也许会不同。我想那样的话，我将无法面对自己。不过现在事情就是那么简单，杀人不过是在靶场里随意挑几个靶子。"

卡利范沉默了，他的沉默令佩里不安，他似乎觉得卡利范的沉默暗示着反对。"嗨，唐，别让我装出虚伪的样子。大说一通废话，什么我多抱歉啊，我多想跪下祈祷啊。我不相信这一套，我不可能一夜间接受一直被自己否定的东西。事实上，你对我的盛情远远超过了你所说的那个上帝。他一辈子不曾给我什么，你却写信给我，称我为'朋友'。而且是正当我没有朋友的时候。我只有乔·詹姆斯一个朋友。"他对卡利范解释道，乔·詹姆斯是位年轻的印第安伐木工，在华盛顿州贝灵汉的森林中，他们曾一起生活过。"那儿离加登城太远了，足有两千英里。我曾写信告诉乔我目前的处境。乔是个可怜的家伙，他要养活七个孩子，但他答应即便步行也要来看我。现在他还没来，也许他不会来了，只不过是我认为他会来而已。乔一直喜欢我，你呢，唐？"

"是的，我喜欢你。"

卡利范略带强调的回答使佩里很高兴，甚至有点激动。他笑着说："那么你肯定是某种疯子。"他突然站起来，走到牢房的墙角，拿起一把扫帚。"我不明白为什么要在陌生人中间死去，让那些乡巴佬站在周围，看我被绞死。他妈的，我应该先自杀算了。"他举起扫帚，抵住天花板上一直亮着的灯泡，"捅下灯泡，砸碎了，割腕自杀。这才是我应该做的。就趁你在这儿，至少还有个关心我的人在这儿。"

审判于星期一上午十点钟继续开庭，历时九十分钟后休庭。对辩方证人的审问在这短短的时间内也已经完成。由于被告均无意再为自己辩护，希科克和史密斯究竟谁是本案真凶的问题也就没有被提及。

辩方出庭的共有五位证人。第一位是眼窝深陷的老希科克先生。他说话凛然中带有无限苍凉，但讲得很清晰，他的发言为儿子患有暂时性精神错乱症提供了一个新的证据。他说迪克在一九五〇年七月出了一次车祸，头部受了重创。在此之前，迪克是个"无忧无虑"的孩子，在学校表现很好，很讨同学的喜欢，对父母也很孝顺，"从来不给任何人添麻烦"。

哈里森·史密斯小心地引导着证人，他说："我要问的是，在一九五〇年七月之后，你看到你儿子理查德的性格、习惯和行为发生了哪些变化？"

"他和以前不一样了。"

"有哪些不一样？"

希科克先生沉默着想了一会儿，列出几条：迪克变得阴沉沉的，总是焦躁不安，和那些比他大的人交往，并且开始酗酒赌博。"他和以前完全不是同一个人。"

他的结论立刻引起了洛根·格林在交叉质询环节的质疑："希科克先生，你说在一九五〇年七月之前，你儿子从未给你惹过任何麻烦？"

"……我想一九四九年的时候被捕过一次。"

格林紧闭的双唇露出了讽刺的微笑。"你还记得他因为什么被捕的吗？"

"他被指控抢劫了一家杂货店。"

"被指控？难道他没有承认自己抢了杂货店？"

"不，他承认了。"

"那是在一九四九年。可刚才你对我们说，他的行为态度是在一九五〇年之后发生变化的。"

"我确实是这么说的。"

"你的意思是说一九五〇年之后，他变好了？"

老头发出一阵剧烈的咳嗽，他往手帕里吐了口痰。"不，"他看着手帕上的痰液说，"我没那样说过。"

"那变化是什么呢？"

"唉，这很难解释。他的行为的确和以前不同了。"

"你的意思是说他的犯罪倾向消失了？"

律师的俏皮话引起哄堂大笑，塔特法官严厉的目光使这场法庭上的喧哗很快平息下去了。希科克先生作证结束离席，W.米歇尔·琼斯医生走上证人席。

琼斯医生向法庭宣布自己是"专门研究精神病学的医生"，为了证实自己的资格，他补充说，自一九五六年任堪萨斯州托皮卡州立医院的驻院医师以来，自己一共治疗过一千五百多名病人。近两年来，他在拉尼德州立医院任职，负责狄龙大楼，在那里专门治疗精神病犯人。

哈里森·史密斯问证人："你大约研究过多少个谋杀犯？"

"大约二十五个。"

"你是否认识我的当事人理查德·尤金·希科克？"

"我认识。"

"你为他做过专业检查吗？"

"是的，先生……我为希科克先生做了精神病方面的检查。"

"根据你的检查，你认为，理查德·尤金·希科克先生在实施犯罪的时候是否能够分辨是非？"

琼斯医生二十八岁，壮实的身材，一张略显秀气的圆面庞，显得聪明敏捷。他深吸了一口气，像是准备发表一个长篇演讲。但法官马上提醒他不要长篇大论："你只要回答'能'或'不能'。医生，将你的回答缩短为'能'或'不能'。"

"能。"

"你的意见如何？"

"我认为在通常的定义下，希科克先生当时的确具有明辨是非的能力。"

琼斯医生必须根据"麦纳顿规则"进行评估，而这一规则其实不能区分一切，所以他只好那样回答了。当然，他的回答使希科克的律师大失所望，他不抱任何希望地追问道："你能解释一下你的答复吗？"

这是徒劳。因为即使琼斯医生同意详细解释，控方也有权反对，而且他们的确提出了抗议。根据堪萨斯州法律，对于此类问题，证人的回答必须只限于"能"或者"不能"。反对有效，于是证人离席。然而，如果琼斯医生获准进一步说明，他会作出以下证词："理查德·希科克的智力优于一般人，能很快地掌握新事物，有广泛的知识基础。他对发生在自己周围的事情很警觉，没有精神错乱或失常的迹象。他的思维富有条理，合乎逻辑，对现实有清楚的认知。虽然没有发现器质性脑损伤的一般迹象，如失忆、不能形成具体概念、智力衰退等等，但此一可能性是不应抹杀的。在一九五〇年他的头部曾严重受创，导致脑震荡与数小时的昏厥。这一点在我查阅他的病历之后得到了证实。他说自此以后，自己经常有昏迷、周期性健忘与头痛的症状，并且他的大多数反社会行为都是从那以后发生的。他从未做过医学检查，因此不能排除脑部有残留损伤的可能。在犯人接受详细的医学检查之前，无法鉴定犯人的全部精神状态……希科克确有情绪不正常的迹象，他明白自己行为的性质，但仍一意孤行，这也许是最明显的例证。他是一个行为冲动的人，做起事情倾向于不考虑后果，也不考虑是否会令自己或他人不舒服。他似乎无法汲取经验教训，表现出一种异常的间歇性行为模式，往往在生产性活动后出现全无责任感的行动。他无法像正常人一样忍受挫折，只有通过反社会行为才能使自己摆脱……他的自我评价非常低，内心深处总觉得自己低人一等，性欲不强，作为过渡补偿，他会幻想自己富有且在外形上孔武有力。他喜欢吹嘘自己的英勇行为，有钱就乱花，不满足于按部就班地获取工作报酬……他不善于处理人际关系，并且存在一种难以培养并维持与他人之间持久关系的病理性无能。虽然他也具有一般的道德标准，但在行动中很少遵循。总之，他显示出了比较典型的精神病学方面所谓严重人格障碍的特征。因此有必要采取措施诊断是否存在器质性脑损伤。如果此一可能确实存在，其过去几年以及这次的犯罪行为，则可能都受到了实质的影响。"

按照审判程序，除了次日被告律师正式向陪审团抗辩外，本案有关理查德·希科克的整个辩护过程，在这位精神病学专家作证之后，可以说已告终了。下一位出场的是阿瑟·弗莱明，佩里那位上了年纪的律师。他提出四位证人：堪萨斯州立监狱新教牧师詹姆斯·波斯特；佩里的印第安人朋友乔·詹姆斯，他从遥远的西北山居出发，坐了一天两夜的汽车，终于在那天早上赶到法庭；另两位是唐纳德·卡利范和再次出庭的琼斯医生。除琼斯医生外，其余三人都是作为"品格证人"出庭，将对被告人性善良的一面作一些指证。但结果都不顺利。虽然他们每人都尽其所能地提出对被告算是有利的证词，但随即遭到了控方的反对，认为这类个人评价在"法律上是无效的，离题的，无关紧要的"，从而他们的证词都被排除了，被迫离席。

例如，乔·詹姆斯，黑头发，黑皮肤（甚至比佩里还黑），小个子，穿着一件褪色的猎装，足蹬一双鹿皮鞋，看起来仿佛刚刚神秘地从树影里冒出来一样。他对法庭说，被告曾和他一起生活了两年多，"佩里是个可爱的小伙，邻居们都很喜欢他。据我所知，他从未做过一件出格的事"。他刚说到这儿，就被控方制止了。卡利范也一样。他只说了一句"我和佩里在部队相识期间，他是个非常惹人喜爱的小伙子"，就被制止了。

波斯特牧师很幸运地多讲了一会儿。因为他没有试图直接去赞美被告，只是满怀感情地回忆了他与佩里在兰辛相识的过程。"我第一次见到佩里·史密斯是在监狱小教堂的办公室里，他拿着一张自己画的画来找我，一张用蜡笔画的耶稣头像。他想把画送给我，放在教堂里用。自从那天起，那幅画一直挂在我办公室的墙上。"

弗莱明问："你带来那幅画的照片了吗？"牧师拿出一个鼓鼓的信封，但是当他打开信封、准备把照片分发给陪审员时，洛根·格林愤怒地站起来说："法官阁下，这未免太过分了……"法官于是制止了牧师进一步的行为。

接着琼斯医生再次被传上庭来，他像第一次一样介绍了自己的身份。弗莱明向他提出那个关键问题："根据你和佩里·爱德华·史密斯的谈话以及所做的检查，你能否评估他在犯下所涉罪行时分辨是非的能力？"而法庭也再次提醒证人："只要回答'能'或'不能'，你是否能评估？"

"我不能。"

在一阵吃惊的低声耳语中，弗莱明也有些愣住了。他说："你能向陪审团陈述你为何无法给出意见吗？"

洛林反对说："他说他不能，这就够了。"从法律上讲，也确是如此。

但是如果允许琼斯医生阐述他的根据，他会作出以下的证词："佩里·史密斯具有严重精神疾病的明显迹象。根据他对我的陈述以及监狱的记录，可以看到他的童年非常不幸，极度缺乏父母的关爱。他似乎是在没有指导、没有关爱、没有吸收任何道德规范的情况下长大的……他对自己周围的一切极端敏感与机警，但并没有导致精神错乱。他的智力处于中上水平，考虑到他的教育背景，他的知识面可以算是非常宽广……他人格中有两个病态的特点很突出。首先是对世界的偏执狂妄。他总是怀疑、不信任任何人，总觉得别人在歧视他、亏待他，也不能理解他。他对别人的批评过于敏感，无法忍受别人的嘲笑。他能敏锐地察觉出别人话中隐含的轻视或侮辱，还经常误解别人善意的言辞。他强烈地需要友谊和理解，但却不愿意向别人袒露心扉，当他这样做时，又时刻担心遭到误解甚至背叛。在评估别人的意图和感受时，他缺乏足够的能力来分辨真实的情况与自己心中的幻象。他经常认为所有人不过是伪善抑或邪恶，因此不管他对这些人采取什么行动，他们都是罪有应得。关于他的第二个特点，有些类似于第一个，那就是随时爆发、难以控制的愤怒——只要他感觉到被欺骗、蔑视或鄙夷，他就会一触即发。过去，他激愤的对象多数是权威性人物：父亲、哥哥、军队中的士官、狱警，有几次甚至导致暴力行径。他自己和熟悉他的人都知道他这种脾气。他自己解释为'火上心头'，难以控制。当这种愤怒的对象是他自己时，他就想到自杀。他这种怒气以及缺乏控制和疏导的能力，恰恰反映了他人格构造中存在的基本缺陷……除以上特点外，他还显现出轻微的早期思维紊乱现象。他的组织思维能力较差，似乎不能分析或归纳自己的想法；常为琐事困扰，往往陷入其中；他的某些思路有时表现出'神秘'的特点，无视现实……他与别人很少有过亲密的友情，而极少的这点友谊也经不起任何波折。除了很少的几个朋友外，他对其他人几乎没有感情，对人类的生命也不觉得有任何真正的价值。这种情感上的冷漠与偶尔对某些事物产生的温情，是他精神病症状的又一证据。因此，有必要对他进行更为详尽的精神状况检查，以便作出进一步的诊断，他目前的人格结构非常类似于偏执型精神分裂症。"

在此值得一提的是，任职于堪萨斯州托皮卡市曼宁格尔诊所、在法庭精神病学领域极负盛名的约瑟夫·萨顿医生，在和琼斯医生交谈后，同意他对希科克和史密斯的评估。萨顿医生后来密切关注此案，他认为虽然犯人之间的不和可能是导致谋杀罪行的一个因素，但佩里·史密斯的个人因素是更加根本的原因，他觉得佩里·史密斯的行为正好代表了他在一篇论文中所阐述的谋杀犯类型。论文题目是《无明显动机谋杀———一项对人格解体的研究》。

　　这篇论文发表在《美国精神病学》期刊上（一九六〇年七月号），是萨顿医生和三位同事（卡尔·曼宁格尔、埃尔文·罗森、马丁·梅曼）合作完成的。开篇便表明了论文的主旨："为判定谋杀犯的刑事责任，法律试图将他们（像对待其他罪犯一样）分为两类：'心智正常'和'心智不正常'。法律认为'心智正常'的谋杀犯的行为具有理性动机，虽然可以理解，但仍然要定罪；而'心智不正常'的谋杀犯是在非理性、无意识的动机驱使下行动的。在理性动机很明显（比如谋财害命）或者非理性动机伴有错觉或幻觉（比如，一个精神病患者杀死了他幻想中的迫害者）的时候，这种情况对精神病学家而言是不成问题的。但是，如果一个谋杀犯看起来理智、正常、有自制能力，但犯下的凶杀行为却异乎寻常、带有无意识的性质，这样的一名杀人犯如果在审判中导致争论和对立，那就给精神病学专家出了难题。我们认为，这类凶手在精神病理学方面至少有一种特殊的综合症状，对于这点我们将予以阐释。一般而言，这类人在自我控制方面存在着陷入严重精神断裂的倾向，进而可能用原始暴力的形式表现出来，这是过去痛苦经历所造成的恶果，而现在却成为无意识的行为。"

　　作为诉讼程序的参与者，作者们研究了四位被判为无明显动机谋杀的犯人，这四个人在审判前都受过医生的检查，被诊断为"无精神病"或"心智正常"。其中三人被判死刑、一人被判长期监禁。这四起案子的辩护律师或亲友都不满此前的精神检查结果，要求做进一步的检验，他们提出了异议："如果他是一个正常的人，怎么可能犯下这种疯狂的罪行呢？"（一位黑人士兵将一名妓女残杀并肢解；一个工人将一个拒绝与他发生性行为的十四岁男孩勒死；一位军队里的下士用棍棒活活打死一个小孩，因为他幻想那个孩子取笑他；一位医院的雇员将一名九岁女孩的头按入水里，使之窒息而死。）在叙述了罪犯的罪行之后，作者们在论文中评述了这些案件的相似之处。这些罪犯自己也并不明白为何要杀死那些受害者，也根本不认识他们。罪行发生时，每个罪犯似乎都陷入了一种梦游般的解离性失神状态，等他清醒过来时，"突然发觉"自己已经杀了人。"最为一致的，也许也是最有意义的历史性发现是：他们四人长期以来，甚至在过去一生中，都很难有效控制自己的攻击冲动。比如，其中三人都经常陷入并非寻常口角的打斗，如果不是被人阻止，可能就会发展为凶杀。"

这里节录了该论文中其他一些观察。"不顾生活中的暴力行为，他们四人都自我评价为体格较差、身体虚弱、缺乏自信。四人的经历中都有严重的禁欲史。对他们而言，女人是一种危险的动物，其中两人还存在明显的性倒错。所有四人在童年时都担心被认为是'娘娘腔'、体弱多病……四人都有意识改变状态的病史，常与暴力行为的突然发作有直接的联系。其中两人的病史记载，当他们看到暴力和异常行为发生时，陷入了严重的解离性失神状态；其他两人虽然在程度上稍轻一些，但也产生了短暂的记忆丧失和混乱。在发生实际的暴力行为时，他们常常感到被一种力量分裂或孤立，似乎是在观看别人的行为……

"调查四人过去的历史可以发现，在童年时，他们都遭受过来自父母的家庭暴力……其中一个人说，'一举一动都会挨打受骂'……另一个人说，为了'克服'他的口吃、'痉挛'以及纠正所谓的'坏'习惯，父母曾多次痛打他……不论这些事是想象出来的，是生活中所见，还是童年的真实经历，其都与如下的精神分析假设相匹配：

孩子在懂事前如果过多地经受难以抗拒的刺激，其自我形成很可能出现早期缺陷，严重干扰克制冲动的能力。四人的早期生活都存在严重的情感剥夺：有的是因为长时间或间断性地与父母（或双亲之一）分离；有的生来就没有父母，家庭破碎；有的突然之间被父母中的一方或双方所抛弃，由别人抚养长大……从而在感情上引起混乱。最为典型的是，这些人在实施暴力行为的过程中并没有产生气愤或暴怒的情绪。虽然这些人的行为都异常惨无人道，但四人均表示杀人时并未感到愤怒，或经历任何明显的情绪波动……他们与别人的关系很冷淡，给人一种孤独、不合群的印象。在他们看来，人几乎不是真实的造物，大可不必将温暖、善意（甚至愤慨）的感情浪费给他们……被判死刑的三人无论是对自己的命运还是对受害者的命运，都抱着无所谓的态度。罪恶、消沉和痛苦的感受在他们身上显著缺失……这类人最具杀人倾向，因为他们不是超负荷地聚集着攻击的能量，就是自我防御系统不稳定，以致不时会用最赤裸、最原始的方式将其发泄出来。尤其是如果失调状态业已存在，当潜在受害者被假定成过去某种创伤性构造中的关键人物时，凶杀动机很有可能为之激发。这个关键人物的行为，或者甚至仅仅是此人的存在，都会加剧已有的失调状态，极端的暴力行为会像雷管引爆炸药一样突然爆发……这种无意识动机的假设解释了为什么凶手会将无辜、素不相识的受害者视作挑衅者，并将其作为合适的攻击对象。可是为什么要谋杀呢？庆幸的是，生活中大多数人即使在极端的挑衅面前也不会起杀心。而作为反面，上述特殊病人，在极度紧张与纷乱的情况下，存在与现实联结发生严重断裂的倾向，抑制冲动的能力也变得极其微弱。在这种时刻，一面之交的朋友，甚至是陌生人，就容易失去其'真实'感，被他们假定成无意识创伤性构造中的仇敌。

'旧的'矛盾重新激发,敌对的情绪很快上升到引发杀机的地步……在与受害者接触前,凶手心里的这种压力和解体就已存在并且不断加剧,受害者又正好符合凶手无意识中的冲突对象,因而不知不觉中触发了凶手的谋杀潜能,最终导致惨案发生。"

由于佩里·史密斯的背景和个性与萨顿医生研究的罪犯有许多相似之处,萨顿医生认为把他归入上述精神病患中是讲得通的。在他看来,佩里犯罪的过程完全符合"无明显动机谋杀"这一概念。显然,佩里后三起谋杀的动机存在一定的逻辑——南希、凯尼恩和他们母亲被杀是因为克拉特先生已经被杀了。但萨顿医生认为,只有第一起谋杀在心理学上具有意义,因为当史密斯攻击克拉特先生的时候,他正处于一种精神上的缺失,深陷于精神分裂的黑暗;他"突然发现"自己正在摧毁的不是有血有肉的活人,而是"过去某种创伤性构造中的关键人物"。他的父亲?羞辱他、鞭打他的孤儿院修女?令人憎恨的军士?命令他"不许踏入堪萨斯州一步"的假释官?也许是其中一人,也许是他们全部。

在供词中,佩里说:"我无意要害这个男人。我认为他是个非常可亲的绅士,说话和气。直到割断他喉咙的那一刻,我还是这样想的。"在和唐纳德·卡利范交谈时,佩里也说:"他们(克拉特一家)从未伤害过我。不像其他人,我这一辈子受尽了别人的欺负。也许仅仅是因为克拉特家命中注定要替别人还这笔债。"

就这样,尽管途径不同,两者从专业与非专业的角度得出了相同的结论。

芬尼县的上层人物对于这次审判,始终表现出一种不予重视的态度。一位富裕的牧场主的妻子说:"这种事有什么令人好奇的?"

不过，在审判的最后一天，相当一部分当地显要还是坐到了旁听席中。他们的出现是出于对塔特法官和洛根·格林的尊敬，他俩是这一阶层的精英。另外，从外地赶来的律师也挤满了好几条长椅，不少人长途跋涉专程来这里听取格林对陪审团的最后发言。格林七十多岁，小个子，脾气温和，但做事干练，在同行中享有令人称羡的声誉。他具有演员般的演技和天赋，特别是在时间与氛围的掌控上，绝不逊于夜总会中的喜剧明星。作为律师，他在处理刑事案件方面是位专家，一般情况下都是担任被告辩护律师，但在这个案子中，州政府请他协助杜安·韦斯特，因为当局唯恐这位检察官太过稚嫩，如果没有一位老手从旁协助，可能难以担负起此案的起诉工作。

像大部分明星一样，格林被安排在最后一个出场。塔特法官在他之前给了陪审团一些冷静的指示，检察官也作出他的总结："你们还会对被告的这些罪行有丝毫怀疑吗？绝对不会！不管是他们中的谁扣动了理查德·尤金·希科克的枪，都同样有罪。只有一个办法可以确保这两个人永不在我们这块土地上出没，那就是要求各位对他们俩处以极刑——死刑。这一请求不是为了复仇，而完全是出于谦卑的……"

接着，轮到被告律师进行抗辩。有位记者把弗莱明的发言描述为"感性诉求"，他用一种温和的教堂布道式口吻说道："人非禽兽。他有肉体，也有永远居住于肉体之内的灵魂。我认为，人无权摧毁这座供灵魂居住的房屋，这座庙宇……"虽然哈里森·史密斯也呼唤陪审员发挥基督救世精神，但他把抗辩的主题集中在死刑的邪恶上："它是人类野蛮时代的遗物。法律告诉我们夺取别人的生命是不对的，但它本身却勇往直前，树立一个坏榜样。死刑和犯罪一样邪恶，州政府无权判处死刑。死刑是没有效果的，它并不能阻止犯罪，只会使人的生命贬值，导致更多的谋杀。我们向各位所求的就是一些仁慈。我们呼吁各位判处他们终身监禁的请求，并不算过分……"

不是所有的人都在认真听，有位陪审员似乎患上了春倦症，坐在那里不住地打着哈欠。他眯着两只眼睛，大张的嘴巴似乎可以容纳蜜蜂飞进飞出。

格林唤醒了他们。"先生们，"他说，眼睛并不看稿子，"你们刚才听到了被告方面所做的热情洋溢的请求怜悯宽恕的抗辩。在我看来，这两位令人尊敬的律师——弗莱明先生和史密斯先生，实在非常幸运，在事发当晚没有在克拉特家为这个不幸的家庭请求怜悯和宽恕。因为如果他们在那里的话，那么第二天早晨我们发现的尸体可能就不止四具了。"

童年时，在肯塔基故乡，大家都叫格林"粉红脸"，这是因为他满脸雀斑、肤色粉红的缘故。这时他架子十足地在陪审团面前踱来踱去，对这次使命的全神贯注使他的脸得绽出一块块的红斑。"我不想卷入理论的争论。但是我早料到被告律师会用《圣经》来反对死刑。你们已经听到了他们引用《圣经》上的话，我也可以为大家念几句。"他啪的一声打开一本《旧约》，"《圣经》上有几条关于这个问题的话。《出埃及记》第二十章第十三节说到十诫之一是'不可杀人'。毋庸置疑，这指的是非法的凶杀，因为在下一章第十二节中有对于不遵循上述告诫的惩罚：'打人以致打死的，必要把他治死。'好了，弗莱明先生可能会告诉你们，基督的诞生改变了这一切。但事实并非如此。因为基督说过：'莫想我来要废掉律法和先知。我来不是要废掉，乃是要成全。'最后一点，"他似乎在笨拙地乱翻着，无意中把《圣经》给合上了。看到这儿，法律界的名流们会心一笑，互相用肘轻推着，因为这是一个炉火纯青的律师才会耍的花招——

正在引证《圣经》的律师假装一时找不到出处，然后就像格林这样，"没关系，我想我已经都记住了。《创世记》第九章第六节中说：'凡流人血的，他的血也必被人所流。'"

"不过，"格林继续说道，"我觉得就《圣经》进行争辩是没有意义的。我们州规定一级谋杀将被判处终身监禁或绞刑，这是法律。先生们，你们来这里是来执行这项法律的。没有任何一桩刑案比这个案子更应该判处极刑了。这是两个非比寻常、极其凶残的杀人犯。你们中的四位同胞有如栏中的猪群般被人屠杀了。为什么呢？既非寻仇也非泄恨，而是为了钱。金钱！这是多么冷血，用鲜血来交换金钱。那些生命失去得多么没有价值！仅仅为了四五十块钱，平均十块钱一条人命！"他突然旋风般回转身，用手指在希科克和史密斯之间来回飞快地指点着。"他们带着枪和刀，去抢劫和杀人！"他的声音颤抖着低了下来，直至消失，似乎此时对两名满不在乎嚼着口香糖的被告产生的极度厌恶紧紧地扼住了他的脖颈。他又转向陪审团，声音沙哑地问道："你们打算怎么做？打算怎样处置这些捆住别人手脚、割断喉咙、然后将其打得脑浆四溅的凶手？从宽判决？对了，这还只是克拉特先生。那么凯尼恩·克拉特呢？美好的人生才刚刚开始的年轻人，无助地被捆绑起来，眼睁睁地看着父亲垂死挣扎。还有同样年轻的南希·克拉特，听到枪响，知道下一个轮到她了，哀哀地求饶着：'别开枪，别杀我，求你，求求你！'多么痛苦！恶劣得难以形容的折磨！最后还有母亲，手脚被绑住，嘴被堵住，不得不听着自己的丈夫、孩子一个接一个地死去，直到最后你们面前的这两个被告走进房间，用手电筒照住她的脸，一声枪响，结束了一家人的生命。"

格林停了一下，小心翼翼地用手摸了摸脖子后面的那个疖子，此刻正在隐隐发痒，像它愤怒的主人一样即将爆发。"因此，先生们，你们打算怎么做？从宽判决？送他们回监狱，冒着让他们逃脱或获得假释的风险？他们下次屠杀的可能就是你的家庭。我可以告诉各位，"他严肃地说着，眼睛定在陪审席上，用颇具挑战的目光包围住他们，"有些恶性案件的发生就是因为曾经有些怯懦的陪审员拒绝履行他们的责任。现在，先生们，我将这一责任交给你们，交给你们的良心。"

他坐了下来。韦斯特轻声对他说："太好了，先生。"

不过也有少数几个听众对格林的这番雄辩，反应并不那么热情。当陪审团退席去讨论判决结果时，其中有位来自俄克拉何马州的年轻记者和《堪萨斯城星报》的记者理查德·帕尔为此争辩了起来。对这个俄克拉何马州的年轻人而言，格林的发言似乎是在"蛊惑人心，很野蛮"。

"他说的不过是事实而已，"帕尔说，"如果容许我杜撰个表达的话，不妨说真相就是野蛮的。"

"但他不必说得那么激烈。这不公平。"

"什么不公平？"

"整个审判不公平。这两个家伙连一点机会都没有。"

"他们又何尝给南希·克拉特一线生机？"

"我的天啊，佩里·史密斯这一生实在是吃尽了苦头！"

帕尔说："跟这个混账小子同样命运多舛的多了去了。我就比他强不了多少。我可能会买醉，但我绝不会心狠手辣地杀害四个人。"

"是啊，把他们绞死又算什么呢？那就不冷血了吗？"

一旁的波斯特牧师无意中听到了他们的对话，这时也加入进来。"是啊，"他边说边把佩里画的那张耶稣像的复印件给两名记者看，"能画这张像的人，不可能是个百分之百的坏人。可是话又说回来，我也实在不知道该如何处置。死刑终归不能解决问题，它没有给罪犯在上帝面前悔过自新的机会。有时我也感到绝望了。"波斯特牧师是位爽朗、快活的人，一口金牙，一头秃成 V 字形的银发。此时他坦率地重复说："有时我也感到绝望了。有时我觉得萨维奇博士的想法倒不错。"他提到的萨维奇博士是一部小说中的主角，曾经在老一辈人年轻时最爱看的一本廉价杂志上连载。"如果你们年轻人还记得的话，萨维奇博士算是某种超人。他无所不通——医学、科学、哲学、艺术。没有什么事能难倒他。他的目标之一就是消灭世界上所有的罪犯。首先他买下一座大海岛，然后率领他训练有素的助手们绑架了世界上所有的罪犯，把他们送到岛上。萨维奇博士给他们的大脑动手术，切除了包含邪恶思想的部分，等他们醒来时，全都成了善良的公民。他们不可能再犯罪了，因为他们大脑中导致犯罪的那部分被切掉了。现在想想，这种手术也许真是个好办法——"

　　铃声响了，表示陪审团即将复席，也打断了波斯特牧师的话。陪审团的商议持续了四十分钟。许多旁听者认为陪审团会很快作出结论，因此一直没有离开座位。不过塔特法官却偷闲回自己的牧场喂马去了，这时不得不派人去牧场把他接回来。他回到法庭穿上那件大黑袍时有些慌忙，但一登上法官席，他就恢复了一如既往的镇静和严肃。他问道："陪审团的先生们，你们作出判决了吗？"陪审团的代表回答说："阁下，我们作出判决了。"法警将密封的判决书递给法官。

　　火车的汽笛声，圣达菲铁路上的快车驶近时发出的呼啸传到了法庭上。伴随着这种呼啸，塔特法官用低沉的声音读道："第一项指控，我们陪审团认为，被告理查德·尤金·希科克犯有一级谋杀罪，判处死刑。"接着，法官低头看了看犯人，似乎要看看他们的反应。只见他们戴着手铐站在那里，冷漠地与他对视着，直到法官继续宣读完剩下的七条指控：希科克还有三项，史密斯则是四项。

"——判处死刑。"每次读到这里，塔特的语调就变得特别沉重、幽远，仿佛是要呼应火车渐去渐远的呼啸。然后他解散了陪审团（"你们已经勇敢地完成了工作"），让人把犯人带下去。走到门口的时候，史密斯对希科克说："陪审员们的胆子还真不小啊！"两人同时放声大笑，一位摄影记者拍到了这一幕。照片刊登在堪萨斯州的一家报纸上，标题是"最后的笑？"。

一个星期以后，迈耶太太坐在自家的客厅里和朋友聊天。"是的，现在这儿安静了，"她说，"我想我们真该感谢事情有了结果。但是我还不好受。我和迪克交往不多，但和佩里真的很熟了。那天下午，就是他知道审判结果被送回这儿的那个下午，我把自己关在厨房里，实在不忍心看见他。我坐在厨房的窗边，看着离开法庭的人群。卡利范先生抬头看见了我，向我挥了挥手。我看见希科克夫妇和其他人全都走远了。就在今天早上，我还收到希科克太太的一封信，写得很好；在审判那段日子里，她曾来过我这儿几次，我希望自己能帮到她。但是在那种情况下，又能说什么呢？所有人都离开后，我开始刷碗，这时我听见了他的哭声。我打开收音机，不想听他哭，但无济于事，我还是能听见。他哭得像个孩子。在此之前，他一直没有崩溃过，这时他绷不住了，表现了出来。唉，我向他走去，走到他牢房的门口。他伸出双手，想让我握，我握住了，他只说了一句'我觉得很羞耻'。我想派人去叫伯克斯神父来，我说明天第一件事就是为他做西班牙米饭，但他只是把我的手握得更紧了。

"那天晚上，偏那么巧我们不能陪他。我和温德尔晚上几乎从不外出，但我们早就和朋友约好的，温德尔认为我们不应该爽约。我这一辈子一定会难过后悔的，怎么可以把他一个人扔下呢？第二天我就做了米饭，但他不想吃，也不想和我说话。他憎恨全世界。但那天早晨他要被带到州立监狱时，他向我道谢，还给了我一张他的照片。那是他十六岁时用柯达相机拍的一张小照。他说他希望我心中记得的他，就像照片上的那个男孩一样。

"最难过的是说再见的时候。尤其是你知道他要去什么地方，也知道他的归宿。他的那只松鼠肯定也想念他，经常跳进来找他。我试图喂它，但它根本不理，它喜欢的只是佩里。"

监狱对于堪萨斯州莱文沃思县的经济至关重要：两所分别关押男女犯人的州立监狱就坐落在这里，此外还有联邦最大的莱文沃思监狱；在莱文沃思堡，还有县内主要的军事监狱——壁垒森严的美国陆空军惩戒所。如果这些监狱里的囚犯都能重获自由，这个地方就可以成为一个小城了。

其中历史最悠久的是关押男犯人的堪萨斯州立监狱。这座黑白相间的塔状建筑物，在平凡的农村小镇兰辛显得十分醒目。监狱是在南北战争期间修建的，一八六四年收押了第一批犯人。今天关在里面的犯人数目平均在两千上下。现任典狱长谢尔曼·H.克鲁斯有一张表格，按种族列着每天在押犯的总人数（例如，白人一千四百零五名，有色人种三百六名，墨西哥人十二名，印第安人六名）。无论是什么种族，犯人都是这座冷酷的小村庄里的一位居民。这里占地十二英亩，有灰色水泥街道、有牢房，还有工作场所，四周是架着机关枪的陡峭高墙。

在监狱大院南部，有一幢奇特的建筑：一幢黑色的两层楼房，外形像口棺材。官方名称为"隔离封锁大楼"，是狱中之狱。囚犯们称该牢的底层为"洞穴"，专门关押难以对付的犯人，或者"死硬"的捣蛋鬼，不时会有人被送进去；二楼由一架环形的铁梯连接，那上面便是死牢。

四月一个雨天的下午，克拉特谋杀案的凶手第一次登上这架楼梯。他们从加登城出发，坐车四百英里，八个小时后到达兰辛。到那以后，他们被剥去衣服，淋浴剃头，换上斜纹棉布做的囚服和软拖鞋（在美国大部分监狱里，死囚都穿这种拖鞋）；然后在昏暗的雨中被武装押送到那个棺材形的建筑中去，走上环形的楼梯，走进兰辛那并排的十二间死牢中的两间。

死牢都是相同的。十英尺长，七英尺宽，里面除了一张小床、一个马桶、一个洗脸池和一个悬挂在天花板上昼夜通明的灯泡外，没有任何其他的家具。死牢的窗户非常窄，不但装有铁栏杆，而且还在外面罩着一层黑色的铁丝网，像寡妇的面纱似的；这样一来，从旁边走过的人就难以看清这些被判处绞刑的死囚的脸了。关在里面的人自己看外面倒是很清楚，不过他们能望见的只是一块夏天用作棒球场的空地，再过去是一段监狱的围墙，墙外是一角天空。

墙是用粗糙的岩石砌成的，鸽子在墙缝中筑了巢。墙上还嵌着一扇生锈的铁门，正对着死牢中的住客。每次门一开，铰链就会发出刺耳的声音，惊得鸽子扑啦啦地乱飞。铁门里是空旷的储藏室，即使在最热的时候，那里的空气也潮湿而阴冷。储藏室里装了很多东西：供罪犯们用来制造汽车牌照的成堆的铁片、木料、旧机器、棒球设备，另外还有一架未上漆的木质绞刑架，散发着淡淡的松木味。这里也正是州立监狱行刑室。每当有人被带到这里时，犯人们就说他"去角落了"或者"参观储藏室去了"。

按照法庭的判决,史密斯和希科克将于六周之后,也就是一九六〇年五月十三日星期五零点一分,去参观储藏室。

堪萨斯州曾在一九〇七年废除了死刑;但是在一九三五年,由于中西部地区出现一股职业凶杀的狂潮("杀人魔王"阿尔文·卡皮斯,"俊男"查尔斯·弗洛伊德,克莱德·巴罗和他杀人不眨眼的情妇邦妮·帕克),州议员们终于又投票恢复了死刑。直到一九四四年刽子手才有机会一展才华,在接下来的十年里,他们又得到九次这样的机会。但自一九五四年后的六年间,堪萨斯州的刽子手没有一个领到薪水(陆空军惩戒所除外,那里另设有绞刑架)。其中,一九五七年至一九六〇年这段时期死刑的中断,要归功于已故的堪萨斯州州长乔治·多金,在任期内他始终反对死刑("我就是不想杀人")。

现在,让我们回到本案的时期——一九六〇年四月,这时美国所有监狱中合计有一百九十人等候被执行死刑,而兰辛的死刑犯包括杀害克拉特一家的凶手在内共有五名。有时,来访监狱的重要客人会应邀去"瞧瞧死牢"——姑且引用一位高级官员的用语。愿意去参观的人将由警卫陪同,沿着铁板制的走道,在每间牢房前停下,像观光客般听那位导游刻板而可笑地介绍牢内的死因。一九六〇年他对一位客人说:"这位就是佩里·爱德华·史密斯先生,隔壁是佩里的好搭档理查德·尤金·希科克先生。那边那位是厄尔·威尔逊先生。之后我们见见博比·乔·斯潘塞先生。至于最后这位先生,我想各位一定久仰大名,他就是大名鼎鼎的罗维尔·李·安德鲁先生。"

厄尔·威尔逊是一个在教室唱圣诗的高大黑人,因绑架、强奸和毒打一名白人女性被判处死刑,他的受害者虽然得以幸存,却留下了严重的终身残疾。博比·乔·斯潘塞，白人，是个女气的青年，他供认自己杀害了堪萨斯城的一名妇女，也就是他的房东。在一九六一年一月离任前，多金州长（他竞选连任失败，很大程度是因为他对死刑的态度）已经将这二人的死刑减为终身监禁，这意味着七年之后，他们就可以申请假释。然而，博比·乔·斯潘塞很快又杀了人：他用刀捅死了另一位犯人，这名犯人是他的竞争对手，当时他们俩都在争取另一个资格较老的犯人的欢心（一位狱警称此为"两个小贱货为了一个没良心的家伙打了一架"）。这次凶杀使斯潘塞被判了第二个终身监禁。但是与史密斯和希科克或者死牢的第五位死囚罗维尔·李·安德鲁（媒体曾广为报道）相比，公众对于威尔逊或者斯潘塞并不十分了解。

两年前，十八岁的罗维尔·李·安德鲁还是一位身材臃肿、视力极差、戴着角质框架眼镜、体重达三百磅的小伙子。他在堪萨斯大学念二年级，主修生物，成绩优秀。虽然他生性安静、内向、不善交际，但认识他的熟人——不论是在大学还是在他家乡所在的小镇沃尔科特，都认为他非常温和、非常"善良"（后来堪萨斯州一家报纸刊登过一篇有关他的报道，用的标题是"沃尔科特最善良的男孩"）。然而，这个沉默寡言、聪明博学的青年内心却隐藏着另一种不为人知的人格，一种情感发展不健全与心灵扭曲的人格，这使他的行为朝残忍的方向发展。他的家人——父母以及姐姐珍妮·玛丽——如果知道他在整个一九五八年夏秋所做的白日梦的话，一定会深受惊骇：这位父母眼中出色的儿子、姐姐眼中值得敬佩的弟弟，打算把他们全都毒死。

老安德鲁是一位事业兴旺的农场主；虽然银行里的存款不多，但拥有一片价值近二十万美元的土地。继承这笔遗产是罗维尔·李毁灭家人性命计划的主要动机。那个不为人知的罗维尔，那个隐藏在羞涩、虔诚的生物系学生后面的罗维尔，经常幻想自己是个冷酷的犯罪大师：他想穿上黑帮老大的丝绸衬衫，开着红色的跑车；他希望自己不再是别人眼中那个戴着眼镜只会啃书本的书呆子、又肥又胖的处男学生。虽然他并不讨厌自己的家人，至少他自己感觉不出，但是杀死他们是实现自己美梦的最快捷也最合适的办法。他准备用砒霜作为武器，在毒死家人后，把他们放在床上，然后一把火烧掉房子，使调查人员认为这是一起意外。但是有些细节却让他放心不下：万一尸体解剖发现了砒霜怎么办？万一追查毒药来源时追踪到他怎么办？于是在夏天即将过去的时候，他又制订了一个新计划。为此他花了三个月的时间。终于，在十一月一个几近零度的夜晚，他决定采取行动。

那个星期正好过感恩节，罗维尔·李回家度假。正在俄克拉何马州上大学的姐姐珍妮·玛丽，此时也回到了家中，她很聪明但长相普通。十一月二十八日晚，大约七点钟，珍妮·玛丽正和父母坐在客厅里看电视；罗维尔·李在自己的卧室里读《卡拉马佐夫兄弟》的最后一章。读完后，他刮了胡子，换上自己最好的西装，拿起一把零点二二口径的半自动步枪和一把同样口径的左轮手枪。他把左轮手枪放在屁股兜里，肩上扛着步枪，慢慢地穿过走廊，向客厅走去。当时客厅里除了电视机屏幕的闪烁外，一片漆黑。他打开灯，举枪瞄准，扣动扳机，子弹正中他姐姐的眉心，她立刻倒地身亡。他向母亲开了三枪，向父亲开了两枪。他母亲睁着眼睛，伸出双手，向他摇晃地走来；她的嘴张了张，又合上了，似乎想说什么，但是罗维尔·李却说："闭嘴！"为了确保她乖乖听话，他又朝她开了三枪。当时安德鲁先生还活着，他一边流着泪，呜咽地说着什么，一边向厨房爬去。但是就在厨房门口，他的儿子拔出左轮手枪，打光了所有的子弹，然后再次装弹，又一次打光了——他父亲身上总共挨了十七颗子弹。

根据他的供词，安德鲁"对此毫无感觉。时候到了，我正在做我必须做的。就是这么回事"。开完枪后，他打开了自己卧室的窗户、撤掉纱窗，然后在房子里翻箱倒柜，把东西扔得到处都是：他的目的是要把责任推到小偷身上。接着，他开着他父亲的车，在湿滑的雪路上行驶了四十英里，来到堪萨斯大学所在的小镇劳伦斯。这中间，他在一座桥上停了车，把枪械拆开，将零件扔进了堪萨斯河。当然，这趟旅程的目的就是伪造他不在犯罪现场的证据。首先，他在自己宿舍停了一下，和女房东聊了一会儿，告诉她自己是回来拿打字机的，并说由于天气糟糕，从沃尔科特到劳伦斯用了两个小时；离开宿舍，他去了一家电影院，一反常态地和一位领座员和一个卖糖果的小贩搭讪了几句。十一点，当电影结束后，他返回了沃尔科特。家里的那只杂种狗正在前门廊上等着，饿得直叫，于是罗维尔·李走进屋子，从他父亲的尸体旁经过，给狗准备了一碗热牛奶麦片。就在狗又舔又吞的时候，他拿起话筒向县警察局报案："我叫罗维尔·李·安德鲁，我住在沃尔科特街 6040 号，我想报告一起抢劫案……"

怀恩多特县警卫处值班的四位警官立即赶到了现场。其中一位，迈尔斯警官，这样描述当时的经过："我们到那儿已是深夜一点钟了。屋里所有的灯都亮着。这个大块头、黑头发的小子，罗维尔·李，正坐在门廊上抚弄他的狗，轻轻拍着狗脑袋。阿西中尉问他出了什么事，他指着门，一副懒洋洋的表情，说：'进去看。'看过现场后，震惊的警官们叫来了验尸官，年轻的安德鲁表现出的无动于衷给验尸官留下了深刻的印象。当验尸官问他希望怎样安排葬礼时，安德鲁耸了耸肩膀，回答说：'随便你们怎么处理，我不在乎。'"

不久，来了两位高级警探，开始询问家中唯一的幸存者。虽然确信他是在撒谎，但是他们还是很有礼貌地听完了罗维尔的讲述：如何开车回劳伦斯去取打字机，看了一场电影，半夜回到家中，发现卧室被撬开了，家人被杀了。他坚持自己的说法，如果不是当局得到了牧师沃尔特·达蒙先生的帮助，罗维尔直到被捕关进监狱，也不会改口。

达蒙牧师是狄更斯小说中的人物：口若悬河，满嘴的油腔粗话。他当时是堪萨斯州格兰特维浸礼会教堂的牧师。安德鲁一家经常去的就是这家教堂。他在睡梦中被验尸官一阵急促的电话铃声惊醒，在凌晨三点钟赶到了监狱。在那里，警探们已徒劳地审问嫌疑犯多时了。见达蒙牧师来了，他们退了出去，让他私下与他的教友交谈。事实证明，这次交谈对安德鲁来说是致命的。许多个月后，安德鲁向一位狱友谈起这次会谈："达蒙先生说：'听着，李，我了解你的整个人生，在你还是个小蝌蚪的时候，我就认识你了。我与你父亲相识了一辈子，我们一起长大，是儿时伙伴。这就是为什么我现在来到这里——不仅仅因为我是你的牧师，也因为我把你当成自己的儿子一样看待。而且你正需要一个能够倾诉、能够信任的朋友。这可怕的事情令我心情糟透了，我和你一样急于抓到凶手、把他绳之以法。'

"他问我渴不渴，我说很渴，于是他给我拿来一罐可乐。喝完后，他问了我一些感恩节过得怎样以及在学校可好之类的话；突然，他说：'我告诉你，李，外面现在有人怀疑你的清白。我相信你肯定愿意做测谎检查，让他们相信你是无辜的，这样他们也好赶快去抓真凶。'然后他说：'李，这可怕的事不是你做的，是不是？如果确实是做的，现在就是你净化自己灵魂的时刻。'我想，这有什么分别呢，于是我坦白了，说出了全部的真相。他不断地摇着头，搓着手，眼睛上下翻着。他说这是一件可怕的事，我必须向上帝坦白，必须把我对他讲的这些告诉警察，只有这样我的灵魂才能得到净化，问我愿不愿意。"看到犯人点头同意，这位精神导师于是走进隔壁的一间屋子，里面挤满了焦急等待的警察。他得意地发出邀请："去吧，那小子准备坦白了。"

安德鲁案后来成为法律与医学改革运动的起点。在审判期间，安德鲁以自己心智不正常为由请求法庭判他无罪。但在审判开始前，曼宁格尔诊所的精神治疗医生已经对他做了详细的检查，确诊他患有单纯型人格分裂症。所谓"单纯型"，指的是安德鲁没有错觉，也没有幻觉，他的主要病症就是无法把自己所想和所感区分开来。他明白自己行为的实质，知道这是法律禁止的，是要受到惩罚的。"但是，"用约瑟夫·萨顿医生的话说——他也参与了检查，"罗维尔·李·安德鲁无论对什么都毫无感情。他认为在这个世界上自己是唯一重要、唯一有意义的人。在他自己的那个幻想世界里，杀死他母亲跟杀死一个动物、一只苍蝇一样，没有什么不对的。"

在萨顿医生和他的同事们看来，毋庸置疑地，安德鲁案提供了一个因精神失常减轻罪责的绝佳例证，足以对堪萨斯法庭采用的"麦纳顿规则"发起挑战。如前所述，"麦纳顿规则"认为，如果被告有辨别是非的能力——法理上的而非道德上的——那么就不能被认定为精神失常。令精神病学专家和开明的法学家们失望的是，"麦纳顿规则"不但在英国法庭大行其道，在美国也占据主导地位；全美只有六个州以及哥伦比亚特区的法庭采用的是比较宽松、但也有人评为不切实际的"德拉姆规则"，其规定如果被告的违法行为是精神疾病或精神缺陷的结果，被告将不负法律责任。

总而言之，安德鲁的辩护者们，曼宁格尔诊所的精神病学专家和两位一流的律师，希望能取得一个法律上的里程碑式胜利。最重要的是必须说服法庭用"德拉姆规则"代替"麦纳顿规则"。如果那样的话，由于有大量的证据证明他患有精神分裂症，那么安德鲁就不至于被绞死或者被关进监狱，而可交由州立医院精神病犯人治疗中心监护治疗。

然而，被告一方却错估了被告的宗教导师。那位不知疲倦的达蒙牧师，作为控方的首席证人出现在法庭上，他以一种咄咄逼人、喋喋不休的帐篷布道者的姿态对法庭表示：他经常警告安德鲁这位前主日学校学生，上帝的愤怒即将到来。"我说，在这个世界上没有什么比你的灵魂更重要。在我们的交谈中，你曾多次对我说你的信仰薄弱，你不信上帝。你知道所有的罪都是违反上帝意志的，上帝是你最终的审判者，你必须对他作出回答。我这样对他说，是要他明白他做的事情有多可怕，对于他犯下的罪行，他必须向全能的主认罪。"

很明显，达蒙牧师下定决心：年轻的安德鲁不但要向全能的主认罪，也要接受世俗法律的惩罚。正是因为他的证词，再加上被告的坦白交代，这个案子很快就定了案。主审法官采用了"麦纳顿规则"，陪审团也应起诉方的要求，对凶犯作出了死刑的判决。

五月十三日，星期五——原定的史密斯与希科克行刑的日子，两人毫发无损地度过了。堪萨斯州最高法院应其律师的请求，批准暂缓执行死刑。同一时期，安德鲁的案件也受到最高法院的复核。

佩里的牢房紧挨着迪克的；虽然彼此看不见，但可以很方便地谈话。然而，佩里很少和迪克说话，这并非因为两人之间所谓的憎恶

（经过几次不冷不热的交谈之后，他们的关系已经变成了一种相互容忍：像一对连体婴一样，虽然志趣迥异，也只有接受不可分离的残酷现实）；而是因为佩里还像以前一样小心谨慎、神神秘秘、疑神疑鬼，不愿其他犯人无意中听到他的"私事"，尤其不愿让安德鲁听见。在牢里，人们都叫他安迪。安德鲁受过教育、上过大学、谈吐文雅、头脑聪明，对佩里而言，他简直是个诅咒。虽然佩里所受的教育没有超过三年级，但却总认为自己比他所认识的大多数人都更有学问，他乐于纠正他们，尤其是他们的语法和发音。但现在，这儿突然来了这么个人，"而且还是个乳臭未干的小毛头！"，居然不停地纠正起他来了！这能怪他不愿意开口吗？与其被这个大学生挑刺，还不如闭嘴少讲话。像什么："如果你想表达'不感兴趣'的意思，不要说成'没感兴趣'。"安德鲁是好心，并无恶意，但佩里却恨不得把他下油锅炸了！他从来不承认这一点，从不让别人知道他为什么会这么恨安德鲁。有一次，他在安德鲁面前丢了面子，坐在牢里生闷气，一天三顿饭，他一口也没吃。到六月初时，他开始绝食。他对迪克说："你尽管去等那条绳子吧。我可等不了了。"从那时开始，他滴水不沾，也不和任何人说话。

　　绝食持续了五天，典狱长开始意识到问题的严重性。到了第六天，他下令把史密斯转到监狱的医院，但是这次搬家没能动摇佩里的决心；无论多么努力地强迫他进食，他总要反抗，拼命摇头，咬紧牙关，嘴简直比马蹄铁还硬。最后人们不得不绑住他全身，通过静脉注射或者鼻饲来强迫他摄取营养。即使这样，在接下来的九个星期里，佩里的体重还是从一百六十八磅下降到一百一十五磅。医生警告典狱长，单纯靠强迫进食恐怕不能维持病人的生命。

　　虽然迪克对佩里的意志力印象深刻，但却不认为他的目的是自杀；甚至当他听说佩里已经陷入昏迷时，他还对安德鲁（此时两人已经成了朋友）说，他的前同谋是在演戏，"他只不过想让他们以为他疯了"。

安德鲁是个饕餮之徒（他的一个剪贴簿上贴满了可口的食物图片，从草莓脆饼到烤乳猪，应有尽有），他说："也许他真疯了。把自己饿成那样。"

"他就是想离开这儿。演戏呢。这样人家就会认为他疯了，把他送进疯人院。"

迪克后来很喜欢引用安德鲁的回答，因为在他看来，安德鲁的回答是最能代表这个小伙子"可笑想法"的一个典型，是他"不切实际的自鸣得意"的一个标本。安德鲁是这样回答的："不过，让我绝食，把自己活活饿死，我可做不来。其实早晚我们都会离开这里。要么走出去，要么在棺材里被人抬出去。我自己？我才不在乎是走出去，还是被人抬出去。结果都一样。"

迪克说："安迪，你的问题在于你完全不尊重生命，包括你自己的在内。"

安德鲁同意迪克的说法。"而且，"他说，"我想告诉你点别的事。如果我活着离开这儿，我的意思是越狱、消失。那么，也许没有人能知道安迪的下落，但他们一定会忘不了安迪是从哪儿出去的。"

整个夏天，佩里都处于半昏迷状态，他汗水淋漓、软弱无力地昏睡着。各种声音在脑袋里嗡嗡作响，其中一个不断地问他："耶稣是谁？耶稣在哪儿？"有一次他醒来大叫："鸟就是耶稣！鸟就是耶稣！"他最喜欢的一个旧日的幻想——"佩里·奥帕尔森的一人交响乐"——此时经常出现在他的梦里。地点是拉斯维加斯的一家夜总会。在那里，佩里戴着白色礼帽，穿着白色晚礼服，潇洒地走到聚光灯下的舞台上，轮流表演口琴、吉他、班卓琴和一口小鼓，还演唱了《你就是我的阳光》，之后他沿着镀金的布景台阶跳起踢踏舞，一直跳到台阶顶端的平台，站在上面鞠躬致意。但是没有掌声，几乎是鸦雀无声。宽敞而华丽的大厅里挤满了数千位观众。奇怪的是，大部分是男人，而且是黑人。汗流浃背的表演者盯着观众，终于理解了他们为什么沉默不语，因为他突然意识到这些人都是幽灵，都是受到法律制裁的鬼魂，或死于绞刑、或死于毒气、或死于电刑，他同时意识到自己将加入他们，那条镀金的台阶是通往绞刑架的，他所站着的平台底下是一个无底的深渊。他的礼帽掉了，大小便失禁了，他进入了来世。

一天下午，他从梦中醒来，发现典狱长站在他床边。典狱长说："看起来你好像在做噩梦？"但是佩里没理他。典狱长曾来过医院几次，试图劝说犯人停止绝食。这次他说："我有东西给你。是你父亲寄来的。我想你也许想看一看。"此时，佩里的脸色几乎像磷光那样惨白，只有深陷在眼窝中的两只眼睛闪烁着光芒，注视着天花板。遭受拒绝后，典狱长把一张风景明信片放在病人的床头便离开了。

那晚，佩里读了明信片。信来自加利福尼亚州的布卢莱克，是写给典狱长的，笨拙的字迹佩里很熟悉，上面写道："亲爱的先生，我得知我儿子佩里由您看守，请告诉我他做了什么错事。如果我去，是否可以见到他，请写信告诉我。我一切都好，愿您也一切如意。特克斯·史密斯。"佩里撕碎了明信片，但信的内容却印在了他脑子里。寥寥数语复活了他的感情，恢复了他的爱与憎，使他想到自己还活着，而此前，他一直想死。后来他告诉一位朋友："我决定活下去，那些想夺走我生命的人再也别想我帮他，想要的话，就自己来拼吧。"

第二天早晨，他要了一杯牛奶，这是十四个星期以来，他第一次主动要求吃东西。他开始喝蛋酒和橘子汁，体重也渐渐恢复。到了十月，监狱医生罗伯特·穆尔认为他已经恢复健康，可以送回死牢。当他回到那里时，迪克笑着说："亲爱的，欢迎你回来。"

两年过去了。

威尔逊和斯潘塞已经离开，死牢里只剩下史密斯、希科克和安德鲁来陪伴那彻夜不熄的灯光和上了丝网的铁窗。普通犯人有的一些权利，他们都没有——不能听收音机，也不能打牌，甚至没有锻炼身体的时间——实际上，他们不允许迈出死牢一步，只有在周六他们才被带到淋浴室，更换一次衣服；此外会见律师或亲友时也能短暂地离开死牢，而这很久才会轮到一次。希科克太太每个月都会过来一趟；她丈夫已经去世了，她的农场也没了，她告诉迪克她只好在这个亲戚家住几天后再到那个亲戚家待段时间。

佩里觉得自己似乎生活在"深水底下"，这也许是因为死牢通常像深海一样黑暗而死寂，只有呼噜声、咳嗽声、拖鞋的脚步声以及在监狱围墙上安巢的鸽子挥动翅膀的嘈杂声。但也并非总是如此。迪克在给母亲的一封信里写道："有时你根本无法思考。他们把犯人投进楼下叫作洞穴的牢里，不少人都拼命挣扎，发了狂似的又吼又叫。这实在令人难以忍受，因此我们只好朝下头嚷，叫他们闭嘴。我真希望你能寄一副耳塞给我，不过他们大概不会同意。也许坏人是不能得到休息的。"

这幢小小的建筑已经有超过一个世纪的历史了，季节的变化在它身上留下了不同的古老印记：严冬，寒气浸渗着石墙与铁牢；夏季，气温超过三十八度，老旧的牢房就像个臭气熏天的大锅。一九六一年七月五日，迪克在信中写道："热得我皮肤发痒，很少活动，就坐在地上，床已经被汗水湿透，不能睡觉了。房内的臭味使我恶心。因为每周只能洗一次澡，而且老穿同一件衣服，牢里根本不通风，灯光使一切变得更热，臭虫在墙上不停地爬。"

判了死刑的犯人不用像普通犯人那样每天参加劳动，可以随意使用自己的时间，可以整天睡觉，佩里就经常这样（"我假装自己是个婴儿，睁不开眼睛"）。或者像安德鲁那样整天读书，他平均每周能读十五到二十本，阅读的范围很广：既有垃圾书，也有文学精品；他也喜欢诗歌，尤其是罗伯特·弗罗斯特的作品，还有惠特曼、艾米莉·狄金森，以及奥格登·纳什的谐趣诗。他这种如饥似渴的阅读文学作品的热情使他很快读遍了监狱图书馆的藏书。好在监狱牧师以及其他同情安德鲁的人，会从堪萨斯城公共图书馆给他寄来大捆的书籍供他阅读。

迪克也是个书虫，但是他的阅读趣味只限于两个主题：性，比如哈罗德·罗宾斯和欧文·华莱士的小说（佩里读完迪克借给他的一本书后，气愤地写了张回条："堕落的人需要污秽之物！"），以及法律书。每天他都花费大量时间翻阅法律书籍，然后整理出笔记，希望能借此推翻对他的审判。他接连向诸如美国民权联盟、堪萨斯州律师协会等机构寄信。信中发出抨击，指责对他的审判是一场"法律程序的闹剧"，呼吁收信人帮助他寻求复审。他也劝佩里写了同样的请求信。但当他也建议安迪照他们的样子为自己的判决提出抗议时，安德鲁回答说："我管我的脖子，你们管好自己的就行。"（事实上，迪克目前最担心的倒不是脖子。"我的头发一把把地掉，"在给母亲的另一封信中，他写道，"我要发疯了。在我的记忆里，我们家没有人是秃头。一想到自己即将变成难看的秃头，我就极端痛苦。"）

一九六一年秋季的一天晚上，死牢的两位看守带来了一个新消息。"嘿，"其中一位说，"伙计们，你们要有新伙伴了。"他话里的意思，听众们听得很明白；他指的是因在堪萨斯州谋杀了一位铁路职工而被判处极刑的两个年轻士兵。"没错，"另一位看守证实说，"他们被判了死刑。"迪克说："那还用说。堪萨斯州流行死刑。陪审团判起死刑来，就像给小孩发糖果似的。"

其中一位士兵，乔治·罗纳德·约克，十八岁；他的同伙詹姆斯·道格拉斯·莱瑟姆，只比他大一岁。他们两个都很英俊，因此在审判时，十几岁的小姑娘成群结队地到法庭来旁听。虽然只受到一起谋杀指控，但是他们俩却自己招认，在穿越各州的过程中连续杀害了七个人。

罗尼·约克，金发，蓝眼，在佛罗里达出生、长大。他父亲是位收入丰厚的有名的深海潜水员。家庭生活十分舒适，从小就受到父母的溺爱，再加上妹妹的仰慕，约克无疑是全家人的中心。吉米·莱瑟姆的背景则刚好是另一个极端，他和佩里·史密斯的生活一样凄惨。他出生于得克萨斯州，是大家庭中最小的孩子，贫穷、争吵不休的父母最后离婚了，留下孩子们自己养活自己，任他们流落四方，像荒野中的野草一样到处漂泊、无依无靠。十七岁时，为了寻求安身之所，莱瑟姆参加了陆军；两年后，他因擅离职守而被关进得克萨斯州胡德堡的军事监狱。正是在那里，他遇见了约克。虽然两人出身境遇完全不同，就连外形差别也很大——约克个子高，面容恬静，而莱瑟姆个子矮，一张可爱的笑脸上镶着两只狐狸般的棕色眼睛——但是都有一个坚定的看法：这个世界是可憎的，世界上所有的人最好都死掉。"这是一个坏得不能再坏的世界，"莱瑟姆说，"除了卑鄙没有别的。所有的人都是卑鄙的。烧毁农民的谷仓，他自然就明白了。毒死他的狗，杀死他。"约克说莱瑟姆"百分之百正确"，还说，"无论如何，无论你杀的是谁，实际上都是在帮他"。

他们选择的第一批"帮助"对象是两位佐治亚州的妇女，那两位体面的家庭主妇不幸遇到了约克和莱瑟姆。那时，这对谋杀犯刚刚从胡德堡军事监狱中越狱，偷了一辆卡车，一路向佛罗里达州的杰克逊维尔开去，那里是约克的老家。他们是在杰克逊维尔郊区的一个加油站里遇见这两位妇女的，时间是一九六一年五月二十九日夜。最初，两位逃亡的士兵出发去杰克逊维尔是想去看看约克的家人；但是到了那儿时，约克又觉得此时去和父母联系很不明智，他父亲有可能大发脾气。于是，在加油站买汽油的时候，两人经过讨论，决定到新奥尔良去。在他们的车旁边，另一辆车也在加油；里面坐着两位家庭主妇模样的潜在受害者，她们在杰克逊维尔逛了一天商店，过得很愉快，此时正打算返回她们位于佛罗里达州和佐治亚州交界处的家。不幸的是，她们迷路了。她们向约克问路，约克说得很肯定："跟着我们就行。我们会领你们上正路。"但实际上他领的路是完全错误的，那是一条通往沼泽地的狭窄小路。然而，两位女士还是充满信任地跟在他们后面，直到前面的领路车停了下来，借助车头的大灯，她们俩看见两位帮忙的男孩正走过来，还看见每人手里都拿着一条黑色的鞭子。然而，太晚了。鞭子是卡车的主人——一位牧场主的物品；拿它做刑具是莱瑟姆的主意，抢劫完两位女士，两人就把她们勒死了。在新奥尔良，两个男孩买了一支手枪，还在枪柄上刻了两个 V 形凹痕。

接下来的十天里，V 形凹痕的数量不断增加。在田纳西州的塔拉霍马，他们开枪打死了一位正在旅行的推销员，抢了他那辆漂亮的红色道奇敞篷车。在伊利诺伊州的圣路易斯市郊区，他们又杀了两个男人。第六位被杀的是位堪萨斯州的老人，名叫奥托·齐格勒，六十二岁，身体强壮，为人和善，是那种看到路人有麻烦绝对不会不帮忙的人。六月一个天气晴好的早晨，在开车经过堪萨斯州一条高速公路时，齐格勒看到一辆红色敞篷轿车停在路边，两个英俊的年轻人正在修理发动机。热心肠的齐格勒先生怎么会知道发动机根本没坏，那是一个用来抢劫并杀死像他那样的善心人的诡计。他的最后一句话是："我能帮忙吗？"二十英尺外的约克抬手一枪，子弹打穿了老人的脑袋。约克转过身来对莱瑟姆说道："怎么样，这枪打得不错吧？"

最后一位受害者最令人同情。她是一位十八岁的女孩，在科罗拉多州的一家汽车旅馆里当女招待。两个疯狂的杀手在那家旅馆过了一夜，其间她和他们俩做爱。他们告诉女孩打算去加利福尼亚，邀请她同行。"来吧，"莱瑟姆劝她，"也许我们都能成为电影明星。"最终在科罗拉多州克雷格附近一条峡谷中，女孩以及她匆忙装好的行李箱倒在了一摊血泊之中。但是就在她被杀并弃尸荒野之后数个小时，她的两位同伴还真的上了电影镜头。

在齐格勒先生的尸体被发现之后，有许多人向警方指称曾在附近注意到一辆红色汽车，上面有两个人，于是警方依据报信者的描述，开始在中西部及西部各州散发印有两名凶手形迹的布告。路障设立起来了，直升机在高速公路上空巡逻；正是在犹他州的一处路障，约克和莱瑟姆遭到逮捕。后来，在盐湖城的警察总部，当地的一家电视台获准对他们俩拍摄采访。其成果如果不听声音、单看画面，会让人以为这是两个年轻快乐的运动员在讨论曲棍球、棒球，或者随便别的什么，但绝对想不到他们是在对着摄像机大谈谋杀以及自己在其中扮演的角色。"为什么，"采访者问，"你们为什么要这么做？"约克沾沾自喜地笑着回答："我们憎恨这个世界。"

共有五个州为获得处死约克和莱瑟姆的权力而竞争：佛罗里达州

（电刑），田纳西州（电刑），伊利诺伊州（电刑），堪萨斯州（绞刑），科罗拉多州（毒气）。但因为所提供的证据最有力，堪萨斯州获胜。

死牢里的囚犯第一次见到他们的新伙伴是在一九六一年十一月二日。押送犯人走向牢房的警卫介绍说："这位是约克先生，这位是莱瑟姆先生。我想你们应该认识一下。这位是史密斯先生，这位是希科克先生。而这位是罗维尔·李·安德鲁先生，'沃尔科特最善良的男孩'！"

当新伙伴从门前走过时，希科克听见安德鲁在吃吃地笑，于是问："这两个王八蛋有什么好笑的？"

"没什么，"安德鲁说，"我在想：你数一数，我杀了三个，你们杀了四个，他们杀了七个，我们五个人一共杀了十四个人。十四除以五，平均每人杀……"

"十四除以四，"希科克简略地纠正他，"这儿有四个凶手和一位铁路职工，我他妈不是凶手，我从没碰过别人头上一根毫毛。"

希科克继续写信抗议对他的审判，终于有一封信起了作用。收信人是埃弗里特·斯蒂尔曼，堪萨斯州律师协会法律援助委员会主席。他对希科克信中的陈述感到不安，因为希科克一再强调他和佩里没有得到公正的审判。据希科克说，加登城的"敌视气氛"使之不可能组成公正的陪审团，因此本应改变审判地点。至于选出的陪审员里，至少有两人在甄选时就已明确地说他们有罪（"当被问及对死刑的看法时，其中一人说，在一般情况下，他反对死刑，但在本案中，他不反对"）；可惜这个过程并没有被记录下来，因为堪萨斯州的法律规定，除特殊请求外，不必记录。此外，很多陪审员"都认识受害者，法官也是如此，塔特法官是克拉特先生的生前好友"。

但希科克最主要针对的是两位辩护律师阿瑟·弗莱明和哈里森·史密斯，称他们的"无能和不得力"是造成自己目前危险处境的主要原因。他说两位律师根本没有认真准备和进行辩护。信中还暗示，这种渎职是故意的，辩护律师和控方相互勾结。

这些指控很严重，涉及两位受人尊敬的律师和一位地位显赫的法官的声誉。不过，如果申述中有部分情况属实，那么宪法所赋予被告的权利就受到了侵犯。在斯蒂尔曼先生的提议下，律师协会采取了堪萨斯州法律史上前所未有的行动：协会委托威奇托市的一位青年律师拉塞尔·舒尔茨调查信中所指控的渎职事件。如果证据确凿，协会将向堪萨斯州最高法院提出人身保护令，对原判的有效性提出异议。不过，最高法院不久之前还是宣布维持原判。

舒尔茨的调查似乎相当片面，他只找史密斯和希科克谈了一次，就向新闻界发出了讨伐："问题在于，贫穷而显然有罪的被告有没有权利享有充分的辩护呢？我不认为处死这两名上诉者对堪萨斯州会有重大或长远的损害。但是我相信，如果不按合法程序审判，堪萨斯州的名誉将永远受到损害。"

舒尔茨递交了人身保护令的请愿书，堪萨斯州最高法院任命一位退休的法官，受人尊敬的沃尔特·G.蒂埃尔主持一个全面的听证会。于是在审判过去将近两年后，参与审判的原班人马又一次聚集在加登城法院。唯一缺席的重要参与者是原先的两位被告；代替他们的是塔特法官、老弗莱明先生以及哈里森·史密斯先生，他们的事业处于危险之中：不是因为上诉者的指控，而是由于律师协会对他们采取了不信任的态度。

听证会总共用了六天的时间，对每一个疑点都进行了调查。有一度，会址转移到了兰辛，蒂埃尔法官在那里听取了史密斯和希科克的证词。八位陪审员发誓他们根本不认识遇害家庭的任何成员；有四位陪审员承认与克拉特先生稍有来往，但他们都发誓自己没有把偏见带到审判过程中。在机场工作的 N.L.敦南也坚称自己没有偏见，但这与他在预审时说的相互矛盾。于是，舒尔茨质问敦南："先生，如果这是你的审判，你是否乐意与一个看法和你一致的陪审员一起参加？"敦南回答乐意。舒尔茨接着问："你是否记得有人问过你对死刑的看法？"敦南点点头，说："我告诉他们，在一般情况下，我也许会反对死刑，但就这起谋杀多人的案件而言，我可能会赞成。"

与塔特的较量更为困难，舒尔茨很快意识到，塔特让他骑虎难下。在回答是否与克拉特先生有密切关系等问题时，这位法官说："他（克拉特）曾是本法庭的诉讼当事人，一起由我主持的有关一架飞机坠落至他的果园的赔偿官司；他提出索赔，我想是因为他的一些果树受到了损害。此外，我没有机会与他接触，从来没有，一年中我只见过他一两次……"舒尔茨狼狈地转变了话题："你了解两位凶手被捕后该地区居民的反应吗？""我想我了解，"法官很有把握地回答说，"我认为居民们对他们俩和其他罪犯抱有一样的态度：应该按法律进行审判；如果他们有罪，就应该被判刑；任何人都应该受到同样公正的对待。"舒尔茨狡猾地说："你的意思是说，你的法庭本身并不认为有变更审判地点的必要？"塔特的嘴向下一撇，眼睛露出了怒色。"舒尔茨先生，"他拖长声音说，"法庭本身并无权准予变更审判地点，这是违反堪萨斯州法律的。除非合法地提出请求，否则我没法改变审判地点。"

那么辩护律师为什么不提出这样的请求呢？舒尔茨于是转向辩护律师。他认为，这次听证会的主要目的就是证明辩护律师没有为当事人尽最起码的义务，使他们名誉扫地。弗莱明和史密斯很有风度地接受攻击，弗莱明的表现尤为出色。他戴了一条醒目的红色领带，脸上带着笑容，完全是一副绅士做派。在解释他为什么没有提出改变审判地点的请求时，他说："我认为，既然卫理公会的考恩牧师这样一位在本地德高望重的人，以及其他许多牧师，都曾表明反对死刑的立场，本地可以说已受到充分的潜移默化，事实上，本地人士在反对死刑态度上比州内其他地区的人要坚定得多。我还记得克拉特太太的一个兄弟曾也在一家报纸上发表声明，认为被告不应该被判处死刑。"

　　舒尔茨改变策略，暗示由于受到本地居民的压力，弗莱明和史密斯故意失职。他认为两人没有充分与当事人协商，因而背叛了他们，但弗莱明先生回答说："对这个案子，我已经竭尽所能，所花的时间比别的案子还多。"在问及为什么自动放弃预审时，史密斯回答："可是，先生，在预审时，我和弗莱明先生还没有被指定为律师。"在谈及向报界发表损害被告的谈话时，舒尔茨对史密斯说："你可知道托皮卡的《首府日报》记者兰·科尔在审判的第二天引用你的话，说希科克有罪是无疑的，你所关心的只是争取终身监禁，而不是判死刑？"史密斯对舒尔茨说："不，先生。如果有人那样引用我的话，那是不正确的。"此外，舒尔茨认为，两位律师在辩护工作上也欠缺充分的准备。

　　最后一个问题，舒尔茨逼问得最紧；与此相关地，美国第十巡回上诉法院的三位联邦法官在就此上诉所提出的意见中指出："然而，我们认为，那些回顾此案的人士，没有看到史密斯和弗莱明两位辩护律师在开始为当事人辩护时所遇到的问题。当辩护律师接受任命时，两位上诉者都已经完全坦白，且他们当时并未就供词并非出于自愿招认这一点进行抗辩，在开庭期间也同样如此。上诉者从克拉特家盗走、事后在墨西哥城卖掉的收音机已被找回，辩护律师们还了解到其他犯罪证据也已经被控方掌握。在审判中，当要求被告就针对自己的指控进行抗辩时，他们选择了沉默，依理他们首先应该自己提出不认罪，律师才能继续辩护。自审判以来，没有任何能够证实被告精神失常的实质性证据。希科克由于早年车祸受到重创而导致的头痛与经常发作的昏厥，作为精神不健全的辩护理由就像是抓住救命稻草的尝试。两名辩护律师当时面临的情况是，恶性谋杀无辜百姓的罪行已经得到供认。在这种情况下，他们有理由建议当事人承认自己有罪，然后再恳求法庭从轻量刑。他们唯一的希望就是：命运也许会有转机，这些走上歧途的人的生命也许能得到挽救。"

在给堪萨斯州最高法院的报告里，蒂埃尔法官认为当事人得到了宪法规定的公正的审判；因此，法庭拒绝撤回原判，重新确定了行刑日期：一九六二年十月二十五日。碰巧的是，罗维尔·李·安德鲁的案子，经过两度向美国联邦最高法院的上诉之后，也被判定为一个月后执行绞刑。

杀害克拉特一家的凶手们得到了联邦法官的缓期执行命令，躲过了死期。安德鲁被按时处死。

在美国，死刑从判决到执行平均要花十七个月的时间。最近，在得克萨斯州，一个武装抢劫犯在判刑一个月后就被电刑处死了。但就在本章落笔之际，在路易斯安那州，却有两个强奸犯已经等了十二年还没有行刑，这真是创纪录。这种差别一部分是靠运气，大部分则取决于诉讼的长短。负责这类案子的律师大都是由法庭指派的，他们不收取报酬；但是法庭为了避免日后有人以律师人选不当为由上诉，常常指派第一流的律师，而这些律师也以令人叹服的精力投入辩护。然而，即使是位水平一般的律师，也能把死刑年复一年地推迟下去，这是因为美国法律界的上诉体制。在这样的体制里，上诉者可以尽力争取改变命运，可以无限期地去碰运气，先到州法院，然后到联邦法院，再到最后的法院——美国最高法院。即使失败也不要紧，上诉者仍然可以找出或者制造新的上诉理由，通常他们总有机会这样做。于是，一个大转弯，上诉旅程又从头开始。有时拖上若干年，罪犯再次回到最高法院，发现自己只不过又站在这一残酷循环赛的起跑线上了。有时，这只车轮会停下来，宣布谁是胜利者，或者——尽管这种情况越来越少——宣告谁是失败者：安德鲁的律师抗争到最后一刻，结果他的当事人还是在一九六二年十一月三十日星期五这天走上了绞刑架。

"那是一个寒冷的夜晚，"希科克对一位与他通信的记者说，这位记者获准可以不时拜访他，"又冷又湿，天下着大雨，棒球场上都是烂泥。所以当他们带安迪去储藏室时，不得不沿着小路走。我们都站在窗边看，佩里、我还有罗尼和吉米。当时刚过午夜，储藏室里像万圣节前夕的小镇一样灯火通明，门敞开着，我们可以看见证人、许多看守、医生，还有典狱长，什么该死的都能看见，就是看不见绞刑架。角度不对，我们只能看见绞刑架的影子。映在墙上就像拳击场的阴影一样。

"牧师和四名看守押送着安迪，走到门口时，他们停了一下。安迪看着绞刑架——你能感觉到他在看，他的胳膊被绑在胸前。突然，牧师上前摘掉了安迪的眼镜。真可怜，安迪连眼镜都没了。他们领着他走上了绞刑架，我奇怪他看不见台阶怎么往上走。静极了，除了远处镇上的狗叫，什么声音也没有。接着我们听到了那个声音。吉米·莱瑟姆说：'那是什么？'我告诉他，那是绞刑架底下的活板门打开时的声音。

"然后再次安静下来。那只狗还在叫。可怜的安迪，他挣扎了好久。他们肯定有得收拾了。每隔几分钟，医生就要走上去，然后再回来，手里拿着听诊器。我不觉得他喜欢自己的工作——他不停地大口喘气，似乎透不过气来，他也在哭呢。吉米说：'真是娘娘腔。'我猜他走出屋子是不想让别人看见他在哭。然后他回去听安迪的心脏是否停止了跳动。好像他的心脏永远不会停止跳动一样。事实上，上刑后，他的心脏还跳动了十九分钟之久。

"安迪这人挺有趣的，"希科克说，他嘴里叼着烟，侧过头笑着，"正如我跟他说的：他不尊重生命，甚至包括他自己的。就在上绞刑架前，他还坐下吃了两块炸鸡。那天下午他又是抽烟，又是喝可乐，又是写诗的。当他们来带他上路时，我们都对他说再见。我说：'安迪，我很快就会再见到你。因为我们肯定要去同一个地方。所以你先四处转转，看看能不能给我们在地狱里找个凉快点的地方。'他笑了，说他不相信什么天堂地狱之类的，死了就是死了。他说一个叔叔和一个婶婶已经来看过他，告诉他已经给他准备好了一具棺材，将把他葬在密苏里州北部的一个小墓地里。被他杀死的三位家人也埋葬在那里，他们计划把他葬在他们旁边。他说得知这个消息，他差点忍不住笑了。我说：'嗨，你很幸运，还有个坟墓。他们很有可能把我和佩里送去做人体解剖呢。'我们说啊笑啊，直到他被押走。临行时，他递给我一张纸，上面写着一首诗。我不知道是不是他写的。或者是从哪本书里抄来的。我印象里好像是他自己写的。如果你感兴趣，我会把诗寄给你。"

后来他真的寄去了。安德鲁的告别词原来抄自格雷 ①《墓畔挽歌》的第九节：

> 吹嘘有族徽，夸耀手中权，
> 美貌财富皆享有，
> 那一时刻不可免：
> 光辉之路，条条通九泉。

"我真的很喜欢安迪。他是个疯子，不是真疯，就是那种说个不停的，实际上，你知道，他只不过有点傻乎乎而已。他总提什么越狱，什么出去当一个职业杀手。他喜欢想象自己拿着一个装着机关枪的小提琴盒，在芝加哥或者洛杉矶乱逛。冷酷的家伙。他说他杀一个人要一千块钱。"

希科克笑了，可能是笑他朋友想入非非，接着他边叹息边摇头："他是我遇见的同龄人中最聪明的一个，简直是个活图书馆。读过的书，他都能记住。但他对生活一窍不通。而我呢，除了懂得生活外，没有别的知识。人生的惨痛，我可见识了不少。我看见过一位白人被人鞭打，看见过婴儿出生，还看见过一个女孩，不超过十四岁，同时接待三位嫖客，并让他们满意而归。有一次，在离海岸五英里的地方，我从船上掉了下去，每拼命划一下水，都感觉离死亡更近了一步。我曾在米尔巴克饭店的休息厅里与杜鲁门总统握过手，哈里·S.杜鲁门。我为医院开救护车时见识过人生百态，其中有些就连狗见到了都会呕吐。可是安迪，除了读书外，其他什么也不懂。

①托马斯·格雷（Thomas Gray, 1716－1771），英国十八世纪重要诗人，《墓畔挽歌》是其代表作。

"他像小孩一样单纯，就像手上拿着一盒饼干的小孩一样。他从未玩过女人，无论美丑肥瘦。这是他自己说的。也许这就是为什么我非常喜欢他，他不会撒谎。死牢里的其他人都是吹牛撒谎的能手，我是最坏的一个。妈的，人总得讲点什么。吹吹牛，否则你就更什么也不是，不过是这十英尺长、七英尺宽的死牢里的行尸走肉。可安迪从不加入，他说胡说那些从未发生过的事情有什么意思。

"不过，佩里老兄对安迪的死却一点也不难过。在这个世界上，安迪正是佩里希望成为的那种人，受过教育的人。因此，佩里无法宽恕他。你知道，佩里总是用一些他自己也不明白的大词。听起来好像是黑人大学生。看到安迪超过了他，这令他坐立难安。当然，安迪不过是想满足一下他的愿望——接受教育。问题在于，不是每个人都能和佩里和睦相处。在死牢里，他没有一个朋友。我不明白，他到底把自己看成什么样的人物？谁也不放在眼里，说这个变态，说那个堕落，整天觉得别人智力低下。实在抱歉得很，我们不可能都像小佩里那样多愁善感。真是个圣人。我知道有好几个家伙都想找个机会把他带到厕所去，好好整他一顿，哪怕去角落了也甘心。你该看看他对罗尼和吉米摆的那臭架子！罗尼说真希望知道在哪儿能找到牛皮鞭子，好抽他一顿。但我不怪他，毕竟我们同在一条破船上；再说了，这两个小子人也挺不错的。"

希科克苦笑一下，耸耸肩说："你明白我的意思。我是说他们本性不错。罗尼·约克的母亲来看过他好几次。有一天在等候室里，她遇见了我母亲，现在她们俩成了最亲密的朋友。约克太太邀请我母亲去佛罗里达州，到她家中做客，甚至就在那儿住下。天啊，我希望她能去。那样的话，她就不用受这份罪了。每月坐公共汽车来看我一次，老是强颜欢笑，想找些话来安慰我。多可怜的女人。

我不知道她怎么能经受住这样的打击。我想她早就疯了。"

希科克那不对称的眼睛盯着接待室的窗户，他的脸苍白得像葬礼上的百合花，冬天微弱的阳光透过铁窗玻璃照在他的脸上，使之微微发光。

"可怜的女人，她写信给看守，询问下次来时能否同佩里讲讲话。她想叫佩里亲自给她讲一遍杀人的经过，讲我没开枪杀人。我只希望，有朝一日重新审判，佩里会作证说出真相。不过，我对此表示怀疑。他很清楚地说过，他死我也得死。这是错误的。很多人犯了谋杀罪，可从未进过死牢。我从未杀过人却在死牢里待着。如果有五万美元去行贿，哪怕你杀掉堪萨斯州一半的人，照样可以逍遥法外，哈哈一笑了事。"他脸上的怒气突然消失，露出了一丝笑容，"嘿，我又犯老毛病了，爱抱怨。你以为我会学好。但说句老实话，我是尽了最大努力和佩里相处，只是他太苛求，两面派，小心眼。每当我收到信或者有人探视，他都猜疑忌妒。除了你以外，没有任何人来看过他。"他点着头对记者说，这位记者同史密斯和希科克都很熟悉。"如果有的话，也是他的律师。还记得他住院的事吗？就是那次假绝食。他父亲写明信片来。看守写信告诉佩里的父亲，欢迎他随时来这里探望，可他一次也没来。我不知是啥原因。有时你会可怜他。他一定是有史以来最孤独的人。但是，啊哈，他活该如此。这是他自作自受。"

希科克又抽出一根摩尔牌香烟，皱着眉头说道："我曾试着戒烟。但后来一想，在这种情况下，戒不戒又有什么分别。也许走运得了癌症，还能让州里的把戏通通无效。有一段时间，我还抽雪茄。安迪的雪茄。他们把他绞死后的那天早晨，我醒来叫了声：'安迪？'我经常这么做。然后我想起来了，他已经伴着叔叔、婶婶在去密苏里州的路上了。我向外面的走廊张望。他的牢房已经被打扫干净，所有的物品都堆放在那儿。铺位上的床垫、拖鞋、贴满食物图片的剪贴本——他称之为冰箱。再有就是这盒麦克贝思雪茄。我对看守说，安迪希望我保留这盒雪茄，他在遗嘱里把雪茄留给了我。实际上，我没怎么抽这盒雪茄。也许是因为想到安迪，每次抽，胃都不舒服。

"唉，对死刑的看法？我不反对死刑。死刑是为了复仇。复仇有什么错？复仇是非常重要的。如果我是克拉特的亲戚，或者是约克和莱瑟姆所杀的任何人的亲戚，我是不会善罢甘休的，除非责任人坐坐那架大秋千。那些人给报纸写信。那天托皮卡的一家报纸登了两封信，其中一封是一位牧师写的。信上说，这完全是一场法律闹剧，为什么史密斯和希科克这两个王八蛋还没有被绞死，为什么这些该死的谋杀犯还在浪费纳税人的钱？唉，我能理解他们的想法。他们之所以生气是因为他们没有得到想要的复仇。而只要我能想出办法，他们就别想复仇。我赞成绞刑，只要被绞死的那个人不是我。"

但他还是被绞死了。

又过了三年。在此期间，堪萨斯州两位十分杰出的律师约瑟夫·P.詹金斯和罗伯特·宾厄姆，在舒尔茨退出本案后接替了他。他们由一位联邦法官任命，不计报酬地工作（他们坚信被告是"噩梦般不公正审判"的受害者）。他们在联邦法院体制的许可范围内不停地上诉，由此逃过了三次死刑执行日期：一九六二年十月二十五日，一九六三年八月八日，一九六五年二月十八日。两位律师认为，他们的当事人没有受到公正的审判，理由包括：他们直到坦白和放弃预审后才被委派律师；辩护律师在审判过程中没有为他们进行充分的辩护；定刑的证据（指从希科克家中取走的枪和刀）是在没有搜查令的情况下取得的；再者，即使审判所在地充满着对被告的偏见，但仍不允许改变审判地点。

依据这些论断，詹金斯和宾厄姆三次成功地将本案提交美国最高法院——也就是很多申诉中的囚犯声称的"老大那儿"，但最高法院在处理这类案件时从不解释它的决定，每次都驳回上诉，拒绝下达调取该案卷宗的命令。而只有下达该令，上诉者才有权在庭前举行全面的听证会。一九六五年三月，在史密斯和希科克被关进死牢近两千天后，堪萨斯州最高法院下令这两名犯人的生命必须在一九六五年四月十四日午夜至凌晨二时间结束。两位律师向堪萨斯州新任州长威廉姆·艾弗里递交了宽赦请求，但艾弗里是位富裕的农场主，对公众舆论非常敏感，他拒绝出面干预，而且表示如此判决是为了"堪萨斯州民众的最大利益"。（两个月后，艾弗里也拒绝了约克和莱瑟姆的宽赦请求，他们两人于一九六五年六月十二日被处以绞刑。）

星期三那天，早晨天亮后，艾尔文·杜威正好在托皮卡一家旅馆的咖啡室里吃早饭，在《堪萨斯城星报》的头版上看到了他等候已久的标题："血案凶手被处以绞刑"。美联社的一位记者作出如下报道："合伙作案的理查德·尤金·希科克和佩里·爱德华·史密斯因犯下堪萨斯历史上最血腥的谋杀案，今日凌晨在州立监狱被处以绞刑。希科克，三十三岁，零点四十一分首先被绞死；史密斯，三十六岁，一点三十六分被绞死……"

杜威目睹了他们的死，他是应邀出席仪式的二十余位证人之一。在此之前，他从未见过绞刑。午夜时分，当走进那间寒冷的储藏室，杜威看见的情景令他颇为吃惊：他本以为仪式会很庄重，没想到是这么一间灯光惨淡、堆满了木料和其他零碎物品的洞穴。但是绞刑架本身已经够威严的了。十字架上挂着两根陈旧的绞索；那个刽子手的打扮也出乎意料，他站在有十三级台阶的木头绞刑架上，倒映出长长的身影。没有人知道他的名字，只知道他是一位从密苏里州请来的坚韧的绅士，此次行刑可以得到六百美元的报酬。他穿着一件旧条纹西装，上面有两个口袋，但衣服对他瘦弱的身体显得太大，几近没膝；头上戴的那顶牛仔帽，刚买时想必是明亮的绿色，此时却汗渍斑斑，样子很怪。

在人们等候"庆典时刻"（套用一位证人的用词）到来时，杜威听到他们刻意掩饰紧张地闲扯着，这让他感到不安。

"我听说他们要让犯人抽签或扔硬币决定谁先上绞刑架。但是史密斯说为什么不按姓名顺序呢，可能是因为 S 在 H 的后面，哈！"

"看过今天下午的报纸了吗？知道他们最后的晚餐吃的是什么吗？菜是一样的：虾、油炸土豆、蒜蓉面包、冰淇淋、草莓加发泡奶油。知道吗，史密斯没吃多少。"

"那个希科克还挺幽默的。有人告诉我，一个小时前，有个看守对他说：'今晚一定是你一生中最漫长的一个夜晚。'而希科克笑着说：'不对，是最短的一个。'"

"你听说希科克的眼睛的事了吗？他把眼睛留给一位眼科医生了。他一死，医生就要把他的眼睛摘下来，安到另一个人的脑袋上。我可不想成为那个人。自己脑袋上安着他的眼睛，太诡异了。"

"天啊，下雨了吗？快把窗户都关上。我的新雪佛兰。天啊！"

储藏室的高屋顶响起了急剧的雨点声，好像行军鼓似的"咚嗒，咚嗒"预报着希科克的到来。在六名看守和一位口中念念有词的牧师的护送下，他戴着手铐走进刑场。一根丑陋的皮绳紧紧地将他的双手绑在身上。在绞刑架下，典狱长向他宣读了正式的行刑令，一份长达两页的文件；六年阴暗的牢房生活使希科克的视力减退，在典狱长宣读文件时，他扫视了这一小群观众，没有见到他要找的人，他轻声问身边的看守是否有克拉特家的人在场。当听说没有时，他似乎有些失望。仿佛他认为出席这一复仇仪式的观众，实在有些不够资格。

按照惯例，典狱长宣读完文件，要问犯人还有没有临终遗言。希科克点头说有，"我只想说我不难过。你们正在送我去一个比这个世界更好的地方"。然后，仿佛是为了强调这一点，他和四位负责抓捕、审讯他的堪萨斯州调查局特工一一握手，他们分别是罗伊·丘奇、克拉伦斯·邓茨、哈罗德·奈以及杜威。四人都申请参加了行刑仪式。"很高兴见到你。"希科克带着他最迷人的微笑说着，仿佛是在自己的葬礼上招待客人。

刽子手咳嗽了一声，不耐烦地举起那顶帽子，又戴回头上，这一姿态使人想起秃头的火鸡，一阵盛怒之后，又理了理颈上的羽毛。希科克被一位看守推着登上了绞刑架。"赏赐的是耶和华，收取的也是耶和华。耶和华的名是应当称颂的。"牧师祷告着。雨越下越大，绞索已经就位，死囚的双眼被一块柔软的黑布蒙上。"愿上帝宽恕你的灵魂。"活板门打开了，希科克上刑后足足有二十分钟，监狱医生终于说："我宣布此人已经死亡。"一辆灵车开进储藏室，雪亮的车灯上洒满了雨珠。尸体安放在担架上，上面盖着毛毯，被人抬上灵车，消失在黑夜里。

凝视着驶去的灵车，罗伊·丘奇摇摇头，说："我从不相信他会有勇气面对死刑。像刚才这样。我还以为他是个软蛋呢。"

和他说话的那个人也是位警探，他说："算了吧，罗伊。那家伙是个流氓，一个卑鄙的浑蛋。他罪有应得。"

丘奇的目光里满是思考，他不停地摇头。

在等待第二场行刑时，一位记者和一个看守攀谈上了。记者说："这是你第一次参加绞刑吗？"

"我看过李·安德鲁的。"

"我是第一次。"

"是吗，你觉得怎么样？"

记者噘起了嘴。"我们办公室里没人想来。我也不想来。但没我想象的那么糟糕。就像高台跳水，只不过脖子上多了根绳子。"

"他们没什么感觉。一跳，啪的一声，完事。他们不会有感觉的。"

"是吗，我站得很近，能听见他拼命想呼吸。"

"嗯，哈，但他不会有感觉，有感觉那是不人道的。"

"我看还不如给他们吃大量的药片，安眠药。"

"不，那不行，那是违反规定的。看，史密斯来了。"

"唉，没想到他竟然这么矮。"

"是的，他是很矮。不过，狼蛛也不大呀。"

被带进储藏室时，史密斯一眼就认出了老对手杜威。他停住咀嚼口中的薄荷味口香糖，咧嘴一笑，向杜威眨了眨眼，显得活泼而调皮。但是当典狱长问他还有什么要说的时候，他似乎清醒了，那双敏感的眼睛悲戚地注视着周围的人，突然又转过身来看了看那阴影中站立的刽子手，再低头瞧瞧自己戴着手铐的双手，上面沾满了墨水与油彩，在死牢的最后三年，他一直在画自画像和孩子们的肖像，后者通常是狱友们把自己一些很少见面的子女的照片拿给他。"我认为，"他说，"用这种办法结束一个人的生命太残忍了。不管是在人道上，还是在法律上，我都反对死刑。也许我对这个世界也可以作些贡献，比如——"他的自信心消失了，胆怯使他的声音变得模糊起来，低到勉强能听到，"也许为我所作所为道歉是毫无意义的，甚至是不合适的，但是我还要这样做。我愿意认错。"

台阶、绞索、面罩。在蒙上面罩前，囚犯将他的口香糖吐到了牧师摊开的手里。杜威闭上眼睛，直到听见那宣告已经勒死犯人的啪的一声，才又睁开。杜威和大多数美国治安人员一样，确信死刑有助于减少恶性犯罪；他认为谁犯了死罪，就应以眼前这种方式处置。刚才对希科克的行刑并没有使他感到不安。他和希科克接触不多，一直认为那是个"最劣等的小滑头，生活空虚，毫无意义"。但是，史密斯，虽然这才是真正的凶手，却引起了他不同的感受。因为佩里有一种流浪动物的气质，一只受了伤还到处游走的野兽。杜威不能不想到这一点。他还记得在拉斯维加斯警察总部的审讯室里第一次见到佩里的情景：这个矮小的大孩子坐在金属椅子上，一双小脚连地面都够不到。此刻，当杜威睁开双眼，他看到的同样是那双孩子般的小脚，向上勾起，来回晃动着。

杜威曾经设想，在史密斯和希科克被处死后，他会有一种高潮感，一种使命完成的解脱感。但是却没有。他不知不觉地又想起一年前，在谷景公墓的一次邂逅。回想起来，从那时起克拉特案就已经在他心中了结了。

建立加登城的人一定都是些坚毅的斯巴达式人物，在决定建立一座庄严的公墓时，他们不顾土地的干旱和运水的麻烦，决心要在尘土飞扬的街道和朴实无华的平原上打造一处迥然不同的景色。因此，他们在城北一块不算很高的山坡上盖起这座被命名为谷景的公墓。今天看起来，这里就像一座深色的小岛，周围麦浪起伏，是夏日里最好的慰藉之所。那里有许多幽静的小路，两边绿树成荫，延绵不断，那是几代人栽培的结果。

去年五月的一天下午，麦田里半熟的小麦金黄碧绿，微风吹过，如火焰般跳跃。杜威已经在谷景公墓花了好几个小时，给自己父亲的坟墓除草，这是他忽视很久的一项工作。如今，杜威五十一岁了，仍旧与四年前接手克拉特案时一样瘦削而敏捷，也仍然是堪萨斯州调查局在西堪萨斯地区最得力的警探；就在一周前，他还抓住了两个偷牛贼。建立自己农场的梦想没有变成现实，因为他妻子对独自居住在荒郊野外的恐惧感一点也没有减弱。因此，杜威夫妇在城里新建了一座房子，他们对此也颇为自豪。两个儿子同样很让杜威夫妇欣慰，他们现在像父亲一样高大，嗓音也开始变得低沉。大儿子今年秋季就要上大学了。

除完草，杜威沿着安静的小路漫步。他在一个新刻的墓碑前停了下来，上面写着"塔特"的名字。塔特法官去年十一月死于肺炎；花环、黄玫瑰以及因雨水而褪色的缎带还留在新土之上。在塔特法官墓旁不远，新鲜的花瓣散落在一堆新土上，这是邦妮琼的坟墓，芦田夫妇的大女儿，她在加登城游玩时不幸丧于车祸。死亡，出生，结婚——这倒使他想起来就在前几天，他听说南希·克拉特生前的男朋友——年轻的博比·鲁普结婚了。

在墓地的一角，一块灰色的石碑下，并排安放着克拉特一家四口的墓。那里已经到了树林外，头顶着太阳，几乎就在麦田的边缘。杜威走近时，发现已经有了一位扫墓者：一个戴着白手套的苗条的姑娘，黑色的秀发光滑柔顺，双腿修长而优美。她朝杜威笑了笑，杜威在想她是谁。

"您想不起来我是谁了吧，杜威先生？我是苏珊·基德维尔。"

他笑了，她也笑了。"苏珊·基德维尔。真没想到。"自审判以来，他就再也没见过她；那时她还是个孩子。"你过得怎么样？你妈妈还好吧？"

"很好，谢谢。她还在霍尔科姆教音乐。"

"最近一直没去那边。有什么变化吗？"

"哦，人们在讨论修路的事。但是您了解霍尔科姆，它就是那样。实际上，我也很少回去了。我今年在 K. U. 念大三了。"她指的是堪萨斯大学，"这次是回家来待几天。"

"太棒了，苏珊，你学什么专业？"

"什么都学。主要是艺术。我喜欢艺术。我真的很高兴。"她朝草原眺望过去，"南希和我曾计划一起上大学，我们要成为室友。我常常想起这件事。非常开心时，也会突然想起我们过去计划的一切。"

杜威看着刻有四个名字的灰色石碑，以及上面的死亡日期：一九五九年十一月十五日。"你经常来这儿吗？"

"偶尔来一次。啊呀，太阳可真毒啊。"她戴上墨镜遮住眼睛，"还记得博比·鲁普吗？他娶了一个漂亮的女孩。"

"我听说了。"

"科琳·怀特赫斯特。她真的非常漂亮，也非常善良。"

"博比真走运。"杜威接着开玩笑地问道，"那么你呢？一定有好多追求者吧？"

"那都不是当真的。但您倒提醒我了——现在几点了？"得知已过四点时，她惊叫了一声，"哎呀，我必须得走了。很高兴见到您，杜威先生。"

"再见，苏珊，祝你好运。"他望着她急匆匆地消失在小路上。那柔软的头发随风飘荡着，闪闪发光——南希本来也会长成这样一位年轻的女士。良久，他转身回家，朝树丛走去；留在他身后的，是广阔的蓝天，还有那沉甸甸的麦子，它们随风起伏，发出阵阵私语。

图书在版编目（CIP）数据

冷血／〔美〕卡波特著；夏杪译．－3版．
－海口：南海出版公司，2013.10（2025.11重印）
ISBN 978－7－5442－6434－1

Ⅰ．①冷…　Ⅱ．①卡…②夏…　Ⅲ．①长篇小说－美
国－现代　Ⅳ．① I712.45

中国版本图书馆 CIP 数据核字（2012）第 286509 号

著作权合同登记号　图字：30－2009－256

冷血

〔美〕杜鲁门·卡波特 著
夏杪 译

出　　版　南海出版公司　　（0898)66568511
　　　　　海口市海秀中路 51 号星华大厦五楼　　邮编 570206
发　　行　新经典发行有限公司
　　　　　电话 (010)68423599　　邮箱 editor@readinglife.com
经　　销　新华书店

责任编辑　黄宁群
特邀编辑　张博炜
装帧设计　韩　笑
内文制作　田晓波　贾一帆

印　　刷　山东京沪印刷科技有限公司
开　　本　850 毫米 ×1168 毫米　1/32
印　　张　11.5
字　　数　270 千
版　　次　2006 年 11 月第 1 版　2013 年 10 月第 3 版
　　　　　2025 年 11 月第 27 次印刷
书　　号　ISBN 978－7－5442－6434－1
定　　价　59.00 元